ペンギン・ハイウェイ

森《もり》見《み》登《と》美《み》彦《ひこ》・作

ぶーた・絵

角川つばさ文庫

もくじ

エピソード1 海辺《うみべ》のカフェ … 004

エピソード2 観測《かんそく》ステーション … 103

エピソード3 森《もり》の奥《おく》 … 178

エピソード4 ペンギン・ハイウェイ … 269

登《とう》場《じょう》人《じん》物《ぶつ》

アオヤマ君《くん》

なにごとにも研究熱心《けんきゅうねっしん》な小学《しょうがく》四年生《ねんせい》。大人顔負《おとなかおま》けの理屈《りくつ》をこねる。ノートを取《と》るのが趣味《しゅみ》。

お姉《ねえ》さん

アオヤマ君《くん》のあこがれの女性《じょせい》。近所《きんじょ》の歯科医院《しかいいん》で働《はたら》いている。

ウチダ君《くん》

アオヤマ君《くん》と二人《ふたり》で「探検隊《たんけんたい》」を結成《けっせい》している友《とも》だち。寡黙《かもく》なところがちょっとかっこいい。

ハマモトさん

色白《いろじろ》で栗色《くりいろ》の髪《かみ》の女《おんな》の子《こ》。チェスと読書《どくしょ》が好《す》きな知性派《ちせいは》。アオヤマ君《くん》に一目《いちもく》おかれている。

スズキ君《くん》

クラスで一番《いちばん》、声《こえ》が大《おお》きくて力《ちから》が強《つよ》い。アオヤマ君《くん》のことをライバル視《し》している。

エピソード1

海辺《うみべ》のカフェ

ぼくはたいへん頭《あたま》が良《よ》く、しかも努力《どりょく》をおこたらずに勉強《べんきょう》するのである。

だから、将来《しょうらい》はきっとえらい人間《にんげん》になるだろう。

ぼくはまだ小学校《しょうがっこう》の四年生《ねんせい》だが、もう大人《おとな》に負《ま》けないほどいろいろなことを知《し》っている。毎日《まいにち》きちんとノートを取《と》るし、たくさん本《ほん》を読《よ》むからだ。知《し》りたいことはたくさんある。宇宙《うちゅう》のことに興味《きょうみ》があるし、生《い》き物《もの》や、海《うみ》や、ロボットにも興味《きょうみ》がある。歴史《れきし》も好《す》きだし、えらい人《ひと》の伝記《でんき》とかを読《よ》むのも好《す》きだ。ロボットをガレージで作《つく》ったことがあるし、「海辺《うみべ》のカフェ」のヤマグチさんに天体望遠鏡《てんたいぼうえんきょう》をのぞかせてもらったこともある。海《うみ》はまだ見《み》たことがないけれども、近《ちか》いうちに探検《たんけん》に行《い》こうと計画《けいかく》をねっている。実物《じつぶつ》を見《み》るの

は大切《たいせつ》なことだ。★1百聞《ひゃくぶん》は一見《いっけん》にしかずである。

他人《たにん》に負《ま》けるのは恥《は》ずかしいことではないが、昨日《きのう》の自分《じぶん》に負《ま》けるのは恥《は》ずかしいことだ。一日一日《いちにちいちにち》、ぼくは世界《せかい》について学《まな》んで、昨日《きのう》の自分《じぶん》よりもえらくなる。たとえばぼくが大人《おとな》になるまでは、まだ長《なが》い時間《じかん》がかかる。今日計算《きょうけいさん》してみたら、ぼくが二十歳《はたち》になるまで、三千と八百八十八日《にち》かかることがわかった。そうするとぼくは三千と八百八十八日分《にちぶん》えらくなるわけだ。その日《ひ》が来《き》たとき、自分《じぶん》がどれだけえらくなっているか見当《けんとう》もつかない。えらくなりすぎてタイヘンである。みんなびっくりすると思《おも》う。結婚《けっこん》してほしいと言《い》ってくる女《おんな》の人《ひと》もたくさんいるかもしれない。けれどもぼくはもう相手《あいて》を決《き》めてしまったので、結婚《けっこん》してあげるわけにはいかないのである。もうしわけないと思《おも》うけれども、こればかりはしょうがない。

★1 百回《かい》、耳《みみ》で聞《き》くよりも、たった一回《かい》でも自分《じぶん》の目《め》で見《み》たほうが、しっかりわかるということ。

ぼくが住《す》んでいるのは、郊外《こうがい》の街《まち》である。丘《おか》がなだらかに続《つづ》いて、小《ちい》さな家《いえ》がたくさんある。駅《えき》から遠《とお》ざかるにつれて街《まち》は新《あたら》しくなり、レゴブロックで作《つく》ったようなかわいくて明《あか》るい色《いろ》の家《いえ》が多《おお》くなる。天気《てんき》の良《よ》い日《ひ》は、街全体《まちぜんたい》がぴかぴかして、甘《あま》いお菓子《かし》の詰《つ》め合《あ》わせのようなのだ。
駅《えき》から始《はじ》まるバス路線《ろせん》は、毛細血管《もうさいけっかん》のように街《まち》をおおっている。
ぼくの家《いえ》のある一角《いっかく》はバス路線《ろせん》の終着駅《しゅうちゃくえき》のそばで、駅《えき》から広《ひろ》がってきた新《あたら》しい街《まち》の最前線《さいぜんせん》にあたる。規則《きそく》正《ただ》しく区切《くぎ》られた街《まち》には、まだ家《いえ》が建《た》っていない空《あ》き地《ち》がいくつもある。風《かぜ》が吹《ふ》き渡《わた》ると、正方形《せいほうけい》の空《あ》き地《ち》に生《は》えた草《くさ》がなびいて、ぼくはそれを見《み》るたびになんとなくサバンナみたいだと思《おも》う。でもぼくは本物《ほんもの》のサバンナを見《み》たことがないので、これはあくまで推測《すいそく》である。ぼくはいつかサバンナも探検《たんけん》に行《い》くだろう。草《そう》原《げん》をかけまわる本物《ほんもの》のシマウマを見《み》たら、どんなものだろう。おそらく目《め》がちらちらすると思《おも》う。

県境《けんざかい》の向《む》こうにある街《まち》から引《ひ》っ越《こ》してきたのは、ぼくが七歳《さい》と九ケ月《かげつ》の時《とき》だ。父《ちち》と母《はは》と妹《いもうと》とぼくの四人《にん》でやってきた。その頃《ころ》は今《いま》よりも家《いえ》が少《すく》なかった。喫茶店《きっさてん》「海辺《うみべ》のカフェ」もなかったし、ぼくらが週末《しゅうまつ》に出《で》かけるショッピングセンターもなかった。あたりはまるで生命《せいめい》が誕生《たんじょう》する前《まえ》の地球《ちきゅう》のように、からっぽで淋《さび》しい場所《ばしょ》だった。

当時《とうじ》、父《ちち》は会社《かいしゃ》から電車《でんしゃ》で帰《かえ》ってきて、駅前《えきまえ》からバスに乗《の》ってくると、あたりがどんどん暗《くら》くなってくるので、たいへん不安《ふあん》に思《おも》ったそうだ。バス停《てい》に降《お》りた瞬間《しゅんかん》、ずっと向《む》こうに、ぼくらの家《いえ》の明《あ》かりがまるで荒野《こうや》の一軒家《いっけんや》みたいにぽつんと見《み》える。その小《ちい》さな明《あ》かりに向《む》かってまばらな街灯《がいとう》の下《した》を歩《ある》いて、ぼくや妹《いもうと》の笑《わら》い声《ごえ》がもれ聞《き》こえてくると、ようやく父《ちち》は安心《あんしん》した。

でも今《いま》、街《まち》はずっと明《あか》るくなった。

空《あ》き地《ち》はかわいい住宅《じゅうたく》でうまってゆき、おいしいパンのある喫茶店《きっさてん》「海辺《うみべ》のカフェ」ができ、駐車場《ちゅうしゃじょう》にたくさんの車《くるま》がならぶショッピングセンターができ、評判《ひょうばん》のいい学習塾《がくしゅうじゅく》ができ、コンビニエンスストアができ、きれいなお姉《ねえ》さんたちが働《はたら》く歯科医院《しかいいん》もできた。ぼくはその宇宙《うちゅう》ステーションみたいな歯科医院《しかいいん》がとくに好《す》きだ。

ぼくは毎朝《まいあさ》その歯科医院《しかいいん》の前《まえ》を通《とお》って、小学校《しょうがっこう》まで通《かよ》う。時間《じかん》はおよそ二十二分《ふん》かかる。

ここまではためし書《が》きである。

ぼくは毎日《まいにち》ノートをたくさん書《か》く。みんながびっくりするほど書《か》く。おそらく日本《にほん》で一番《いちばん》ノートを書《か》く小《しょう》学《がく》四年生《ねんせい》である。あるいは世界《せかい》で一番《いちばん》かもしれないのだ。先日《せんじつ》、図書館《としょかん》で★2ミナカタ・クマグスというえらい人《ひと》の伝記《でんき》を読《よ》んでいたら、その人《ひと》もたくさんのノートを書《か》いたそうだ。だから、ひょっとするとミナカタ・クマグスにはかなわないかもしれない。

★2 南方熊楠《みなかたくまぐす》。明治《めいじ》、大正《たいしょう》、昭和期《しょうわき》に、世界的《せかいてき》に活躍《かつやく》した博物学者《はくぶつがくしゃ》／民《みん》俗学者《ぞくがくしゃ》。和歌山県《わかやまけん》出身《しゅっしん》。

でも、ミナカタ・クマグスみたいな小学生《しょうがくせい》はあまりいないだろう。

ぼくはこの習慣《しゅうかん》のおかげでずんずんえらくなって★3頭角《とうかく》を現《あらわ》してきた。

父《ちち》はそのことを知《し》っている。なぜならば、ノートの書《か》き方《かた》を教《おし》えてくれたのは父《ちち》だからである。この文章《ぶんしょう》を書《か》いている赤《あか》くて硬《かた》い表紙《ひょうし》のついた方眼《ほうがん》ノートは、父《ちち》に買《か》ってもらった。父《ちち》はぼくが書《か》きこみでノートをいっぱいにするとほめてくれる。チョコレートをくれることさえある。


ところで、こういう日記《にっき》みたいな文章《ぶんしょう》は今《いま》まであまり書《か》いたことがなかった。

なぜ急《きゅう》に書《か》こうと思《おも》い立《た》ったかというと、昨日《きのう》、父《ちち》と喫茶店《きっさてん》で話《はなし》をしていて、ぼくが人生《じんせい》におけるたいへん重要《じゅうよう》な局面《きょくめん》にあると気《き》づいたからだ。

「毎日《まいにち》の発見《はっけん》を記録《きろく》しておくこと」と父《ちち》は言《い》った。

だから、ぼくは記録《きろく》する。

ぼくが初《はじ》めてペンギンを目撃《もくげき》したのは五月《がつ》のことだった。
ノートには「午前《ごぜん》六時半《じはん》起床《きしょう》。ぼくと妹《いもうと》が起《お》きてくるのを見《み》てから父《ちち》は出勤《しゅっきん》。快晴《かいせい》。湿度《しつど》は六十%。やわらかい風《かぜ》」というメモがある。
妹《いもうと》を連《つ》れて家《いえ》を出《で》たのは七時《じ》三十五分《ふん》である。七時《じ》四十分《ぷん》、住宅地《じゅうたくち》の中央《ちゅうおう》にある公園《こうえん》の前《まえ》に近所《きんじょ》の子《こ》ど

★3 才能《さいのう》や知識《ちしき》、技量《ぎりょう》などにすぐれていて、まわりから際《きわ》だって、めだつこと。

もたちが集《あつ》まって、方眼《ほうがん》ノートのように区切《くぎ》られた住宅地《じゅうたくち》を抜《ぬ》けていく。あちこちで雨戸《あまど》を開《あ》ける音《おと》がする。犬《いぬ》の吠《ほ》える声《こえ》がする。道路《どうろ》わきにある自動販売機《じどうはんばいき》が、朝《あさ》の光《ひかり》にきらきらする。風《かぜ》が電線《でんせん》をゆらして、ぼくらの太《ふと》ももをスウスウさせる。

ぼくはこの季節《きせつ》がたいへん好《す》きである。頭脳《ずのう》がメイセキになるからだ。登校《とうこう》している間《あいだ》も、妹《いもうと》はずっとにぎやかである。なんにでも平気《へいき》で口《くち》を出《だ》すのだ。おしゃべりは妹《いもうと》にまかせて、ぼくはノートを読《よ》みながら歩《ある》く。

ぼくらはカモノハシ公園《こうえん》に向《む》かうバス通《どお》りを歩《ある》く。そして歯科医院《しかいいん》のある角《かど》で南《みなみ》に曲《ま》がり、そこからはケヤキ並木《なみき》に沿《そ》って歩《ある》いていく。歯科医院《しかいいん》と道路《どうろ》をはさんだ向《む》かいには、「海辺《うみべ》のカフェ」がある。「海辺《うみべ》のカフェ」は朝早《あさはや》くから開《あ》いているので、窓辺《まどべ》の席《せき》でコーヒーを飲《の》みながら、ぼくらを眺《なが》めている人《ひと》もある。できたてのフランスパンのあたたかさと、いい匂《にお》いをぼくは想像《そうぞう》する。

朝《あさ》が早《はや》いから、歯科医院《しかいいん》はまだ開《あ》いていなかった。ぼくはその日《ひ》の夕方《ゆうがた》に予約《よやく》を入《い》れたことを思《おも》い出《だ》して、ノートを確認《かくにん》した。ぼくは自分《じぶん》で予約《よやく》するのだ。歯科医院《しかいいん》にはぼくが親《した》しくお付《つ》き合《あ》いしているお姉《ねえ》さんがいるのだが、彼女《かのじょ》はまだ給水塔《きゅうすいとう》のそばにある白《しろ》いマンションでぐうぐうねむっているだろう。お姉《ねえ》さんはねむるのが好《す》きだ。

ぼくはお姉《ねえ》さんに話《はな》すべきことのリストを見直《みなお》して、いくつか書《か》きたした。ぼくは歩《ある》きながらノートを読《よ》むばかりか、字《じ》を書《か》くことさえできる。

そのとき、先頭《せんとう》を歩《ある》く六年生《ねんせい》が「あれ」と声《こえ》をあげ、班《はん》のみんなが立《た》ち止《ど》まった。ぼくはノートに夢中《むちゅう》になっていたので、うっかり妹《いもうと》のクツのかかとを踏《ふ》んづけた。ふだんならぶうぶう怒《おこ》る妹《いもうと》が、その日《ひ》は何《なに》も言《い》わなかった。

歯科医院《しかいいん》を過《す》ぎた左手《ひだりて》には、車道《しゃどう》に面《めん》して空《あ》き地《ち》が広《ひろ》がっている。電信柱《でんしんばしら》に囲《かこ》まれて、コンクリートに小《ちい》さく区切《くぎ》られた草原《そうげん》が、ずっと続《つづ》いているのだ。大勢《おおぜい》の子《こ》どもたちが一列《いちれつ》になって、しんと息《いき》をのんで立《た》っていた。みんな空《あ》き地《ち》の向《む》こうを見《み》つめていた。妹《いもうと》が「お兄《にい》ちゃん」と言《い》った。彼女《かのじょ》は両手《りょうて》をお腹《なか》の前《まえ》で握《にぎ》りしめて、ただでさえ大《おお》きな目《め》を転《ころ》げ落《お》ちそうなほど見開《みひら》いていた。

風《かぜ》が吹《ふ》き渡《わた》ると、朝露《あさつゆ》にぬれた草《くさ》がきらきら光《ひか》った。キウキウキシキシと学校《がっこう》の床《ゆか》を鳴《な》らすような音《おと》が聞《き》こえてきた。広々《ひろびろ》とした空《あ》き地《ち》のまんなかにペンギンがたくさんいて、よちよちと歩《ある》きまわっている。

なぜぼくらの街《まち》に、ペンギンがいるのか分《わ》からない。

子《こ》どもたちはだれ一人《ひとり》、身動《みうご》きしない。

ぼくはしっかりと観察《かんさつ》するために、そばに行《い》くことにした。それが本当《ほんとう》にまじりっけなしのペンギンなのかどうか、あるいは遺伝子《いでんし》に突然変異《とつぜんへんい》を起《お》こしてずんぐりむっくりしたカラスなのか、それを研究《けんきゅう》する必要《ひつよう》があったのだ。ほかの子《こ》どもたちは見《み》ているだけ。ぼくが草《くさ》を踏《ふ》みしめる音《おと》と、風《かぜ》が電線《でんせん》をゆらす音《おと》と、ペンギンらしいものたちが立《た》てるヘンテコな音《おと》が聞《き》こえるばかりだ。

ぼくがそばへ寄《よ》っても、ペンギンたちは逃《に》げなかった。

本物《ほんもの》のペンギンをそばで見《み》たことはないけれども、その鳥《とり》たちはペンギンそっくりだった。翼《つばさ》をパタパタしたり、思《おも》いついたようによちよち歩《ある》き出《だ》して転《ころ》びそうになったりする。とてもちぐはぐで、遠《とお》い惑星《わくせい》から地球《ちきゅう》にやってきたばかりの宇宙生命体《うちゅうせいめいたい》みたいだった。

捨《す》てられたバイクがころがっていて、そのとなりにペンギンが立《た》っていた。ぽかんとして青空《あおぞら》を眺《なが》めている。オモチャのような目《め》はほとんど動《うご》かない。白《しろ》くてふわふわしていそうなお腹《なか》に、ひとすじの泥《どろ》がこびりついていた。お腹《なか》を下《した》にしてごろごろしたのかもしれない。ぼくはノートの新《あたら》しいページを開《ひら》いて、日付《ひづけ》と時刻《じこく》を書《か》き、さっそくスケッチした。

やがて近所《きんじょ》の大人《おとな》たちが集《あつ》まってきて、子《こ》どもたちを追《お》い立《た》てた。

ぼくはもう少《すこ》し研究《けんきゅう》したかったのだけれど、学校《がっこう》に遅刻《ちこく》するわけにはいかないので、しぶしぶノートをとじた。班《はん》のみんなといっしょに歩《ある》きながら、ぼくはふりかえった。大勢《おおぜい》の大人《おとな》たちがペンギンの群《む》れを前《まえ》にして、先《さき》ほどの子《こ》どもたちのようにぼうぜんとして立《た》っていた。

あとからしらべてみると、それはアデリー・ペンギ

ンだった。学名《がくめい》ピゴスケリス・アデリアエ。南極《なんきょく》とその周辺《しゅうへん》の島々《しまじま》に生息《せいそく》していると本《ほん》には書《か》いてあった。郊外《こうがい》の住宅地《じゅうたくち》には生息《せいそく》していない。

朝《あさ》の教室《きょうしつ》は、住宅地《じゅうたくち》のまんなかに現《あらわ》れたペンギンの話題《わだい》でもちきりだった。

ぼくがノートのペンギン・メモをにらんでいると、ふだんはあまり話《はな》さない子《こ》たちまでが、見《み》せて見《み》せてと寄《よ》ってきた。通学途中《つうがくとちゅう》にペンギンを目撃《もくげき》した子《こ》たちは、おどろくべき現象《げんしょう》を目撃《もくげき》したのだから、たいへん得意《とくい》だ。あんまりうるさいので、ペンギンを見《み》そこねたスズキ君《くん》が怒《おこ》りだした。スズキ君《くん》は動物園《どうぶつえん》でペンギンを見《み》たことがあるという話《はなし》をして、「ペンギンなんてめずらしくもなんともない」と主張《しゅちょう》した。ぼくらはペンギンそのものをめずらしがっているのではなくて、住宅地《じゅうたくち》にペンギンが現《あらわ》れたことをふしぎがっているのだから、彼《かれ》の批判《ひはん》は間違《まちが》っている。でも彼《かれ》が怒《おこ》ると、みんなこわいものだから、教室《きょうしつ》は静《しず》かになった。

スズキ君《くん》はぼくのノートをのぞきこんで、「ふん」と鼻《はな》で笑《わら》った。「そんなの書《か》いておもしろい？」

「スズキ君《くん》も見《み》たかったんだね」とぼくは言《い》った。

「俺《おれ》はもう見《み》たことあるしな」と彼《かれ》はいばるようにした。「興味《きょうみ》ない」

ハマモトさんがやってきて、「興味《きょうみ》ないの？」と言《い》った。スズキ君《くん》は「興味《きょうみ》ない」と言《い》ったけれど、いくぶん自信《じしん》がぐらついたようだった。ハマモトさんは自信家《じしんか》で、スズキ君《くん》でさえ一目《いちもく》おいている。彼女《かのじょ》はぼくのノートをのぞきこんで、「なるほど」とつぶやいた。「ペンギンかわいい」とも言《い》った。

ハマモトさんは肌《はだ》の色《いろ》がたいへん白《しろ》いし、髪《かみ》は明《あか》るい栗色《くりいろ》なので、ヨーロッパの国《くに》から来《き》た女《おんな》の子《こ》のように見《み》える。この四月《がつ》から同《おな》じクラスになった人《ひと》で、ぼくとはほとんど話《はな》したことがない。わざわざ彼女《かのじょ》がぼくのノートをのぞきにくるのはたいへんめずらしいことである。それほどペンギンのニュースはみんなを驚《おどろ》かせたのだ。

ぼくは一日中《いちにちじゅう》、ペンギンのことを考《かんが》えていた。

ペンギンはどこから来《き》たのか。それが問題《もんだい》だ。

授業《じゅぎょう》を受《う》けながら、六つのペンギン出現《しゅつげん》★4仮説《かせつ》をノートに書《か》いて検討《けんとう》した。ぼくがボールペンを走《はし》らせていると、先生《せんせい》が歩《ある》いてきてノートをのぞきこんで微笑《ほほえ》んだ。先生《せんせい》はぼくが何《なに》について書《か》いているか分《わ》からなかったと思《おも》う。ぼくは自分《じぶん》で考《かんが》えた速記法《そっきほう》を使《つか》っているからである。

午後《ごご》になると、スズキ君《くん》が怒《おこ》ってまわったせいか、ペンギン熱《ねつ》もだいぶ落《お》ち着《つ》いた。教室《きょうしつ》の隅《すみ》では、ハマモトさんがほかの子《こ》たちとチェス★5をしている。ハマモトさんはチェスを普及《ふきゅう》★6させるのに熱心《ねっしん》である。スズキ君《くん》はコバヤシ君《くん》たちと教室《きょうしつ》の後《うし》ろの方《ほう》であばれている。

ぼくがノートに書《か》いたペンギン出現《しゅつげん》仮説《かせつ》を眺《なが》めていると、ウチダ君《くん》が歩《ある》いてきた。

ウチダ君《くん》とは、この春《はる》に初《はじ》めて同《おな》じクラスになった。ぼくと彼《かれ》は探検隊《たんけんたい》を組織《そしき》している。この探検隊《たんけんたい》の任務《にんむ》は、街《まち》を探検《たんけん》して秘密地図《ひみつちず》を作《つく》ることである。社会《しゃかい》の授業《じゅぎょう》でウチダ君《くん》といっしょに発表《はっぴょう》したのがおもしろかったので、ぼくらは地図《ちず》を作《つく》ることを自分《じぶん》たちの任務《にんむ》にする

★4 ある事柄《ことがら》が、なぜ起《お》こったのか、その仕組《しく》みを説明《せつめい》するために、仮《かり》に立《た》てる説《せつ》のこと。その後《ご》、実験《じっけん》や観察《かんさつ》などを行《おこな》い、説《せつ》の内容《ないよう》が正《ただ》しいことが確《たし》かめられれば、それが「定説《ていせつ》」になっていく。

★5 2人《ふたり》で対戦《たいせん》するボードゲームの一種《いっしゅ》。王《おう》・女王《じょおう》・騎士《きし》などのコマがあるので「西洋将棋《せいようしょうぎ》」と言《い》われることもある。

★6 一般《いっぱん》に広《ひろ》くいきわたること。

ことに決《き》めた。

ウチダ君《くん》は「学校終《がっこうお》わったら丘《おか》の給水塔《きゅうすいとう》にいく？」と言《い》った。

「今日《きょう》はだめなんだよ。学校《がっこう》が終《お》わったら歯医者《はいしゃ》に行《い》くから」とぼくは言《い》った。「日曜日《にちようび》の午前中《ごぜんちゅう》はスケジュールがあいているから、どうせなら日曜日《にちようび》にちゃんとやろう」

「うん。いいよー」

そうしてウチダ君《くん》はまたふわふわと自分《じぶん》の机《つくえ》にもどっていった。

ウチダ君《くん》がペンギンに興味《きょうみ》があるのかないのか、それはわからなかった。彼《かれ》はときどき寡黙《かもく》★7になるのだ。

ぼくは彼《かれ》としゃべるたびに、自分《じぶん》はおしゃべりすぎると反省《はんせい》の念《ねん》がわいたりする。それだから、これからは寡黙《かもく》になるぞと決意《けつい》をあらたにするのだが、がまんできないのは困《こま》ったことである。ぼくはどうしてもしゃべりすぎる。えらい人《ひと》というのは、もう少《すこ》し寡黙《かもく》であるべきだとぼくは考《かんが》えるものだ。

学校《がっこう》からの帰《かえ》り、ぼくは歯科医院《しかいいん》によった。
ぼくが歯科医院《しかいいん》へ通《かよ》う理由《りゆう》は、ぼくの脳《のう》がたいへんよく働《はたら》くからである。
ぼくの脳《のう》はエネルギーをたくさん使《つか》う。脳《のう》のエネルギー源《げん》は糖分《とうぶん》だ。そういうわけで、甘《あま》いお菓子《かし》をついつい食《た》べすぎてしまう。それなら寝《ね》る前《まえ》にきちんと歯《は》をみがけばよいのだけれど、なにしろ脳《のう》をよく働《はたら》かす

★7 口数《くちかず》が少《すく》ないこと。そのようす。

から、夜《よる》になると歯《は》ブラシも持《も》てないぐらい眠《ねむ》くなって、歯《は》をみがいているひまがないのである。

でも、歯科医院《しかいいん》に出《で》かけるのはいやではない。ぼくはそこがとても好《す》きなのだ。

歯科医院《しかいいん》の待合室《まちあいしつ》はいつもシンとして、薬《くすり》の匂《にお》いがしている。魚《さかな》のかたちをした銀色《ぎんいろ》のモビールが天井《てんじょう》からぶら下《さ》がっている。窓辺《まどべ》には人工《じんこう》の観葉植物《かんようしょくぶつ》があって、エアコンの風《かぜ》にいつもゆれている。白《しろ》いソファは触《さわ》るとひんやりするし、白《しろ》い床《ゆか》は清潔《せいけつ》でぴかぴかしている。透明《とうめい》のマガジンラックには、きれいな写真《しゃしん》のたくさんのっている大《おお》きな雑誌《ざっし》がきちんとならんでいる。

宇宙船《うちゅうせん》の発着所《はっちゃくじょ》はこのような雰囲気《ふんいき》だろうと、ぼくはいつも想像《そうぞう》する。

歯科医院《しかいいん》の待合室《まちあいしつ》には一人《ひとり》だけお客《きゃく》さんがいて、治療室《ちりょうしつ》から聞《き》こえてくる機械《きかい》の音《おと》に耳《みみ》をすましていた。それはスズキ君《くん》だった。彼《かれ》はぼくを見《み》てギョッとしたようだけれども、すぐになんでもない顔《かお》になった。

ぼくはいつも通《どお》りマガジンラックから雑誌《ざっし》を取《と》り出《だ》し、ガラスのテーブルに広《ひろ》げて読《よ》んだ。

スズキ君《くん》は、ぼくらのクラスでもっとも声《こえ》が大《おお》きくて力《ちから》が強《つよ》い。スズキ君配下《くんはいか》の男子《だんし》たちはスズキ君《くん》に絶《ぜっ》対服従《たいふくじゅう》である。その仕組《しく》みが興味深《きょうみぶか》いので、ぼくは「スズキ君帝国観察記録《くんていこくかんさつきろく》」をつけて研究《けんきゅう》を重《かさ》ねている。

スズキ君《くん》はウチダ君《くん》やほかの男子《だんし》にいじわるをすることがある。机《つくえ》に雑巾《ぞうきん》をつめこんだり、トイレに行《い》くのをじゃましたり、口《くち》をきかないように子分《こぶん》に命令《めいれい》したり、ノートを落書《らくが》きでめちゃくちゃにしたりする。

スズキ君《くん》にとって、それが楽《たの》しいことであるようだ。でもスズキ君《くん》は間違《まちが》っているとぼくは思《おも》う。なぜならば、自分《じぶん》の満足《まんぞく》のためにほかの人《ひと》にがまんしてもらうには、それなりの理由《りゆう》と手続《てつづ》きが必要《ひつよう》だが、スズキ君《くん》たちは正当《せいとう》な理由《りゆう》も持《も》たず、またその手続《てつづ》きを踏《ふ》んでもいないからだ。

ぼくは雑誌《ざっし》をパタンと閉《と》じた。スズキ君《くん》がびくりとした。

「スズキ君《くん》」とぼくが声《こえ》をかけると、彼《かれ》はもっとびくりとした。眉《まゆ》を寄《よ》せ、「なんだよ」と言《い》った。

「君《きみ》もあの病気《びょうき》？　顔色《かおいろ》を見《み》ればぼくには分《わ》かるな」

「あの病気《びょうき》って？」

「スタニスワフ症候群《しょうこうぐん》さ。歯《は》の中《なか》にばい菌《きん》がいっぱいになって、歯《は》をぜんぶ抜《ぬ》かないと治《なお》らないやつ」

「なんだよそれ。知《し》らない」

「え？　知《し》らないの。ぼくはもうぜんぶ抜《ぬ》いたよ。一度《いちど》にぜんぶ抜《ぬ》くとごはんが食《た》べられなくて死《し》んでしまうから、毎週少《まいしゅうすこ》しずつ抜《ぬ》くんだ。そうして抜《ぬ》いたところに人工《じんこう》の歯《は》を差《さ》していく。君《きみ》も同《おな》じ病気《びょうき》だな、おそらく」

「俺《おれ》はそんな病気《びょうき》じゃないってば」

彼《かれ》は怒《おこ》った。「歯《は》のつめものがとれちゃったんだ！　母《かあ》さんが言《い》ったぞ」

「母親《ははおや》はみんなそう言《い》って安心《あんしん》させるものだよ。なぜならば、歯《は》をぜんぶ抜《ぬ》くって言《い》ったら、子《こ》どもがこわがって歯医者《はいしゃ》に行《い》こうとしないから。でもこれから何《なに》をされるか、君《きみ》には知《し》る権利《けんり》があるとぼくは考《かんが》える」

「まじかよ……」

「病気《びょうき》の進行《しんこう》を食《く》い止《と》めるためには、歯《は》を抜《ぬ》くしか方法《ほうほう》はない。ばい菌《きん》が歯茎《はぐき》から体《からだ》の中《なか》に入《はい》ると、顔《かお》がおまんじゅうみたいに腫《は》れ上《あ》がるよ。高熱《こうねつ》が出《で》て、歯《は》の隙間《すきま》から苦《にが》い味《あじ》のエノキダケみたいなものが生《は》えてくる。顔《かお》も別人《べつじん》みたいに変《か》わってしまって、苦《くる》しんだあげく死《し》んでしまうんだ。ヨーロッパから来《き》た奇病《きびょう》で、今政府《いませいふ》は大騒《おおさわ》ぎをしているんだよ。新聞《しんぶん》に毎日《まいにち》のってるじゃないか」

「俺《おれ》、新聞《しんぶん》なんか読《よ》まないもん……」

「だから先生《せんせい》に頼《たの》んで、早《はや》めに歯《は》をぜんぶ抜《ぬ》くことを勧《すす》める。口《くち》にキノコが生《は》えるよりマシだろ。一ケ月《かげつ》ぐらい痛《いた》いのをがまんすればいいんだからカンタンだ」

窓口《まどぐち》から「スズキ君《くん》、どうぞ」と呼《よ》ばれた時《とき》、スズキ君帝国初代皇帝《くんていこくしょだいこうてい》の顔《かお》は凍《こお》りついたように固《かた》まっていた。彼《かれ》が診察室《しんさつしつ》へ入《はい》っていった後《あと》、しばらくするとお姉《ねえ》さんが出《で》てきた。閉《と》じかけたドアの向《む》こうから、スズキ君《くん》がしくしく泣《な》く声《こえ》が小《ちい》さく聞《き》こえていた。ぼくが雑誌《ざっし》を読《よ》んでいると、お姉《ねえ》さんはぼくのとなりに腰《こし》かけた。良《よ》い匂《にお》いがした。「こら、少年《しょうねん》」と言《い》い、お姉《ねえ》さんはぼくか

「あんなことを言《い》うの、君《きみ》という少年《しょうねん》は」

ら雑誌《ざっし》を取《と》り上《あ》げた。「なんであんなことを言《い》うの、君《きみ》という少年《しょうねん》は」

「あんなこととは、なんですか？」

「このウソつき野郎《やろう》。スズキ君《くん》に変《へん》なこと吹《ふ》きこんだね。かわいそうじゃないの」

「かわいそう？　かわいそうなのはウチダ君《くん》です」

「だれ？　ウチダ君《くん》ってだれよ」

「教《おし》えてあげません。これはぼくらだけの問題《もんだい》だからです」

「この根性《こんじょう》ワルが。はぐらかし方《かた》を覚《おぼ》えてきたな」

お姉《ねえ》さんは「ああナマイキナマイキ」と言《い》うと、ソファにどっかりと腰《こし》を下《お》ろして、雑誌《ざっし》を太《ふと》ももの上《うえ》でめくった。受付《うけつけ》の人《ひと》が「ねえ」とささやくと、誌面《しめん》に目《め》を落《お》としたまま「ちょっと待《ま》って」と言《い》う。「今《いま》この子《こ》に教育的指導《きょういくてきしどう》をしてるとこ」

そのまま彼女《かのじょ》は雑誌《ざっし》を読《よ》んでいる。

ぼくは手《て》を膝《ひざ》に置《お》いて、背筋《せすじ》をのばした。それからお姉《ねえ》さんの横顔《よこがお》をのぞき見《み》た。彼女《かのじょ》はいつも「海辺《うみべ》のカフェ」で本《ほん》を読《よ》んでいるときのように、ふんふんと繰《く》り返《かえ》しうなずきながら、雑誌《ざっし》の記事《きじ》を読《よ》んでいる。まるでぼくのことなど忘《わす》れているかのようである。時計《とけい》がコチコチ鳴《な》っている。受付《うけつけ》の人《ひと》は心配《しんぱい》そうな顔《かお》をしている。ぼくはこのままお姉《ねえ》さんがサボっていると先生《せんせい》に叱《しか》られるのではないかと考《かんが》えた。

「ぼくは少《すこ》しおとなげないことをしたかもしれません」と言《い》った。

「いや、君《きみ》、オトナじゃないだろ」

お姉《ねえ》さんは顔《かお》を上《あ》げずに言《い》った。「だから、好《す》きにすればいいんじゃない？」

「スズキ君《くん》はウチダ君《くん》にひどいことをするんだけれども、でもウチダ君《くん》はぼくに何《なに》かしかえしをしてくれと言《い》ったわけではないです。だからスズキ君《くん》に対《たい》してぼくがウチダ君《くん》の代《か》わりにしかえしする権利《けんり》はなかったんです。少《すく》なくともぼくはウチダ君《くん》と話《はな》し合《あ》ってから、こういうことをすべきでした」

「君《きみ》もややこしい子《こ》だねえ……おお、あったあった。ねえ、見《み》てごらん、これ」

お姉《ねえ》さんがじっと見《み》つめているページには、岩場《いわば》をうめつくしてならんだペンギンたちの写真《しゃしん》がのっていた。お姉《ねえ》さんは鼻《はな》を鳴《な》らし、「ペンギンってのも謎《なぞ》だね。わけが分《わ》からんねえ」と言《い》った。その時《とき》、ぼくは朝《あさ》のペンギン事件《じけん》について、お姉《ねえ》さんに話《はな》してみようと思《おも》った。なにしろ事件現場《じけんげんば》は歯科医院《しかいいん》のおとなりの空《あ》き地《ち》なのだ。けれどもお姉《ねえ》さんが「私《わたし》はペンギンが好《す》きよ。シロナガスクジラも好《す》き。カモノハシもね」と言《い》ったので、思《おも》わず「カモノハシ科《か》カモノハシ属《ぞく》ですね」と言《い》ってしまった。

「なにが？」とお姉《ねえ》さんはけげんそうな顔《かお》をした。

「カモノハシが」

「カモノハシが何《なん》だって？」

「カモノハシ科《か》カモノハシ属《ぞく》です。図鑑《ずかん》でしらべたんです」

「ふうん、そうなの。でもまあそんな事実《じじつ》も、彼《かれ》らの妙《みょう》なかわゆさの前《まえ》ではどうでもよくなるよ」

「そうですね」

「これ、今《いま》のうちにもらっとこ」

彼女《かのじょ》は雑誌《ざっし》のページをびりりと音《おと》を立《た》てて破《やぶ》った。そうして、自分《じぶん》のものにした写真《しゃしん》を眺《なが》めながら「これ、ちょっと君《きみ》に似《に》てるねえ」と言《い》った。「ちっちゃいくせして気取《きど》っちゃって」

歯《は》の治療《ちりょう》が終《お》わるころには夕陽《ゆうひ》がさして、街《まち》は金色《きんいろ》になった。

歯科医院《しかいいん》を出《で》たあと、ぼくはとなりの空《あ》き地《ち》に入《はい》った。ペンギン出現地点《しゅつげんちてん》をもう一度《いちど》調査《ちょうさ》してみようと思《おも》ったのだ。サバンナみたいに草《くさ》が風《かぜ》にゆれているだけで、ペンギンは一羽《わ》もいない。大人《おとな》たちがトラックにのせて、どこかへ運《はこ》んでしまったのだろう。空《あ》き地《ち》はいっそうからっぽになったみたいに感《かん》じられた。

空《あ》き地《ち》の真《ま》ん中《なか》までいって空《そら》を見上《みあ》げると、自分《じぶん》がサバンナにころがっている石《いし》ころになったような気《き》がした。とはいっても、これはあくまでたとえである。石《いし》ころの気持《きも》ちは、さすがのぼくにも分《わ》からない。

空《そら》はクリーム色《いろ》のまじった水色《みずいろ》で、宇宙科学館《うちゅうかがくかん》のプラネタリウムで見《み》た空《そら》に似《に》ていた。ドームのようにまるい空《そら》を、くっきりした飛行機雲《ひこうきぐも》が横切《よこぎ》っている。飛行機雲《ひこうきぐも》の先端《せんたん》には小《ちい》さな旅客機《りょかくき》があった。じっと見《み》つめていると、旅客機《りょかくき》はすべすべした曲面《きょくめん》を滑《すべ》るように動《うご》きながら、今《いま》も飛行機雲《ひこうきぐも》をちょっとずつ延長《えんちょう》しているのだ。

小《ちい》さな銀色《ぎんいろ》の粒《つぶ》がゆっくり動《うご》いて線《せん》を描《えが》いていくのがおもしろいので、ぼくはずいぶん長《なが》いこと空《そら》を見上《みあ》げていた。おかげで首《くび》が痛《いた》くなった。飛行機雲《ひこうきぐも》があると、ついずっと見《み》てしまう。ぼくはウチダ君《くん》といつの日《ひ》かスペースシャトルの発射《はっしゃ》を見《み》にいく約束《やくそく》をしたことがあったけれど、そんなに面白《おもしろ》いものを見物《けんぶつ》したら、ぼくの首《くび》は当分《とうぶん》もとに戻《もど》らないだろうと思《おも》う。

ペンギンたちは今《いま》ごろどうしているだろうか。なぜ彼《かれ》らは急《きゅう》にこの街《まち》にやってきたのだろう。ひとつ、この事件《じけん》を研究《けんきゅう》してみなくてはならない。

ぼくは名探偵《めいたんてい》シャーロック・ホームズみたいに手《て》を後《うし》ろで組《く》んで、ゆっくり歩《ある》いた。空《あ》き地《ち》の向《む》こうには歯科医院《しかいいん》の窓《まど》が見《み》えていた。ふいにお姉《ねえ》さんが窓《まど》から顔《かお》をのぞかせて、ニッと笑《わら》った。

彼女《かのじょ》はぼくのことを「ナマイキ」と言《い》う。ぼくが小学生《しょうがくせい》だと思《おも》って、油断《ゆだん》しているのだろう。ぼくが日頃《ひごろ》の努力《どりょく》の結果《けっか》、めきめきと頭角《とうかく》を現《あらわ》していることを知《し》らないのだ。

「なめてもらっちゃ困《こま》るな！」とぼくはつぶやいてみる。

草《くさ》をゆらすひんやりとした風《かぜ》にのって、どこかの台所《だいどころ》からおいしそうなカレーの匂《にお》いがただよってきた。

それはひょっとすると、ぼくの家《いえ》の台所《だいどころ》からただよってきた匂《にお》いかもしれなかった。裏口《うらぐち》のドアを開《あ》けて手《て》をふる母《はは》の姿《すがた》が見《み》えるような気《き》がした。

そのとたん、ぼくはお腹《なか》がすいてしまい、そのうえねむくなりさえした。

晩《ばん》ごはんを食《た》べながら母《はは》にたずねたら、やっぱりトラックがやってきて、ペンギンたちを連《つ》れていったそうだ。ペンギンたちが行儀良《ぎょうぎよ》くならんでトラックに乗《の》りこんでいく風景《ふうけい》をぼくは想像《そうぞう》した。
「お母《かあ》さん、あのペンギンたちはどこから来《き》たの？」と妹《いもうと》が言《い》った。

「どこから来《き》たのかしらねえ」と母《はは》はゆっくり言《い》った。母《はは》はいつだってあわてないのだ。「だれかが持《も》ってきて捨《す》てたのかしら。ペットを捨《す》てる人《ひと》がいるんでしょう？」

「捨《す》てられたペンギンさんたちはかわいそうね」

妹《いもうと》はそんなことを言《い》った。彼女《かのじょ》には優《やさ》しいところもあるのだ。

そうしてその日《ひ》は終《お》わったのだけれど、ペンギン事件《じけん》は終《お》わらなかった。

後日《ごじつ》、トラックで運《はこ》ばれたはずのペンギンたちが、途中《とちゅう》で消《き》えてしまったことが分《わ》かった。目的地《もくてきち》に到着《とうちゃく》して、係員《かかりいん》の人《ひと》が荷台《にだい》を開《あ》けると、ペンギンは一羽残《わのこ》らず消《き》えていた。これはたいへんふしぎな事件《じけん》だったので、新聞《しんぶん》にものったぐらいである。ぼくはその記事《きじ》を切《き》り抜《ぬ》いて、ノートに貼《は》りつけた。

そしておどろくべきことに、ペンギンたちはまたこの街《まち》に出現《しゅつげん》した。ぼくの記録《きろく》によると、その週《しゅう》だけでも水曜日《すいようび》と金曜日《きんようび》にペンギンが目撃《もくげき》されている。

水曜日《すいようび》の事件《じけん》はお昼《ひる》に起《お》こった。カモノハシ公園《こうえん》からペンギンたちが一列《いちれつ》になって歩《ある》いてきて、車道《しゃどう》を渡《わた》っているところに、乗用車《じょうようしゃ》が衝突《しょうとつ》した。ペンギンはボウンとはねてアスファルトをころころころがったけれども、平気《へいき》で逃《に》げていったそうだ。ペンギンたちはおそろしくがんじょうだということが明《あき》らかになった。

金曜日《きんようび》の事件《じけん》は朝《あさ》である。歯科医院《しかいいん》と同《おな》じブロックのヨシダ家《け》の庭《にわ》にペンギンがたくさん入《はい》ってきたけれど、吠《ほ》えだした犬《いぬ》に怯《おび》えて逃《に》げだした。ヨシダさんの犬《いぬ》はペンギンにかみついたけど、逆《ぎゃく》にきゃんきゃん鳴《な》いたそうだ。初《はじ》めてペンギンをかんだので、びっくりしたのだろう。

ぼくは学校《がっこう》の帰《かえ》りにペンギン出現地点《しゅつげんちてん》を何度《なんど》もしらべたし、市立図書館《しりつとしょかん》でペンギンの生態《せいたい》について研究《けんきゅう》した。けれど有力《ゆうりょく》な手《て》がかりはつかめず、謎《なぞ》は深《ふか》まるばかりだった。

土曜日《どようび》は朝《あさ》から多忙《たぼう》である。

ぼくはぐらぐらする乳歯《にゅうし》を気《き》にしながら机《つくえ》に向《む》かい研究《けんきゅう》の整理《せいり》をした。これまでに書《か》いたノートを机《つくえ》に積《つ》んで、索引《さくいん》をつけたところを読《よ》み返《かえ》す。これは重要《じゅうよう》だぞ、と思《おも》ったところを整理《せいり》して、ノートにまとめる。これがぼくの研究《けんきゅう》のやり方《かた》である。そういうふうにすると、いろいろなことがわかってくる。索引《さくいん》は「スズキ君帝国《くんていこく》」や「プロジェクト・アマゾン」「お姉《ねえ》さん」「妹《いもうと》わがまま記録《きろく》」などたくさんある。

その日《ひ》、ぼくはノートを点検《てんけん》して、新《あたら》しい索引《さくいん》をつけた。「ペンギン・ハイウェイ」という項目《こうもく》だ。これはペンギンたちに関《かん》するメモにつける。ペンギンたちが海《うみ》から陸《りく》に上《あ》がるときに決《き》まってたどるルートを「ペンギン・ハイウェイ」と呼《よ》ぶのだと本《ほん》に書《か》いてあった。その言葉《ことば》がすてきだと思《おも》ったので、ぼくはペンギンの出現《しゅつげん》について研究《けんきゅう》することを、「ペンギン・ハイウェイ研究《けんきゅう》」と名付《なづ》けた。

午後《ごご》はレゴブロックで宇宙《うちゅう》ステーションを建造《けんぞう》した。それからチェスの勉強《べんきょう》をした。夜《よる》に「海辺《うみべ》のカフェ」で歯科医院《しかいいん》のお姉《ねえ》さんとチェスをする約束《やくそく》をしていたからだ。

お姉《ねえ》さんはふざけたことを言《い》ったりするけれども、本当《ほんとう》はたいへん見《み》どころのある努力家《どりょくか》だ。なぜならば、土曜日《どようび》の仕事《しごと》を終《お》えた後《あと》は、いつも勉強《べんきょう》をしているからである。何《なん》の勉強《べんきょう》をしているのか分《わ》からないけれども、夕方《ゆうがた》から夜《よる》にかけて喫茶店《きっさてん》の窓際《まどぎわ》に座《すわ》り、ノートをとったり、本《ほん》を読《よ》んだりしている。そういうときのお姉《ねえ》さんは少《すこ》しまぶしそうに目《め》を細《ほそ》めたり、眉《まゆ》をひそめたり、一人《ひとり》でうなずいたりする。

ぼくが「海辺《うみべ》のカフェ」へ出《で》かける頃《ころ》には、お姉《ねえ》さんの勉強《べんきょう》もおしまいにさしかかっている。住宅地《じゅうたくち》を抜《ぬ》けて道路《どうろ》に出《で》て、明《あか》るく光《ひか》っている「海辺《うみべ》のカフェ」が近《ちか》づいてくると、いつもと同《おな》じ席《せき》にお姉《ねえ》さんの姿《すがた》が見《み》える。そういうとき、ぼくはなぜだかたいへんうれしくなるのである。

ぼくはきっちり一時間《じかん》、お姉《ねえ》さんにチェスを教《おし》えてもらう。

同《おな》じクラスのハマモトさんはチェスを普及《ふきゅう》させようとしてがんばっている。ハマモトさんとチェスをしたことはないけれど、ぼくもずいぶん以前《いぜん》からチェスが好《す》きである。正方形《せいほうけい》が規則正《きそくただ》しくならんでいる盤《ばん》も好《す》きだし、城《しろ》や馬《うま》のかたちをしている駒《こま》をつまんで動《うご》かすのも好《す》きだ。そしてチェスをしながらお姉《ねえ》さんと話《はなし》をするのも好《す》きだ。ぼくはノートに書《か》きためていたいろいろなことをお姉《ねえ》さんに教《おし》えてあげる。お姉《ねえ》さんは感心《かんしん》することもあるけれど、盤《ばん》をにらんだまま「ふうん」と言《い》う可能性《かのうせい》が高《たか》い。「へえ」と言《い》うことも時《とき》にはある。「すごいね」と言《い》ってくれることはきわめてまれだ。

その日《ひ》のお姉《ねえ》さんは空豆色《そらまめいろ》のうすいセーターを着《き》ていた。ぼくは盤《ばん》から目《め》を上《あ》げ、お姉《ねえ》さんのおっぱいを見《み》ながら、まるで丘《おか》のように盛《も》り上《あ》がっているなあと考《かんが》えた。

「こら少年《しょうねん》。チェス盤《ばん》を見《み》ろチェス盤《ばん》を」

「見《み》てます」

「見《み》てないだろう」

「見《み》てます」

「私《わたし》のおっぱいばっかり見《み》てるじゃないか」

「見《み》てません」

「見《み》てるのか、見《み》てないのか」

「見《み》てるし、見《み》てません」

「将来《しょうらい》が思《おも》いやられる子《こ》だよ、ホント」

チェスの一戦目《せんめ》はお姉《ねえ》さんが勝《か》ち、二戦目《せんめ》はぼくが勝《か》った。「★8伯仲《はくちゅう》してるね」とお姉《ねえ》さんは言《い》った。

ぼくはペンギンについてお姉《ねえ》さんに講義《こうぎ》をした。皇《こう》帝《てい》ペンギンやジェンツーペンギンなど、ペンギンにもいろいろな種類《しゅるい》があること。ペンギンたちが卵《たまご》をあたためるルッカリーのこと。ペンギン・ハイウェイのこと。お姉《ねえ》さんは「へえ」と言《い》った。ペンギン事件《じけん》のことはお姉《ねえ》さんも知《し》っていて、「★9キソウテンガイだね」と笑《わら》った。「それで、君《きみ》はどう推理《すいり》するの？ ペンギンたちはどこから来《き》たんだろ？」

★8 両者《りょうしゃ》の力量《りきりょう》がつりあっていて、なかなか優劣《ゆうれつ》がつけられないこと。

★9 奇想天外《きそうてんがい》。ふつうでは思《おも》いつかないほど、変《か》わった考《かんが》え。

「まだ情報《じょうほう》が足《た》りません」

「私《わたし》は宇宙人《うちゅうじん》が連《つ》れてきたんだと思《おも》う」

「可能性《かのうせい》としては否定《ひてい》できないけれども、宇宙人《うちゅうじん》がわざわざそんなことをする根拠《こんきょ》が分《わ》かりません」

「侵略《しんりゃく》ね。ペンギンはかわいいから、それで地球人《ちきゅうじん》をたぶらかして、みんなが油断《ゆだん》しているうちに国連本部《こくれんほんぶ》を乗《の》っ取《と》るのだ」

「なるほど、筋《すじ》は通《とお》りますね」

ぼくがそう言《い》うと、お姉《ねえ》さんはこわい顔《かお》をした。「あんまり私《わたし》を馬鹿《ばか》にしないで。歯《は》をひっこ抜《ぬ》くよ」

ぼくがもっと脳《のう》の働《はたら》きをひかえて、夜《よる》おそくまで起《お》きていられるようになればいいのだが、残念《ざんねん》なことに、八時《じ》をまわると眠《ねむ》くてたまらなくなってくる。だんだんチェスの駒《こま》がぼやけてくる。ぼくがついウトウトすると、お姉《ねえ》さんは「こら」と言《い》う。「眠《ねむ》いんでしょ？」

「眠《ねむ》くない」

「またウソをつく！」

「ぼくは脳《のう》をたくさん使《つか》うから、すぐ眠《ねむ》くなるのです」

「うらやましいなあ。私《わたし》は眠《ねむ》れないことも多《おお》いからねえ」

「夜中《よなか》まで起《お》きてると、どんなふうですか」

「夜中《よなか》というのはすごい神秘《しんぴ》の世界《せかい》よ。まあ、子《こ》どもは知《し》らんでいいことよ」

お姉《ねえ》さんがチェスを片付《かたづ》け始《はじ》めると、ぼくはたいへんかなしい気持《きも》ちになる。なぜだか分《わ》からないが、眠《ねむ》くなるとかなしくなる傾向《けいこう》がぼくにはある。

「早《はや》くおうちへお帰《かえ》り。お迎《むか》えが今日《きょう》は遅《おく》れてるね」

「まだいいんです。ぼくは起《お》きてる」

「寝《ね》る子《こ》は育《そだ》つって言《い》うよ。眠《ねむ》れ、少年《しょうねん》」

お姉《ねえ》さんは一人《ひとり》でうなずいている。「さっさと眠《ねむ》って、大《おお》きくおなり」

やがてカランとドアが開《ひら》く音《おと》がして、父《ちち》が迎《むか》えに来《き》た。暗《くら》い夜《よる》の住宅地《じゅうたくち》を一人《ひとり》で歩《ある》くのはあぶないので、ぼくは父《ちち》が迎《むか》えに来《く》るまで待《ま》つ約束《やくそく》になっているのだ。カランという音《おと》が聞《き》こえると、ぼくのかなしさはますます大《おお》きくなるけれども、しかし眠《ねむ》さもまた大《おお》きくなる。もうどうしようもないしだいだ。

父《ちち》はお姉《ねえ》さんに頭《あたま》を下《さ》げ、お姉《ねえ》さんは微笑《ほほえ》む。父《ちち》を相手《あいて》にするとき、お姉《ねえ》さんは大人《おとな》になる。「お邪魔《じゃま》になりませんか」と父《ちち》が言《い》う。

「いえいえ。とんでもない。楽《たの》しいですよ。アオヤマ君《くん》はかしこいから」

「そうなんだ、ぼくは」

そしてお姉《ねえ》さんにオヤスミを言《い》い、ぼくは父《ちち》と二人《ふたり》で夜道《よみち》をたどって帰《かえ》った。

あんまり眠《ねむ》かったので、ぼくはその日《ひ》、夜《よる》の歯《は》みがきを忘《わす》れたようだ。まことに嘆《なげ》かわしいことだ。もっと自律《じりつ》できるようになる必要《ひつよう》があると思《おも》う。けれどぼくもいつかはこの眠《ねむ》さに耐《た》えられる男《おとこ》になるだろう。そして歯《は》みがきも怠《おこた》らないようになって、白《しろ》い永久歯《えいきゅうし》をそなえた立派《りっぱ》な大人《おとな》になるだろう。

日曜日《にちようび》は朝《あさ》八時《じ》に起《お》きて、父《ちち》といっしょに「海辺《うみべ》のカフェ」へ朝食《ちょうしょく》のパンを買《か》いに行《い》った。たいへん天気《てんき》が良《よ》くて、まぶしい朝《あさ》の陽射《ひざ》しでケヤキの葉《は》が透《す》きとおって見《み》えた。父《ちち》は四つの菓子《かし》パンと、大《おお》きなフランスパンを買《か》った。紙袋《かみぶくろ》に入《はい》ったあたたかいフランスパンをかかえるのはぼくの役割《やくわり》である。パンが湿気《しっけ》てしまわないように袋《ふくろ》の口《くち》が開《ひら》いていて、いい匂《にお》いがする。

並木道《なみきみち》を歩《ある》きながら、お姉《ねえ》さんはもう教会《きょうかい》にいるのだろうかと考《かんが》えた。お姉《ねえ》さんはカモノハシ公園《こうえん》のとなりにある小《ちい》さな教会《きょうかい》へ通《かよ》っているからだ。ぼくは一度《いちど》だけ中《なか》に入《はい》ったことがある。

家《いえ》に戻《もど》って、父《ちち》と母《はは》が朝食《ちょうしょく》の支度《したく》をしているうちに、ぼくは妹《いもうと》を起《お》こしに行《い》った。彼女《かのじょ》は放《ほう》っておくといくらでも飽《あ》きずにねむっている。まだ赤《あか》ちゃんをきどっているのだろう。そうしてぼくが起《お》こしに行《い》くとわがままを言《い》ってなかなか起《お》きない。本当《ほんとう》にあきれた子《こ》である。でも悪気《わるぎ》はないのだ。

朝食《ちょうしょく》のあと、父《ちち》は仕事《しごと》をすると言《い》って「海辺《うみべ》のカフェ」に出《で》かけた。そういうとき、父《ちち》は方眼《ほうがん》ノートや万《まん》年筆《ねんひつ》やいろいろな資料《しりょう》を詰《つ》めこんだ透明《とうめい》のケースを持《も》って行《い》く。ぼくもいつか、ああいう透明《とうめい》のケースに自《じ》分《ぶん》の研究《けんきゅう》をたくさん入《い》れて、いろんな場所《ばしょ》で自由《じゆう》に研究《けんきゅう》をしたいと考《かんが》えている。

ぼくは二階《かい》の研究所《けんきゅうじょ》（ぼくの部屋《へや》）にこもって、宇宙《うちゅう》ステーション建造《けんぞう》を続《つづ》けた。本物《ほんもの》の宇宙《うちゅう》ステーションの写真《しゃしん》を研究《けんきゅう》して、そっくりのものを作《つく》っている。しかし、ぼくの持《も》っているブロックにかぎりがあることが悩《なや》みの種《たね》だ。もっと白《しろ》いブロックが必要《ひつよう》である。ぼくがいっしょうけんめいブロックを探《さが》していると、窓《まど》からあたたかい風《かぜ》が吹《ふ》きこんできて、母《はは》と妹《いもうと》がいっしょに庭《にわ》いじりをしている声《こえ》が聞《き》こえてきた。

母《はは》と妹《いもうと》と三人《にん》で昼食《ちゅうしょく》をすませた頃《ころ》、探検《たんけん》に行《い》く約束《やくそく》をしていたウチダ君《くん》が来《き》た。

ぼくは探検《たんけん》に出《で》かけるときにいつもリュックを背負《せお》っていく。方眼《ほうがん》ノート、方位磁石《ほういじしゃく》、小《ちい》さな毛布《もうふ》、折《お》りたたみ傘《がさ》、甘《あま》くした紅茶《こうちゃ》を母《はは》が入《い》れてくれた魔法瓶《まほうびん》、非常食《ひじょうしょく》が入《はい》っている。非常食《ひじょうしょく》は父《ちち》がアメリカに出張《しゅっちょう》したときに買《か》ってきてくれた、たいへんおいしくて栄養豊富《えいようほうふ》なビーフジャーキーが少《すこ》し。でもこのおいしい非常食《ひじょうしょく》は本当《ほんとう》に非常《ひじょう》のときにしか食《た》べてはいけないのである。非常食《ひじょうしょく》というものはさみしい。

「気《き》をつけていってらっしゃい」

母《はは》と妹《いもうと》が見送《みおく》ってくれた。

ぼくらは探検《たんけん》に出発《しゅっぱつ》し、住宅地《じゅうたくち》を抜《ぬ》けていった。日曜日《にちようび》の午後《ごご》の住宅地《じゅうたくち》はたいへん静《しず》かで、太陽《たいよう》の光《ひかり》はあたたかい。生《い》け垣《がき》の隙間《すきま》から出《で》てきた猫《ねこ》が足《あし》を止《と》めて、ぼくらを見《み》た。

歩《ある》きながら、ぼくらは宇宙《うちゅう》のことについて語《かた》り合《あ》った。

ウチダ君《くん》は宇宙《うちゅう》の誕生《たんじょう》とか、★10インフレーション理論《りろん》とか、ブラックホールとか、そういうことについてぼくに教《おし》えてくれる。ぼくはスペースシャトルや宇宙《うちゅう》ステーションや宇宙《うちゅう》エレベーターについてしゃべる。ぼくが丘《おか》の上《うえ》の給水塔《きゅうすいとう》が好《す》きなのは、給水塔《きゅうすいとう》が地球脱出船《ちきゅうだっしゅつせん》みたいに見《み》えるからだ。ぼくが宇宙船《うちゅうせん》で遠《とお》い星《ほし》に行《い》く話《はなし》をしていると、ウチダ君《くん》はその宇宙船《うちゅうせん》がブラックホールに飛《と》びこむことを心配《しんぱい》する。彼《かれ》はブラックホールのことをいつも考《かんが》えている。「お風呂《ふろ》の水《みず》を抜《ぬ》くときって、ブラックホールみたいでこわいなあ」と言《い》っていた。ウチダ君《くん》はおもしろい。

★10 宇宙《うちゅう》の起源《きげん》であるビッグバンがどうやって起《お》きたのかを予想《よそう》した考《かんが》え方《かた》の1つ。

住宅地《じゅうたくち》の東《ひがし》には丘《おか》があって、そこに大《おお》きな給水塔《きゅうすいとう》がある。

丘《おか》の周辺《しゅうへん》にはまだ開発《かいはつ》されていない森《もり》が広《ひろ》がっている。森《もり》のまわりはどこに抜《ぬ》けられるか分《わ》からない小道《こみち》が縦横《じゅうおう》に走《はし》っていた。その一帯《いったい》の地図《ちず》を作《つく》ることは、ぼくらの重要《じゅうよう》な任務《にんむ》でもある。

ぼくらは給水塔《きゅうすいとう》のある丘《おか》に続《つづ》くコンクリートの階段《かいだん》を上《のぼ》っていった。高《たか》いフェンスが張《は》り巡《めぐ》らされていて、給水塔《きゅうすいとう》と大《おお》きなまるいタンクが見《み》えた。子《こ》どもが溺《おぼ》れている絵《え》を描《か》いた立《た》ち入《い》り禁止《きんし》の札《ふだ》が、いたるところにぶら下《さ》がっている。ちょっとドキリとする札《ふだ》だ。

給水塔《きゅうすいとう》の後《うし》ろは奥深《おくぶか》い森《もり》である。


あたたかい風《かぜ》が丘《おか》をかすめていくたびに、森《もり》がゆれた。ゴウッとはげしい風《かぜ》が渡《わた》っていったあと、透《す》きとおった緑《みどり》の森《もり》は、さあさあといつまでも小《ちい》さな音《おと》をさせていた。

ウチダ君《くん》が給水塔《きゅうすいとう》の写真《しゃしん》を撮《と》るというので、ぼくらはめいめい個別《こべつ》の調査活動《ちょうさかつどう》に入《はい》ることにした。ウチダ君《くん》は撮影地点《さつえいちてん》を求《もと》めてうろうろしだした。ぼくは丘《おか》から見渡《みわた》せる街《まち》の様子《ようす》をノートに記録《きろく》することにした。

遠《とお》くには県境《けんざかい》の山々《やまやま》が連《つら》なっている。あちこちに緑《みどり》の丘《おか》が盛《も》り上《あ》がっている。びっしりとならんだ家々《いえいえ》の屋根《やね》が、陽射《ひざ》しを浴《あ》びてキラキラしている。山《やま》の斜面《しゃめん》に建《た》つショートケーキのようなマンションが見《み》える。お姉《ねえ》さんがお祈《いの》りに通《かよ》っている教会《きょうかい》の尖《とが》った屋根《やね》も見《み》える。とりわけ目立《めだ》つのは、大《おお》きなショッピングセンターである。それらの間《あいだ》を縫《ぬ》うようにして道路《どうろ》が延《の》びて、そこを流《なが》れる光《ひかり》の粒《つぶ》は自動車《じどうしゃ》たちだ。丘《おか》の上《うえ》から見《み》ていると、街路樹《がいろじゅ》や遠《とお》くの丘《おか》をおおう森《もり》がざわざわとゆれているのが見《み》えた。音《おと》はこちらまで届《とど》かないけれども、風《かぜ》が街《まち》を渡《わた》っていく様子《ようす》が明確《めいかく》に観察《かんさつ》できる。

ぼくはこれらのことをノートに書《か》きこんだ。

やがてウチダ君《くん》がぼくのとなりに来《き》て座《すわ》った。ぼくらは紅茶《こうちゃ》を飲《の》んだ。

この街《まち》には丘《おか》がたくさんある。まるで青《あお》い空《そら》の下《した》にやわらかに盛《も》り上《あ》がる緑《みどり》のおっぱいのようだとぼくは思《おも》った。抜《ぬ》けかけてぶらぶらする乳歯《にゅうし》をつまみながら、おっぱいについて考《かんが》えた。

おっぱいというものは謎《なぞ》だと、ぼくはこのごろ、しきりに思《おも》うのである。ぼくがしばしば考《かんが》えてしまうのはお姉《ねえ》さんのおっぱいだが、なぜ彼女《かのじょ》のおっぱいは母《はは》のおっぱいとはちがうのだろうか。物体《ぶったい》としては同《おな》じであるのに、ぼくという人間《にんげん》に与《あた》える印象《いんしょう》がなぜこんなにもちがうのだろう。母《はは》のおっぱいを思《おも》わず見《み》ているということはないけれども、お姉《ねえ》さんのおっぱいを思《おも》わず見《み》ていることがぼくにはある。いくら見《み》ていても飽《あ》きないということがある。触《さわ》ってみたらどんなだろうと思《おも》うことがある。考《かんが》えれば考《かんが》えるほど自《じ》分《ぶん》の気持《きも》ちがふしぎになる。これが自分《じぶん》を観察《かんさつ》するということであろうか。

ぼくはそういうことをウチダ君《くん》にしゃべってみた。「どう思《おも》う、ウチダ君《くん》?」

「ぼくはなんにも知《し》らないよ」

ウチダ君《くん》は給水塔《きゅうすいとう》を見上《みあ》げながら少《すこ》し耳《みみ》を赤《あか》くした。

そこでぼくらは休憩《きゅうけい》を終《お》えて、探検《たんけん》に出《で》ようと立《た》ち上《あ》がったのだが、どこからか聞《き》こえてくるキウキウギシギシいう音《おと》に気《き》づいた。風《かぜ》が森《もり》を鳴《な》らす音《おと》とはちがっていた。なんだろうと二人《ふたり》であたりを見《み》まわしてい

ると、森《もり》へ通《つう》じる小道《こみち》の奥《おく》から、ペンギンたちがよちよち歩《ある》いてきた。
「ふにゃ！」とウチダ君《くん》がヘンな声《こえ》を出《だ》した。

給水塔《きゅうすいとう》の裏《うら》から、森《もり》をぐねぐねと抜《ぬ》けていく小道《こみち》は、ペンギンだらけだった。
翼《つばさ》をパタパタさせて走《はし》ってくるペンギンもいれば、木漏《こも》れ日《び》を浴《あ》びながらぽかんとしているペンギンもいる。ウチダ君《くん》といっしょに、「ペンギン・ハイウェイ」を逆向《ぎゃくむ》きにたどりながら、ぼくはいささか興奮《こうふん》した。

最近住宅地《さいきんじゅうたくち》を騒《さわ》がせているペンギンたちはどこから来《く》るのか、その謎《なぞ》を解《と》くことができると考《かんが》えたからだ。

ぼくらの探検目的《たんけんもくてき》は、急遽《きゅうきょ》「ペンギン・ハイウェイ調査《ちょうさ》」に変更《へんこう》された。ごうごうと風《かぜ》にゆれる森《もり》も、地図《ちず》のことも、給水塔《きゅうすいとう》のことも、おっぱいのことも忘《わす》れて、ぼくらは歩《ある》いていった。

「七！　八！」とウチダ君《くん》が叫《さけ》ぶ。

「九！　十！　あ、十一、十二、十三！」とぼくが叫《さけ》ぶ。

ペンギン数《すう》はあっという間《ま》に二十を超《こ》えた。

ぼくらの足《あし》はだんだん速《はや》くなって、ほとんど駆《か》けるようになった。小道《こみち》が細《ほそ》くなっているところでは、たくさんのペンギンが押《お》しくらまんじゅうをするように身《み》を寄《よ》せ合《あ》っていた。そこまでくると、もう数《かぞ》え切《き》れない。ぼくとウチダ君《くん》が駆《か》けていくと、ペンギンたちはよちよちと道《みち》をあけた。

そこから先《さき》へ進《すす》むとペンギンの数《かず》はかえって少《すく》なくなってきた。

ぼくはこの森《もり》の奥《おく》に、ペンギンのルッカリーがあって、彼《かれ》らはそこから街《まち》へ下《お》りてくるのだと推理《すいり》したのだけれども、そんな気配《けはい》はなかった。小道《こみち》は、ふいにまた折《お》れ曲《ま》がって、スタンドのある大《おお》きな市営《しえい》グラウンドのネット裏《うら》をのびていた。緑《みどり》のネット越《ご》しに見《み》えるグラウンドに人影《ひとかげ》はなくて、がらんとしていた。一羽《わ》のペンギンが木《き》にもたれかかるようにして、ひとやすみしていたけれど、仲間《なかま》の姿《すがた》は見《み》えなかった。

「こっちじゃないのかなあ」とウチダ君《くん》が言《い》った。

ぼくらはあきらめきれずにグラウンドの裏《うら》を伝《つた》っていった。あたりはシンとしている。雑木林《ぞうきばやし》の奥《おく》に、どこから入《はい》ってきたのか分《わ》からない軽《けい》トラックの残骸《ざんがい》が置《お》き去《ざ》りになっていた。

やがて草《くさ》の生《お》いしげった平坦《へいたん》な荒《あ》れ地《ち》へ出《で》た。

高圧鉄塔《こうあつてっとう》が抜《ぬ》けるように青《あお》い空《そら》へそびえている。荒《あ》れ地《ち》の東《ひがし》は森《もり》に面《めん》している。草《くさ》をかき分《わ》けて北側《きたがわ》へ行《い》ってみると、コンクリートで舗装《ほそう》された急斜面《きゅうしゃめん》になっていて、長《なが》い階段《かいだん》が下《した》へのびている。眼下《がんか》には二車線《しゃせん》道路《どうろ》があって、その道《みち》を渡《わた》った向《む》こうにはバスが方向転換《ほうこうてんかん》する広場《ひろば》がある。そこがバス路線《ろせん》の終着駅《しゅうちゃくえき》で、つまりぼくらの街《まち》の果《は》てだ。ペンギンは一羽《わ》もいなかった。

ぼくらは荒《あ》れ地《ち》を見回《みまわ》してぽかんとした。夢中《むちゅう》でペンギンを追《お》いかけてきたのが、なんとなく恥《は》ずかしい感《かん》じだ。流《なが》れてきた雲《くも》のかたまりが陽射《ひざ》しをさえぎって、あたりが薄暗《うすぐら》くなった。ぼくとウチダ君《くん》は高圧鉄《こうあつてつ》塔《とう》の前《まえ》で、今後《こんご》の方針《ほうしん》を相談《そうだん》した。

「ペンギン、どこから来《き》たんだろ」とウチダ君《くん》は高圧鉄塔《こうあつてっとう》を見上《みあ》げて言《い》った。

ぼくは荒《あ》れ地《ち》の向《む》こうにある森《もり》を見《み》た。「もしかするとぼくらは途中《とちゅう》でペンギン・ハイウェイをはずれたかもしれない。ペンギンたちは森《もり》の奥《おく》から出《で》てくるのかもしれない」

ぼくらは草《くさ》の上《うえ》に作《つく》りかけの地図《ちず》を広《ひろ》げて、ペンギンたちがどこからやってくるのか議論《ぎろん》した。座《すわ》りこんで夢中《むちゅう》になっていたので、ぼくらはスズキ君《くん》とその配下二人《はいかふたり》が自分《じぶん》たちを取《と》り囲《かこ》んでいることに気《き》づかなかった。ふと足音《あしおと》を聞《き》きつけて顔《かお》を上《あ》げたウチダ君《くん》が、泣《な》きそうな顔《かお》をした。

スズキ君《くん》はニヤニヤしながら、ぼくらの方《ほう》へ寄《よ》ってきた。そうして「うわ、ウチダがいる」とイヤそうに言《い》った。ウチダ君《くん》は何《なに》も言《い》わずに後《あと》ずさりした。

スズキ君《くん》はぼくをにらむと、「おまえなあ」と言《い》ってぼくの肩《かた》をつかんだ。彼《かれ》の身長《しんちょう》はぼくとほぼ同《おな》じだけれど、ちょっと太《ふと》っている。「ウソつきめ。殺《ころ》すぞ」

「ウソってなに？」

「歯医者《はいしゃ》でへんなこと言《い》ったろ」

「それは君《きみ》が歯医者《はいしゃ》さんで泣《な》いたときの話《はなし》かい？」

「こいつ！」

スズキ君《くん》は赤《あか》くなってぼくの肩《かた》を突《つ》き飛《と》ばした。「ウソばっかり言《い》うな！　殺《ころ》すぞ！　死《し》ね！」

ぼくは少《すこ》しよろけて踏《ふ》みとどまった。

「君《きみ》は本当《ほんとう》に殺《ころ》したいぐらいぼくが憎《にく》いのか？　でもぼくを殺《ころ》したって、君《きみ》にはなんの得《とく》にもならないよ。ぼくはやすやすと殺《ころ》されたりしないし、死《し》ぬ前《まえ》に君《きみ》の目玉《めだま》をえぐりとったり、耳《みみ》を食《く》いちぎるぐらいのことは可能《かのう》だ。これはたいへん痛《いた》いと思《おも》うよ。それに君《きみ》は警察《けいさつ》につかまるだろう。君《きみ》のお父《とう》さんやお母《かあ》さんも泣《な》くだろう。目《め》と耳《みみ》をなくして牢屋《ろうや》に入《はい》ってもかまわないというぐらい君《きみ》がぼくを憎《にく》んでいるのなら、それはもうぼくもやむを得《え》ないと思《おも》う。残念《ざんねん》だけれど、ぼくだって全力《ぜんりょく》でしかえしするぞ」

ぼくが意見《いけん》を述《の》べると、スズキ君《くん》は少《すこ》しぼうぜんとしたみたいだった。それから「うるさい」と言《い》った。

「わけのわかんないことばっかり言《い》うな」

「ぼくは君《きみ》を説得《せっとく》しているのだ」

「うるさい」

「でも、たしかにこないだは悪《わる》いことをしたよ。だから君《きみ》には謝《あやま》る。ごめんなさい。君《きみ》にも悪《わる》いことをしたし、ウチダ君《くん》にも悪《わる》いことをした」

ぼくが頭《あたま》を下《さ》げると、ウチダ君《くん》がびっくりして「なんのこと?」と言《い》った。

「歯科医院《しかいいん》で、ついぼくはスズキ君《くん》をこらしめようとした。ぼくはウチダ君《くん》に頼《たの》まれてもいないのに、スズキ君《くん》にしかえしをしてやろうと思《おも》ってしまった。しかえしする権利《けんり》をウチダ君《くん》から認《みと》められていないのに、ぼくが代理人《だいりにん》としてスズキ君《くん》にいじわるをするのは、これは反則《はんそく》だった。ちゃんとウチダ君《くん》に認《みと》めてもらって、スズキ君《くん》にそのことを宣言《せんげん》した上《うえ》で、いじわるをすべきだったと反省《はんせい》する」

「なんだか分《わ》かんないよ」

ウチダ君《くん》は困《こま》った顔《かお》をした。

スズキ君《くん》は「だまれ」ともう一度《いちど》低《ひく》い声《こえ》で言《い》ってから、ふいにへらへらと笑《わら》いだした。そうして配下《はいか》に命《めい》じて長《なが》い紐《ひも》を取《と》り出《だ》させた。「今《いま》から刑《けい》を執行《しっこう》する。おまえら二人《ふたり》ともだ」

ウチダ君《くん》がぼくの腕《うで》をギュッとつかんだ。

「いやだ」とぼくは言《い》った。「ぼくらは多忙《たぼう》なんだ」

そのとたん、へらへら笑《わら》っていたスズキ君《くん》が急《きゅう》にこわい顔《かお》をして、飛《と》びかかってきた。ウチダ君《くん》が悲鳴《ひめい》を上《あ》げて逃《に》げた。ぼくも逃《のが》れようとしたけれど、スズキ君《くん》に髪《かみ》をつかまれてしまった。

スズキ君《くん》はぼくの髪《かみ》をつかんで引《ひ》きずり回《まわ》した。これはたいへん痛《いた》かった。

「ちょっとスズキ君《くん》、痛《いた》いよ!」とぼくは言《い》った。スズキ君《くん》は「こいつ! こいつ!」とわめいている。毛根《もうこん》がこわれて髪《かみ》が生《は》えなくなってしまったらスズキ君《くん》の責任《せきにん》だ。ぼくがスズキ君《くん》の股間《こかん》を握《にぎ》りしめて、髪《かみ》から手《て》をはなすようにうながすと、スズキ君《くん》は「キャア！」とさけんだ。ぼくは力《ちから》の抜《ぬ》けたスズキ君《くん》を突《つ》き飛《と》ばした。彼《かれ》は荒《あ》れ地《ち》にころがりながら「チクショウ！」とうめいた。「殺《ころ》せ！　殺《ころ》せ！」

　ぼくは「ウチダ君《くん》！」と叫《さけ》んだ。リュックを背負《せお》い、地図《ちず》を握《にぎ》って、荒《あ》れ地《ち》の北《きた》へ駆《か》けだした。「逃《に》げよう！　ここはいったん退却《たいきゃく》！」

　ぼくとウチダ君《くん》は風雨《ふうう》にさらされた長《なが》いコンクリートの階段《かいだん》を駆《か》け下《お》りた。本来《ほんらい》ならば逃《に》げ切《き》れるのだけれど、ぼくは階段《かいだん》の下《した》にころがっていたコーラの空《あ》き缶《かん》に足《あし》をとられて転《ころ》んでしまった。すかさずスズキ君《くん》たちがぼくの上《うえ》にのっかってぐいぐい押《お》さえてきた。「重《おも》いよ！」とぼくは言《い》った。ウチダ君《くん》は、住宅地《じゅうたくち》の方《ほう》へ続《つづ》く人気《ひとけ》のないアスファルト道路《どうろ》をものすごい速度《そくど》で走《はし》って行《い》く。ウチダ君《くん》が無事《ぶじ》に逃《に》げることができたのは不幸中《ふこうちゅう》の幸《さいわ》いだ。

　ぼくはアスファルト道路《どうろ》の向《む》かいにあるバスターミナルへ連行《れんこう》された。バスターミナルと言《い》ってもぼくらが登校前《とうこうまえ》に集《あつ》まる公園《こうえん》ぐらいの広《ひろ》さで、隅《すみ》に小《ちい》さなプレハブの待合室《まちあいしつ》と、コーラの自動販売機《じどうはんばいき》がぽつんとあるだけである。

　スズキ君《くん》は紐《ひも》を持《も》っていて、ぼくを「気《き》をつけ」の姿勢《しせい》のまま自動販売機《じどうはんばいき》に縛《しば》りつけた。それはスズキ君《くん》帝国《ていこく》の有名《ゆうめい》な刑罰《けいばつ》の一つで、ときどきいろいろなものに縛《しば》られている男子《だんし》を見《み》かける。スズキ君《くん》が先《さき》ほどのしかえしにぼくの股間《こかん》をギュッとしたので、ぼくは「うむ」と言《い》った。

　スズキ君《くん》は配下《はいか》に命《めい》じてぼくのリュックをさかさまにし、路上《ろじょう》へ中身《なかみ》をぶちまけた。

　甘《あま》い紅茶《こうちゃ》の入《はい》った魔法瓶《まほうびん》は、バスターミナルの裏《うら》にある森《もり》に投《な》げ捨《す》てられた。ぼくとウチダ君《くん》が制作《せいさく》した地図《ちず》はスズキ君《くん》のポケットへおさまった。そしてスズキ君《くん》はぼくのノートをアスファルトに置《お》いて、その上《うえ》から皆《みな》で順番《じゅんばん》におしっこをかけた。ノートはたいへんかわいそうな具合《ぐあい》になってしまった。

「ざまみろ」

そう言《い》ってスズキ君帝国皇帝《くんていこくこうてい》は引《ひ》き上《あ》げていった。

ぼくは自動販売機《じどうはんばいき》に縛《しば》られたまま、じっとしていた。スズキ君《くん》の部下《ぶか》のコバヤシ君《くん》がたいへん上手《じょうず》に縛《しば》ったので、「気《き》をつけ」の姿勢《しせい》から身動《みうご》きがとれなかった。ぼくはコバヤシ君《くん》の腕前《うでまえ》に感心《かんしん》した。

きれいな陽射《ひざ》しが照《て》らすバスターミナルにはだれもいない。日曜日《にちようび》の昼間《ひるま》なのでバスも当分来《とうぶんこ》ないだろう。ぼくは風《かぜ》の音《おと》に耳《みみ》を澄《す》ました。だれかが助《たす》けてくれるまで待《ま》っていよう、それまでにできることをしようとぼくは考《かんが》えた。

体《からだ》を動《うご》かして、ポケットに手《て》を入《い》れることに成功《せいこう》した。ポケットの中《なか》には、特別《とくべつ》に作《つく》った小《ちい》さなノートと、父《ちち》に買《か》ってもらった超小型《ちょうこがた》ボールペンをいつも入《い》れてある。ぼくは練習《れんしゅう》を重《かさ》ねたから、今《いま》ではポケットに手《て》をいれたままメモができるのだ。

ぼくはアスファルトにころがっているノートを見《み》た。スズキ君《くん》たちのおしっこにぬれて、午後《ごご》の陽射《ひざ》しにきらきら光《ひか》っている。記憶《きおく》をたどって、ノートの内容《ないよう》をメモする作業《さぎょう》を始《はじ》めた。コピーを作《つく》るのだ。

ヒバリがかわいく鳴《な》きながら、空高《そらたか》く上《のぼ》っていく。やわらかくてあたたかい風《かぜ》がぼくの髪《かみ》をなでた。たいへんすがすがしい午後《ごご》だ。ほかに何《なに》もできないと、乳歯《にゅうし》がぐらぐらするのがたいへん気《き》になる。ぼくはわずかにひっかかっている乳歯《にゅうし》をぐいぐい舌《した》で押《お》した。空《そら》はこんなに青《あお》いのに、ぼくはこうして一人《ひとり》ぼっちで、乳歯《にゅうし》をぐらぐらさせ、大人《おとな》への階段《かいだん》をのぼっていく！　この思《おも》いつきが詩《し》のようだったので、ぼくはメモした。いずれ詩《し》も書《か》こう。ぼくには詩人《しじん》になる才能《さいのう》さえあるかもしれないのだ。

ぼくはぐらぐらする乳歯《にゅうし》の存在《そんざい》を忘《わす》れるために歌《うた》を歌《うた》うことにした。ほかに思《おも》いつかなかったので、季節《きせつ》はずれのジングル・ベルを歌《うた》うことにして、「ランランラーン」とやった。「ランランラーン」

そうすると笑《わら》い声《ごえ》が聞《き》こえた。まったく気《き》づかなかったけれども、自動販売機《じどうはんばいき》のとなりにある待合室《まちあいしつ》に人《ひと》がいたのである。でもその笑《わら》い声《ごえ》を聞《き》いただけで、その人《ひと》の正体《しょうたい》がぼくには分《わ》かった。

やがて、お姉《ねえ》さんがゆらりと出《で》てきた。彼女《かのじょ》は青空《あおぞら》の一部《いちぶ》がちぎれたような、青《あお》い洋服《ようふく》を着《き》ている。ハンドバッグを持《も》っている。眠《ねむ》そうな顔《かお》に微笑《ほほえ》みを浮《う》かべて、髪《かみ》は少《すこ》し乱《みだ》れていた。

お姉《ねえ》さんは陽射《ひざ》しの中《なか》へ出《で》てきて、もう少《すこ》しでぼくのノートを踏《ふ》みそうになり、うわっとよけた。そして本当《ほんとう》は分《わ》かっているのに、今初《いまはじ》めてぼくの存在《そんざい》に気《き》がついたような顔《かお》をした。

「なにしてるの、少年《しょうねん》」

「自動販売機《じどうはんばいき》ごっこです」

「楽《たの》しいの、それ？」

「あんまり楽《たの》しくはない」

「君《きみ》も謎《なぞ》だな」

お姉《ねえ》さんは笑《わら》った。「本当《ほんとう》はスズキ君《くん》にしかえしされたんでしょう。あんなウソをついた君《きみ》が悪《わる》い」

「ずっとそこにいたのなら、助《たす》けてくれてもいいのに」

「だって、君《きみ》は助《たす》けてくれって言《い》わなかったもの」

「お姉《ねえ》さんが正《ただ》しいことを認《みと》めます」

ぼくは言《い》った。「何《なに》をしているんですか？」

「駅前《えきまえ》に行《い》こうかと思《おも》ってバスに乗《の》りに来《き》たんだけど、しんどくて面倒臭《めんどうくさ》くなっちゃった。それで待合室《まちあいしつ》で座《すわ》ってたらうつらうつらして。ときどき、あるのよ」

お姉《ねえ》さんは紐《ひも》をほどいてくれた。自由《じゆう》になったぼくは被害状況《ひがいじょうきょう》をしらべた。リュックは踏《ふ》んづけられてへしゃげていたけれども、無事《ぶじ》だった。森《もり》の中《なか》に投《な》げられてしまった魔法瓶《まほうびん》もなんとか見《み》つけることができたけれど、ノートはびしょびしょで救《すく》いようのない状態《じょうたい》になっていた。

お姉《ねえ》さんは「よくこんなひどいことを考《かんが》えつくね」と感嘆《かんたん》したように言《い》った。「スズキ君《くん》もかわいいくせに、

なかなか悪《わる》いやつだねえ」

「皇帝《こうてい》ですから」

「なにそれ」

乳歯《にゅうし》がぐらぐらするのでぼくが指《ゆび》でつまんでいると、お姉《ねえ》さんが「抜《ぬ》いてあげようか」と言《い》った。

「けっこうです。ぼくは自分《じぶん》で抜《ぬ》くことにしています」

「悪《わる》いようにはしないってば。実験《じっけん》よ」

「そうか。実験《じっけん》は好《す》きです」

お姉《ねえ》さんはハンドバッグからソーイングセットを取《と》り出《だ》すと、糸《いと》を切《き》り、ぼくのぐらぐらする乳歯《にゅうし》にくくりつけた。そのとき彼女《かのじょ》の髪《かみ》が風《かぜ》に吹《ふ》かれて、たいへん良《よ》い匂《にお》いがした。「さあ、少年《しょうねん》。この糸《いと》を私《わたし》がひっぱる。そうすると抜《ぬ》けるからふしぎだ」と言《い》った。

けれどもお姉《ねえ》さんが糸《いと》をひっぱるとぼくは的確《てきかく》な動作《どうさ》でそれに応《おう》じるので、歯《は》は抜《ぬ》けなかった。彼女《かのじょ》がバスターミナルの中《なか》をうろうろするのに従《したが》って、ぼくは彼女《かのじょ》の衛星《えいせい》のようにうろうろした。お姉《ねえ》さんは「こら」と言《い》った。

「ついてきたらダメでしょうが。じっとしておきなさい」

ぼくは歯《は》を抜《ぬ》くのがこわかったのではない。ただ体《からだ》が勝手《かって》に動《うご》いてしまうのである。

お姉《ねえ》さんは赤《あか》い自動販売機《じどうはんばいき》の前《まえ》に立《た》ち、「いいこと考《かんが》えたよ」と言《い》った。小銭《こぜに》を入《い》れて、ぴかぴかしたコーラを買《か》った。「これをよく見《み》ているのよ」と、コーラの缶《かん》をかかげて見《み》せた。そしてお姉《ねえ》さんは糸《いと》をピンと張《は》ったまま、その缶《かん》をぼくの右上《みぎうえ》へ向《む》かって放《ほう》り投《な》げた。ぼくは鮮《あざ》やかな青空《あおぞら》をすべる赤《あか》い缶《かん》を目《め》で追《お》ったけれども、顔《かお》はほとんど動《うご》かさなかった。こんな工夫《くふう》で歯《は》が抜《ぬ》けるわけがないのである、と思《おも》った。

円筒形《えんとうがた》の缶《かん》は回転《かいてん》しながら青空《あおぞら》をよぎる。自転《じてん》を利用《りよう》して内部《ないぶ》に引力《いんりょく》を作《つく》り出《だ》す宇宙船《うちゅうせん》のようだ。ところが、視界《しかい》から消《き》えそうになった真《ま》っ赤《か》な缶《かん》が、ふいに氷結《ひょうけつ》したように白《しろ》いものにおおわれだしたので、ぼくは「おや」と思《おも》った。

その現象《げんしょう》は缶《かん》の下部《かぶ》、「Coca-Cola」の「la」の部分《ぶぶん》から始《はじ》まり、海上《かいじょう》を津波《つなみ》が進《すす》むように缶《かん》の側面《そくめん》を浸食《しんしょく》していく。いったん白《しろ》くなった部分《ぶぶん》が泡立《あわだ》つように見《み》えたと思《おも》うと黒《くろ》く変色《へんしょく》する。全体《ぜんたい》がプウッと息《いき》を吸《す》いこんだように大《おお》きさを増《ま》す。はじけるようにして真《ま》っ黒《くろ》な翼《つばさ》が側面《そくめん》から飛《と》び出《だ》す。その時点《じてん》で、コーラの缶《かん》は白黒《しろくろ》の空飛《そらと》ぶ空《あ》き缶《かん》（大《だい》）に★11変態《へんたい》している。全体《ぜんたい》はさらにふくれ続《つづ》け、回転《かいてん》を続《つづ》けるうちに高度《こうど》を下《さ》げ、先端《せんたん》がまるみを帯《お》び、クチバシができ、ばたばたと翼《つばさ》を動《うご》かすような仕草《しぐさ》をしながら、バスターミナルの中《ちゅう》央《おう》へ着陸《ちゃくりく》して、ころころころがる。もたつくようにして起《お》きあがったコーラの缶《かん》は、もうコーラの缶《かん》ではなかった。

黒《くろ》い翼《つばさ》を不器用《ぶきよう》に振《ふ》りながら、「コーラの缶《かん》だったもの」はよちよちと少《すこ》し歩《ある》いてみて、それから「ここはどこ？」と思案《しあん》するかのように青《あお》い空《そら》を眺《なが》めて立《た》ちつくした。

それが「ペンギン誕生《たんじょう》」の瞬間《しゅんかん》であったのだ。

ぼくはしばらくそのペンギンを眺《なが》めていたけれども、ふいに口《くち》の中《なか》に広《ひろ》がる血《ち》の味《あじ》に気《き》づいて、お姉《ねえ》さんをふりかえった。自動販売機《じどうはんばいき》の前《まえ》に立《た》っているお姉《ねえ》さんはもう一本買《いっぽんか》ったコーラを飲《の》みながら、抜《ぬ》けたぼく

★11 形《かたち》や状態《じょうたい》を変《か》えること。

の乳歯《にゅうし》をつまんでかかげている。「ごらん、抜《ぬ》けたわ」と言《い》った。ぼくは血《ち》の混《ま》じったつばをアスファルトへ吐《は》いた。お姉《ねえ》さんがミネラルウォーターを買《か》ってくれたので、ぼくは少《すこ》しずつ口《くち》にふくんで血《ち》を洗《あら》い流《なが》した。

「あれは、なんですか」

ぼくは言《い》った。

お姉《ねえ》さんは「ペンギンでしょ」と言《い》い、抜《ぬ》けた乳歯《にゅうし》をぼくの手《て》のひらにのせてくれた。そして彼女《かのじょ》はコーラを飲《の》みながら、ペンギンのところへ歩《ある》いていった。ペンギンはよちよち歩《ある》いてきて、お姉《ねえ》さんの足《あし》に衝突《しょうとつ》しておろおろしている。

風《かぜ》に吹《ふ》かれながら、お姉《ねえ》さんはまぶしそうに額《ひたい》に手《て》をかざした。

「私《わたし》というのも謎《なぞ》でしょう」

お姉《ねえ》さんは言《い》った。「この謎《なぞ》を解《と》いてごらん。どうだ。君《きみ》にはできるか」

夕方《ゆうがた》、ぼくは「海辺《うみべ》のカフェ」に行《い》った。

県境《けんざかい》の山向《やまむ》こうから射《さ》す光《ひかり》が、ドームのような空《そら》に浮《う》かぶ雲《くも》を桃色《ももいろ》にしていた。街《まち》がまるごとプラネタリウムの中《なか》にあるみたいだ。道路《どうろ》わきにある「海辺《うみべ》のカフェ」は、海辺《うみべ》にあるふしぎな研究所《けんきゅうじょ》みたいに明《あか》るく輝《かがや》いていた。

窓辺《まどべ》のテーブルで父《ちち》が書類《しょるい》を広《ひろ》げて仕事《しごと》をしていた。

邪魔《じゃま》をするのは悪《わる》いと思《おも》ったけれども、ぼくはどうしても父《ちち》と話《はな》がしたかったので、父《ちち》の向《む》かいに座《すわ》った。

けれどもぼくは自分《じぶん》が目撃《もくげき》した現象《げんしょう》について、うまく説明《せつめい》できる自信《じしん》がなかった。そして座《すわ》ったとたん、たとえ相手《あいて》が父《ちち》であっても、これを自分《じぶん》とお姉《ねえ》さんだけの秘密《ひみつ》にしておきたい気分《きぶん》になりさえした。

ぼくが寡黙《かもく》になるのはめずらしいことなので、父《ちち》は少《すこ》し驚《おどろ》いたかもしれない。父《ちち》は万年筆《まんねんひつ》で方眼《ほうがん》ノートに図形《ずけい》を描《か》きこんでいたけれど、やがてノートから顔《かお》をあげて、眼鏡《めがね》の向《む》こうからぼくを見《み》た。

「どうした？　何《なに》かあったのかい」と父《ちち》は言《い》った。

「父《とう》さん。ぼくは驚《おどろ》くべき現象《げんしょう》を発見《はっけん》した」

ぼくは言《い》った。「でも客観的《きゃっかんてき》な証拠《しょうこ》がないから、今《いま》は何《なに》も言《い》えない。もう少《すこ》し検討《けんとう》を要《よう》するとぼくは考《かんが》える」

「何《なに》かヒントをくれないか」

「歯科医院《しかいいん》のお姉《ねえ》さんのこと」

「もう少《すこ》し」

「うまくいえないけれど、お姉《ねえ》さんはとてもふしぎで面白《おもしろ》い。たいへん興味《きょうみ》がある」

父《ちち》は「なるほど」とうなずいた。

「それはすてきな課題《かだい》を見《み》つけたね」

そして父《ちち》は、少《すこ》しだけ苦《にが》い味《あじ》のするチョコレートをくれた。

ぼくはたいへん脳《のう》を使《つか》う生活《せいかつ》をしているから、夜《よる》は妹《いもうと》よりも早《はや》くねむってしまうぐらいである。そのかわり朝《あさ》は早《はや》い。太陽《たいよう》がのぼるよりも早《はや》いことがある。近隣《きんりん》の小学生《しょうがくせい》のうちでは一番《いちばん》だと自負《じふ》★12するものだ。

ベッドの右側《みぎがわ》には大《おお》きな窓《まど》があり、空色《そらいろ》のブラインドが下《さ》がっている。朝《あさ》になると、ブラインドにさえぎられた朝《あさ》の光《ひかり》がぼんやりとした光《ひかり》の縞《しま》を作《つく》る。

その日《ひ》の朝《あさ》に目覚《めざ》めたとき、部屋《へや》はひんやりと青《あお》くて、水《みず》の中《なか》にいるようだった。

ぼくはベッドの中《なか》で、自分《じぶん》が浅瀬《あさせ》にぽつんと生《う》まれたばかりの生命体《せいめいたい》だったらどんなものだろうと考《かんが》えた。

四十億年《おくねん》も昔《むかし》に、岩場《いわば》の小《ちい》さな水《みず》たまりで、初《はじ》めての生命《せいめい》がぽつんと生《う》まれた。水《みず》の中《なか》をゆらゆらただよっていた。生《う》まれたばかりの生命《せいめい》は本当《ほんとう》に小《ちい》さくて、それがだんだん大《おお》きくなって、複雑《ふくざつ》になって、ある生《い》き物《もの》は絶滅《ぜつめつ》したし、またある生《い》き物《もの》は繁栄《はんえい》したりして、今《いま》みたいな世界《せかい》になった。

ぼくらはお父《とう》さんとお母《かあ》さんから生《う》まれた。お母《かあ》さんとお父《とう》さんはそれぞれのお父《とう》さんとお母《かあ》さんから生《う》まれた。シロナガスクジラも、シマウマも、ペンギンもそうだ。生命《せいめい》はみんな、生命《せいめい》から生《う》まれる。でも気《き》が遠《とお》くなるぐらい昔《むかし》にさかのぼると、どこかで、お父《とう》さんもお母《かあ》さんもいないのに生《う》まれた子《こ》どもがいるのだ。

ぼくとウチダ君《くん》は生命《せいめい》の起源《きげん》についても話《はな》しあったことがある。ウチダ君《くん》は「考《かんが》えてると頭《あたま》の奥《おく》がつーんとするね」と言《い》った。

地球最初《ちきゅうさいしょ》のふしぎな子《こ》どもは、どうやって最初《さいしょ》の壁《かべ》を飛《と》びこえたんだろう。

★12 自分《じぶん》の才能《さいのう》や知識《ちしき》、これまでに行《おこな》ってきた実績《じっせき》に、自信《じしん》や誇《ほこ》りをもつこと。

これはたいへん重要《じゅうよう》な問題《もんだい》であると思《おも》う。ひょっとすると将来《しょうらい》、ぼくの研究《けんきゅう》によってすべてが明《あき》らかになったら、ぼくはノーベル賞《しょう》をもらうかもしれない。

そんなふうに全地球規模《ぜんちきゅうきぼ》の考《かん》えごとをしながら、自分《じぶん》の部屋《へや》を見《み》ているのがぼくは好《す》きである。作《つく》りかけの宇宙《うちゅう》ステーションが見《み》える。本棚《ほんだな》には父《ちち》に一冊《さつ》ずつ買《か》ってもらった本《ほん》や、研究成果《けんきゅうせいか》を整理《せいり》しているノートがならんでいる。本棚《ほんだな》の上《うえ》に置《お》いてあるのは、クリスマスイブにもらった紙製《かみせい》のトリケラトプスの骨格模型《こっかくもけい》だ。机《つくえ》の上《うえ》には入学祝《にゅうがくいわ》いに祖父《そふ》からもらった地球儀《ちきゅうぎ》もある。探検用《たんけんよう》のリュックや、ランドセルが机《つくえ》のわきに置《お》いてある。新《あたら》しいノートは忘《わす》れないように昨日《きのう》のうちに机《つくえ》に出《だ》しておいた。

一階《かい》のリビングルームで父《ちち》と母《はは》が話《はなし》をする声《こえ》が聞《き》こえてきた。食器《しょっき》が鳴《な》る音《おと》が聞《き》こえる。父《ちち》が朝食《ちょうしょく》をとっているのだ。ぼくはこの音《おと》を聞《き》きながら、これからの一日《いちにち》の計画《けいかく》を立《た》てるのがたいへん好《す》きだ。その日《ひ》の朝《あさ》はとりわけ、いつもよりもずっと楽《たの》しい気《き》がした。

「なんでだろう？」と考《かん》えるうちに、ぼくはペンギンとお姉《ねえ》さんのことを思《おも》いだした。ぼくはすごい研究《けんきゅう》を始《はじ》めたのであった。そうとも。

そうするとぼくはすっかりうれしくなってしまい、ベッドから跳《と》び起《お》きたくなった。そのとき、ちょうどめずらしく早起《はやお》きした妹《いもうと》が「お兄《にい》ちゃん起《お》きろ！」と部屋《へや》に飛《と》びこんできた。彼女《かのじょ》はぼくがとっくに目《め》を覚《さ》ましていたことを知《し》らないのだからいい気《き》なものだ。ぼくはベッドの中《なか》で地球規模《ちきゅうきぼ》の壮大《そうだい》なことを考《かん》えていたというのに。

妹《いもうと》はベッドに飛《と》び乗《の》ってカンガルーの子《こ》どものように跳《と》びはねた。ぼくは反撃《はんげき》して、彼女《かのじょ》をすっかり毛《もう》布《ふ》でくるんでしまった。妹《いもうと》は身動《みうご》きがとれないと分《わ》かると、「出《だ》して！　出《だ》して！」と泣《な》き声《ごえ》をだした。かわいそうになって毛布《もうふ》から出《だ》すと、すぐに彼女《かのじょ》はケラケラ笑《わら》って、「お兄《にい》ちゃんの歯抜《はぬ》けジジイ！」と叫《さけ》んだ。

兄《あに》の威厳《いげん》を示《しめ》すというのは、とてもむずかしい仕事《しごと》である。

学校《がっこう》にいる間《あいだ》も、ぼくはペンギンとお姉《ねえ》さんについて研究《けんきゅう》を進《すす》めた。

新《あたら》しいノートにペンギンの絵《え》を描《か》き、お姉《ねえ》さんがコーラの缶《かん》からペンギンを産《う》みだしたときの状況《じょうきょう》をできるだけ細《こま》かく分析《ぶんせき》した。どこにお姉《ねえ》さんの秘密《ひみつ》があるのだろうと考《かんが》えた。しかし、ぼくがペンギン誕生《たんじょう》を目撃《もくげき》したのは一度《いちど》きりだし、もっとたくさんのデータが必要《ひつよう》だ。お姉《ねえ》さんに協力《きょうりょく》してもらわなくてはいけない。

「今日《きょう》の帰《かえ》りに歯科医院《しかいいん》によったとき、お姉《ねえ》さんに頼《たの》んでみよう」と考《かんが》えた。

休《やす》み時間《じかん》にウチダ君《くん》がやってきて、ぼくの机《つくえ》の前《まえ》にだまって立《た》った。ウチダ君《くん》は寡黙《かもく》な人《ひと》だけれど、その日《ひ》はいつもよりもずっと本格的《ほんかくてき》な寡黙《かもく》ぶりだった。ふしぎに思《おも》っていると、彼《かれ》は「アオヤマ君《くん》怒《おこ》ってる？」とヘンなことを言《い》うので、ぼくはたいへんおどろいてしまった。「なんで？」

「日曜日《にちようび》、ぼくはアオヤマ君《くん》を見捨《みす》てて逃《に》げたから」

「怒《おこ》ってない。ぼくは五歳《さい》になったときから、決《けっ》して怒《おこ》らないのだ」

「でもね」とウチダ君《くん》はうつむいた。「ぼくは本当《ほんとう》に逃《に》げたからね。あれはあんまりよくなかったな！」

「あれはかしこい判断《はんだん》だった。あのときウチダ君《くん》がもどってきても、二人《ふたり》いっしょにつかまるだけだった。

だから君《きみ》がつかまらなかっただけましだったとぼくは考《かんが》える」

「そう？　ぼく、かしこかった？」

「かしこかった」

「それはよかったよ」と言《い》って、ウチダ君《くん》は元気《げんき》になった。

教室《きょうしつ》の隅《すみ》にスズキ君《くん》たちと女《おんな》の子《こ》たちが集《あつ》まってわいわいしていた。ウチダ君《くん》が「ハマモトさんがスズキ君《くん》とチェスをしているよ」と教《おし》えてくれた。「スズキ君《くん》が挑戦《ちょうせん》したんだ」

「めずらしいことだね」

「スズキ君《くん》がバカにしたから、ハマモトさんがチョーハツしたんだってさ」

「スズキ君《くん》も困《こま》った人《ひと》だなあ！」

ぼくのノートがスズキ君《くん》たちのおしっこだらけになったことや、探検地図《たんけんちず》をとられたことを話《はな》すと、ウチダ君《くん》はたいへんくやしがった。

「ひどいことをするなあ！　本当《ほんとう》に！」

「でもノートはコピーを作《つく》ったから安心《あんしん》だ。探検地図《たんけんちず》はまた描《か》き直《なお》せばいい。スズキ君《くん》から取《と》り返《かえ》すよりも、新《あたら》しく作《つく》ったほうが効率的《こうりつてき》だと思《おも》うんだ」

「アオヤマ君《くん》はスズキ君《くん》にも怒《おこ》らないんだね」

「怒《おこ》りそうになったら、おっぱいのことを考《かんが》えるといいよ。そうすると心《こころ》がたいへん平和《へいわ》になるんだ」

「ぼく、アオヤマ君《くん》はえらいと思《おも》うけども……でも、あまりそういうことを考《かんが》えるのはよくない」

「おっぱいのこと？」

「分《わ》からないけど。でも、よくないような気《き》がするな」

「ずっと考《かん》がえているわけではないよ。毎日《まいにち》ほんの三十分《ぷん》ぐらいだから」

その日《ひ》は、休《やす》み時間《じかん》のたびにスズキ君《くん》がハマモトさんにチェスを挑《いど》んだ。スズキ君《くん》はハマモトさんの気《き》を散《ち》らそうとしたり、駒《こま》をごまかそうとしたり、いろいろな妨害工作《ぼうがいこうさく》をしていたけれど、どうしても勝《か》てない。ハマモトさんは強《つよ》かった。放課後《ほうかご》には、真《ま》っ赤《か》になっているスズキ君《くん》と、すました顔《かお》でチェス盤《ばん》を見《み》ているハマモトさんのまわりに、クラスの子《こ》たちが集《あつ》まった。チェス盤《ばん》をのぞいてみると、スズキ君《くん》は救《すく》いようがないぐらいの劣勢《れっせい》だった。彼《かれ》がさんざん考《かんが》えて一手《いって》を指《さ》しても、すぐにハマモトさんは次《つぎ》の手《て》を指《さ》してしまう。まるでチョコレートをならべる女《おんな》の子型《こがた》ロボットみたいに正確《せいかく》な動《うご》きだったものだから、ぼくはおおいに感心《かんしん》した。

ふいにスズキ君《くん》がチェス盤《ばん》から顔《かお》を上《あ》げた。「なんだよ!」と彼《かれ》はぼくに怒《おこ》った。

「なんでもないよ。見《み》ているだけだよ」

「見《み》るな! 見《み》るな!」

スズキ君《くん》は「アオヤマのせいで気《き》が散《ち》った」と主張《しゅちょう》して、チェスの駒《こま》をぐしゃぐしゃにした。そしてコバヤシ君《くん》たちを引《ひ》きつれて教室《きょうしつ》から出《で》て行《い》った。ぼくもあきれてしまったぐらいだけれど、ハマモトさんはチェスの駒《こま》をぐしゃぐしゃにされても怒《おこ》らなかった。駒《こま》を一つ一つ箱《はこ》に片付《かたづ》けながら、「しょうぶにならないな!」と野原《のはら》で歌《うた》うみたいにつぶやいている。「ハマモトさんは強《つよ》い」という点《てん》で、ぼくとウチダ君《くん》の意見《いけん》は一致《いっち》した。

その日《ひ》は帰《かえ》る途中《とちゅう》でウチダ君《くん》と別《わか》れてから、歯科医院《しかいいん》によった。

ぼくはいつも通《どお》り白《しろ》いソファに座《すわ》って、マガジンラックから取《と》ってきた雑誌《ざっし》をテーブルに広《ひろ》げた。雑誌《ざっし》に宇宙論《うちゅうろん》の特集《とくしゅう》があるのを見《み》つけたので、ぼくは熱心《ねっしん》に読《よ》んだ。きれいなイラストと文章《ぶんしょう》が何《なん》ページも続《つづ》いていた。ぼくは宇宙《うちゅう》のことにくわしいと自負《じふ》しているけれども、そんなぼくにもいささかこの文章《ぶんしょう》はむずかしかった。「これはもっと身《み》を入《い》れて研究《けんきゅう》する必要《ひつよう》があるぞ」と考《かんが》えた。歯《は》の治療《ちりょう》が終《お》わったあとにぼくがそんなことをしゃべると、先生《せんせい》は「持《も》っていっていいよ」と言《い》った。歯科医院《しかいいん》の先生《せんせい》は、ぼくの研究《けんきゅう》に協力的《きょうりょくてき》だ。

「お姉《ねえ》さんはお休《やす》みですか？」

「体調《たいちょう》が悪《わる》いらしい」と先生《せんせい》は言《い》った。「心配《しんぱい》かい？」

「心配《しんぱい》しています」

先生《せんせい》は何《なに》も言《い》わずに笑《わら》って、ぼくの頭《あたま》をぽんとたたいた。

待合室《まちあいしつ》に戻《もど》って待《ま》っていると、受付《うけつけ》の人《ひと》が「葉書《はがき》をあずかってるよ」と言《い》った。白《しろ》い雪《ゆき》におおわれた地面《じめん》にペンギンがぽつんと立《た》っている写真《しゃしん》の絵葉書《えはがき》だった。ペンギンに向《む》いた矢印《やじるし》が書《か》いてあって、「ここに君《きみ》が立《た》ってる」とメモがあった。お姉《ねえ》さんの字《じ》だった。

ぼくが見《み》た夢《ゆめ》のメモ。

お姉《ねえ》さんが岩《いわ》でごつごつした海辺《うみべ》に立《た》っている。あたりはがらんとしていて、植物《しょくぶつ》は一本《いっぽん》も生《は》えていない。そこはカンブリア紀《き》★13の海《うみ》なのだということを、ぼくは当然《とうぜん》みたいに知《し》っている。夢《ゆめ》の中《なか》というのはふしぎにいつもそんなふうだ。海《うみ》の果《は》てには、アフリカのドキュメンタリー番組《ばんぐみ》で見《み》たみたいな稲妻《いなずま》がピカピカ走《はし》っている。空《そら》は紺色《こんいろ》だけれども、うっすらと明《あか》るい。ぼくがこの街《まち》の小学生《しょうがくせい》のだれよりも早起《はやお》きして、ブラインドの隙間《すきま》から見《み》る空《そら》の色《いろ》だ。

岩《いわ》のくぼみに立《た》っているお姉《ねえ》さんの顔《かお》はよく覚《おぼ》えている。彼女《かのじょ》はとてもねむそうで、さみしそうだ。彼女《かのじょ》は足《あし》もとにころがっている石《いし》をひろった。その石《いし》は表面《ひょうめん》がつやつやしていて、まるでアルミニウムでできているみたいだった。彼女《かのじょ》が手《て》のひらにのせてころがすと、かたく、冷《つめ》たく、光《ひか》るのだ。

お姉《ねえ》さんはその石《いし》をおっぱいであたためるようにして抱《だ》く。やがてじゅうぶんにあたたまったのを見《み》はからって、彼女《かのじょ》はその石《いし》を海《うみ》に投《な》げる。石《いし》は回転《かいてん》しながらピカピカ光《ひか》り、ブルブルと水風船《みずふうせん》みたいに振動《しんどう》し、次《つぎ》の瞬間《しゅんかん》に膨張《ぼうちょう》した。銀色《ぎんいろ》に光《ひか》る大《おお》きな泡《あわ》が次々《つぎつぎ》と石《いし》の表面《ひょうめん》に浮《う》かんできて、一つの泡《あわ》がべつの泡《あわ》をおしのけたり、飲《の》みこんだりする。まるではげしい化学反応《かがくはんのう》が起《お》こっているようだ。石《いし》はどんどん大《おお》きくなって、ついにはぼくよりも、お姉《ねえ》さんよりも大《おお》きくなる。海面《かいめん》に落《お》ちても、まだまだふくらみ続《つづ》ける。

やがて銀色《ぎんいろ》の大《おお》きなシロナガスクジラが現《あらわ》れる。

そのシロナガスクジラが進化《しんか》してぼくらになったんだな、というふうにぼくはなぜだか納得《なっとく》する。お姉《ねえ》さんがぼくらを作《つく》ったんだと考《かんが》えるとうれしい。それなのに、お姉《ねえ》さんはねむそうで、さみしそうだ。なぜそんなにさみしそうなのか教《おし》えてほしいとぼくは思《おも》う。

★13 地球《ちきゅう》の歴史《れきし》の中《なか》で「古生代《こせいだい》」と言《い》われる、約《やく》5億年前《おくねんまえ》ごろを指《さ》す。たくさんの種類《しゅるい》の生物《せいぶつ》が生《う》まれ、消《き》えていった時代《じだい》として知《し》られる。

小学校《しょうがっこう》の敷地《しきち》は、一辺《いっぺん》が百八十メートルの大《おお》きな正方形《せいほうけい》である。

三年生《ねんせい》だったときの九月《がつ》から十月《がつ》にかけて、ぼくは正方形《せいほうけい》なものを研究《けんきゅう》していた。ぼくは街《まち》にある正方形《せいほうけい》なものを見《み》つけるたびに記録《きろく》していた。正方形《せいほうけい》が大好《だいす》きであったので、地平線《ちへいせん》まで方眼紙《ほうがんし》みたいに正確《せいかく》に街《まち》が区切《くぎ》られていたらどんなにステキなことだろうか！　と思《おも》ったぐらいである。

やがてぼくは三角形《さんかくけい》や円《えん》や曲線《きょくせん》の研究《けんきゅう》も始《はじ》めたが、今《いま》でもやはり正方形《せいほうけい》が一番《いちばん》ステキであると信《しん》じるものだ。ぼくは方眼紙《ほうがんし》が好《す》きだし、正方形《せいほうけい》の空《あ》き地《ち》を見《み》つけるとうれしくなる。自分《じぶん》の通《かよ》う小学校《しょうがっこう》が正方形《せいほうけい》の敷《しき》地《ち》の中《なか》にあって、校舎《こうしゃ》が「ロ」の字《じ》の正方形《せいほうけい》であることはよろこばしいことだ。

ぼくとウチダ君《くん》は、小学校《しょうがっこう》の敷地《しきち》の外側《そとがわ》を一周《いっしゅう》したことがある。放課後《ほうかご》に先生《せんせい》たちに見《み》つからないように用心《ようじん》して、校庭《こうてい》のフェンスの裏《うら》や、がらんとした草地《くさち》や、駐車場《ちゅうしゃじょう》を通《とお》りぬけたのだ。その探検《たんけん》によって、ぼくらは大《おお》きな正方形《せいほうけい》がきちんと正方形《せいほうけい》であることをたしかめた。そして焼却炉《しょうきゃくろ》の裏《うら》に、正門《せいもん》とはべつの出入《でい》り口《ぐち》を見《み》つけた。ブロック塀《べい》に小《ちい》さな正方形《せいほうけい》の扉《とびら》があるのだ。学《がっ》校《こう》のとなりに広《ひろ》がる草地《くさち》には、水路《すいろ》があることも発見《はっけん》した。

ぼくらはこれらの発見《はっけん》を地図《ちず》に書《か》きこんだものだ。地図《ちず》はスズキ君《くん》にとられてしまったけれど、発見《はっけん》したことは脳《のう》にちゃんと記録《きろく》されている。

水曜日《すいようび》は学校《がっこう》が早《はや》く終《お》わるので、ぼくとウチダ君《くん》は水路《すいろ》をたどってみることにした。どこから流《なが》れてくるのか、水源《すいげん》を突《つ》き止《と》める調査《ちょうさ》だ。ぼくがその計画《けいかく》に「プロジェクト・アマゾン」と命名《めいめい》すると、ウチダ君《くん》はたいへんよろこんだ。「ペンギン・ハイウェイ」の研究《けんきゅう》が進《すす》められないことは残念《ざんねん》だけれど、ぼくはたくさんの研究《けんきゅう》をかかえている。一つが止《と》まっているなら、ほかの研究《けんきゅう》を進《すす》めるべきだと考《かんが》えるものだ。

放課後《ほうかご》、ぼくらは焼却炉《しょうきゃくろ》の裏《うら》にある秘密《ひみつ》の出口《でぐち》から出《で》て、校庭《こうてい》のフェンスの向《む》こう側《がわ》を通《とお》り、草地《くさち》を横切《よこぎ》っていった。雲《くも》が出《で》ていたけれど、雨《あめ》の降《ふ》る心配《しんぱい》はないことがぼくには分《わ》かる。ときおり灰色《はいいろ》の雲《くも》の切《き》れ目《め》から太陽《たいよう》がのぞいて、ぼくらの歩《ある》いていく草地《くさち》が、水《みず》から浮《う》かび上《あ》がってくるみたいに明《あか》るくなった。太陽《たいよう》が出《で》ているのは少《すこ》しの間《あいだ》で、すぐにあたりは薄暗《うすぐら》くなる。だれかが空《そら》のスイッチを入《い》れたり切《き》ったりしているようだった。

ぼくは方位磁石《ほういじしゃく》を見《み》ながら歩《ある》き、ウチダ君《くん》は地面《じめん》からぬいた草《くさ》をふりまわしていた。

「ここには幼稚園《ようちえん》を造《つく》る予定《よてい》だったんだって」と彼《かれ》は言《い》った。

「でも、空《あ》き地《ち》のままだね」

「中止《ちゅうし》になったのかな。それとも他《ほか》のものを造《つく》るのかな」

「駅《えき》だったらいいと思《おも》う」とぼくは言《い》った。「小学校《しょうがっこう》のとなりに駅《えき》があったら、たいへん便利《べんり》だ」

ぼくらが探検《たんけん》する水路《すいろ》は、東《ひがし》から西《にし》へ流《なが》れている。コンクリートで固《かた》められた水路《すいろ》の幅《はば》は約《やく》一メートルだ。

水《みず》はぼくらの胸《むね》ぐらいまである。水路《すいろ》の対岸《たいがん》には笹《ささ》がしげっている。水源《すいげん》をさぐる探検隊《たんけんたい》は東《ひがし》に向《む》かって歩《ある》いた。

「ウチダ君《くん》、落《お》ちないように気《き》をつけて」

「水《みず》が出《で》てくるところはどんなところだろう？　わき水《みず》とか、井戸《いど》とかかな？」とウチダ君《くん》は言《い》った。「ア

オヤマ君《くん》、井戸《いど》って見《み》たことある？」

「理論《りろん》は知《し》っている」

「ものすごく深《ふか》い井戸《いど》だったらこわいね。ブラックホールみたいだ」

だんだん笹《ささ》が増《ふ》えてきて、探検隊《たんけんたい》の行《ゆ》く手《て》をふさぐようになった。ぼくらは水路《すいろ》のへりを歩《ある》いていたのだけれど、笹《ささ》をおしのけるようにして歩《ある》かなければいけなかった。ときどき水路《すいろ》の中《なか》を魚《さかな》が泳《およ》ぐのが見《み》えた。ふりかえっても、小学校《しょうがっこう》の校舎《こうしゃ》は見《み》えない。校庭《こうてい》を囲《かこ》むフェンスが見《み》えるだけだった。

やがてクズの葉《は》におおわれたフェンスがぼくらの前《まえ》に現《あらわ》れた。水路《すいろ》はその中《なか》へ続《つづ》いているので、ぼくらはちょっと悩《なや》んだけれども、フェンスを乗《の》り越《こ》えることにした。ひょっとすると、フェンスの向《む》こうに川《かわ》の生《う》まれる場所《ばしょ》があるかもしれないからだ。

フェンスで囲《かこ》まれているのは、二十五メートル四方《しほう》ぐらいの正方形《せいほうけい》の土地《とち》だ。ピラミッドをさかさまにしたようなかたちの貯水池《ちょすいち》があって、水路《すいろ》はそこにつながっている。底《そこ》の方《ほう》にしか水《みず》がないので、ぼくらが落《お》ちる心配《しんぱい》はなさそうだ。貯水池《ちょすいち》の斜面《しゃめん》はコンクリートのブロックでかためられていて、ブロックの隙間《すきま》からは緑《みどり》の植物《しょくぶつ》が生《は》えていたし、水《みず》の中《なか》にはソーセージみたいな実《み》をつけた宇宙植物《うちゅうしょくぶつ》のようなものがのびていた。

貯水池《ちょすいち》のまわりも草《くさ》がしげっている。きっとだれも来《こ》ないのだろう。ぼくは古代文明《こだいぶんめい》の遺跡《いせき》を発見《はっけん》したような気《き》がした。

貯水池《ちょすいち》の中《なか》には小《ちい》さな灰色《はいいろ》の塔《とう》があって、土手《どて》から細《ほそ》い橋《はし》がかかっていた。ぼくらはその橋《はし》の手前《てまえ》まで行《い》ったけれども、橋《はし》には入《はい》れないように鍵《かぎ》がかかっている。

「だれか住《す》んでいるの？」とウチダ君《くん》は不安《ふあん》そうに言《い》った。

「分《わ》からない。でも水《みず》の量《りょう》を調査《ちょうさ》する機械《きかい》とかがしまってあるだけだと思《おも》うな。こんなに草《くさ》に埋《う》もれてるから、水道局《すいどうきょく》の人《ひと》も忘《わす》れてるのかもしれない」

「ここから水《みず》がわいてるのかな？」

「ぼくはちがうと考《かんが》える。あそこにまた水路《すいろ》があるだろう？　水《みず》はもっとべつのところから流《なが》れてきて、ここにいったんたまるようになってるんだ。そうじゃないと、川《かわ》の水《みず》が溢《あふ》れるから」

「ははあ！」とウチダ君《くん》は感心《かんしん》した。「理論《りろん》は分《わ》かった」

ぼくは貯水池《ちょすいち》のへりに毛布《もうふ》を広《ひろ》げた。

ぼくとウチダ君《くん》はこの毛布《もうふ》を「基地《きち》」と呼《よ》んでいる。妹《いもうと》が赤《あか》ちゃん時代《じだい》によだれをたらしていた毛布《もうふ》だけれど、母《はは》が念入《ねんい》りに洗《あら》ってくれたから安心《あんしん》である。妹《いもうと》のおさがりとは思《おも》えないほど役《やく》に立《た》つ。明《あか》るい空《そら》豆色《まめいろ》で、正方形《せいほうけい》だ。たためば小《ちい》さくなるし、どこでも基地《きち》にすることができる。探検隊《たんけんたい》には必須《ひっす》の道具《どうぐ》だ。

基地《きち》に座《すわ》って、ぼくはノートに貯水池《ちょすいち》のメモを書《か》いた。ウチダ君《くん》は口笛《くちぶえ》を吹《ふ》いている。

貯水池《ちょすいち》のまわりは静《しず》かだ。小学校《しょうがっこう》のチャイムも聞《き》こえないぐらい遠《とお》い。

ぼくが歯科医院《しかいいん》の先生《せんせい》に宇宙《うちゅう》の雑誌《ざっし》をもらったことを言《い》うと、ウチダ君《くん》はうらやましがった。そしてウチダ君《くん》は「宇宙《うちゅう》は無《む》から生《う》まれた」という理論《りろん》を話《はな》した。ぼくはそのことについて雑誌《ざっし》に書《か》いてあったことを思《おも》いだした。

「無《む》というのはどんな感《かん》じかな」とぼくは言《い》った。

「ただのからっぽじゃないと思《おも》う。お腹《なか》がへってからっぽになっても、『お腹《なか》が無《む》になった』とは言《い》わないもの」

「からっぽだというぼくらのお腹《なか》が存在《そんざい》しないぐらい、ものすごいからっぽなわけだね」

「そうなんだ」

「まったく、それはすごいね」

「すごいよ。時間《じかん》も空間《くうかん》もないんだって」

「時間《じかん》も空間《くうかん》もないっていうのはどんなのだろう？　これはたいへんムズカシイ問題《もんだい》だな」

「空間《くうかん》がなければぼくらはそこに座《すわ》ってることもできないし、時間《じかん》が流《なが》れないんだから『ここには時間《じかん》がないな』ってつぶやくこともできないね」

ウチダ君《くん》はそう言《い》ってから、「こわいなあ」と言《い》った。「ぼくらが死《し》んだらそういうところに行《い》くのかな」

「ぼくら、生《う》まれる前《まえ》はずっとそういうところにいたのかもしれないよ」

「あ、そうか」

「でもぜんぜん記憶《きおく》にないね」

ウチダ君《くん》は顔《かお》をしかめた。「……こういうことを考《かんが》えてると、ぼくは頭《あたま》の奥《おく》がつーんとするんだ。それで、何《なに》かぐるぐるした感《かん》じがする」

ぼくらがそうやって毛布《もうふ》に座《すわ》っていると、貯水《ちょすい》池《ち》の対岸《たいがん》にしげっているやぶが、ガサガサと動《うご》いた。風《かぜ》にゆれたのではなかった。やぶの向《む》こうに何《なに》か動物《どうぶつ》が隠《かく》れている。ぼくはハッとしてノートをとじた。ウチダ君《くん》はびっくりしてぼくの腕《うで》をつかんだ。

キウキウキシキシという音《おと》がして、一羽《わ》のペンギンが姿《すがた》を見《み》せた。そのペンギンはぼくらを気《き》にする様子《ようす》もなく、よちよちと貯水池《ちょすいち》のへりまでやってきた。そしてギリシアの哲学者《てつがくしゃ》みたいに立《た》っていた。

「何《なに》してるんだろ？」

ウチダ君《くん》が言《い》った。「あのペンギンたちはどこから来《き》たんだろう」

「分《わ》からない」

ぼくはウチダ君《くん》にウソをついてしまった。

ペンギンがどこから来《き》たのか知《し》っているのは、ぼくだけだった。ぼくはその発見《はっけん》のことを、当分《とうぶん》だれにも言《い》わないでおこうと思《おも》っていた。たとえ相手《あいて》がウチダ君《くん》であっても。

もしお姉《ねえ》さんにペンギンを作《つく》りだす能力《のうりょく》があるとわかったら、政府《せいふ》の研究所《けんきゅうじょ》や大学《だいがく》やいろいろなところから調査団《ちょうさだん》がこの街《まち》へやってくるだろう。そしてお姉《ねえ》さんを研究《けんきゅう》して、無限《むげん》にペンギンを作《つく》りだす方法《ほうほう》を明《あき》らかにして、ペンギン学会《がっかい》に発表《はっぴょう》する。そんなことになれば、ぼくはもうお姉《ねえ》さんと会《あ》うことができなくなるだろう。ペンギン・ハイウェイについて、自分《じぶん》で研究《けんきゅう》することもできなくなる。それはぼくにとって、たいへん困《こま》ったことなのだ。

ウチダ君《くん》にウソをつくのはよくないことだが、この研究《けんきゅう》は秘密《ひみつ》で進《すす》めなくてはいけない。

ペンギンがやぶの中《なか》にモソモソと姿《すがた》を消《け》すまで、ぼくらは貯水池《ちょすいち》のへりに座《すわ》っていた。

「海辺《うみべ》のカフェ」には大《おお》きな天窓《てんまど》があって、店《みせ》のご主人《しゅじん》のヤマグチさんはその窓《まど》を開《あ》けるために特別《とくべつ》な長《なが》い棒《ぼう》を使《つか》う。天窓《てんまど》のそばに、大《おお》きな模型《もけい》のクジラがつるしてある。天窓《てんまど》から太陽《たいよう》の光《ひかり》が射《さ》しこむので、クジラはいつも鈍《にぶ》い銀色《ぎんいろ》に光《ひか》って、★14紡錘形《ぼうすいけい》の体《からだ》をゆらゆらさせて、大《おお》きな口《くち》を得意《とくい》そうにニンマリさせている。まるで遠《とお》い未来《みらい》の宇宙船《うちゅうせん》のように見《み》えるものだから、ぼくはそ

★14 まんなかが太《ふと》く、両《りょう》はじがすぼまっている円柱形《えんちゅうけい》のこと。

のクジラに対《たい》して敬意《けいい》を払《はら》う。

ぼくがそのクジラの種類《しゅるい》をヤマグチさんにたずねたら、彼《かれ》は「しらべてごらん」と言《い》った。ヤマグチさんは天体望遠鏡《てんたいぼうえんきょう》を見《み》せてくれたりするけれども、ときどきこうやってぼくに課題《かだい》を出《だ》すのである。ぼくは模型《もけい》をじゅうぶんに観察《かんさつ》してノートに描《か》き、図書館《としょかん》で図鑑《ずかん》と照《て》らし合《あ》わせた。そのクジラが「シロナガスクジラ」であることをぼくが明《あき》らかにすると、ヤマグチさんはクリームソーダを飲《の》ませてくれた。

シロナガスクジラは、クジラ目《もく》ナガスクジラ科《か》のヒゲクジラである。クジラはとても大《おお》きいけれども、シロナガスクジラはとりわけ大《おお》きい。三十メートルを超《こ》えることもあるそうだ。学校《がっこう》の二十五メートルプールに入《はい》りきらないほど大《おお》きな生物《せいぶつ》が海《うみ》を泳《およ》いでいるというのは驚《おどろ》くべきことだ。大《おお》きいということは立派《りっぱ》なことだ。なにしろ、ぼくは小《ちい》さい。

シロナガスクジラは赤《あか》ちゃんでさえ、生《う》まれたときの大《おお》きさが七メートルもあり、重《おも》さは二トンになるそうだ。赤《あか》ちゃんが寝返《ねがえ》りを打《う》ったとたん、ぼくはぺしゃんこになるだろう。そして、その赤《あか》ちゃんはとほうもなく巨大《きょだい》なうんちをするにちがいない。まったくかなわない。もうぼくは感心《かんしん》するばかりである。

ぼくは「海辺《うみべ》のカフェ」で、よくお姉《ねえ》さんとシロナガスクジラの話《はなし》をした。

ぼくがクジラの赤《あか》ちゃんについて述《の》べると、お姉《ねえ》さんはいつも笑《わら》う。

ぼくは早起《はやお》きして、実験道具《じっけんどうぐ》をリュックにつめ、カモノハシ公園《こうえん》へ出《で》かけた。

日曜日《にちようび》の朝《あさ》の住宅地《じゅうたくち》は、いつも静《しず》かだ。

「海辺《うみべ》のカフェ」を通《とお》りすぎるとき、ヤマグチさんが窓《まど》から手《て》をふったので、ぼくも手《て》をふりかえした。そのままバス通《どお》りを歩《ある》いていくと、あたたかい南西風《なんせいふう》が吹《ふ》いて、街路樹《がいろじゅ》の葉《は》が光《ひか》った。まるくて青《あお》い空《そら》には小《ちい》さな羊《ひつじ》のような雲《くも》が浮《う》かんでいた。空《あ》き地《ち》に生《は》えている植物《しょくぶつ》の茎《くき》をちぎって、ぼくは指揮棒《しきぼう》のようにふりながら歩《ある》いた。

カモノハシ公園《こうえん》には朝《あさ》の運動《うんどう》をする人《ひと》たちが集《あつ》まっている。遊歩道《ゆうほどう》に沿《そ》って、ベンチや運動器具《うんどうきぐ》が置《お》いてある。犬《いぬ》をつれて歩《ある》く人《ひと》もいるし、運動器具《うんどうきぐ》で汗《あせ》を流《なが》す人《ひと》もいる。首《くび》にタオルをまいた歯科医院《しかいいん》の先生《せんせい》が腹筋運動《ふっきんうんどう》をしていた。ぼくは「おはようございます」とあいさつした。

カモノハシ公園《こうえん》のとなりに教会《きょうかい》があって、日曜日《にちようび》の朝《あさ》にはミサをしている。お姉《ねえ》さんがその教会《きょうかい》に通《かよ》っていることをぼくは知《し》っている。この街《まち》の教会《きょうかい》はぼくの家《いえ》ぐらいの大《おお》きさで、テレビで観《み》たヨーロッパの大聖堂《だいせいどう》よりもずっと小《ちい》さい。でも屋根《やね》には十字架《じゅうじか》がついていて、本物《ほんもの》の教会《きょうかい》なのだ。ミサが終《お》わってお姉《ねえ》さんが出《で》てくるまで、ぼくは公園《こうえん》のベンチに座《すわ》って待《ま》ちながら、ノートに書《か》きこみをした。

やがて教会《きょうかい》からお姉《ねえ》さんが出《で》てきたので、ぼくは手《て》をふった。「おはようございます」

「おはよう。日《ひ》なたぼっこ？」とお姉《ねえ》さんは言《い》って、ぼくのとなりに腰《こし》かけた。そして彼女《かのじょ》は首《くび》をかくんと折《お》り曲《ま》げて、眠《ねむ》ったふりをした。

「眠《ねむ》いんですか？」

「あんまり眠《ねむ》れなくてね。へんな夢《ゆめ》みるし。しんどいなあ」

「それは心配《しんぱい》ですね」とぼくは言《い》った。「じゃあ、実験《じっけん》はできないでしょうか？」

お姉《ねえ》さんはあくびをした。「実験《じっけん》って、何《なん》の実験《じっけん》？」

ぼくは用心深《ようじんぶか》く声《こえ》をひそめて、「ペンギン！」とささやいた。お姉《ねえ》さんも声《こえ》をひそめた。「謎《なぞ》は解《と》けた？」

「解《と》けません。だから実験《じっけん》をしようとぼくは思《おも》う」

「ふむ。実験《じっけん》したら謎《なぞ》は解《と》けるの？」

「やってみないとわかりません。協力《きょうりょく》してくれますか？」

「いいよ。眠《ねむ》いけど」

ぼくはお姉《ねえ》さんが初《はじ》めてペンギンを作《つく》ってみせてくれたバスターミナルを実験場《じっけんじょう》にすることに決《き》めた。あそこなら人目《ひとめ》につかないからだ。バスターミナルに向《む》かってバス通《どお》りを歩《ある》きながら、ぼくはお姉《ねえ》さんに謎《なぞ》を解《と》くヒントをくださいと頼《たの》んでみた。けれどもお姉《ねえ》さんは眠《ねむ》そうにまばたきをして空《そら》を見上《みあ》げるばかりだった。そして「今日《きょう》はなんとなくペンギン出《で》ないような気《き》がする」などと言《い》うのだった。お姉《ねえ》さんは本気《ほんき》で言《い》っているのか、それともいつものようにぼくをからかっているのか、ぼくには分《わ》からない。

「正直《しょうじき》なところ、私《わたし》にもなぜできるのか分《わ》からないよ。なんとなく気分《きぶん》がよくなって、うずうずして、そうするとペンギンが出《で》るわけね。ポコッて」

「いつもコーラの缶《かん》を投《な》げるんですか？　ぼくに見《み》せてくれたときみたいに」

「そうじゃないときもある」

「理論《りろん》は分《わ》からないわけですね」

「理論《りろん》を考《かんが》えるのは君《きみ》の仕事《しごと》じゃないか」

「出《だ》せるのはペンギンだけですか？　ぼくはほかの動物《どうぶつ》も見《み》てみたいな。コウモリとか」

「よくばりねえ！　コウモリなんか出《だ》せないよ」

お姉《ねえ》さんはため息《いき》をついた。「もうちょっとマジメに研究《けんきゅう》してくれない？」

「ぼくは生《う》まれたときからずっとマジメです」

日曜日《にちようび》のバスターミナルはがらんとしていて、だれもいなかった。待合室《まちあいしつ》の時刻表《じこくひょう》をしらべると、バスはあと三十分《ぷん》は来《こ》ないことがわかった。お姉《ねえ》さんはターミナルの中央《ちゅうおう》に立《た》って、まぶしそうに空《そら》を見上《みあ》げている。

ぼくはリュックをおろして、家《いえ》から持《も》ってきた品物《しなもの》をならべた。父《ちち》から借《か》りたカメラもあるし、記録《きろく》するノートもある。キッチンで母《はは》からもらってきたジャムの空《あ》き瓶《びん》、研究《けんきゅう》の合間《あいま》になめていたドロップの缶《かん》、ウチダ君《くん》と遊《あそ》ぶのに使《つか》うソフトボール、リビングルームのソファにのせてある小《ちい》さな正方形《せいほうけい》のクッション、父《ちち》の使《つか》わなくなったメガネケース。ぼくはそれらをお姉《ねえ》さんのまわりにならべた。

「なんだこりゃ？」とお姉《ねえ》さんはけげんそうな顔《かお》をした。

「実験用《じっけんよう》サンプルです。ペンギンになるかどうか、ぼくは実験《じっけん》したいのです」

「私《わたし》はここに立《た》って投《な》げるの？」

「そうです。……それで、ぼくはここに立《た》っていたでしょう？」

「忘《わす》れちゃったよ、そんな昔《むかし》のことは」

空《そら》はおおむね晴《は》れているし、気持《きも》ちの良《よ》い風《かぜ》が吹《ふ》いているし、どこからかヒバリの鳴《な》く声《こえ》も聞《き》こえてくる。バスターミナルにはだれもいない。ぼくはノートに前回《ぜんかい》の状況《じょうきょう》を箇条書《かじょうが》きにして、チェックできるようにしていた。一つずつ念入《ねんい》りに点検《てんけん》した。大丈夫《だいじょうぶ》だった。ぼくらは実験《じっけん》を開始《かいし》した。

ジャムの空《あ》き瓶《びん》、ドロップの缶《かん》、ソフトボール、クッション、メガネケースが順番《じゅんばん》に青《あお》い空《そら》を飛《と》んでいった。ぼくはカメラをかまえて見張《みは》っていたのだけれど、何《なに》も起《お》こらなかった。ぼくは自動販売機《じどうはんばいき》でコーラの缶《かん》を買《か》って、それも投《な》げてもらった。結果《けっか》は同《おな》じである。なにがちがうのだろう。ぼくはノートを読《よ》み直《なお》して、缶《かん》が内部《ないぶ》に重力《じゅうりょく》を作《つく》りだす宇宙船《うちゅうせん》のように回転《かいてん》していたことを思《おも》いだした。お姉《ねえ》さんにもう一度《いちど》投《な》げてくれるように頼《たの》んだ。

「また投《な》げるの？」

「実験精神《じっけんせいしん》です」

「そうか。君《きみ》は科学《かがく》の子《こ》か」

けれども結果《けっか》は同《おな》じだった。何《なに》も起《お》こらないのだ。ぼくは念《ねん》のために自分《じぶん》の歯《は》に糸《いと》をつないでお姉《ねえ》さんに持《も》ってもらい、それから缶《かん》を投《な》げてもらうことさえした。それも失敗《しっぱい》に終《お》わった。

実験《じっけん》が失敗《しっぱい》するのはかなしいことである。

ぼくはほかの条件《じょうけん》も検討《けんとう》してみた。ぼくの乳歯《にゅうし》がぐらぐらしていたこととか、時間《じかん》が午後《ごご》であったこととか、あるいはぼくが自動販売機《じどうはんばいき》にしばられていたこととか、スズキ君《くん》たちがおしっこをかけてぼくのノートをぐしゃぐしゃにしたこととか、さまざまな条件《じょうけん》があった。でも、それらはペンギン出現《しゅつげん》に関係《かんけい》がありそうではない。

ぼくがノートをにらんでいると、お姉《ねえ》さんが歩《ある》いてきた。

「焦《あせ》ってもしょうがないよ。今日《きょう》はできないと思《おも》ってたもの」

「お姉《ねえ》さんは本当《ほんとう》にできないんですか？　ひょっとして、ぼくをからかっているのではありませんか？」

これはおとなげない発言《はつげん》だったとぼくは反省《はんせい》するものだ。実験《じっけん》に失敗《しっぱい》したからといって、協力《きょうりょく》してくれたお姉《ねえ》さんを疑《うたが》うのは決《けっ》してやってはいけないことだったと思《おも》う。ぼくは彼女《かのじょ》を疑《うたが》う前《まえ》に、自分《じぶん》の仮説《かせつ》を再検《さいけん》討《とう》すべきだったと考《かんが》えるものだ。

「じゃあ一人《ひとり》でやってください」と言《い》い、お姉《ねえ》さんは怒《おこ》って歩《ある》きだした。

ぼくが実験道具《じっけんどうぐ》をリュックにつめている間《あいだ》に、彼女《かのじょ》は市営《しえい》グラウンドの裏《うら》のほうへのぼるコンクリート階《かい》段《だん》をずんずん上《のぼ》っていく。ぼくがあわてて車道《しゃどう》を渡《わた》ろうとすると、彼女《かのじょ》はあたりに響《ひび》く大《おお》きな声《こえ》で「指《ゆび》さし確認《かくにん》！」と叫《さけ》んだ。ぼくは魔法《まほう》にかけられたみたいに立《た》ち止《ど》まった。ぼくが指《ゆび》さし確認《かくにん》をして車道《しゃどう》をわたると、彼女《かのじょ》はもう階段《かいだん》の上《うえ》の方《ほう》にいた。

長《なが》いコンクリートの階段《かいだん》を上《のぼ》りきったところは市営《しえい》グラウンドの裏《うら》で、植物《しょくぶつ》の生《お》いしげった荒《あ》れ地《ち》が広《ひろ》がっている。ぼくとウチダ君《くん》がスズキ君帝国《くんていこく》と立派《りっぱ》に戦《たたか》ったところだ。荒《あ》れ地《ち》の中《なか》には高圧鉄塔《こうあつてっとう》がそびえている。荒《あ》れ地《ち》に接《せっ》するようにして、薄暗《うすぐら》い森《もり》がある。給水塔《きゅうすいとう》のある丘《おか》から広《ひろ》がっている深《ふか》い森《もり》だ。この森《もり》を探《たん》検《けん》するのは危険《きけん》だから、さすがのぼくとウチダ君《くん》もまだ地図《ちず》が作《つく》れないままである。

いい匂《にお》いのする風《かぜ》が吹《ふ》いて、あたりの植物《しょくぶつ》が海《うみ》の波《なみ》みたいにうねった。お姉《ねえ》さんは海辺《うみべ》に立《た》っていた。髪《かみ》をおさえて、あたりを眺《なが》めていた。「なんにもないところねえ」とつぶやいている。

ぼくはお姉《ねえ》さんのところまで行《い》って、「ごめんなさい」と言《い》った。「ぼくはおとなげないことを言《い》いました」

「君《きみ》はオトナじゃないんだから、べつにいいんでしょ」

「あと三千八百八十一日《にち》たてば、ぼくも大人《おとな》になる予定《よてい》です」

「あきれた。よく数《かぞ》えたもんだな！」

ぼくらから少《すこ》し離《はな》れたところで、ヒバリが荒《あ》れ地《ち》から飛《と》び立《た》ち、ピラピロピルと鳴《な》きながら垂直《すいちょく》にぐんぐん上《のぼ》って、青空《あおぞら》へ吸《す》いこまれていった。まるで宇宙《うちゅう》エレベーターに乗《の》っているようだ。お姉《ねえ》さんはおでこに手《て》をかざしてヒバリを見《み》ていた。ヒバリはだんだん見《み》えなくなって、声《こえ》しか聞《き》こえなくなった。ぼくは首《くび》が痛《いた》くなった。

「ここは空《あ》き地《ち》でしょう？」

お姉《ねえ》さんがまわりを見《み》ながら言《い》った。「なにを造《つく》るのかな？」

「新《あたら》しい駅《えき》かもしれません」

「海《うみ》まで行《い》ける鉄道《てつどう》？」

「そうです」

「いいね。歯科医院《しかいいん》からも近《ちか》いし、便利《べんり》になる」

「鉄道《てつどう》が来《き》たら『海辺《うみべ》のカフェ』が本当《ほんとう》の海辺《うみべ》のカフェになります」

「よし。ちょっと探検《たんけん》しようか」とお姉《ねえ》さんは言《い》った。怒《いか》りはおさまったみたいだった。

ぼくらは荒《あ》れ地《ち》を歩《ある》いていった。お姉《ねえ》さんは右手《みぎて》に見《み》える森《もり》を指《さ》して、「あの森《もり》に入《はい》ったことある？」と言《い》った。

「ちょっとだけありますけど、奥《おく》は探検《たんけん》してません。森《もり》は危険《きけん》だからじゅうぶん用心《ようじん》しないと」

「ジャバウォックが出《で》るぞ」

「ジャバウォックとは何《なん》ですか？」

「本《ほん》に出《で》てくるお化《ば》けだよ」

高圧鉄塔《こうあつてっとう》のそばまで来《き》たところで、お姉《ねえ》さんが「ここで休憩《きゅうけい》しよう」と言《い》ったので、ぼくはそこに基地《きち》を作《つく》ることに決《き》めた。リュックから空豆色《そらまめいろ》の毛布《もうふ》を出《だ》して草《くさ》の上《うえ》に広《ひろ》げた。

「基地《きち》です」とぼくは言《い》った。

「少年《しょうねん》、これは毛布《もうふ》よ」

「基地《きち》です」

お姉《ねえ》さんは小《ちい》さい毛布《もうふ》に座《すわ》った。「ああ、いい気持《きも》ち！」と言《い》って空《そら》を見上《みあ》げた。「なるほど基地《きち》か」

ぼくはいつも思《おも》うのだが、毛布《もうふ》で基地《きち》を作《つく》ると、歩《ある》いているときとは見《み》える景色《けしき》が変《か》わる。空《そら》と地面《じめん》が広々《ひろびろ》とする。ぼくは歯科医院《しかいいん》でもらった科学雑誌《かがくざっし》をリュックから出《だ》して読《よ》んだ。ぼくが熱心《ねっしん》にブラックホールについて研究《けんきゅう》していると、お姉《ねえ》さんがぼくの背中《せなか》にもたれるようにした。お姉《ねえ》さんの背中《せなか》はあたたかいような冷《つめ》たいようなふしぎな温度《おんど》だった。

「ペンギン出《だ》せなくてごめんね」とお姉《ねえ》さんの声《こえ》が背中《せなか》から伝《つた》わってきた。

「お姉《ねえ》さんが謝《あやま》る必要《ひつよう》はないのです」

「もう出《だ》せないかもしれないよ。この間《あいだ》はたまたま出《だ》せただけかもしれないし」

「きっと法則《ほうそく》があるんです」

「君《きみ》に分《わ》かるかな。私《わたし》にも分《わ》からないのに」

「ぼくはかしこい」

「自信家《じしんか》だなあ、君《きみ》は」

荒《あ》れ地《ち》の草《くさ》をなでていく風《かぜ》は、あたたかくて気持《きも》ちが良《よ》かった。風《かぜ》の音《おと》だけが聞《き》こえて、ぼくらはまるで世界《せかい》の果《は》ての基地《きち》で何《なに》かを観測《かんそく》しているようだった。お姉《ねえ》さんが首《くび》をひねって、ぼくの読《よ》んでいる雑誌《ざっし》をのぞきこんだ。

「それ、先生《せんせい》がムツカシイムツカシイって読《よ》んでたよ。よく読《よ》めるね」

「分《わ》かるところもあるし、分《わ》からないところもあります。ほかの本《ほん》もしらべながらぼくは読《よ》む」

「なにかおもしろいこと書《か》いてある？」

「事象《じしょう》の地平面《ちへいめん》がカッコイイ」

「なんだそりゃ？」

「ものすごく大《おお》きな星《ほし》が歳《とし》を取《と》ると、自分《じぶん》の重量《じゅうりょう》が支《ささ》えられなくなって、こわれるんです。こわれると、重力《じゅうりょく》があるから、中心《ちゅうしん》に向《む》かってどんどんちぢむ。ちぢめばちぢむほど物質《ぶっしつ》が圧縮《あっしゅく》されるから、重力《じゅうりょく》がますます強《つよ》くなります。ずっとそれが続《つづ》くと、重力《じゅうりょく》がとんでもなく強《つよ》くなって、光《ひかり》だって外《そと》に出《で》られなくなる。そうすると外《そと》からは中《なか》の様子《ようす》が観測《かんそく》できなくなる。その何《なに》も観測《かんそく》できなくなる境界《きょうかい》のことを、『事象《じしょう》の地平《ちへい》面《めん》』っていうんです」

「ふうん」

お姉《ねえ》さんはそれだけ言《い》った。彼女《かのじょ》は宇宙《うちゅう》のことにあまり興味《きょうみ》がない。

そのとき、彼女《かのじょ》が「おや」と声《こえ》をあげた。そうして森《もり》の方《ほう》を見《み》ていた。ぼくはジャバウォックが現《あらわ》れたのかと思《おも》ってびっくりしたけれど、森《もり》と荒《あ》れ地《ち》の中間《ちゅうかん》に立《た》っていたのは小《ちい》さな女《おんな》の子《こ》だった。

「ハマモトさんだ」とぼくはつぶやいた。「同《おな》じクラスの子《こ》です」

「こんなところを女《おんな》の子《こ》が一人《ひとり》で歩《ある》いたらいけないよ」

ハマモトさんは考《かんが》えごとをするみたいに、森《もり》と荒《あ》れ地《ち》の境目《さかいめ》をゆっくり歩《ある》いていた。そうして市営《しえい》グラウンドの方《ほう》へ歩《ある》いていってしまった。彼女《かのじょ》がぼくとお姉《ねえ》さんに気《き》づいたのかどうかは分《わ》からなかった。

教室《きょうしつ》で聞《き》いた噂《うわさ》に関《かん》するメモ。

給水塔《きゅうすいとう》のある丘《おか》の上《うえ》に銀色《ぎんいろ》の月《つき》が浮《う》かぶ。それは本物《ほんもの》の月《つき》ではなくて、幽霊《ゆうれい》の月《つき》だ。銀色《ぎんいろ》の月《つき》の表面《ひょうめん》を、ペンギンたちが出《で》たり入《はい》ったりする。その景色《けしき》を見《み》た子《こ》どもは病気《びょうき》になる。
だから、夜《よる》になったら給水塔《きゅうすいとう》の丘《おか》を見《み》ないこと。
そして、森《もり》には絶対《ぜったい》に入《はい》らないこと。

その次《つぎ》の週《しゅう》、学校《がっこう》が終《お》わったあと、ぼくはウチダ君《くん》といっしょに市立図書館《しりつとしょかん》に行《い》った。ぼくは学校《がっこう》の図書館《としょかん》よりも市立図書館《しりつとしょかん》が好《す》きである。なぜかというと、本《ほん》の種類《しゅるい》が多《おお》いし、座《すわ》り心地《ごこち》のいい茶色《ちゃいろ》のソファがおいてあるからだ。ぼくはいつも同《おな》じソファに座《すわ》る。そのソファは本棚《ほんだな》のかげになっていて秘密《ひみつ》の隠《かく》れ家《が》みたいだし、本《ほん》を読《よ》みながら顔《かお》を上《あ》げると、縦長《たてなが》のガラス窓《まど》から中庭《なかにわ》が見《み》えるからである。中庭《なかにわ》には銀色《ぎんいろ》でピカピカ光《ひか》る大《おお》きな玉子《たまご》みたいな芸術品《げいじゅつひん》がある。脳《のう》を使《つか》いすぎて疲《つか》れたときに、その銀色《ぎんいろ》の玉子《たまご》を眺《なが》めると気分転換《きぶんてんかん》になってたいへんいい。ピカピカした銀色《ぎんいろ》の玉子《たまご》を眺《なが》めていると、ぼくの頭脳《ずのう》がますます働《はたら》くような気《き》がする。

ぼくは膝《ひざ》にノートをおいて、本《ほん》を読《よ》みながら気《き》になったところを小《ちい》さい字《じ》でノートに書《か》いておく。そうすると本《ほん》を借《か》りなくても、あとで大事《だいじ》なところを思《おも》い出《だ》すことができる。

ぼくはソファに座《すわ》って、図書館《としょかん》の人《ひと》にすすめてもらった★15「相対性理論《そうたいせいりろん》」の本《ほん》を読《よ》んでいた。歯科医院《しかいいん》の先生《せんせい》にもらった雑誌《ざっし》ではよく分《わ》からなかったので、他《ほか》の本《ほん》を読《よ》んで研究《けんきゅう》しようと思《おも》ったのだ。

★15 1905年《ねん》に、科学者《かがくしゃ》のアインシュタインが作《つく》りあげた物理《ぶつり》の理論《りろん》のこと。このスペースでは説明《せつめい》しきれないほど難《むずか》しい。

本《ほん》を読《よ》みながら、ぼくはノートに「E=mc2」とメモをした。ふしぎな式《しき》だ。

ぼくは父《ちち》に方程式《ほうていしき》の理論《りろん》を教《おし》えてもらったことがあるので、この式《しき》の意味《いみ》が分《わ》かる。小学校《しょうがっこう》二年生《ねんせい》の頃《ころ》まで、「=」（イコール）は「答《こた》えは？」という意味《いみ》だと思《おも》っていた。たとえば「2＋2の答《こた》えは？」というように。でもそれは間違《まちが》いだった。「=」は、左側《ひだりがわ》と右側《みぎがわ》が同《おな》じ値《あたい》になるという意味《いみ》なのだった。ぼくはそのことを父《ちち》から教《おそ》わったとき、まるで天地《てんち》がさかさまになったような、たいへんふしぎな気持《きも》ちになったことを憶《おぼ》えている。

ウチダ君《くん》はぼくのとなりのソファでペンギンの本《ほん》を読《よ》んでいた。

「ペンギンはやっぱり魚《さかな》を食《た》べるんだね」とウチダ君《くん》がつぶやいた。

「ペンギンは海《うみ》で泳《およ》ぐのが得意《とくい》だよ。宇宙《うちゅう》ロケットみたいに泳《およ》ぐんだ」とぼくは説明《せつめい》した。

「あのペンギンたちも魚《さかな》を食《た》べるのかなあ？」

ウチダ君《くん》はぼくらの街《まち》に現《あらわ》れるペンギンたちのことを言《い》っているのだ。ぼくは少《すこ》し考《かんが》えこんだ。なにしろ、あのペンギンたちはもともとコーラの缶《かん》だったのだから。コーラの缶《かん》が魚《さかな》を食《た》べるだろうか。

「分《わ》からないけど、でもやっぱり魚《さかな》を食《た》べるんだろうな」と言《い》ったけれど、ぼくは自信《じしん》がなかった。

「魚《さかな》はあんまりこの辺《へん》にはいないよね」

「あの水路《すいろ》には小《ちい》さい魚《さかな》がちょっといたね。でもペンギンたちは、空腹《くうふく》である可能性《かのうせい》もある」

「あのペンギンたち、幽霊《ゆうれい》だと思《おも》う？」

「なぜ？」

「噂《うわさ》になってるから。幽霊《ゆうれい》の月《つき》。アオヤマ君《くん》、聞《き》いた？」

「メモしたよ。でもあれは噂《うわさ》だもの。ぼくら何度《なんど》もペンギンを見《み》たけれど、病気《びょうき》になった子《こ》なんていないじゃないか。あの噂《うわさ》には具体的《ぐたいてき》な証拠《しょうこ》が何《なに》もないから、ぼくはこわくない」

「そうだよね。大丈夫《だいじょうぶ》だよね」

ウチダ君《くん》は少《すこ》し安心《あんしん》したようだ。彼《かれ》はぼくのノートをのぞきこんだ。「それ、英語《えいご》？」

「これは方程式《ほうていしき》だよ。数学《すうがく》なんだ」

「アオヤマ君《くん》は数学《すうがく》が分《わ》かるのか。すごいなあ」

ぼくが E=mc2 について説明《せつめい》していると、ウチダ君《くん》がふいにびっくりしたみたいに口《くち》をつぐんだ。本棚《ほんだな》の間《あいだ》にある通路《つうろ》の向《む》こうにハマモトさんが立《た》っていたのだ。彼女《かのじょ》を市立図書館《しりつとしょかん》で見《み》るのは初《はじ》めてのことだった。栗色《くりいろ》の髪《かみ》がぴかぴかしていた。本《ほん》を胸《むね》にしっかりかかえている。彼女《かのじょ》はまだ大人《おとな》ではないから、おっぱいは存在《そんざい》しない。

ハマモトさんは通路《つうろ》をすりぬけて、こちらへ歩《ある》いてきた。

彼女《かのじょ》はぼくのノートをのぞきこんだ。彼女《かのじょ》が「相対性理論《そうたいせいりろん》？」とつぶやいたものだから、ぼくはたいへん驚《おどろ》いたものだ。自分《じぶん》のほかに相対性理論《そうたいせいりろん》を知《し》っている小学生《しょうがくせい》がいるとは思《おも》わなかった。

「その本《ほん》、私《わたし》も読《よ》んだよ。アオヤマ君《くん》、分《わ》かる？」

「いささかむずかしいね。ぼくにはまだ分《わ》からない」

「私《わたし》も。むずかしいね」

ハマモトさんが胸《むね》にかかえているのは、海洋学《かいようがく》の本《ほん》だった。

　彼女《かのじょ》はウチダ君《くん》が読《よ》んでいる本《ほん》を指《ゆび》さして「ペンギン！」とニッと笑《わら》ってから、そのまますいすいと歩《ある》いていった。ぼくとウチダ君《くん》が見送《みおく》っていると、彼女《かのじょ》は本棚《ほんだな》の向《む》こうに消《き》える前《まえ》にこちらをふりかえって、アインシュタインの写真《しゃしん》みたいにペロッと舌《した》をだした。もちろん、彼女《かのじょ》のはアインシュタインよりもひかえめだった。

「ハマモトさんはヘンな人《ひと》だねえ」とウチダ君《くん》が言《い》った。

「うん。ヘンな人《ひと》だけど、えらいな」

「うん、そうだ。ぼくもそう言《い》うつもりだった。ヘンだって言《い》ったら悪口《わるくち》みたいだから」

　ぼくがこうして本《ほん》を読《よ》んだりノートを書《か》いたり探検《たんけん》したりしている間《あいだ》にも、ハマモトさんのように研究《けんきゅう》をしている人《ひと》がいるのだ。ぼくはこの街《まち》で一番《いちばん》えらい小《しょう》

学生《がくせい》ではないかと思《おも》ったことを反省《はんせい》した。ひょっとするとハマモトさんの方《ほう》がえらいかもしれないのだ。油《ゆ》断《だん》できないぞ、と思《おも》った。

このように、★16慢心《まんしん》しないのがぼくのえらいところだ。

★16 おごり高《たか》ぶること。うぬぼれること。

父《ちち》の三原則《げんそく》について。
父《ちち》はぼくに問題《もんだい》の解《と》き方《かた》を教《おし》えるときに、三つの役立《やくだ》つ考《かんが》え方《かた》を教《おし》えてくれた。それらをぼくはノートの裏表紙《うらびょうし》に書《か》いて、いつも見《み》られるようにしていて、それは算数《さんすう》の問題《もんだい》などを考《かんが》えるときに役立《やくだ》つ。以下《いか》のリスト。

□問題《もんだい》を分《わ》けて小《ちい》さくする。
□問題《もんだい》を見《み》る角度《かくど》を変《か》える。
□似《に》ている問題《もんだい》を探《さが》す。

ぼくはペンギン・ハイウェイ研究《けんきゅう》は大《おお》きく二つに分《わ》けられると考《かんが》えた。「お姉《ねえ》さん」と「ペンギン」だ。

ぼくはお姉《ねえ》さんが好《す》きなものだから、お姉《ねえ》さんを研究《けんきゅう》することばかり考《かんが》えていた。だから行《い》き詰《づ》まってしまう。見方《みかた》を変《か》えると、この謎《なぞ》はペンギンたちの謎《なぞ》でもあるのだ。ペンギンについてもっと研究《けんきゅう》すべきだ。

そして似《に》ている問題《もんだい》もぼくは探《さが》そう。

でもこれはたいへんめずらしい問題《もんだい》だ。似《に》た問題《もんだい》があるだろうか。

プロジェクト・アマゾン。

ぼくとウチダ君《くん》はもう一度《いちど》、小学校《しょうがっこう》の裏《うら》にある水路《すいろ》をたどって、あの貯水池《ちょすいち》まで行《い》った。その日《ひ》は湿気《しっけ》が多《おお》くて気温《きおん》が高《たか》く、急《きゅう》に夏《なつ》が来《き》たようだった。水路沿《すいろぞ》いに繁殖《はんしょく》している植物《しょくぶつ》たちもどんどん生長《せいちょう》しているようだ。

その日《ひ》、ウチダ君《くん》は寡黙《かもく》だった。そういうときは、ぼくも寡黙《かもく》になる練習《れんしゅう》をすることにしている。二十四時間寡黙《じかんかもく》になるのは苦《くる》しいけれど、二時間《じかん》ぐらいならば可能《かのう》だ。ぼくはだまって笹《ささ》をおしのけながら、行《い》き詰《づ》まっているペンギン・ハイウェイ研究《けんきゅう》について考《かんが》えた。

ぼくらはもう一度貯水池《いちどちょすいち》までやってきた。前《まえ》の日《ひ》に雨《あめ》が降《ふ》ったので、水《みず》の量《りょう》は少《すこ》し増《ふ》えているようだった。ぼくらは貯水池《ちょすいち》のまわりを歩《ある》いて、貯水池《ちょすいち》に流《なが》れこむ側《がわ》の水路《すいろ》の入《い》り口《ぐち》まで行《い》った。そこにもフェンスがある。

前回《ぜんかい》、ぼくらはここで探検《たんけん》を中止《ちゅうし》した。今日《きょう》はもっと先《さき》まで行《い》くのだ。

フェンスをこえて、ぼくらは水路《すいろ》のとなりにある細《ほそ》い道《みち》を歩《ある》いていった。そこも笹《ささ》がおおいかぶさるようになって薄暗《うすぐら》かった。やがて笹《ささ》のやぶをぬけると、ぼくらは竹林《たけばやし》に囲《かこ》まれた田《た》んぼがいくつもならんでいる場所《ばしょ》に出《で》た。舗装道路《ほそうどうろ》と水路《すいろ》がいっしょにうねるようにして、田《た》んぼの間《あいだ》をぬけていくのだ。ところどころに小《ちい》さな鉄《てつ》の水門《すいもん》があった。田《た》んぼには水《みず》が入《はい》っているけれど、まだ何《なに》も植《う》えられていない。

「タイムスリップしたみたい」

ウチダ君《くん》がようやく口《くち》を開《ひら》いた。

「でもあそこにショッピングセンターがあるよ」と言《い》って、ぼくは竹林《たけばやし》の向《む》こうを指《ゆび》さした。そこにはぼくらが週末《しゅうまつ》になると買《か》い物《もの》に出《で》かける大《おお》きなショッピングセンターがちらりと見《み》えた。

ぼくらは田《た》んぼの間《あいだ》をぬけていった。蒸《む》し暑《あつ》くて汗《あせ》が流《なが》れた。

途中《とちゅう》で舗装道路《ほそうどうろ》から分《わ》かれて田《た》んぼを抜《ぬ》けていくふしぎな一本道《いっぽんみち》があって、両側《りょうがわ》にはマツがならんでいた。その突《つ》き当《あ》たりは竹林《たけばやし》にのみこまれそうになっている神社《じんじゃ》だ。ぼくとウチダ君《くん》は神社《じんじゃ》の鳥居《とりい》の下《した》にある石段《いしだん》に基地《きち》を作《つく》り、冷《つめ》たい紅茶《こうちゃ》を飲《の》んで汗《あせ》をふいた。魔法瓶《まほうびん》は宇宙空間《うちゅうくうかん》で実験《じっけん》に使《つか》う道具《どうぐ》のようにぴかぴか銀色《ぎんいろ》に光《ひか》っている。ぼくらは新《あたら》しく作《つく》り始《はじ》めた地図《ちず》に、この神社《じんじゃ》を書《か》いた。

「ほら、もうスズキ君《くん》にとられた地図《ちず》より詳《くわ》しくなったよ」

「そうだね」とウチダ君《くん》はよろこんだ。

「彼《かれ》らは地図《ちず》を見《み》ても、この神社《じんじゃ》の発見《はっけん》は分《わ》からないんだ」

ぼくらは休憩《きゅうけい》を終《お》えて、ふたたび田《た》んぼの中《なか》を歩《ある》きだした。竹林《たけばやし》にかこまれた田《た》んぼの向《む》こうに、車道《しゃどう》が見《み》えていた。大《おお》きなトラックや自家用車《じかようしゃ》が通《とお》りすぎるのが見《み》えた。

「アオヤマ君《くん》、スズキ君《くん》をやっつけてよ」と、ふいにウチダ君《くん》が言《い》った。「そうしてアオヤマ君帝国《くんていこく》を作《つく》ったらいいと思《おも》うよ」

「ぼくはアオヤマ君帝国《くんていこく》は作《つく》らないよ。ぼくは皇帝《こうてい》になりたいわけじゃないもの。それにアオヤマ君帝国《くんていこく》を作《つく》ったら、こうして二人《ふたり》で自由《じゆう》に探検《たんけん》することもできなくなるよ」

「そうだね」とウチダ君《くん》は少《すこ》し考《かんが》えてから言《い》った。「やっぱりぼくも今《いま》のままの方《ほう》がいいや」

道路《どうろ》は二車線《しゃせん》で、ずいぶんたくさんの車《くるま》が通《とお》っている。国道《こくどう》だ。水路《すいろ》はその国道《こくどう》の下《した》のトンネルをくぐって、向《む》こう側《がわ》へぬけている。トンネルは真《ま》っ暗《くら》だったのでぼくらは用心《ようじん》してくぐったけれど、ちゃんと歩行《ほこう》者用《しゃよう》の道《みち》が続《つづ》いていたので安心《あんしん》だった。

トンネルの向《む》こう側《がわ》へ抜《ぬ》けると、水路《すいろ》は駐車場《ちゅうしゃじょう》にぶつかって右《みぎ》へカーブしていた。ぼくらは立《た》ち止《ど》まって、その荒《あ》れ果《は》てた駐車場《ちゅうしゃじょう》を観察《かんさつ》した。こわれた大《おお》きな自動車《じどうしゃ》がそのままになっている。その駐車場《ちゅうしゃじょう》は国道《こくどう》沿《ぞ》いにあるレストランのものらしいけれど、そのレストランも廃墟《はいきょ》になっていた。ぼくらの街《まち》ができるよりもずっと以前《いぜん》から、ここにあったのかもしれない。日本《にほん》のお城《しろ》みたいなかたちをした立派《りっぱ》な屋根《やね》には、カラスがとまっていた。

「ぼくら遠《とお》くへ来《き》たねえ」とウチダ君《くん》が不安《ふあん》そうな声《こえ》で言《い》った。

駐車場《ちゅうしゃじょう》とレストランの裏《うら》を水路《すいろ》はずっと続《つづ》いていく。まわりにはまた植物《しょくぶつ》がしげってきた。カラスの鳴《な》き声《ごえ》が聞《き》こえるたびに、ウチダ君《くん》はぼくの服《ふく》をギュッとつかんだ。

「この水路《すいろ》はどこまで行《い》くんだろうか」とぼくはつぶやいた。「世界《せかい》の果《は》てまで続《つづ》いているのかな」

「世界《せかい》の果《は》て?」

「ぼくはいつもそんな気《き》がするんだよ。父《とう》さんとドライブに行《い》くときにも、この道《みち》を行《い》ったら、世界《せかい》の果《は》てみたいなところに行《い》っちゃうんじゃないかと思《おも》ったりする」

「それ、どんな場所《ばしょ》だろ」

「分《わ》からない。でも、きっと何《なに》もなくてがらんとした場所《ばしょ》なんだ。それで、世界《せかい》の果《は》てを観測《かんそく》する小《ちい》さな研《けん》究所《きゅうじょ》がある。そこから先《さき》にはだれもいけない。ぼくはそういうふうに想像《そうぞう》する」

「こわいところだね」

「ぼくはあんまりこわいとは思《おも》わないな。そういうところにいってみたいんだ」

この街《まち》に引《ひ》っ越《こ》してきたばかりの頃《ころ》、ぼくはまだ七歳《さい》だった。

今《いま》でこそぼくはウチダ君《くん》と探検《たんけん》したり父《ちち》とドライブに行《い》ったりして世界《せかい》を知《し》っている。でも当時《とうじ》のぼくの世界《せかい》はたいへん小《ちい》さかった。ぼくらの家《いえ》はたいへん広々《ひろびろ》とした空《あ》き地《ち》の中《なか》にぽつんと建《た》っていて、ぼくにはぼくらの家《いえ》が世界《せかい》の果《は》てを観測《かんそく》する研究所《けんきゅうじょ》のように見《み》えた。赤《あか》ちゃんの頃《ころ》から住《す》んでいた県境《けんざかい》の向《む》こうの街《まち》から、ぼくらは本当《ほんとう》に遠《とお》くまでやってきたのだと七歳《さい》のぼくは思《おも》っていた。ここは世界《せかい》のはしっこで、あの丘《おか》を越《こ》えたらもうそこに世界《せかい》の果《は》てがあるのだ。ぼくには世界《せかい》の果《は》てを探検《たんけん》する責任《せきにん》があると感《かん》じた。

だからぼくは日曜日《にちようび》になるたびに一人《ひとり》で早起《はやお》きして街《まち》を探検《たんけん》していたのだし、世界《せかい》の果《は》てはもっと遠《とお》くにあると分《わ》かった今《いま》でも、こうしてウチダ君《くん》と探検《たんけん》している。

「アオヤマ君《くん》、本当《ほんとう》にこの水《みず》は世界《せかい》の果《は》てから流《なが》れてくると思《おも》うの？」

「本当《ほんとう》のところはそんなことはないと思《おも》う」とぼくは言《い》った。「ぼくが言《い》うのは、そうだったらいいな、ということなんだ」

「それに地球《ちきゅう》はまるいしね」とウチダ君《くん》は言《い》った。「地球《ちきゅう》の上《うえ》に果《は》てはないよね」

「そうだね。だから本物《ほんもの》の世界《せかい》の果《は》ては、宇宙《うちゅう》の向《む》こうにあるはずだ」

それでもぼくの中《なか》のもう一人《ひとり》のぼくは、そうじゃないというふうに感《かん》じる。地球《ちきゅう》がまるいことが分《わ》かっても、やっぱり世界《せかい》の果《は》てみたいな場所《ばしょ》が、ぼくらが歩《ある》いていけるどこかにある気《き》がする。なぜだか分《わ》からない。ウチダ君《くん》とぼくは相手《あいて》のことをよく知《し》っているけれども、こういうことはうまく説明《せつめい》できないのが残念《ざんねん》だ。

ぼくらはまただまって、水路《すいろ》に沿《そ》って歩《ある》き続《つづ》けた。

ふいに水路《すいろ》におおいかぶさっていた木立《こだち》が途切《とぎ》れて、あたりが明《あか》るくなった。緑色《みどりいろ》の新《あたら》しいフェンスが水《すい》路《ろ》に沿《そ》ってのびている。そこは森《もり》を切《き》り開《ひら》いて整地《せいち》したばかりのところで、住宅《じゅうたく》が建《た》つ前《まえ》の空《あ》き地《ち》が広《ひろ》がっていた。ちょうどぼくらの街《まち》ができる前《まえ》のような景色《けしき》だ。そして意外《いがい》なことに、ぼくらがいつもいくショッピングセンターの裏側《うらがわ》が、すぐ近《ちか》くに見《み》えていた。ぼくはひさしぶりに人間《にんげん》の住《す》む世界《せかい》へ帰《かえ》ってきたような気《き》がした。

ぼくとウチダ君《くん》はショッピングセンターのフードコートによった。ぼくらはベンチに座《すわ》って、缶《かん》ジュースを飲《の》んだ。大《おお》きな探検《たんけん》が終《お》わったあとに缶《かん》ジュースを買《か》って飲《の》むと、大人《おとな》になったような気持《きも》ちになる。

ウチダ君《くん》はジュースを飲《の》みながら考《かんが》えごとをしていた。

「アオヤマ君《くん》」と彼《かれ》は言《い》った。そのあとしばらく、何《なに》も言《い》わなかった。ぼくはそういうとき、彼《かれ》をせかさないことにしている。ぼくは自分《じぶん》が考《かんが》えているときにせかされるのが好《す》きではないし、自分《じぶん》が好《す》きではないことは人《ひと》にもしないことにしているからだ。

ウチダ君《くん》はやがて「うん、よし」と言《い》った。「ぼくは言《い》うことにする」

「何《なに》を？」

「ぼくはこっそりペンギンを研究《けんきゅう》してるんだ。アオヤマ君《くん》をまねして」

「え？　ウチダ君《くん》も？」

「それでぼくはふしぎなことを発見《はっけん》した。ずっと秘密《ひみつ》にしていたけど、ぼくだけじゃもう研究《けんきゅう》が進《すす》まないんだよ。他《ほか》の人《ひと》に相談《そうだん》するのはいやだけど、アオヤマ君《くん》ならいいと思《おも》って」

「ウチダ君《くん》はどういうふうに研究《けんきゅう》を進《すす》めたの？」

ウチダ君《くん》は声《こえ》をひそめて、たいへん得意《とくい》そうに言《い》った。

「ぼくはペンギンを飼《か》ってる」

ウチダ君《くん》は今年《ことし》の三月《がつ》に、県境《けんざかい》の向《む》こうから引《ひ》っ越《こ》してきた。
彼《かれ》のお父《とう》さんも毎日電車《まいにちでんしゃ》に乗《の》り、県境《けんざかい》の山《やま》のトンネルをぬけて、会社《かいしゃ》に出《で》かけている。ウチダ君《くん》のお父《とう》さんが勤《つと》めている会社《かいしゃ》は、二つの運河《うんが》にはさまれた小《ちい》さな島《しま》にあるそうだ。ウチダ君《くん》のお父《とう》さんもぼくの父《ちち》と同《おな》じように、朝《あさ》は紺色《こんいろ》の空《そら》の下《した》でバス停《てい》に立《た》ち、夜《よる》はすっかり暗《くら》くなった住宅地《じゅうたくち》に帰《かえ》ってくる。ウチダ君《くん》のお父《とう》さんとぼくの父《ちち》が同《おな》じバスにのっている可能性《かのうせい》があるということはステキなことだ。
ぼくがこの街《まち》にやってきたとき、ウチダ君《くん》の住《す》んでいるマンションはまだ存在《そんざい》していなかった。ぼくが引《ひ》っ越《こ》してきたあと、街《まち》はたいへんないきおいで発展《はってん》したのである。ぼくが日曜日《にちようび》になるたびに世界《せかい》の果《は》てを探《さが》して探検《たんけん》していた頃《ころ》、丘《おか》の中腹《ちゅうふく》に建造中《けんぞうちゅう》のウチダ君《くん》のマンションを見《み》ていたかもしれない。

ぼくはウチダ君《くん》のマンションに出《で》かけた。

彼《かれ》の秘密《ひみつ》を見《み》せてもらうためだ。

マンションの屋上《おくじょう》には雨《あめ》の匂《にお》いのする風《かぜ》が吹《ふ》いていた。落下《らっか》を防止《ぼうし》する高《たか》いフェンスの向《む》こうに、ぼくらの街《まち》が広《ひろ》がっていた。空《そら》は灰色《はいいろ》のまだら模様《もよう》で、雲《くも》の切《き》れ目《め》から水色《みずいろ》の空《そら》がのぞいている。ぼくの家《いえ》や、カモノハシ公園《こうえん》や、給水塔《きゅうすいとう》のある丘《おか》が見《み》えた。

ぼくが景色《けしき》を眺《なが》めているうちにウチダ君《くん》はどこかに行《い》って、やがてゆっくり歩《ある》いて戻《もど》ってきた。彼《かれ》の後《うし》ろから、まるでウチダ君《くん》を親鳥《おやどり》とかんちがいしているように、小《ちい》さなペンギンがよちよち歩《ある》いてきた。ペンギンは途中《とちゅう》で何《なに》かを思《おも》い出《だ》したみたいに立《た》ち止《ど》まった。ウチダ君《くん》がふりかえって体《からだ》をゆらゆらさせると、ペンギンもいっしょになって体《からだ》をゆらゆらさせた。すっかりウチダ君《くん》に慣《な》れているのだ。

しばらくすると、ペンギンはまた歩《ある》きだした。ぼくのとなりに立《た》って、ぐんと胸《むね》をはった。

「マンションの駐車場《ちゅうしゃじょう》で見《み》つけて、ここに隠《かく》したんだよ」とウチダ君《くん》は得意《とくい》そうに言《い》った。

「よく他《ほか》の人《ひと》に見《み》つからないね」

「人《ひと》が来《き》たら隠《かく》れるんだ」

「たいへんかしこいペンギンだ」

「そうだよ。ぼくが飼《か》っているんだ」

ウチダ君《くん》はしゃがみこんで、ペンギンと向《む》かい合《あ》った。

彼《かれ》が指《ゆび》でお腹《なか》にふれても、ペンギンはクチバシを小《ちい》さく動《うご》かすだけだ。ぴいぴいと鳴《な》くこともないし、飼《か》い猫《ねこ》みたいにのどをごろごろ鳴《な》らすわけでもない。ずっと遠《とお》くを見《み》ている。南極《なんきょく》のことを考《かんが》えているのかもしれない。ペンギンにとって、ここは見知《みし》らぬ場所《ばしょ》なのだ。もしぼくが南極《なんきょく》に一人《ひとり》ぼっちで、ペンギンたちに囲《かこ》まれていたら、さみしいだろう。そもそもぼくは南極《なんきょく》の寒《さむ》さに耐《た》えることができない。

そこまで考《かんが》えたとき、ぼくはそのペンギンがコーラの缶《かん》から生《う》まれたことを思《おも》いだしたのだった。このペンギンは南極《なんきょく》を知《し》らないのだ。彼《かれ》らのお母《かあ》さんはお姉《ねえ》さんだし、彼《かれ》らの故郷《こきょう》はこの街《まち》なのだ。

「ぼく、悩《なや》んでいるんだよ」

ウチダ君《くん》はペンギンを見《み》ながら言《い》った。「このペンギンはごはんを食《た》べないんだ。ここに来《き》てからずっと何《なに》も食《た》べていないんだ」

「それはいけないね」

「うん。図書館《としょかん》で読《よ》んだ本《ほん》には魚《さかな》を食《た》べると書《か》いてあったけれど、魚《さかな》をあげても食《た》べない。ハムとかキュウリとかおにぎりとか、何《なに》をあげても食《た》べないんだ。目《め》の前《まえ》においしいものがあっても、ずっと遠《とお》くを見《み》てる」

「でも、こんなにふっくらしてるし、元気《げんき》だね」

「どうしてだろ……アオヤマ君《くん》、分《わ》かる？」

ウチダ君《くん》の実験《じっけん》は常識《じょうしき》を裏切《うらぎ》るものだった。お姉《ねえ》さんが作《つく》ったペンギンたちは、パタパタと翼《つばさ》を動《うご》かすし、よちよち不器用《ぶきよう》に歩《ある》く。そういう活動《かつどう》をするためには、絶対《ぜったい》にエネルギーが必要《ひつよう》だ。もしペンギンたちがごはんを食《た》べないとすると、ほかの方法《ほうほう》でエネルギーを手《て》に入《い》れていると考《かんが》えるしかない。未知《みち》のエネルギー。E＝ペンギン・エネルギーだ。ぼくはノートを取《と》りだして、「ペンギン・エネルギー」と書《か》いた。

やがてペンギンはよちよちと歩《ある》き回《まわ》った。ウチダ君《くん》のまわりを衛星《えいせい》のように回《まわ》る。ウチダ君《くん》はなんだかうれしそうだった。「これ、謎《なぞ》だろ？」

「ペンギン・エネルギー。たいへん興味深《きょうみぶか》い謎《なぞ》だね。研究《けんきゅう》してみる」

「相対性理論《そうたいせいりろん》と関係《かんけい》ある？」

「それはまだ分《わ》からない」

ウチダ君《くん》はペンギンの頭《あたま》に手《て》をのせた。「ここにペンギンがいることは秘密《ひみつ》にしてくれる？」

「約束《やくそく》する。ぼくは秘密《ひみつ》を守《まも》る男《おとこ》なんだ」

土曜日《どようび》の夜《よる》、ぼくは「海辺《うみべ》のカフェ」に出《で》かけた。

夜《よる》の「海辺《うみべ》のカフェ」からは明《あか》るい光《ひかり》が外《そと》へもれていた。ほかのお客《きゃく》の姿《すがた》はなくて、窓辺《まどべ》で頬杖《ほおづえ》をついているお姉《ねえ》さんの姿《すがた》だけが見《み》えた。きっともう勉強《べんきょう》は終《お》わったろうとぼくは思《おも》った。

ぼくがカフェの中《なか》に入《はい》っていっても、お姉《ねえ》さんは頬杖《ほおづえ》をついたまま目《め》を閉《と》じていた。カフェの明《あ》かりがお姉《ねえ》さんの頬《ほお》を照《て》らしていた。ふだんよりもいくぶん白《しろ》いようだ。テーブルには『鏡《かがみ》の国《くに》のアリス』という本《ほん》がおいてあった。ジャバウォックが出《で》てくる本《ほん》である。お姉《ねえ》さんが起《お》きるまで、ぼくは読書《どくしょ》をした。剣《けん》をもった少年《しょうねん》とジャバウォックが戦《たたか》っている絵《え》を初《はじ》めて見《み》た。これがお姉《ねえ》さんの言《い》っていた「ジャバウォック」で、こんな生《い》き物《もの》が森《もり》の奥《おく》にひそんでいたら、さすがのぼくもまいってしまうなと思《おも》った。とても勝《か》てそうにない。ぼくはノートを開《ひら》いて、ジャバウォックの絵《え》を描《か》き写《うつ》した。なかなか上手《じょうず》に描《か》けたと思《おも》う。

やがてお姉《ねえ》さんがパチッと目《め》を開《あ》けた。

「ごめん少年《しょうねん》。ちょっと寝《ね》てたよ」

「眠《ねむ》いですか？」

「やっぱり寝不足《ねぶそく》なの。こわい夢見《ゆめみ》るし」

「どんな夢《ゆめ》ですか？」

お姉《ねえ》さんの夢《ゆめ》はこんなふうだった。

いつもお姉《ねえ》さんは歯科医院《しかいいん》の待合室《まちあいしつ》で、ソファに座《すわ》っている。受付《うけつけ》には小《ちい》さな明《あ》かりがともっているけれども、だれもいない。待合室《まちあいしつ》は薄暗《うすぐら》くて、窓《まど》の外《そと》から夜明《よあ》け前《まえ》みたいな薄青《うすあお》い光《ひかり》が射《さ》している。待合室《まちあいしつ》の隅《すみ》においてある観葉植物《かんようしょくぶつ》がへんてこなかたちをしている。プラスチックのチューブみたいなものが鉢植《はちう》えから立《た》ち上《あ》がって、その先《さき》はラッパみたいに大《おお》きく広《ひろ》がっている。お姉《ねえ》さんには、なぜかそれが遠《とお》い昔《むかし》に滅《ほろ》びた植物《しょくぶつ》だということが分《わ》かっている。同《おな》じソファにだれかが座《すわ》っている。お姉《ねえ》さんは最初《さいしょ》、それがぼくだと思《おも》ったそうだ。でもそこに座《すわ》っているのは大人《おとな》ぐらいの背丈《せたけ》があった。白《しろ》っぽい体《からだ》はぬれてつやつやしていた。顔《かお》は見《み》えない。お姉《ねえ》さんが言《い》うにはそれがジャバウォックだそうだ。ジャバウォックはぶつぶつと何《なに》かをつぶやいている。小《ちい》さなあぶくがはじけるような音《おと》で、何《なに》をしゃべっているのかわからない。お姉《ねえ》さんは早《はや》くこの待合室《まちあいしつ》から出《で》ていきたいと思《おも》うのだけれど、だれも呼《よ》んでくれないから出《で》ていけないのだ。

「そんな夢《ゆめ》なの。いやんなっちゃうわ」

「お姉《ねえ》さんはその待合室《まちあいしつ》で何《なに》を待《ま》ってるんですか？」

「分《わ》からないよ」

ぼくもお姉《ねえ》さんの夢《ゆめ》を見《み》たことを思《おも》い出《だ》した。お姉《ねえ》さんがカンブリア紀《き》の海辺《うみべ》に立《た》っていて、石《いし》ころからシロナガスクジラを作《つく》る夢《ゆめ》だ。

「君《きみ》もへんてこな夢《ゆめ》を見《み》るのね。私《わたし》はシロナガスクジラなんか作《つく》らないよ」

お姉《ねえ》さんはしばらくだまってボンヤリした。

「お姉《ねえ》さんは眠《ねむ》い」とぼくは言《い》ってみた。

「うん。眠《ねむ》い」

そしてぼくとお姉《ねえ》さんはチェスをした。ぼくは少《すこ》し読《よ》んでみた『鏡《かがみ》の国《くに》のアリス』について話《はな》した。「チェスの世界《せかい》の話《はなし》なんですね」

「だから読《よ》もうと思《おも》って。アリスは最初《さいしょ》ポーンなんだけど、最後《さいご》には女王《じょおう》になるの」

「ぼくはナイトがいいな」

「そうして一足飛《いっそくと》びに大人《おとな》になろうというコンタン★17か」

お姉《ねえ》さんはぼくにチェスを教《おし》えてくれた人《ひと》であるのに、駒《こま》の動《うご》かし方《かた》を間違《まちが》える困《こま》った人《ひと》でもある。だか

★17 魂胆《こんたん》。心《こころ》に秘《ひ》めているたくらみ。

らぼくはお姉《ねえ》さんが駒《こま》を指《ゆび》でつまんで動《うご》かすのを慎重《しんちょう》に見《み》ている。お姉《ねえ》さんの名誉《めいよ》のために、彼女《かのじょ》はスズキ君《くん》のようにズルをしているわけではないということを書《か》いておく。お姉《ねえ》さんもうっかりすることがあるのだ。お姉《ねえ》さんの具合《ぐあい》が悪《わる》そうなので、ぼくは心配《しんぱい》だった。彼女《かのじょ》の具合《ぐあい》が悪《わる》くなることと、ペンギンたちの出現《しゅつげん》は関係《かんけい》があるのだろうかと考《かんが》えた。たとえば「ペンギンを出《だ》すことはお姉《ねえ》さんの体調《たいちょう》を悪《わる》くする」という仮《か》説《せつ》が立《た》てられる。ウチダ君《くん》の実験《じっけん》から推測《すいそく》されるペンギン・エネルギーのことを考《かんが》えてみる。仕組《しく》みは謎《なぞ》だけれど、ペンギンたちはお姉《ねえ》さんのエネルギーを使《つか》って生《い》きているのかもしれない。

「お姉《ねえ》さんはペンギンを出《だ》さないほうがいいかもしれません」

ぼくは小《ちい》さな声《こえ》で言《い》った。

「どうして？」

「そのせいで具合《ぐあい》が悪《わる》くなったのかも」

「そうかしらん。でも、私《わたし》、ペンギン作《つく》るのは本当《ほんとう》に好《す》きなんだけど」

お姉《ねえ》さんは微笑《ほほえ》んだ。「君《きみ》は何《なに》を作《つく》ってほしいんだっけ？」

「コウモリです。シロナガスクジラはダメです」

「つぶされちゃうもんね」

「でもぼくはマジメです。ぼくは心配《しんぱい》なんだ」

「ありがとう」

そのとき、突然《とつぜん》カフェの明《あ》かりが落《お》ちて真《ま》っ暗《くら》になった。何《なに》が起《お》こったのか分《わ》からない。お姉《ねえ》さんが「なに？」とつぶやいた。窓《まど》の外《そと》の街《まち》も真《ま》っ暗《くら》だった。カウンターの向《む》こうで片付《かたづ》けをしていたヤマグチさんが闇《やみ》の向《む》こうで「停電《ていでん》かな？」と言《い》ってがさがさしている。

「アオヤマ君《くん》、こわい？」とお姉《ねえ》さんが言《い》った。暗《くら》い中《なか》で聞《き》くお姉《ねえ》さんの声《こえ》はたいへんやさしく聞《き》こえる。

「停電《ていでん》ならばぼくはこわくない。でも眠《ねむ》くなりそうです」

「真《ま》っ暗《くら》だと人間《にんげん》はダメだね」

「コウモリだったら大丈夫《だいじょうぶ》です。彼《かれ》らは超音波《ちょうおんぱ》を使《つか》って見《み》るんだから」

ぼくは闇《やみ》の向《む》こうにお姉《ねえ》さんの顔《かお》を見《み》ようと思《おも》って、いっしょうけんめい目《め》をこらしたけど、無駄《むだ》だった。そのままじっとがまんして座《すわ》っていると、顔《かお》をすうすうと風《かぜ》がなでた。顔《かお》をゆっくり下《さ》げると、風《かぜ》はチェス盤《ばん》の上《うえ》で発生《はっせい》していることが分《わ》かった。

「ふしぎな現象《げんしょう》が発生《はっせい》しています」

「私《わたし》も気《き》づいた」

チェス盤《ばん》の上《うえ》で起《お》こる風《かぜ》はますます強《つよ》くなって、ある瞬間《しゅんかん》、ぶちぶちぶちとたくさんの大《おお》きな泡《あわ》がはじけるような音《おと》がした。そのとたん、風《かぜ》がいっそう大《おお》きくなり、何《なに》かはばたくものがチェス盤《ばん》からあふれ出《だ》すように飛《と》び立《た》った。お姉《ねえ》さんが悲鳴《ひめい》を上《あ》げてのけぞり、ヤマグチさんが「なんだなんだ？」と叫《さけ》んだ。ぼくはぼうぜんとして、チェス盤《ばん》から次々《つぎつぎ》に飛《と》び立《た》っていく黒《くろ》い風《かぜ》を感《かん》じていた。

停電《ていでん》が終《お》わって明《あ》かりが戻《もど》ったとき、チェス盤《ばん》の上《うえ》にぼくらがならべていた駒《こま》は一つもなかった。そして天窓《てんまど》のまわりにつるしてあるシロナガスクジラのまわりを、たくさんのコウモリが飛《と》び回《まわ》っていた。ヤマグ

チさんが「どこから入《はい》ってきたんだろう？」と驚《おどろ》いている。

お姉《ねえ》さん自身《じしん》もおどろいていた。「できたよ！」と小《ちい》さな声《こえ》でささやいた。

「どういう仕組《しく》みなんでしょうか？」

「分《わ》からないよ。謎《なぞ》を解《と》くのは君《きみ》の任務《にんむ》だ」

「なるほど」

お姉《ねえ》さんとぼくは指切《ゆびき》りをした。

その時《とき》、ぼくは初《はじ》めてお姉《ねえ》さんの指《ゆび》に触《ふ》れたのだが、歯科医院《しかいいん》でぼくの口《くち》に入《はい》ってくる指《ゆび》とはぜんぜんちがうように感《かん》じられた。今《いま》にも折《お》れそうなぐらい細《ほそ》くて、ガラスみたいにひんやりとしているのだった。


日曜日《にちようび》に家族《かぞく》でショッピングセンターに出《で》かけた。

ショッピングセンターは、ぼくらがこの街《まち》に引《ひ》っ越《こ》してきたあとにできたものだ。週末《しゅうまつ》になると街《まち》の人《ひと》たちで遊園地《ゆうえんち》のようににぎわう。いつ見《み》てもレゴブロックのようにピカピカしている。そしてたいへんに大《おお》きい。カフェ、レストラン、ブティック、電器店《でんきてん》、書店《しょてん》、映画館《えいがかん》まであって、ショッピングセンターの中《なか》がまるで一つの街《まち》みたいなのだ。未来《みらい》の宇宙《うちゅう》ステーションはこんなふうだろうか。

ぼくらは母《はは》と妹《いもうと》、父《ちち》とぼくの二組《くみ》に分《わ》かれた。一時間後《じかんご》に最上階《さいじょうかい》のレストランで待《ま》ち合《あ》わせをするのだ。妹《いもうと》は新《あたら》しい洋服《ようふく》を買《か》ってもらうと言《い》って、はしゃいでいた。

父《ちち》とぼくは文房具店《ぶんぼうぐてん》に行《い》った。

ぼくらは文房具《ぶんぼうぐ》が好《す》きだから、毎月《まいつき》一度《ど》は文房具店《ぶんぼうぐてん》へ出《で》かける。そしてコンパスや定規《じょうぎ》や、色《いろ》とりどりのノートを眺《なが》めて、時間《じかん》がたつのを忘《わす》れてしまう。父《ちち》は手元《てもと》にいつも大《おお》きなノートを置《お》いて、何《なに》かいろいろなことを書《か》く。いたずら書《が》きをしていることもある。父《ちち》はそのノートがお気《き》に入《い》りで、リビングルームでも眺《なが》めているし、「海辺《うみべ》のカフェ」に行《い》くときも必《かなら》ず持《も》っていく。父《ちち》のようになるには、必《かなら》ず自分《じぶん》のノートを持《も》たなくてはいけないとぼくは思《おも》っていた。だから父《ちち》に初《はじ》めて方眼《ほうがん》ノートを買《か》ってもらって、使《つか》い方《かた》を教《おそ》わったときはたいへんうれしかった。これはもうぼくも父《ちち》のようにえらくなってしまうにちがいないぞ、と思《おも》った。

ぼくが使《つか》っているのは淡《あわ》い灰色《はいいろ》の線《せん》で方眼《ほうがん》が印刷《いんさつ》されたリングノートだ。父《ちち》が使《つか》っているノートよりも小《ちい》さいので、どこへでも持《も》って行《い》ける。紙《かみ》は少《すこ》し分厚《ぶあつ》くてすべすべしている。ボールペンでたくさんの文章《ぶんしょう》を書《か》いても手《て》が疲《つか》れない。お気《き》に入《い》りのノートに何《なに》かを書《か》くのはとても楽《たの》しい。だからぼくはどんなことでもノートに書《か》く。ぼくが小学生《しょうがくせい》のレベルを飛《と》び越《こ》えて頭角《とうかく》を現《あらわ》してきたのは、このノートのおかげである。

「どれにする？」

父《ちち》はいつも同《おな》じノートを買《か》う。だからぼくもそうする。

ぼくらは書店《しょてん》をまわったあと、最上階《さいじょうかい》のレストランに行《い》った。母《はは》と妹《いもうと》がやってくるまで待《ま》ちながら、ぼくは袋《ふくろ》からノートを取《と》り出《だ》して、真新《まあたら》しいノートの何《なに》も書《か》かれていないページをめくってみた。このページにいろいろなぼくの発見《はっけん》やしらべたことや考《かんが》えたことが書《か》かれていく。ぼくの字《じ》でぼくの研究成果《けんきゅうせいか》が積《つ》み重《かさ》なっていくのはわくわくすることだ。ぼくは今《いま》すぐにでも何《なに》かを書《か》きたい気持《きも》ちになった。

ぼくはレストランの窓《まど》から外《そと》を見《み》た。ショッピングセンターの裏《うら》にある森《もり》は切《き》り開《ひら》かれて、整地《せいち》された土《と》地《ち》が広《ひろ》がり、ぼくとウチダ君《くん》がたどってきた水路《すいろ》も見《み》えている。ショッピングセンターに来《く》るたびに見《み》ていたのに、ウチダ君《くん》といっしょに歩《ある》かなければ、あの水路《すいろ》には気《き》がつかなかったろうと思《おも》った。ぼくにはまだまだ知《し》らないことがある。

「父《とう》さん。ここに、すごくむずかしい問題《もんだい》があるとする」

「うん、なるほど」と父《ちち》は微笑《ほほえ》んだ。「すごくむずかしい問題《もんだい》があるとしようか」

「そういうとき、父《とう》さんの三ケ条《かじょう》を使《つか》う」

「何《なん》だったかな。問題《もんだい》を分《わ》けて小《ちい》さくすること。見《み》る角度《かくど》を変《か》えること。似《に》ている問題《もんだい》を探《さが》すこと」

「そう。でも、それだけでは分《わ》からないときもあるでしょう？」

「もちろん、ほかにもいろいろな考《かんが》え方《かた》があるよ。たくさんある」

「たとえばどんな？」

父《ちち》は首《くび》をかしげて、新品《しんぴん》のノートを手《て》に取《と》る。まるでそこに書《か》かれている大切《たいせつ》なことを読《よ》み上《あ》げているように、父《ちち》はノートをめくりながらしゃべる。「たとえば家《いえ》に帰《かえ》って蛍光灯《けいこうとう》の電気《でんき》をつけようとするね。スイッチを押《お》したが、つかない。これは一つの問題《もんだい》だ。そうしたら、おまえはどう考《かんが》える？」

「スイッチがこわれてる」

「そうかもしれない。もしそう考《かんが》えるならば、『スイッチがこわれている』ということが問題《もんだい》になる。でもたとえば、昨日《きのう》の夜《よる》みたいに街《まち》が停電《ていでん》していたとしたらどうだろうか。それはスイッチがこわれているという問題《もんだい》ではないね。スイッチがこわれていると思《おも》って、スイッチをいっしょうけんめい研究《けんきゅう》しても答《こた》えは得《え》られないだろう」

「問題《もんだい》はスイッチのことではないからだね」

「まず、問題《もんだい》は何《なに》か、ということをよく知《し》らないといけない」

「ぼくだったら、ほかの部屋《へや》の電気《でんき》がつくかどうかしらべるな」

「それも一つの方法《ほうほう》だ。ほかの部屋《へや》の電気《でんき》がつかなければ、家《いえ》のブレーカーに問題《もんだい》があるかもしれないね。しかし解決《かいけつ》しないかもしれない。それではお隣《となり》の家《いえ》はどうだろうか……というふうに、しらべていくと、本当《ほんとう》の問題《もんだい》は何《なに》かということが分《わ》かってくるだろう？」

「ぼくはよく分《わ》かったよ」

「これは一番大事《いちばんだいじ》なことだが、一番《いちばん》むずかしいことでもある。算数《さんすう》の問題《もんだい》であれば、問題《もんだい》は目《め》の前《まえ》に書《か》かれている。しかし実際《じっさい》には、問題《もんだい》は何《なに》か、ということがそもそも分《わ》からない。停電《ていでん》であることを知《し》らずに、間《ま》違《ちが》ってスイッチばかりしらべてしまうようなことがあるよ」

「父《とう》さんも間違《まちが》う？」

「もちろん間違《まちが》う。だれでも間違《まちが》う」

父《ちち》は静《しず》かに言《い》った。「問題《もんだい》が何《なに》か、ということが分《わ》かるのは、たいてい何度《なんど》も間違《まちが》ったあとだ。でも訓練《くんれん》を積《つ》んだ人《ひと》は、だんだんそれを見《み》つけ出《だ》すのが上手《じょうず》になる」

ぼくはそのことを新《あたら》しいノートに書《か》いた。

ぼくは問題《もんだい》をよく知《し》らなくてはならない。

□お姉《ねえ》さんはどうしてコーラの缶《かん》をペンギンにできるのか？
□お姉《ねえ》さんはどうしてチェスの駒《こま》をコウモリにできるのか？
□お姉《ねえ》さんはどうしてペンギンやコウモリを出《だ》せたり出《だ》せなかったりするのか？
□ペンギン・エネルギーとは何《なに》か？
□お姉《ねえ》さんの能力《のうりょく》と体調《たいちょう》は関係《かんけい》があるのだろうか？

ペンギン・ハイウェイ研究《けんきゅう》は進《すす》まないまま、六月《がつ》になった。

学校《がっこう》は平和《へいわ》だった。スズキ君《くん》たちと大《おお》きなもめごともなかった。

スズキ君《くん》たちはぼくらから奪《うば》った地図《ちず》を使《つか》った探検《たんけん》にすっかり夢中《むちゅう》であるようだった。彼《かれ》らはまるで自分《じぶん》たちが発見《はっけん》したかのように地図《ちず》のことを教室《きょうしつ》で★18吹聴《ふいちょう》していた。スズキ君《くん》もぼくらと同《おな》じように水路《すいろ》をたどる探検隊《たんけんたい》を組織《そしき》したと聞《き》いたとき、ウチダ君《くん》はすっかりしょげてしまった。でもよく話《はなし》を聞《き》いてみると、スズキ君《くん》たちはぼくらとは反対《はんたい》の方角《ほうがく》を目指《めざ》していると分《わ》かった。

「それなら大丈夫《だいじょうぶ》だよ。彼《かれ》らは川下《かわしも》に向《む》かってるんだもの。ぶつかる心配《しんぱい》もない」

「でもスズキ君《くん》たちはずるいなあ。ぼくらが見《み》つけた川《かわ》なのに」

「ウチダ君《くん》、ぼくらはあくまで水源《すいげん》を探求《たんきゅう》しているのだ。二つの方向《ほうこう》を同時《どうじ》には探検《たんけん》できないよ。スズキ君《くん》たちが勝手《かって》に探検《たんけん》してくれるんだからいいじゃないか」

「アオヤマ君《くん》は怒《おこ》らないなあ」

「おっぱいのことを考《かんが》えてるからさ」

水路《すいろ》がどこへ流《なが》れていくのか、ぼくも自分《じぶん》でしらべてみたいと思《おも》っていた。でもぼくには他《ほか》にも取《と》りかかっている研究《けんきゅう》がたくさんある。いくらぼくがえらい小学生《しょうがくせい》であるとしても、あまりにたくさんのことに手《て》を出《だ》すのは間違《まちが》いだ。プロジェクト・アマゾンとペンギン・ハイウェイ研究《けんきゅう》だけでも小学生《しょうがくせい》としては立派《りっぱ》すぎるほどなのだから。それに、ぼくはスズキ君帝国《くんていこく》の研究《けんきゅう》さえも手《て》がけている。今《いま》はかまわないでおこう。あとでスズキ君《くん》たちと仲直《なかなお》りすることができれば、ぼくらの地図《ちず》はいっそう充実《じゅうじつ》するのだ、と考《かんが》えることにし

★18 周囲《しゅうい》に言《い》いふらすこと。

た。

　ところでスズキ君帝国皇帝《くんていこくこうてい》のスズキ君《くん》は、ハマモトさんに敗北《はいぼく》してからというもの、帝国内《ていこくない》でだれかがチェスをすることをよろこばなかった。でもハマモトさんはそんなことを気《き》にする人《ひと》ではないから、みんなも平気《へいき》でチェスをすることができた。ハマモトさんの意志《いし》はスズキ君《くん》をはねのけるほど強《つよ》かった。

　ハマモトさんはクラスの全員《ぜんいん》とチェスをした。そしてぼくをのぞく全員《ぜんいん》に勝利《しょうり》した。

　彼女《かのじょ》はたいへんかしこくてチェスが強《つよ》い。そしてぼくもたいへんかしこくてチェスが強《つよ》い。だからぼくらが勝負《しょうぶ》したときは、クラスのみんなが集《あつ》まった。スズキ君《くん》でさえこっそり見物《けんぶつ》していたほどである。ぼくのナイトが活躍《かつやく》して、チョコレート工場《こうじょう》のロボットみたいに動《うご》いていたハマモトさんの手《て》が止《と》まったとき、クラスのみんながため息《いき》をつくのが聞《き》こえた。スズキ君《くん》が「やっつけろ、アオヤマ」と小《ちい》さな声《こえ》で言《い》った。

「シッ！　静《しず》かに！」

　ハマモトさんが指《ゆび》を立《た》てて、スズキ君《くん》をだまらせた。

　彼女《かのじょ》は夢中《むちゅう》でチェス盤《ばん》をにらんでいた。いつもは白い頰《ほお》がその日《ひ》だけは赤《あか》くなっていた。彼女《かのじょ》はたれてくる栗色《くりいろ》の髪《かみ》をフッと吹《ふ》いた。彼女《かのじょ》はまるでチョコレートの詰《つ》め合《あ》わせをもらったチョコレート好《ず》きの女《おんな》の子《こ》のように、チェス盤《ばん》を今《いま》にも食《た》べてしまいそうなほど見《み》つめているのだ。

　正確《せいかく》に言《い》えば、ぼくが勝《か》ったのは彼女《かのじょ》がうっかりミスをしたからにすぎない。本当《ほんとう》のところはどちらが勝《か》ってもふしぎではない状況《じょうきょう》だった。それぐらい白熱《はくねつ》した戦《たたか》いだった。

　ぼくはたいへん面白《おもしろ》かったし、ハマモトさんも面白《おもしろ》かったにちがいないと思《おも》う。なぜなら彼女《かのじょ》は試合《しあい》が終《お》わったあともくやしそうではなく、頰《ほお》を赤《あか》くして笑《わら》っていたし、ぼくに握手《あくしゅ》を求《もと》めたからである。我々《われわれ》は好《こう》★19敵手《てきしゅ》だった。

★19 ライバル。

「アオヤマ君《くん》、またやろうね」と彼女《かのじょ》は言《い》った。

「いいよ」とぼくは言《い》った。

お姉《ねえ》さんと「海辺《うみべ》のカフェ」でチェスをしているとき、ぼくはその戦《たたか》いのことを話《はな》した。そもそもぼくにチェスを教《おし》えてくれたのはお姉《ねえ》さんなのだから、ほめてもらえるかもしれないと思《おも》っていた。けれどお姉《ねえ》さんは「負《ま》けてあげればよかったのに」と言《い》った。「おとなげないなあ、少年《しょうねん》」

「ぼくは大人《おとな》ではないですから」とぼくは反論《はんろん》した。

「都合《つごう》のいいときだけ子《こ》どものふりをする。今《いま》だって私《わたし》に負《ま》けてくれてるんでしょ？」

会《あ》うたびにお姉《ねえ》さんは「ペンギン・ハイウェイの研究《けんきゅう》はどう？」と言《い》ってぼくを困《こま》らせるのだった。彼女《かのじょ》があんまりからかうので、彼女《かのじょ》はやっぱりすべての謎《なぞ》の答《こた》えを知《し》っていていじわるをしているのではないかという気《き》がした。でも、たとえそんなことを考《かんが》えても、ぼくは決《けっ》して口《くち》には出《だ》さなかった。そんなことを言《い》えば、お姉《ねえ》さんはきっと怒《おこ》るに決《き》まっているからだ。

「少年《しょうねん》、この謎《なぞ》が解《と》けるか？」

「お姉《ねえ》さんはおもしろがっているのではないですか？」

「おもしろがっているよ？　なにか問題《もんだい》でも？」

「これはたいへんな難問《なんもん》なのです。だから研究《けんきゅう》には時間《じかん》がかかります」

「早《はや》く、早《はや》くしてちょうだい」

お姉《ねえ》さんはそんなことを言《い》った。

「早《はや》く謎《なぞ》を解《と》かないと、海《うみ》に連《つ》れていってあげないよ」

お姉《ねえ》さんは海辺《うみべ》の街《まち》から来《き》たそうだ。

そこは海《うみ》のすぐそばまで山《やま》が迫《せま》っていて、街《まち》には海《うみ》へ下《くだ》っていくたくさんの坂道《さかみち》がある。

お姉《ねえ》さんは高台《たかだい》にある家《いえ》から、いつも海《うみ》を眺《なが》めて暮《く》らしていた。窓《まど》からは海《うみ》の風《かぜ》が吹《ふ》きこんできて、本棚《ほんだな》や洋服《ようふく》やベッドからはいつも海《うみ》の匂《にお》いがしていた。だからお姉《ねえ》さんは自分《じぶん》の体《からだ》からは海《うみ》の匂《にお》いがすると言《い》った。それでぼくもお姉《ねえ》さんの腕《うで》の匂《にお》いをかがせてもらったけれど、なんだかいい匂《にお》いがするだけで、それが海《うみ》の匂《にお》いかどうかは分《わ》からなかった。残念《ざんねん》なことに、ぼくは海《うみ》に行《い》ったことがない。

お姉《ねえ》さんは「いつか海《うみ》に連《つ》れて行《い》ってあげよう」と言《い》った。彼女《かのじょ》のお父《とう》さんとお母《かあ》さんはその海辺《うみべ》の街《まち》に住《す》んでいるし、ぼくを連《つ》れて行《い》ったら喜《よろこ》ぶだろうというのだ。だからぼくらは海《うみ》に行《い》く約束《やくそく》をした。生命《せいめい》は海《うみ》から生《う》まれたのだから、ぼくは人類《じんるい》として、海《うみ》についても研究《けんきゅう》しなくてはいけない。

今年《ことし》になって、ぼくは新《あたら》しい鉄道《てつどう》の話《はなし》を聞《き》いた。

県境《けんざかい》の山《やま》の向《む》こうから鉄道《てつどう》がのびてきて、ぼくらの街《まち》に新《あたら》しい駅《えき》ができるそうだ。まだ計画段階《けいかくだんかい》だからいつ完成《かんせい》するのかは分《わ》からないと父《ちち》は言《い》った。その鉄道《てつどう》はお姉《ねえ》さんの生《う》まれた街《まち》にも通《つう》じると聞《き》いたとき、ぼくはうれしくなった。お姉《ねえ》さんといっしょに海《うみ》へ出《で》かけるときにたいへん便利《べんり》だ。

チェスをしながら、ぼくはお姉《ねえ》さんと新《あたら》しい鉄道《てつどう》の話《はなし》をした。

「その電車《でんしゃ》に乗《の》ればすぐ海《うみ》に行《い》けるね」

お姉《ねえ》さんは言《い》った。「……ということは、ここも海辺《うみべ》の街《まち》になるわけよ」

なるほど、とぼくは思《おも》った。

当時《とうじ》、ぼくとお姉《ねえ》さんはチェスをするようになったばかりだったし、ぼくらがチェスをするカフェはまだ「海辺《うみべ》のカフェ」という名前《なまえ》ではなかった。店主《てんしゅ》のヤマグチさんはむずかしい外国語《がいこくご》の名《な》をつけていて、ぼくには発音《はつおん》できなかった。お姉《ねえ》さんも発音《はつおん》できなかったし、父《ちち》でさえ発音《はつおん》できなかった。それぐらいむずかしかったのだ。

鉄道《てつどう》がやってくれば、この街《まち》は海辺《うみべ》の街《まち》になり、そのカフェは海辺《うみべ》のカフェになるのだという理由《りゆう》で、お姉《ねえ》さんはその店《みせ》を「海辺《うみべ》のカフェ」と命名《めいめい》した。はじめのうちはぼくとお姉《ねえ》さんだけがそう呼《よ》んでいた。それを聞《き》いたヤマグチさんは突然《とつぜん》シロナガスクジラの模型《もけい》をつるし、新《あたら》しい名《な》の似合《にあ》う場所《ばしょ》にした。

街《まち》の人《ひと》たちもみんなそこを「海辺《うみべ》のカフェ」と呼《よ》ぶようになった。表《おもて》にあるカフェの看板《かんばん》はむずかしい外《がい》国語《こくご》で書《か》かれたままだけれども、今《いま》そこに看板《かんばん》があることをみんな忘《わす》れている。

「なぜ『海辺《うみべ》のカフェ』なの？」と言《い》う人《ひと》があると、ぼくは新《あたら》しい鉄道《てつどう》と海辺《うみべ》の街《まち》の話《はなし》をする。

そして、理論上《りろんじょう》はこの街《まち》も海辺《うみべ》なのだと主張《しゅちょう》する。

ウチダ君《くん》は県境《けんざかい》の向《む》こうの街《まち》から引《ひ》っ越《こ》してきたから、あちらに友《とも》だちがいる。今《いま》でも電話《でんわ》をしたり、手《て》紙《がみ》を書《か》いたりするそうだ。ぼくがしらべたところによると、ウチダ君《くん》の住《す》んでいた街《まち》は県境《けんざかい》を電車《でんしゃ》で越《こ》えて、もう一度《いちど》乗《の》り換《か》えをしたところにある。ぼくらの街《まち》からは一時間《じかん》以上《いじょう》かかる遠《とお》くの街《まち》だ。

その街《まち》に住《す》んでいる友《とも》だちにペンギンを見《み》せてあげたいとウチダ君《くん》が言《い》った。

ウチダ君《くん》は一人《ひとり》で電車《でんしゃ》に乗《の》って出《で》かけたことがないし、ペンギンを一人《ひとり》で運《はこ》ぶのはたいへんだ。だからぼくは協力《きょうりょく》することにした。日曜日《にちようび》にぼくがウチダ君《くん》のマンションを訪《たず》ねると、彼《かれ》は同《おな》じクラスの子《こ》から借《か》りてきた犬用《いぬよう》のケージを用意《ようい》して待《ま》っていた。

ペンギンは屋上《おくじょう》をよちよち歩《ある》いていた。その日《ひ》も蒸《む》し暑《あつ》い天気《てんき》だったけれど、ペンギンは平気《へいき》にしている。ぼくはしゃがんでよく観察《かんさつ》してみたのだが、ちっとも弱《よわ》ったところは見《み》えなかった。ウチダ君《くん》によると、そのペンギンはもう三週間《しゅうかん》以上《いじょう》も何《なに》も食《た》べていないらしい。ペンギン・エネルギーの謎《なぞ》は深《ふか》まるばかりだ。もしペンギン・エネルギーを有効利用《ゆうこうりよう》する方法《ほうほう》をぼくが開発《かいはつ》したら、きっとノーベル賞《しょう》がもらえるだろう。小《しょう》学生《がくせい》でノーベル賞《しょう》をもらう人間《にんげん》は人類《じんるい》で初《はじ》めてにちがいない。

ウチダ君《くん》が両手《りょうて》を広《ひろ》げると、ペンギンはちょこちょことよってきた。ウチダ君《くん》が好《す》きなのだ。そうしてぼくらはペンギンをピンク色《いろ》のケージに入《い》れた。そのときぼくはペンギンの黒《くろ》い翼《つばさ》に触《ふ》れた。アスファルトみたいに硬《かた》いのでびっくりした。背中《せなか》は羽毛《うもう》でおおわれているので、想像《そうぞう》していたようにつるつるではなくて、やわらかかった。ペンギンはかしこいから、ケージに入《はい》っても暴《あば》れたりしない。じっとしている。

「きっと喜《よろこ》ぶと思《おも》うなあ！」とウチダ君《くん》は言《い》った。

「その友《とも》だち？」

「うん。ペンギンを見《み》たらすごく喜《よろこ》ぶよ。入院《にゅういん》しているから動物園《どうぶつえん》にも行《い》けないし」

「病気《びょうき》なの？」

「うん。ぼくにはよく分《わ》からないけど、長《なが》い間入院《あいだにゅういん》してるんだ」

「その子《こ》がそんなに喜《よろこ》ぶなら、ぼくもうれしいな」

バスで駅《えき》に向《む》かう間《あいだ》、ウチダ君《くん》は何度《なんど》もペンギンの入《はい》っているケージに指《ゆび》を入《い》れた。ペンギンはウチダ君《くん》の指《ゆび》をクチバシでつついた。そうすると安心《あんしん》するのかもしれない。「大丈夫《だいじょうぶ》だぞー。がまんしろよー」とウチダ君《くん》はペンギンに話《はな》しかけた。

駅《えき》で切符《きっぷ》を買《か》うのはぼくの役割《やくわり》だった。切符《きっぷ》を買《か》ってウチダ君《くん》に渡《わた》すと、彼《かれ》は「アオヤマ君《くん》はお父《とう》さんみたいだなあ」と感心《かんしん》した。でもぼくも理論《りろん》を知《し》っていただけで、自分《じぶん》だけで電車《でんしゃ》に乗《の》るのは初《はじ》めてだった。

空《そら》は晴《は》れていて、電車《でんしゃ》の中《なか》は明《あか》るかった。

「その友《とも》だちはどんな子《こ》？」

「同《おな》じマンションに住《す》んでいたんだよ。アオヤマ君《くん》みたいにたくさん本《ほん》を読《よ》んでて、研究熱心《けんきゅうねっしん》だった。ペンギンだけじゃなくて、いろんなことを知《し》ってた」

「その子《こ》は宇宙《うちゅう》にも興味《きょうみ》があるだろうか？　たとえばブラックホールとか」

「好《す》きだったよ。アオヤマ君《くん》も友《とも》だちになればいいよ」

「引《ひ》っ越《こ》すときは淋《さび》しかった？」

「淋《さび》しかったよ。アオヤマ君《くん》と探検隊《たんけんたい》を作《つく》るまでは、ぼくは本当《ほんとう》に帰《かえ》りたいと思《おも》っていたもの」

「今《いま》は？」

「今《いま》は帰《かえ》りたくもあるし、帰《かえ》りたくなくもあるなあ」

ぼくらは電車《でんしゃ》の窓《まど》の外《そと》を街《まち》の景色《けしき》が流《なが》れていくのを見《み》た。ぼくらはものすごいいきおいで、ぼくらの街《まち》から遠《とお》くへ行《い》くのだ。日本《にほん》は広《ひろ》いなあと思《おも》うものだ。この電車《でんしゃ》に乗《の》って、ぼくの父《ちち》もウチダ君《くん》のお父《とう》さんも会《かい》社《しゃ》に通《かよ》っているのだ。駅前《えきまえ》の街《まち》なみがとぎれてしまって、少《すこ》し田《た》んぼや竹林《たけばやし》が見《み》えた。電車《でんしゃ》は二つの駅《えき》に停《と》まってから、県境《けんざかい》の山《やま》をぬけるトンネルに入《はい》った。暗《くら》いトンネルはたいへん長《なが》い。ごうごうと大《おお》きな音《おと》がする。

ウチダ君《くん》がケージをのぞきこんで心配《しんぱい》そうな顔《かお》をした。「アオヤマ君《くん》、ペンギンがぐったりしてる」

ぼくはあわててケージをのぞいた。ペンギンがケージの底《そこ》にうずくまるようにしていた。

「電車《でんしゃ》に酔《よ》ったんだろうか？」

「どうしよう、アオヤマ君《くん》」

「とりあえず次《つぎ》の駅《えき》で降《お》りよう。車《くるま》で酔《よ》ったときも、車《くるま》から降《お》りてしばらく寝《ね》ころがっていたら治《なお》るだろ？ちょっとゆっくりして具合《ぐあい》を見《み》たほうがいいと思《おも》うな」

ぼくらは次《つぎ》の駅《えき》で降《お》りた。

そこは一度《いちど》も降《お》りたことがない小《ちい》さな中州型《なかすがた》の駅《えき》だ。高《たか》くなっているホームからは、小《ちい》さなビルに囲《かこ》まれたバスターミナルを見下《みお》ろすことができる。バスターミナルの向《む》こうには小《ちい》さな商店街《しょうてんがい》と住宅地《じゅうたくち》が広《ひろ》がっている。入道雲《にゅうどうぐも》に成長《せいちょう》する途中《とちゅう》の雲《くも》が見《み》える。ホームの北《きた》には青々《あおあお》とした森《もり》が迫《せま》っていた。今《いま》にも森《もり》の緑《みどり》が駅《えき》に向《む》かって流《なが》れこんできそうだ。電車《でんしゃ》がいってしまうと、ホームはがらんとした。

ぼくらはホームの端《はし》にケージをおいて、ペンギンの具合《ぐあい》を見《み》た。

「大丈夫《だいじょうぶ》かなあ」とウチダ君《くん》は心配《しんぱい》そうに言《い》った。「あんなに元気《げんき》だったのになあ」

「ごめんよ。ぼくにも原因《げんいん》が分《わ》からないんだよ」

「ううん。アオヤマ君《くん》のせいじゃないよ。ぼくが無理《むり》に連《つ》れていこうとしたから……」

ウチダ君《くん》の声《こえ》はだんだん小《ちい》さくなった。彼《かれ》はペンギンから目《め》をはなさない。

ケージをのぞきこんでいるウチダ君《くん》の前髪《まえがみ》がふわふわとゆれた。風《かぜ》が吹《ふ》いている。そこでぼくはおかしいと思《おも》った。ホームには風《かぜ》が吹《ふ》いていないし、駅《えき》の北《きた》にしげっている森《もり》の木々《きぎ》もざわめいていない。ウチダ君《くん》の前髪《まえがみ》だけがゆれているのだ。ぼくは指《ゆび》をなめて、風《かぜ》の吹《ふ》いてくる方向《ほうこう》を見《み》つけようとした。あちこち指《ゆび》を動《うご》かすと、ケージの中《なか》から風《かぜ》が吹《ふ》き出《だ》していることが分《わ》かった。

「ウチダ君《くん》」

「なに？」

「ちょっとケージからはなれて」

ぼくはウチダ君《くん》を遠《とお》ざけ、駅員《えきいん》さんが見《み》ていないことを確認《かくにん》してから、ケージを開《あ》けた。ペンギンが苦《くる》しそうな足取《あしど》りで外《そと》へ出《で》てきた。黒《くろ》い背中《せなか》がぐんにゃりとまるまってシワがよっている。翼《つばさ》もたれさがったまま、ぱたぱたと動《うご》かす元気《げんき》もないようだ。バランスをとって立《た》っているだけで精一杯《せいいっぱい》みたいだった。

ふいにペンギンはクチバシを上《あ》げてウチダ君《くん》のほうを見《み》た。「キュッ」と音《おと》を立《た》てた。

そのとたん、ペンギンの足《あし》もとから頭《あたま》のてっぺんまで、つやつやしていた羽毛《うもう》が毛羽立《けばだ》った。羽毛《うもう》の表面《ひょうめん》に起《お》こった津波《つなみ》が、ラセンを描《えが》くようにして体《からだ》を走《はし》ったようだった。ペンギンは魚《さかな》を飲《の》みこむときのようにクチバシを高《たか》く上《あ》げて、何《なに》かを待《ま》っているように空《そら》に向《む》かって体《からだ》を伸《の》ばした。

小型《こがた》の竜巻《たつまき》のような風《かぜ》が起《お》こった。

ぼくはウチダ君《くん》の頭《あたま》をかかえて風《かぜ》をよけた。

次《つぎ》の瞬間《しゅんかん》にぼくが見《み》たものは、翼《つばさ》の生《は》えたコーラの缶《かん》が宙《ちゅう》を舞《ま》うところだった。ホームに落下《らっか》するまで、その翼《つばさ》は風船《ふうせん》がしぼんでしまうように小《ちい》さくなり、ついには消《き》えてしまった。風《かぜ》が巻《ま》き起《お》こったのは一瞬《いっしゅん》のことだ。だれもいない静《しず》かなホームに、ゴツンと重《おも》い音《おと》を立《た》ててコーラの缶《かん》が落《お》ちた。ペンギンはもうどこにもいなかった。

ぼくはぼうぜんとしていた。

ウチダ君《くん》も何《なに》も言《い》わない。

ぼくは歩《ある》いていって、ホームに落《お》ちたコーラの缶《かん》を拾《ひろ》ってよくしらべた。それは今《いま》まさに自動販売機《じどうはんばいき》から出《で》てきたばかりのように冷《ひ》えていた。水滴《すいてき》がぼくの手《て》のひらをぬらしたほどだ。

そのときにぼくはようやく思《おも》い出《だ》した。ペンギンたちが初《はじ》めてぼくらの街《まち》に現《あらわ》れたとき、そのペンギンたちを連《つ》れ去《さ》ったトラックで何《なに》が起《お》こったか。

その現象《げんしょう》をぼくは「ペンギンの蒸発《じょうはつ》」と名付《なづ》けた。

ぼくはノートのメモに次《つぎ》の一行《いちぎょう》を加《くわ》えることになるだろう。

□なぜペンギンは電車《でんしゃ》に乗《の》ると蒸発《じょうはつ》するのか？

エピソード2

観測《かんそく》ステーション

ぼくの髪《かみ》は精度《せいど》の高《たか》い湿度計《しつどけい》である。髪《かみ》の巻《ま》き具合《ぐあい》から、その日《ひ》の湿度《しつど》を測定《そくてい》できる。

街《まち》はいつも雨《あめ》にぬれていて、ぼくの髪《かみ》はくるくると巻《ま》いていた。街《まち》を流《なが》れる川《かわ》の水位《すいい》は上《あ》がっていたし、県境《けんざかい》の山《やま》はたいてい灰色《はいいろ》に煙《けむ》っていた。森《もり》の中《なか》からは、いつもさわさわと水滴《すいてき》の落《お》ちる音《おと》が聞《き》こえていた。

ウチダ君《くん》は「こういうときは森《もり》の中《なか》に底《そこ》なし沼《ぬま》ができる」と主張《しゅちょう》した。ぼくらは賢明《けんめい》な探検隊《たんけんたい》なので、プロジェクト・アマゾンは延期《えんき》することにして、そのかわりに「梅雨《つゆ》」について研究《けんきゅう》した。ぼくらは新聞《しんぶん》から天気図《てんきず》を切《き》り抜《ぬ》いてノートにはりつけ、オホーツク海高気圧《かいこうきあつ》と小笠原高気圧《おがさわらこうきあつ》を蛍光《けいこう》ペンでぬりわけた。そうして研究《けんきゅう》に打《う》ちこんでいると、妹《いもうと》もまねをして蛍光《けいこう》ペンで新聞《しんぶん》を虹色《にじいろ》にした。「お兄《にい》ちゃん、見《み》て見《み》て」と得意《とくい》そうな顔《かお》をしているので、「おまえは芸術家《げいじゅつか》だねえ」と言《い》うと、彼女《かのじょ》は鼻《はな》をふんふん鳴《な》らして満足《まんぞく》した。

ウチダ君《くん》は仲良《なかよ》しのペンギンが消《き》えてしまったことで、たいへん落《お》ちこんでいた。

「ひょっとすると、あれはペンギンじゃなかったのかもしれないね」

ウチダ君《くん》はつぶやいた。「本物《ほんもの》のペンギンだったら、急《きゅう》に消《き》えたりしないはずだし」

「じゃあ、何《なん》だったと思《おも》う？」

「分《わ》からない。でも彼《かれ》はもういない。かなしいなあ」

「残念《ざんねん》なことだとぼくも思《おも》う」

「なぜ消《き》えたか分《わ》かる？」

「これはたいへんむずかしい研究《けんきゅう》なのだ。ぼくでさえも」

「アオヤマ君《くん》にもむずかしいなら、これは本当《ほんとう》にむずかしいね」

たとえペンギンの正体《しょうたい》が謎《なぞ》であっても、ウチダ君《くん》はあのペンギンと仲良《なかよ》しだったし、そういう生《い》き物《もの》が急《きゅう》に消《き》えてしまうことはつらいことであると思《おも》う。でも、ぼくはウチダ君《くん》をなぐさめることができなかった。

それどころかぼくは、お姉《ねえ》さんがペンギンを作《つく》ったことさえ秘密《ひみつ》にしなくてはいけなかったのだ。

友《とも》だちに大事《だいじ》なことをだまっているのはあまり良《よ》いことではない。

「もどかしい」というのは、こういう気持《きも》ちを言《い》うのである。そうして、ぼくがもどかしい気持《きも》ちを味《あじ》わって生《い》きているところへ、お姉《ねえ》さんから電話《でんわ》がかかってきたのだった。

「そろそろペンギン作《つく》るよ。実験《じっけん》しない？」とお姉《ねえ》さんは言《い》った。

彼女《かのじょ》はまったく謎《なぞ》であるとぼくは思《おも》うものだ。

日曜日《にちようび》ぼくはお姉《ねえ》さんに会《あ》うために教会《きょうかい》へ出《で》かけた。灰色《はいいろ》と銀色《ぎんいろ》のモコモコした雲《くも》が空《そら》いっぱいに散《ち》らばっていたけれど、雲《くも》の間《あいだ》には水色《みずいろ》の空《そら》がのぞいていた。大気《たいき》には雨《あめ》の匂《にお》いがしていた。バス通《どお》りをカモノハシ公園《こうえん》に向《む》かって歩《ある》いていくと、雲《くも》の隙間《すきま》から伸《の》びてくる日光《にっこう》が街《まち》の一部分《いちぶぶん》を明《あか》るくして、その明《あか》るくなった部分《ぶぶん》がすべっていく。空《そら》の上《うえ》にいるだれかが、ぼくらの街《まち》の分子構造《ぶんしこうぞう》をレーザー光線《こうせん》でしらべているようだった。

教会《きょうかい》から出《で》てきたお姉《ねえ》さんはニコニコ笑《わら》って、ご機嫌《きげん》だった。お姉《ねえ》さんがご機嫌《きげん》であるのは喜《よろこ》ばしいことである。

彼女《かのじょ》の髪《かみ》はアルミニウムのようにつやつやしていたので、ぼくはたいへんうらやましかった。髪《かみ》がまっすぐであることをほめると、彼女《かのじょ》はぼくの髪《かみ》をくしゃくしゃにして「君《きみ》の髪《かみ》はひねくれてるな！」と言《い》った。

ぼくの髪《かみ》がくるくるするのは、髪《かみ》の分子《ぶんし》がひねくれて結合《けつごう》するから。ぼくの責任《せきにん》ではない。でもぼくは反論《はんろん》しなかった。

「さて、どこでやろう？」と彼女《かのじょ》は言《い》った。

実験場《じっけんじょう》はやっぱりバスターミナルにすべきだとぼくは考《かんが》えた。

ぼくらはバス通《どお》りを歩《ある》いていった。バスターミナルはぼくらの住宅地《じゅうたくち》の果《は》てるところだ。家《いえ》はだんだん少《すく》なくなって、広《ひろ》い空《あ》き地《ち》が目立《めだ》つようになる。

歩《ある》いているうちに、また雨《あめ》が降《ふ》りだした。雨《あめ》の粒子《りゅうし》は細《こま》かくて、霧《きり》のようだった。サワサワという音《おと》があたりをつつんでしまった。ぼくは最新式《さいしんしき》の折《お》りたたみ傘《がさ》をリュックから出《だ》してさした。ボタンを押《お》すとNASAの探査機《たんさき》がアンテナを伸《の》ばすみたいに広《ひろ》がるものだ。お姉《ねえ》さんはおっぱいみたいにまるい、緑色《みどりいろ》の大《おお》きな傘《かさ》をさした。

傘《かさ》をさしていても、空気中《くうきちゅう》をただよう細《こま》かな雨《あめ》の粒子《りゅうし》が傘《かさ》の下《した》に入《はい》りこんできて、ぼくらの顔《かお》や腕《うで》にぶつかる。

「サイダーの中《なか》を歩《ある》いてるみたいだね」とお姉《ねえ》さんは言《い》った。

「植物《しょくぶつ》たちが元気《げんき》です」

「森《もり》がうるうるしているね。こういうのはいいねえ」

「ペンギンを出《だ》せそうですか？」

「そうだ。ペンギンを出《だ》そう。ペンギンを出《だ》したいわ。よく観察《かんさつ》して、私《わたし》がペンギンを出《だ》すシステムを発見《はっけん》してね」

「これは思《おも》っていたよりもたいへんな任務《にんむ》なのです」

「弱音《よわね》をはくのか、科学《かがく》の子《こ》なのに」

ぼくはお姉《ねえ》さんといっしょに歩《ある》きながら、ペンギンの蒸発《じょうはつ》について述《の》べた。ペンギン・エネルギーの謎《なぞ》についても述《の》べた。ウチダ君《くん》がペンギンを飼《か》っていたことは秘密《ひみつ》だから、ぼくはしゃべらなかった。お姉《ねえ》さんはマジメな顔《かお》をして聞《き》いていたけれど、「謎《なぞ》ね！」とつぶやいて傘《かさ》をくるくる回《まわ》すばかりである。

雨《あめ》にぬれたバスターミナルはがらんとしていて、いつもより広々《ひろびろ》として見《み》える。バスターミナルの後《うし》ろにある森《もり》は、まるで綿《わた》にくるまれたみたいに煙《けむ》っていた。自動販売機《じどうはんばいき》が雨《あめ》にぬれたまま、だれかがジュースを買《か》ってくれるのを待《ま》っている。自動販売機《じどうはんばいき》というのはさみしい仕事《しごと》である。ぼくはいつも同情《どうじょう》してしまう。

そしてぼくらは実験《じっけん》を始《はじ》めた。

お姉《ねえ》さんは自動販売機《じどうはんばいき》でコーラを買《か》った。ぼくは自動販売機《じどうはんばいき》のとなりに立《た》って、彼女《かのじょ》の動作《どうさ》を観察《かんさつ》していた。彼女《かのじょ》はぼくに向《む》かってうなずいてみせ、「えい！」とコーラの缶《かん》を放《ほう》り投《な》げた。赤《あか》い缶《かん》はくるくる回転《かいてん》しながら雨《あめ》の中《なか》を飛《と》ぶ。そのままアスファルトに落《お》ちて、ごつんと音《おと》を立《た》てた。ぼくは走《はし》っていって、缶《かん》を拾《ひろ》い上《あ》げた。それはちょっとへこんだ缶《かん》で、ペンギンらしさは少《すこ》しも観察《かんさつ》できない。

ぼくらは三回実験《かいじっけん》を繰《く》り返《かえ》したが、ペンギンは誕生《たんじょう》しなかった。

「実験《じっけん》は失敗《しっぱい》です」

「そんなはずないんだけどな」とお姉《ねえ》さんは言《い》った。

「でも缶《かん》には変化《へんか》がありません」

お姉《ねえ》さんは「おかしいなあ」と言《い》いながら、緑色《みどりいろ》の傘《かさ》をくるくる回《まわ》した。

そのとき、ぼくは〈現象《げんしょう》〉が始《はじ》まったのを見《み》た。

今回《こんかい》の〈現象《げんしょう》〉は、お姉《ねえ》さんの傘《かさ》の表面《ひょうめん》で起《お》こった。最初《さいしょ》のうち、ぼくはそれが傘《かさ》の表面《ひょうめん》に付着《ふちゃく》した水滴《すいてき》だと思《おも》っていた。それらの水滴《すいてき》は傘《かさ》と同《おな》じ緑色《みどりいろ》だった。でもその水滴《すいてき》はふしぎな動《うご》きをした。水滴《すいてき》と水滴《すいてき》がくっついて、もっと大《おお》きな水滴《すいてき》になる。どんどん成長《せいちょう》するのだ。そして急《きゅう》に水泡《すいほう》みたいにふくらんでパチンとはぜ、はぜた部分《ぶぶん》は薄桃色《うすももいろ》の花弁《かべん》になった。傘《かさ》の表面《ひょうめん》からにじみ出《だ》すみたいに、水滴《すいてき》は次々《つぎつぎ》と発生《はっせい》する。お姉《ねえ》さんが傘《かさ》を回《まわ》すにつれて、さまざまな色《いろ》の花《はな》が傘《かさ》の表面《ひょうめん》を走《はし》り、その隙間《すきま》から細《ほそ》い緑《みどり》の茎《くき》が何本《なんぼん》も空中《くうちゅう》にのびてきた。まるで植物《しょくぶつ》の生長《せいちょう》を早回《はやまわ》しで見《み》ているようなのだ。

バスターミナルに降《ふ》る雨《あめ》は霧《きり》のようにやわらかいから、あたりはたいへん静《しず》かだ。ぼくはその現象《げんしょう》をよく観察《かんさつ》するために、傘《かさ》を回《まわ》しているお姉《ねえ》さんのまわりを歩《ある》いた。

「どんな感《かん》じ？」とお姉《ねえ》さんは傘《かさ》を見上《みあ》げながら言《い》った。

「すごい現象《げんしょう》が起《お》きています」

植物《しょくぶつ》たちはお姉《ねえ》さんの傘《かさ》の上《うえ》で陣取《じんど》り合戦《がっせん》をしていた。長《なが》くのびた茎《くき》がラセンを描《えが》いた。傘《かさ》の外周《がいしゅう》と並行《へいこう》するようにして、ヒメジョオンの行列《ぎょうれつ》が走《はし》るのをぼくははっきりと観察《かんさつ》した。絵《え》の具《ぐ》をぬりかさねたようにお姉《ねえ》さんの傘《かさ》は花《はな》でうまり、のびた茎《くき》はからみあいながら灰色《はいいろ》の空《そら》を目指《めざ》す。傘《かさ》のへりに小《ちい》さな黄色《きいろ》の実《み》がふくらんできて、マンゴーみたいな明《あか》るい果物《くだもの》がなる。やがて傘《かさ》から高々《たかだか》とつきだした長《なが》い何本《なんぼん》ものがんじような茎《くき》の先《さき》に、大《おお》きなヒマワリの花《はな》が咲《さ》いた。お姉《ねえ》さんが傘《かさ》をゆらすと、ヒマワリもゆらゆらする。ツルクサが傘《かさ》からたれさがって来《き》たので、お姉《ねえ》さんは指《ゆび》にからめて笑《わら》った。傘《かさ》はすっかり小型《こがた》の植物園《しょくぶつえん》のようになってしまった。

「すごいな」と彼女《かのじょ》は言《い》った。

「植物《しょくぶつ》を作《つく》ったのは初《はじ》めてですか？」

「初体験《はつたいけん》！」

雲《くも》の切《き》れ目《め》からさすサーチライトのような太陽《たいよう》の光《ひかり》が、ぼくらの実験場《じっけんじょう》であるバスターミナルをまぶしいぐらいに明《あか》るくした。お天気雨《てんきあめ》だ。花《はな》びらを透過《とうか》した太陽《たいよう》の光《ひかり》がお姉《ねえ》さんの顔《かお》を照《て》らすと、彼女《かのじょ》はまるでセロファンを通《とお》した光《ひかり》の中《なか》にいるようだった。

そのとたん、第《だい》二段階《だんかい》の現象《げんしょう》が起《お》こった。

あれほど高速《こうそく》で生長《せいちょう》していた植物《しょくぶつ》たちの動《うご》きが一斉《いっせい》に止《と》まり、一斉《いっせい》に枯《か》れ始《はじ》めた。花々《はなばな》の花弁《かべん》は色《いろ》あせていき、高《たか》くのびた茎《くき》は茶色《ちゃいろ》に変《か》わっていく。たれさがったヒマワリの花《はな》からぼろぼろと種《たね》がアスファルトにこぼれおちる。そして傘《かさ》から落《お》ちたマンゴーの実《み》がぷくぷくとふくれあがって翼《つばさ》が生《は》え、ペンギンたちが生《う》まれた。

「出《で》た！　出《で》た！」とお姉《ねえ》さんが叫《さけ》んだ。

ペンギンたちは次々《つぎつぎ》に生《う》まれ、よちよちと歩《ある》きながらバスターミナルの裏《うら》にある森《もり》へ入《はい》っていく。お姉《ねえ》さんがもう一度《いちど》コーラの缶《かん》を投《な》げると、それもまたペンギンに★1変貌《へんぼう》した。

お姉《ねえ》さんの傘《かさ》はへんてこなものに変貌《へんぼう》していた。植物《しょくぶつ》でかざったカゴを水《みず》もやらないでほったらかしにしたもののようだ。植物《しょくぶつ》はすっかり茶色《ちゃいろ》になって、死《し》んでしまったように見《み》える。

「実験《じっけん》は成功《せいこう》です」とお姉《ねえ》さんは得意《とくい》そうな顔《かお》をした。「言《い》ったでしょう？」

「成功《せいこう》しました。そして、ぼくは一つ仮説《かせつ》を立《た》てました」

「おや！　さすがだなあ」

「それを確《たし》かめるためには、もう少《すこ》し実験《じっけん》が必要《ひつよう》です」

「まだやるの？」と彼女《かのじょ》はため息《いき》をついた。「人《ひと》づかいのあらい子《こ》だよ」

そのあとも実験《じっけん》をして、ぼくはいくつかの仮説《かせつ》をノートに書《か》いた。

★1 姿《すがた》やようすが変《か》わること。

□お姉《ねえ》さんは元気《げんき》になるとペンギンを出《だ》したくなる。
□お姉《ねえ》さんには①ペンギンを作《つく》る能力《のうりょく》②ペンギン以外《いがい》（コウモリ・植物《しょくぶつ》 etc.）を作《つく》る能力《のうりょく》がある。
□太陽《たいよう》の光《ひかり》がさしているときは①、太陽《たいよう》の光《ひかり》がさしていないときは②の能力《のうりょく》が発揮《はっき》される。
□②の能力《のうりょく》を発揮《はっき》するとき、何《なに》が生《う》まれるのかはお姉《ねえ》さんにも謎《なぞ》である。
□①の能力《のうりょく》を発揮《はっき》すると、お姉《ねえ》さんは疲《つか》れる？（※これはまだ実験《じっけん》が必要《ひつよう》）
□②の能力《のうりょく》を発揮《はっき》すると、お姉《ねえ》さんは元気《げんき》になる？（※これはまだ実験《じっけん》が必要《ひつよう》）

なぜだか分《わ》からないけれど、母《はは》はぼくと妹《いもうと》が長靴《ながぐつ》を履《は》いていると喜《よろこ》ぶので、雨《あめ》の日《ひ》には長靴《ながぐつ》をはいて登《とう》校《こう》する決《き》まりだ。妹《いもうと》は母《はは》に赤《あか》い長靴《ながぐつ》を出《だ》してもらってゴマンエツだった。雨《あめ》の日《ひ》の妹《いもうと》はたいへんやんちゃで、傘《かさ》をふりまわして水滴《すいてき》を飛《と》ばすし、水《みず》たまりにわざと突入《とつにゅう》したりするので、ぼくは兄《あに》として彼女《かのじょ》の行動《こうどう》を制限《せいげん》しなくてはならない。でも長靴《ながぐつ》で水《みず》たまりに入《はい》りたい気持《きも》ちは理解《りかい》できる。探検的《たんけんてき》気分《きぶん》になるからだ。

雨《あめ》が降《ふ》る中《なか》を登校《とうこう》するぼくは、空《そら》を見《み》て「高層雲《こうそううん》」などとつぶやく。ノートを広《ひろ》げるわけにはいかないから、ぼくは記憶《きおく》しているかぎりの雲《くも》の名前《なまえ》を暗唱《あんしょう》しながら歩《ある》く。巻雲《けんうん》、巻積雲《けんせきうん》、層積雲《そうせきうん》、乱層雲《らんそううん》。雲《くも》は浮《う》かんでいる高《たか》さとかたちによっていろいろな名前《なまえ》がある。ぼくはずいぶん記憶《きおく》した。

ぼくは学校《がっこう》の休《やす》み時間《じかん》にハマモトさんとチェスをするようになった。ウチダ君《くん》もチェスをする。

ぼくら三人《にん》がチェス盤《ばん》をかこんでいると、スズキ君《くん》がときどきちょっかいを出《だ》してくる。彼《かれ》もチェスがしたいのかもしれないと考《かんが》えて誘《さそ》ったけれど、断《ことわ》られてしまった。

スズキ君《くん》はまるでぼくとウチダ君《くん》に見《み》せつけるみたいに地図《ちず》を広《ひろ》げて、探検《たんけん》の計画《けいかく》を練《ね》るのだった。スズキ君《くん》は部下《ぶか》のコバヤシ君《くん》たちを率《ひき》いて、ぼくらのまねをして探検隊《たんけんたい》を組織《そしき》しているのである。

「どこまで行《い》けるかな」とコバヤシ君《くん》が言《い》っている。

「どうかなー。これは大冒険《だいぼうけん》になるぞ」とスズキ君《くん》は隊長《たいちょう》みたいに地図《ちず》をたどってみせた。ぼくやウチダ君《くん》が見《み》ていることに気《き》づくと、彼《かれ》は怒《おこ》った。「なんだよ、見《み》るなよ！」

もともとその地図《ちず》はぼくとウチダ君《くん》が作《つく》ったものなのだから、ぼくらにこそ見《み》る権利《けんり》がある。でもぼくは何《なに》も言《い》わずにハマモトさんとのチェスに戻《もど》った。集中《しゅうちゅう》しなければ、彼女《かのじょ》と互角《ごかく》にチェスをすることはできないからだ。そうするとスズキ君はまた探検計画をしゃべりだした。

ハマモトさんがチェス盤《ばん》を見《み》つめながら、「あの地図《ちず》はスズキ君《くん》たちが作《つく》ったの？」と言《い》った。

「ちがう！」とウチダ君《くん》は小《ちい》さな声《こえ》で言《い》った。「あれはぼくらのだ」

「とられちゃったの？」

「ぼくらはスズキ君帝国《くんていこく》と対立関係《たいりつかんけい》にあるのだ」

「スズキ君帝国《くんていこく》ってなに？」

「スズキ君《くん》と仲間《なかま》たち。残念《ざんねん》なことに、ぼくらはスズキ君《くん》たちと仲良《なかよ》くない」

ハマモトさんはまるで大人《おとな》みたいに鼻《はな》を鳴《な》らした。「仲良《なかよ》くしなくてもいいよ。だれとでも仲良《なかよ》くなるなんて、不可能《ふかのう》だもん」

それから、ハマモトさんはチェス盤《ばん》から目《め》をはなしてボンヤリした。彼女《かのじょ》はチェスをしているとき、まるで息《いき》をしない人形《にんぎょう》みたいに集中《しゅうちゅう》するので、そんなふうにボンヤリするのはめずらしいことである。

「ハマモトさん、どうしたの？」

「アオヤマ君《くん》たち、この街《まち》ぜんぶ探検《たんけん》した？」

「ぜんぶではないよ。まだぼくらの地図《ちず》は未完成《みかんせい》なんだ」

「給水塔《きゅうすいとう》のある丘《おか》は？」

「給水塔《きゅうすいとう》には行《い》ったよ」とウチダ君《くん》が言《い》った。「市営《しえい》グラウンドの裏《うら》の抜《ぬ》け道《みち》を発見《はっけん》した」

「でも、あそこの森《もり》はまだ多《おお》くの謎《なぞ》につつまれてる」とぼくは言《い》った。「だから、ぼくは〈ジャバウォックの森《もり》〉という名前《なまえ》をつけた。いずれ探検《たんけん》してみるつもりだよ。天気《てんき》が良《よ》くなればね」

「でもあそこは幽霊《ゆうれい》の月《つき》が出《で》るよ」とハマモトさんはつぶやいた。「見《み》たら死《し》ぬのよ」

ウチダ君《くん》が不安《ふあん》そうな顔《かお》をした。「……らしいねえ。本当《ほんとう》かな？」

「ぼくは信《しん》じないよ。その噂《うわさ》には何《なに》も証拠《しょうこ》がないから。ハマモトさんは信《しん》じているの？」

「まさか」

ハマモトさんはそう言《い》ったけれど、また考《かんが》えこむのだ。

そのときぼくは、お姉《ねえ》さんといっしょに市営《しえい》グラウンド裏《うら》にある荒《あ》れ地《ち》でピクニックをしたときのことを思《おも》い出《だ》していた。あのとき、ハマモトさんがジャバウォックの森《もり》から出《で》てきて、ぼくはびっくりしたのだった。何《なに》をしていたのか聞《き》いてみようかと思《おも》ったけれど、その日《ひ》はやめておいた。

ぼくは彼女《かのじょ》のプライバシーを尊重《そんちょう》しようと考《かんが》えたのである。

水曜日《すいようび》の夜《よる》、お姉《ねえ》さんとチェスをする約束《やくそく》をしていたので、ぼくは「海辺《うみべ》のカフェ」に出《で》かけた。
窓辺《まどべ》の席《せき》について、お姉《ねえ》さんが姿《すがた》を現《あらわ》すのを待《ま》った。ノートをテーブルに広《ひろ》げ、バスターミナルの実験結果《じっけんけっか》を整理《せいり》した。ぼくはノートにお姉《ねえ》さんの傘《かさ》から生《は》えているヒマワリの絵《え》を描《か》いた。観察《かんさつ》したことを正確《せいかく》に記録《きろく》するために、ぼくはもっと絵《え》の練習《れんしゅう》をしよう。それからノートに索引《さくいん》★2をつけた。索引《さくいん》をつけていると、ぼくがいかにいろいろなことを学《まな》んだかということがわかる。

ひとしきり研究《けんきゅう》に打《う》ちこんだあと、ぼくは天窓《てんまど》のそばにあるシロナガスクジラを眺《なが》めて一休《ひとやす》みした。「海辺《うみべ》のカフェ」には、ほかのお客《きゃく》さんはだれもいない。音楽《おんがく》が静《しず》かに流《なが》れている。窓《まど》の外《そと》には、暗《くら》くなった歯科医院《しかいいん》と、そのとなりの空《あ》き地《ち》が見《み》えていた。夜《よる》のガラスに映《うつ》っている自分《じぶん》の顔《かお》を見《み》ると、ぼくはいつも自分《じぶん》がちょっと大人《おとな》みたいな顔《かお》になってきたと思《おも》って「よしよし」と思《おも》うのだが、翌日《よくじつ》の朝《あさ》に鏡《かがみ》で見《み》てみると、あまり成長《せいちょう》しているようには見《み》えない。これはたいへんふしぎなことだし、がっかりすることである。

ヤマグチさんがミックスジュースを作《つく》ってくれた。

「こういうこともあるな」と彼《かれ》は言《い》って、ぼくの向《む》かいに座《すわ》った。

「こういうことって？」

★2 本《ほん》の内容《ないよう》について、あとから探《さが》せるように、言葉《ことば》や事柄《ことがら》などをリストにして並《なら》べた表《ひょう》のこと。

「待《ま》ちぼうけというやつ」

ぼくはノートに「待《ま》ちぼうけ」と書《か》いた。

ヤマグチさんはあごにいっぱい生《は》えたひげをゴリゴリかいた。磁石《じしゃく》にくっつけた砂鉄《さてつ》みたいである。ぼくはかつて磁石《じしゃく》の研究《けんきゅう》に夢中《むちゅう》だったことがあり、世《よ》の中《なか》の何《なに》よりも磁石《じしゃく》が好《す》きだった。磁石《じしゃく》と砂鉄《さてつ》ほどステキでふしぎなものはないと思《おも》っていた。ぼくは机《つくえ》の引《ひ》き出《だ》しに大事《だいじ》に保管《ほかん》してある砂鉄《さてつ》のことを考《かんが》えた。

「俺《おれ》とチェスをするか？」

ヤマグチさんが言《い》ったので、ぼくらはチェスをした。

彼《かれ》はチェスが得意《とくい》ではなく、チェス盤《ばん》を見《み》るよりもひげをむしるのに夢中《むちゅう》だった。勝負《しょうぶ》はたいへんゆっくり進《すす》んだ。そのうちぼくがうつらうつらすると、ヤマグチさんもうつらうつらした。だから勝負《しょうぶ》はもっとゆっくりになって、ついには進《すす》まなくなってしまった。

扉《とびら》が開《ひら》く音《おと》がしたのでお姉《ねえ》さんが来《き》たのかと思《おも》ったら、父《ちち》が立《た》っているのだった。「お姉《ねえ》さんから電話《でんわ》があってね。今日《きょう》は具合《ぐあい》が悪《わる》くて来《こ》られないそうだ」と父《ちち》は言《い》った。

残念《ざんねん》だったけれど、具合《ぐあい》が悪《わる》いのは仕方《しかた》のないことだ。

ぼくはヤマグチさんに「おやすみなさい」と言《い》った。

「ぐんない」とヤマグチさんは眠《ねむ》そうな声《こえ》で言《い》った。

ぼくは父《ちち》といっしょに住宅地《じゅうたくち》を歩《ある》いていった。広《ひろ》い空《あ》き地《ち》のとなりにならんでいる街灯《がいとう》が、まるで海底牧場《かいていぼくじょう》を照《て》らす照明《しょうめい》のようだった。今《いま》にも空《あ》き地《ち》の暗《くら》い隅《すみ》から、ふしぎなかたちをした魚《さかな》たちが泳《およ》ぎだしてきそうである。ぼくはハマモトさんに教《おし》えてもらった本《ほん》を図書館《としょかん》で借《か》りて、海底《かいてい》のことにもずいぶんくわしくなったと自負《じふ》している。

「海底《かいてい》は未知《みち》の世界《せかい》なんだよ」とぼくは父《ちち》に言《い》った。「水圧《すいあつ》がすごくてぺちゃんこになるし、光《ひかり》も届《とど》かない。宇宙生物《うちゅうせいぶつ》みたいな生《い》き物《もの》たちがいるんだ」

「海《うみ》の底《そこ》は宇宙《うちゅう》に通《つう》じているかもしれないな」

父《ちち》はそんなことを言《い》った。「そういえば宇宙飛行士《うちゅうひこうし》は水槽《すいそう》の中《なか》で訓練《くんれん》をしたりしてたなあ」

「そうだね」

ぼくらはしばらくだまって歩《ある》いた。

「ぼくはお姉《ねえ》さんが元気《げんき》になってほしい」

「……待《ま》ちぼうけはさびしいもんだ。父《とう》さんにも経験《けいけん》があるよ。なんだか、もやもやするだろう？」

「もやもやするね」

「もやもやするのはいやなもんだね」

「……いやだけれどもがまんしなくてはいけないことがあるね、人生《じんせい》には」

「まったく、おまえの言《い》う通《とお》りだ」

「父《とう》さん、ぐんないってどういう意味《いみ》？」

「ステキな夜《よる》を。英語《えいご》だな」

「ステキな夜《よる》を？」

「この場合《ばあい》、おやすみなさい、ということになるね」

ぼくは「ぐんない」という言葉《ことば》もノートに書《か》いておかなければならない。次《つぎ》にお姉《ねえ》さんとチェスをする夜《よる》には、別《わか》れ際《ぎわ》に「ぐんない」と英語《えいご》で言《い》ってお姉《ねえ》さんを驚《おどろ》かせるのだ。そしてお姉《ねえ》さんが「なにそれ！」とびっくりしたら、ぼくは「おやすみなさいという意味《いみ》ですよ」と教《おし》えてあげることにしよう。

ぼくが自分《じぶん》のおこづかいで甘《あま》いものを買《か》い、脳《のう》のエネルギーを補充《ほじゅう》していることはすでに書《か》いた。
これまでに、ぼくはいろいろなお菓子《かし》を食《た》べて、脳《のう》の働《はたら》き具合《ぐあい》を実験《じっけん》してみた。角砂糖《かくざとう》をかじってみたことさえある。さまざまな実験《じっけん》の結果《けっか》、一番《いちばん》ぼくが脳《のう》の栄養《えいよう》になると思《おも》ったのは、近所《きんじょ》にある洋菓子店《ようがしてん》の「おっぱいケーキ」だった。本当《ほんとう》は外国語《がいこくご》のむずかしい名前《なまえ》なのだけれど、妹《いもうと》が初《はじ》めて見《み》たときに「おっぱい！　おっぱい！」と叫《さけ》んだので、ぼくは「おっぱいケーキ」と呼《よ》んでいる。直径《ちょっけい》十センチメートルぐらいの大《おお》きさで、それはもうまんまるで、信《しん》じられないぐらいやわらかい。中《なか》にはクリームが入《はい》っている。ぼくの脳《のう》が働《はたら》くためには砂糖《さとう》のほかにもいろいろな成分《せいぶん》が必要《ひつよう》で、それらはすべて「おっぱいケーキ」に含《ふく》まれている。なにより角砂糖《かくざとう》よりもずっとおいしい。こんなにやわらかなお菓子《かし》があっていいのだろうかと思《おも》うほどやわらかい。おっぱいというものはこのぐらいやわらかいのだろうか。すてきなことだ。
ぼくとウチダ君《くん》は学校《がっこう》から帰《かえ》る途中《とちゅう》で「おっぱいケーキ」を買《か》うことにした。
「寄《よ》り道《みち》をするのはあまりよくない」とウチダ君《くん》は言《い》った。ちょっと不機嫌《ふきげん》だった。

「でもおっぱいケーキはたいへんおいしいよ。ウチダ君《くん》も一度《いちど》食《た》べてみるべき」

「本当《ほんとう》にそんな名前《なまえ》なの？」

「ぼくがつけた名前《なまえ》だ。だからお店《みせ》で注文《ちゅうもん》するときは、おっぱいケーキくださいって言《い》わないように注意《ちゅうい》してほしい。お店《みせ》の人《ひと》に分《わ》からないからね」

「アオヤマ君《くん》はかしこいのに、そんなことばかり言《い》うからへんだね」

「おっぱいが好《す》きであることはそんなにへんなことだろうか？」

「へんではない……でもへんだなあ」

登下校《とうげこう》のとき、ぼくらはクリーニング店《てん》やドラッグストアやレストランがならぶ大《おお》きな通《とお》りを渡《わた》る。その通《とお》りから市《し》の浄水場《じょうすいじょう》へ向《む》かう脇道《わきみち》を入《はい》ったところに、その洋菓子店《ようがしてん》がある。重《おも》い扉《とびら》を開《あ》けて店《みせ》に入《はい》ると、甘《あま》い匂《にお》いが店《みせ》いっぱいに充満《じゅうまん》している。小《ちい》さな袋《ふくろ》や銀紙《ぎんがみ》で小分《こわ》けにしたお菓《か》子《し》が山盛《やまも》りになったテーブルがある。正面《しょうめん》のガラスケースにはおもちゃみたいなケーキがならんでいる。小《ちい》さな喫茶店《きっさてん》もかねているから、コーヒーの匂《にお》いもただよっている。あんまり空気《くうき》が甘《あま》いので、みんな眠《ねむ》ってしまうのではないかという気《き》がする。ぼくはこの店《みせ》の中《なか》にいるだけでたいへん愉快《ゆかい》な気持《きも》ちになる。何《なに》もこわくないぞ、というぐらい上機嫌《じょうきげん》になる。ここにぼくの第《だい》二研究所《けんきゅうじょ》を作《つく》ったら、さぞかし研究《けんきゅう》がはかどって、ぼくは虫歯《むしば》になるだろう。

ぼくとウチダ君《くん》がおっぱいケーキを袋《ふくろ》に入《い》れてもらっていると、扉《とびら》を開《あ》けてハマモトさんが入《はい》ってきた。彼女《かのじょ》は「お買《か》い物《もの》？」と言《い》った。

「うん。ちょっとね」

彼女《かのじょ》はテーブルにならんだお菓子《かし》を見《み》ていた。買《か》うつもりではないらしい。ぼくとウチダ君《くん》がケーキの袋《ふくろ》をぶら下《さ》げて店《みせ》を出《で》ようとすると、彼女《かのじょ》はぼくらを引《ひ》きとめた。

「アオヤマ君《くん》、ちょっと相談《そうだん》があるんだけど」

「なんだろう？」

「アオヤマ君《くん》は物知《ものし》りでしょう？」

「うん。ぼくはいろいろなことを知《し》っている」

ハマモトさんはびっくりするぐらい大《おお》きな目《め》でぼくを見《み》つめながら、栗色《くりいろ》の髪《かみ》をなでた。彼女《かのじょ》の髪《かみ》もひねくれた結合《けつごう》をしている。でもぼくの髪《かみ》よりはやわらかである。彼女《かのじょ》はうふふと笑《わら》った。「アオヤマ君《くん》たち、今《いま》ヒマ？」

「ヒマとは言《い》えないな。ぼくはたくさんの研究《けんきゅう》をかかえていて、いつも多忙《たぼう》なのだ」

「何《なん》の研究《けんきゅう》？」

「それは秘密《ひみつ》なんだね。たいへん大事《だいじ》な研究《けんきゅう》だとしか言《い》えない。でもハマモトさんが何《なに》か困《こま》った問題《もんだい》をかかえているなら、解決《かいけつ》するのを手伝《てつだ》う時間《じかん》ぐらいはあるんだ」

ハマモトさんはちらりと店内《てんない》に目《め》をやった。声《こえ》をひそめて「じつは私《わたし》も研究《けんきゅう》してることがあるよ」と言《い》った。「アオヤマ君《くん》たちの意見《いけん》が聞《き》きたいんだけどな」

「それはひょっとして『ペ』で始《はじ》まるものの研究《けんきゅう》じゃない？」

ウチダ君《くん》はきっとペンギンのことを考《かんが》えていたのだ。ぼくもそう思《おも》ったのだけれど、彼女《かのじょ》は首《くび》を振《ふ》った。

そしてふしぎなことを言《い》った。

「私《わたし》が研究《けんきゅう》しているのは〈海《うみ》〉なの」

雨《あめ》がやんだあとに太陽《たいよう》の光《ひかり》がさして、顔《かお》がべたべたするぐらい蒸《む》し暑《あつ》かった。

ぼくとウチダ君《くん》は「暑《あつ》いねえ」と言《い》いながら歩《ある》いたけれど、ハマモトさんはスキップするみたいに軽《かる》い足《あし》どりだ。彼女《かのじょ》は貴族《きぞく》のお嬢《じょう》さんのようにおしとやかなところもあれば、エネルギーを充《じゅう》てんしたばかりの女《おんな》の子型《こがた》ロボットのようなところもある。まったくおどろくばかりだ。ハマモトさんが歩《ある》いていく先《さき》には、アスファルト道路《どうろ》や住宅地《じゅうたくち》の家《いえ》の屋根《やね》が、太陽《たいよう》の光《ひかり》でぎらぎらと光《ひか》っていた。住宅地《じゅうたくち》の屋根《やね》の向《む》こうに晴《は》れかけた空《そら》が広《ひろ》がって、おっぱいのような緑《みどり》の丘《おか》に給水塔《きゅうすいとう》がそびえている。ハマモトさんはその丘《おか》を目指《めざ》していた。

「ハマモトさん、どこまで行《い》くんだい？」

「ついてくれば分《わ》かるよ」

ハマモトさんが研究《けんきゅう》している〈海《うみ》〉とは何《なん》だろうとぼくは思《おも》った。ぼくらの街《まち》は海《うみ》から遠《とお》くはなれている。たとえ新《あたら》しい鉄道《てつどう》ができたとしても、海《うみ》へ行《い》くには電車《でんしゃ》にのらなくてはならない。それなのに彼女《かのじょ》はまるで歩《ある》いて行《い》けるところに海《うみ》があるような口《くち》ぶりだった。

歯科医院《しかいいん》のお姉《ねえ》さんが住《す》んでいる白《しろ》いマンションの前《まえ》まで来《き》た。そしてハマモトさんは、給水塔《きゅうすいとう》に向《む》かって丘《おか》の斜面《しゃめん》をのぼるコンクリートの階段《かいだん》を指《さ》した。

「ここをのぼるのよ」

「ここは知《し》ってる！」とウチダ君《くん》が言《い》った。「前《まえ》にのぼった」

「ぼくらはすでに探検《たんけん》したよ。まだ遠《とお》いの？」

ハマモトさんは「まだまだ！」と言《い》って歩《ある》きだす。

彼女《かのじょ》は階段《かいだん》をのぼり切《き》り、給水塔《きゅうすいとう》をかこむフェンスをめぐり、林道《りんどう》へ入《はい》っていく。ぼくとウチダ君《くん》が五月《がつ》に探検《たんけん》して、ペンギン・ハイウェイをたどった道《みち》だ。左手《ひだりて》には市営《しえい》グラウンドのフェンスが続《つづ》いていて、右《みぎ》手《て》にはぼくがジャバウォックの森《もり》と命名《めいめい》した深《ふか》い森《もり》が広《ひろ》がっている。

雨《あめ》はすっかりやんでいたけれど、森《もり》の中《なか》では絶《た》え間《ま》なく雨《あめ》が降《ふ》り続《つづ》いているような音《おと》が聞《き》こえていた。太《たい》陽《よう》の光《ひかり》がさして、薄暗《うすぐら》い森《もり》の中《なか》に、ところどころ日《ひ》だまりができている。このまま歩《ある》いていけば高圧鉄塔《こうあつてっとう》のある荒《あ》れ地《ち》に出《で》るはずだと思《おも》っていたら、ハマモトさんは「こっち！」と言《い》って木立《こだち》の奥《おく》を指《ゆび》さした。ぼくらの歩《ある》いてきた細《ほそ》い道《みち》から分《わ》かれて、ケモノ道《みち》のようなものが森《もり》の奥《おく》へ続《つづ》いているのだ。

「危険《きけん》じゃないだろうか？」

ぼくが言《い》っても、彼女《かのじょ》は「何度《なんど》も通《とお》ってるから平気《へいき》。でもちょっとぬれるかもね」と、ちっとも気《き》にしないのだ。ハマモトさんはたいへんな冒険家《ぼうけんか》であるらしい。

「大丈夫《だいじょうぶ》かなあ」とウチダ君《くん》が不安《ふあん》そうに言《い》った。「底《そこ》なし沼《ぬま》があったら困《こま》る」

ウチダ君《くん》は探検《たんけん》に出《で》るとき、底《そこ》なし沼《ぬま》にはつねに用心《ようじん》している。森《もり》の中《なか》にはときどきそういう沼《ぬま》があって、命《いのち》の危険《きけん》があるそうだ。

「ブラックホールみたいになんでも吸《す》い込《こ》むんだって。いったん足《あし》を入《い》れたら、もう出《で》られない」

「泥《どろ》にしずむのは想像《そうぞう》するだけで苦《くる》しいね」

「息《いき》ができなくなって死《し》ぬんだ。だれも気《き》づかない」

ウチダ君《くん》は真面目《まじめ》な顔《かお》をした。

街《まち》の音《おと》はもうちっとも届《とど》かない。ぼくらが歩《ある》いていく小道《こみち》の両側《りょうがわ》には草《くさ》がしげって、木立《こだち》がどこまでも続《つづ》いている。まるでジャングルの奥地《おくち》に来《き》たようである。光《ひかり》がさしこんで明《あか》るくなった中《なか》を、蛾《が》がたくさん飛《と》んでいた。ジャバウォックの森《もり》は、たいへん深《ふか》い森《もり》だ。ぼくらはこの森《もり》がどこまで広《ひろ》がっているのかも知《し》らない。それなのにハマモトさんは平気《へいき》で歩《ある》いていく。楽《たの》しそうでさえある。

小道《こみち》はゆるやかに下《くだ》っていた。

「びしょびしょになったよ」とウチダ君《くん》が困《こま》った声《こえ》で言《い》った。そして彼《かれ》は「ひゃ！」と声《こえ》を上《あ》げて首《くび》をすくめた。木《き》のこずえから水《みず》の粒《つぶ》が落《お》ちてきて、彼《かれ》の首《くび》をぬらしたのだ。レーザー光線《こうせん》のようにもれてくる太陽《たいよう》の光《ひかり》の中《なか》に、水《みず》の粒《つぶ》がいっぱい降《ふ》って輝《かがや》いている。まるでお天気雨《てんきあめ》のようだった。

だしぬけにハマモトさんが走《はし》りだした。「もうすぐ！　そこ！」

「待《ま》ってよ！」

もちろん、ぼくらもあわてて走《はし》りだした。

木《き》の枝《えだ》をすりぬけて走《はし》っているうちに、ぼくはお腹《なか》の底《そこ》がむずむずしてきた。森《もり》をぬけると、そこには世《せ》界《かい》の果《は》てのような場所《ばしょ》があって、小《ちい》さな観測《かんそく》ステーションが建《た》っているのではないかという予感《よかん》がしたのだ。その観測《かんそく》ステーションは真《ま》っ白《しろ》な玉子《たまご》の殻《から》みたいな建物《たてもの》で、世界《せかい》の果《は》てを観測《かんそく》するためにアメリカ航空宇宙《こうくううちゅう》局《きょく》と日本政府《にほんせいふ》が共同《きょうどう》で設立《せつりつ》した。観測《かんそく》ステーションには派遣《はけん》されてきた研究員《けんきゅういん》が一人《ひとり》ぼっちで暮《く》らしている。彼《かれ》はこんなに遠《とお》くまで探検《たんけん》してきたぼくらを歓迎《かんげい》してくれるだろう。お茶《ちゃ》とお菓子《かし》をごちそうしてくれるかもしれない。

ぼくはそんなふうなことを想像《そうぞう》した。

気《き》がつくと、ぼくらはもう深《ふか》い森《もり》を抜《ぬ》けて、広々《ひろびろ》とした青空《あおぞら》の下《した》に出《で》ていた。

まるで緑《みどり》のやわらかい絨毯《じゅうたん》を敷《し》きつめたような草原《そうげん》だった。木《き》は一本《いっぽん》も生《は》えていない。まぶしい光《ひかり》があたりを輝《かがや》かせていた。空《そら》を見上《みあ》げると、切《き》れ切《ぎ》れになった銀色《ぎんいろ》の雲《くも》が、ものすごい速度《そくど》で流《なが》れていく。乱層雲《らんそううん》が生《う》まれる四千メートルの上空《じょうくう》では何《なに》もかもを吹《ふ》き飛《と》ばすほど強《つよ》い風《かぜ》が吹《ふ》いているのに、この草原《そうげん》がひっそりと静《しず》かなのはふしぎなことだ。ハマモトさんは森《もり》から出《で》たあとも早足《はやあし》で、草原《そうげん》をずんずん進《すす》んでいく。ジャバウォックの森《もり》から流《なが》れ出《で》た小川《おがわ》が、草原《そうげん》の真《ま》ん中《なか》を大《おお》きなヘビのようにくねくねと這《は》っている。ハマモトさんは小川《おがわ》のほとりでふりかえり、ぼくらに手《て》を振《ふ》った。

その草原《そうげん》はまわりを森《もり》に囲《かこ》まれている。ジャバウォックの森《もり》の奥《おく》にある忘《わす》れられた土地《とち》なのだ。まるで何《なに》かの液体《えきたい》をいっぱいにいれるための、大《おお》きなスープ皿《ざら》のようだった。草原《そうげん》を歩《ある》いていくと、まるい空《そら》がぼくらの上《うえ》におおいかぶさってくるようで、頭《あたま》のてっぺんが空《そら》に向《む》かってひっぱられるような気《き》がした。

ぼくとウチダ君《くん》はぎくしゃく歩《ある》いていった。

そして、ぼくらの足《あし》はだんだんゆっくりになって、ついには立《た》ち止《ど》まってしまった。

そこはちょうど草原《そうげん》の真《ま》ん中《なか》だ。ハマモトさんが指《ゆび》さす先《さき》にはふしぎな透明《とうめい》の球体《きゅうたい》があった。ぼくらとの距離《きょり》を考慮《こうりょ》に入《い》れると、その球体《きゅうたい》の大《おお》きさはおよそ直径《ちょっけい》五メートル。地上《ちじょう》から三十センチメートルほど浮《う》かんで静止《せいし》していた。エンジンのようなものを使《つか》って浮《う》かんでいるのではなかった。というのは、何《なん》の物音《ものおと》もしなかったからだ。そのふしぎな物体《ぶったい》は太陽《たいよう》の光《ひかり》を反射《はんしゃ》して、静《しず》かにきらきらしているだけなのだ。

ウチダ君《くん》がぼくの服《ふく》をつかんだ。「あれは何《なに》?」

「分《わ》からない」とぼくは言《い》った。「アメリカ航空宇宙局《こうくううちゅうきょく》が開発《かいはつ》した新型宇宙船《しんがたうちゅうせん》かも」

ぼくらが近《ちか》づこうとすると、ハマモトさんがとめた。

「あんまり近《ちか》くによらないほうがいいよ」

彼女《かのじょ》は真面目《まじめ》な顔《かお》をして言《い》った。

「危険《きけん》なのかい?」

「ときどき動《うご》くの。トゲみたいのがのびたりするし」

「安全性《あんぜんせい》は証明《しょうめい》されてないわけだね」

ぼくはしゃがんで、球体《きゅうたい》の下《した》をよく見《み》た。「それにしてもさ! これはいったい何《なん》だろう。たいへんふし

ぎな物体《ぶったい》だ！　どういう原理《げんり》で浮《う》かんでるの？」

「分《わ》からないよ。だから研究《けんきゅう》してるんだもん」

「これが〈海《うみ》〉なの？」とウチダ君《くん》が言《い》った。

ハマモトさんはちょっと得意《とくい》そうにうなずいた。

「うん。私《わたし》が命名《めいめい》したの」

たしかに、その球体《きゅうたい》は水《みず》でできているように見《み》える。風《かぜ》が草原《そうげん》を通《とお》りすぎるたびに、球体《きゅうたい》の表面《ひょうめん》には小《ち》さな波《なみ》が立《た》った。きらきらと光《ひかり》を反射《はんしゃ》しながら、ゆっくり自転《じてん》している。表面《ひょうめん》に白《しろ》っぽいもやがかかったところや、濃《こ》い紺色《こんいろ》になったところもある。宇《う》宙《ちゅう》から撮影《さつえい》した地球《ちきゅう》を見《み》ているみたいだ。でもあの映像《えいぞう》よりも、もっと透《す》き通《とお》っている。よく見《み》ると、さざ波《なみ》の立《た》つ球体《きゅうたい》の向《む》こうに、森《もり》の緑《みどり》が透《す》けて見《み》えた。

ぼくは草原《そうげん》を歩《ある》いて、よく観察《かんさつ》した。

「すごいでしょ？」とハマモトさんが言《い》った。

「本当《ほんとう》にふしぎな物体《ぶったい》だ！」

ぼくはノートを取《と》り出《だ》してメモを取《と》ろうとした。少《すこ》し前《まえ》のページが開《ひら》いて、そこにはちょうど教室《きょうしつ》で噂《うわさ》になったことが書《か》いてあった。「給水塔《きゅうすいとう》のある丘《おか》の上《うえ》に銀《ぎん》の月《つき》が浮《う》かぶ」というメモだ。

ハマモトさんがノートをのぞきこんだ。「あ、その噂《うわさ》。私《わたし》が流《なが》したの」

「なぜ？」

「そういう噂《うわさ》を流《なが》せば、私《わたし》の研究《けんきゅう》を邪魔《じゃま》しにくる子《こ》がいなくなるから」

彼女《かのじょ》はいたずらっ子《こ》みたいに笑《わら》うのだった。ぼくはまったくおどろいてしまった。

「アオヤマ君《くん》、研究《けんきゅう》を手伝《てつだ》ってくれる？」

「ぼくはたいへん多忙《たぼう》なんだけど……でも、これはたいへん興味深《きょうみぶか》い」

「そう言《い》うと思《おも》った」

「ぼくらはよく脳《のう》を使《つか》って研究《けんきゅう》しなくてはいけないな……ハマモトさん、ケーキを食《た》べる？」

「くれるの？」

ぼくらは少《すこ》しはなれた場所《ばしょ》から〈海《うみ》〉を観測《かんそく》しながら、おっぱいケーキを食《た》べた。このケーキのおいしさには、ハマモトさんも同意《どうい》した。ハマモトさんにはおっぱいが存在《そんざい》しないなあ、とぼくは考《かんが》えた。

ぼくは脳《のう》に栄養《えいよう》が行《い》き渡《わた》るのを感《かん》じながら〈海《うみ》〉を見《み》つめていた。

そうしていると、ぼくの脳《のう》は忙《いそが》しく働《はたら》き始《はじ》めた。

ぼくらは森《もり》と草原《そうげん》の境界《きょうかい》に観測《かんそく》ステーションを設立《せつりつ》した。〈海《うみ》〉の共同研究《きょうどうけんきゅう》は、これから長期間《ちょうきかん》にわたるだろう。雨降《あめふ》りの日《ひ》もあるだろうし、暑《あつ》くてたまらない日《ひ》もあるだろう。居心地《いごこち》のいい観測《かんそく》ステーションを作《つく》っておくとたいへん役《やく》に立《た》つ。

ウチダ君《くん》は海水浴《かいすいよく》に行《い》くときに使《つか》うパラソルと折《お》りたたみ式《しき》のイスを持《も》ってきた。ハマモトさんはキャンプ道具《どうぐ》のハンモックを持《も》ってきた。ぼくは双眼鏡《そうがんきょう》と防水用《ぼうすいよう》のシートを持《も》ってきた。ぼくらはハンモックを森《もり》の入《い》り口《ぐち》のところにつるして、研究《けんきゅう》に疲《つか》れたときには木陰《こかげ》で昼寝《ひるね》ができるようにした。ちょっとした昼寝《ひるね》は、ぼくらの脳《のう》がよく働《はたら》くようにしてくれる。

森《もり》から草原《そうげん》に出《で》たところに、オレンジ色《いろ》のペン立《た》てが置《お》いてあった。これはハマモトさんが置《お》いたもので、彼女《かのじょ》が〈海《うみ》〉を定点観測《ていてんかんそく》するのに使《つか》っていた目印《めじるし》だ。その地点《ちてん》は〈海《うみ》〉から離《はな》れているので、安全《あんぜん》に観測《かんそく》することができる。

「基地《きち》を作《つく》るのはここがいい。疲《つか》れたらすぐハンモックで休《やす》めるし」

ハマモトさんは言《い》った。

ウチダ君《くん》はペン立《た》ての置《お》かれていた地点《ちてん》に、白《しろ》いパラソルを立《た》てた。

パラソルが作《つく》る日陰《ひかげ》に折《お》りたたみ式《しき》のイスを組《く》み立《た》てると、ぼくらの目《め》の前《まえ》に広《ひろ》がる草原《そうげん》がまるで海辺《うみべ》のように感《かん》じられた。パラソルは三人《にん》が入《はい》ってもまだ一人《ひとり》ぐらいは入《はい》れるほど大《おお》きかった。パラソルが作《つく》る日陰《ひかげ》は、世界《せかい》の日陰《ひかげ》というものの中《なか》でもっともステキなものの一つであることをぼくは知《し》った。

〈海《うみ》〉を観測《かんそく》するためにジャバウォックの森《もり》を通《とお》り抜《ぬ》けるとき、ぼくはいつも不安《ふあん》になった。「もう〈海《うみ》〉

は消《き》えてしまったのではないかな？」というふうに思《おも》った。そうすると心《こころ》がざわざわして、草原《そうげん》いっぱいに広《ひろ》がる光《ひかり》が木立《こだち》の向《む》こうに見《み》えてくると、駆《か》けだしてしまうことさえあった。でも心配《しんぱい》する必要《ひつよう》はなかった。ぼくらが出《で》かけていくたびに、〈海《うみ》〉はきちんと草原《そうげん》に存在《そんざい》していたからだ。

晴《は》れの日《ひ》も、雨《あめ》の日《ひ》も、〈海《うみ》〉は同《おな》じところに浮《う》かんでいた。晴《は》れの日《ひ》には巨大《きょだい》なビー玉《だま》のように青《あお》く見《み》えたし、雨《あめ》の日《ひ》には灰色《はいいろ》に煙《けむ》った草原《そうげん》の向《む》こうで銀色《ぎんいろ》に輝《かがや》いた。雨《あめ》が上《あ》がって夕焼《ゆうや》けの光《ひかり》がさすと、北半球《きたはんきゅう》の一部《いちぶ》が燃《も》えるように赤《あか》くなるのだった。

観測《かんそく》ステーションから双眼鏡《そうがんきょう》で〈海《うみ》〉を観察《かんさつ》して、ぼくはノートをとった。

「アオヤマ君《くん》のノートは何《なに》を書《か》いているか読《よ》めないね」とハマモトさんが言《い》った。

「速記法《そっきほう》だよ。ぼくはだれよりも素早《すばや》くノートを書《か》くことができるのだ」

「アオヤマ君《くん》のノートは赤色《あかいろ》ね」

「ハマモトさんのノートは青《あお》いね。それはたいへんいいノートだなあ」

ハマモトさんは青《あお》い小《ちい》さなノートをかかえてうふふと笑《わら》った。

彼女《かのじょ》のノートはぼくのノートよりも一枚一枚《いちまいいちまい》の紙《かみ》が分厚《ぶあつ》くてしっかりした外国製《がいこくせい》である。ページを開《ひら》くと、うすい青色《あおいろ》の罫線《けいせん》が引《ひ》かれている。親戚《しんせき》のおばさんが外国旅行《がいこくりょこう》のおみやげにそのノートを彼女《かのじょ》にくれたとき、大学《だいがく》の先生《せんせい》をしている彼女《かのじょ》のお父《とう》さんはノートの書《か》き方《かた》を彼女《かのじょ》に教《おし》えたそうだ。ぼくほどではないにしても、彼女《かのじょ》もノートをたくさん書《か》く小学生《しょうがくせい》なのだから、彼女《かのじょ》が頭角《とうかく》を現《あらわ》してきたのも当然《とうぜん》である。

彼女《かのじょ》はその「青《あお》ノート」に、活字《かつじ》みたいにきれいな字《じ》を書《か》く。彼女《かのじょ》は〈海《うみ》〉にまつわる研究《けんきゅう》のすべてをその「青《あお》ノート」に書《か》いていた。〈海《うみ》〉の表面《ひょうめん》で発生《はっせい》するさまざまな現象《げんしょう》や、定点観測地点《ていてんかんそくちてん》から測定《そくてい》した〈海《うみ》〉の直径《ちょっけい》の変化《へんか》の記録《きろく》だ。たいへんすばらしい研究《けんきゅう》だった。

彼女《かのじょ》によれば、〈海《うみ》〉の一番基本的《いちばんきほんてき》な活動《かつどう》は、ふくらんだり、ちぢんだりすることである。彼女《かのじょ》はふくらむ期間《きかん》を「拡大期《かくだいき》」、ちぢむ期間《きかん》を「縮小期《しゅくしょうき》」と命名《めいめい》していた。彼女《かのじょ》は草原《そうげん》の決《き》まった位置《いち》から三角法《さんかくほう》を使《つか》って〈海《うみ》〉の直径《ちょっけい》を測定《そくてい》し、方眼紙《ほうがんし》でグラフにしたものを青《あお》ノートに貼《は》りつけていた。

「なるほど。ゆるやかに波《なみ》を描《えが》いているね」

「今《いま》は縮小期《しゅくしょうき》だから。ほら、どんどん小《ちい》さくなってる」

「三倍《ばい》ぐらい大《おお》きかったときもあるんだね。こいつはおどろきだなあ！」

拡大期《かくだいき》が進《すす》むと、ある日突然《ひとつぜん》に「プロミネンス」が起《お》こる。この現象《げんしょう》もハマモトさんが自分《じぶん》で命名《めいめい》したものだ。宇宙《うちゅう》の分野《ぶんや》で言《い》えば、「プロミネンス」とは、太陽《たいよう》の燃《も》える大気《たいき》の一部《いちぶ》が外側《そとがわ》に向《む》かって飛《と》び出《だ》す現象《げんしょう》だということをぼくらは知《し》っている。

「プロミネンスってどんなの？」とウチダ君《くん》が言《い》った。

「大砲《たいほう》みたいに、小《ちい》さな〈海《うみ》〉が飛《と》びだす。見《み》たらびっくりするよ！」

彼女《かのじょ》は青《あお》ノートに自分《じぶん》で描《か》いた模式図《もしきず》を見《み》せてくれた。球形《きゅうけい》の〈海《うみ》〉から大砲《たいほう》みたいなものが突《つ》きだしている絵《え》だ。その先端《せんたん》からビー玉《だま》のような小《ちい》さな〈海《うみ》〉がこぼれ落《お》ちている。彼女《かのじょ》は矢印《やじるし》を書《か》き込《こ》んで、「小《ちい》さい〈海《うみ》〉が出《で》る」とメモしていた。

「ぼくだけノートを持《も》ってないね」とウチダ君《くん》が言《い》った。「学校《がっこう》で使《つか》うノートならあるんだけど」

「自分《じぶん》のノートがあると楽《たの》しいよ。発見《はっけん》したことをぜんぶ記録《きろく》するのだ」

「でもぼくはアオヤマ君《くん》たちとちがって、研究《けんきゅう》していることがないもの」

「あるじゃないか！」とぼくは叫《さけ》んだ。「ブラックホールのこととか、宇宙誕生《うちゅうたんじょう》のこととかさ」

「そういうのでもいいの？」

「ウチダ君《くん》が新《あたら》しく知《し》ったことや、思《おも》いついたことなら、なんでもいいんだ」

ハマモトさんが自分《じぶん》のノートを宝物《たからもの》みたいにかかげて、「おもしろいと思《おも》うことを書《か》けばいいと思《おも》うよ」と言《い》った。ウチダ君《くん》は考《かんが》えながら「ぼくもいつか自分《じぶん》のノートを持《も》つことにしよう」と言《い》った。

ぼくが散髪《さんぱつ》に出《で》かけたときのこと。
たいへん静《しず》かな日曜日《にちようび》だった。細《こま》かく降《ふ》る雨《あめ》が霧《きり》のように街《まち》をつつんで、県境《けんざかい》の山々《やまやま》は灰色《はいいろ》の空《そら》に溶《と》けてしまった。歯科医院《しかいいん》の角《かど》で曲《ま》がるとき、道《みち》の向《む》かいにある「海辺《うみべ》のカフェ」の窓辺《まどべ》に父《ちち》が座《すわ》って仕事《しごと》をしているのが見《み》えた。「気《き》づくかな？」と思《おも》ってゆっくり歩《ある》いていくと、父《ちち》はちゃんと顔《かお》を上《あ》げてぼくを見《み》つけた。ぼくが傘《かさ》をゆらすと、父《ちち》はガラス窓《まど》をこつこつとたたいた。
ぼくが散髪《さんぱつ》する店《みせ》は、洋菓子店《ようがしてん》のそばにある。道路《どうろ》に面《めん》した壁《かべ》がすべてガラスの変《か》わった建物《たてもの》で、中《なか》の人《ひと》が散髪《さんぱつ》している様子《ようす》がすべて見《み》える。なぜそういう仕組《しく》みになっているのかは分《わ》からない。ぼくは茶色《ちゃいろ》のソファに座《すわ》って待《ま》ち、順番《じゅんばん》が来《く》ると大《おお》きな鏡《かがみ》の前《まえ》に座《すわ》る。このお店《みせ》にはぼくの読《よ》むべき雑誌《ざっし》がないので、いつも読《よ》みかけの本《ほん》を持《も》っていく。ぼくが読書《どくしょ》していると、髪《かみ》を切《き》ってくれるお兄《にい》さんは「天才《てんさい》が来《き》た」と言《い》う。

ぼくがびっくりしたことに、その日《ひ》はお姉《ねえ》さんといっしょになった。彼女《かのじょ》はぼくより先《さき》に来《き》て、髪《かみ》を切《き》っていたのだ。ぼくがイスに座《すわ》ると、彼女《かのじょ》は鏡《かがみ》の向《む》こうの世界《せかい》から、「あら少年《しょうねん》」と笑《わら》った。鏡《かがみ》の向《む》こうのお姉《ねえ》さんは少《すこ》しふだんとちがうふうに見《み》えた。

知《し》っている人《ひと》のとなりにならんで髪《かみ》を切《き》ってもらうのは、なんだか恥《は》ずかしいことだ。髪《かみ》を切《き》るとき、お兄《にい》さんはぼくの首《くび》のまわりにシートみたいなものを巻《ま》くけれど、そうするとぼくはまるで赤《あか》ちゃんのようになってしまい、いくら真剣《しんけん》な顔《かお》をしてもおかしく見《み》えるからである。

髪《かみ》を切《き》ってもらっている間《あいだ》、ぼくは鏡《かがみ》に映《うつ》っているお姉《ねえ》さんの顔《かお》を見《み》た。彼女《かのじょ》は雑誌《ざっし》をボンヤリ眺《なが》めていた。少《すこ》し顔色《かおいろ》が悪《わる》くて、やせたみたいだった。

「少年《しょうねん》、なに見《み》てるの？」

鏡《かがみ》の中《なか》のお姉《ねえ》さんが雑誌《ざっし》に目《め》を落《お》としたまま言《い》った。

「何《なに》も見《み》てません」

「また嘘《うそ》をつく！」

それからお姉《ねえ》さんは「こないだは行《い》けなくてごめんね」と言《い》った。

「ぼくは待《ま》ちぼうけでした。そして研究《けんきゅう》をして、ヤマグチさんとチェスをした」

「ヤマグチさんはチェス強《つよ》いの？」

「ヤマグチさんは眠《ねむ》りながらチェスをします」

「達人《たつじん》だね」

「ぼくも眠《ねむ》ってしまいました」

「それ、勝負《しょうぶ》になるの？」

散髪《さんぱつ》が終《お》わったあと、お姉《ねえ》さんが「アオヤマ君《くん》に待《ま》ちぼうけをさせたおわびにゴチソウを食《た》べさせよう」と言《い》って、昼食《ちゅうしょく》に招待《しょうたい》してくれた。ぼくはお店《みせ》から家《いえ》に電話《でんわ》をかけた。父《ちち》が電話《でんわ》に出《で》て、「あんまり邪魔《じゃま》をしてはいけないよ」と言《い》った。ぼくがお姉《ねえ》さんに代《か》わると、彼女《かのじょ》は父《ちち》に礼儀正《れいぎただ》しくあいさつした。

ぼくとお姉《ねえ》さんは雨《あめ》の中《なか》を傘《かさ》をさして歩《ある》いていった。

雨《あめ》の中《なか》だとお姉《ねえ》さんの顔《かお》はますます白《しろ》く見《み》えた。

「お姉《ねえ》さんは元気《げんき》がない」

「そうなの。元気《げんき》ないのよ。君《きみ》は元気《げんき》か？」

「ぼくはたいてい元気《げんき》なんです。どういうわけだか」

「どういうわけだか、だってさ」

彼女《かのじょ》の住《す》んでいる白《しろ》いマンションは給水塔《きゅうすいとう》のたつ丘《おか》にある。ぼくはつい先日《せんじつ》、ハマモトさんとウチダ君《くん》といっしょに前《まえ》を通《とお》ったばかりだし、これまでにも何度《なんど》も「ここがお姉《ねえ》さんの住《す》んでいるマンションなんだな」と見上《みあ》げたことがある。でもマンションの中《なか》に入《はい》るのは初《はじ》めてのことだ。マンションの裏《うら》にはジャバウオックの森《もり》が迫《せま》っていて、雨《あめ》が木《こ》の葉《は》にあたるやわらかい音《おと》がしていた。

ぼくはだれよりも冷静沈着《れいせいちんちゃく》な小学生《しょうがくせい》であるにもかかわらず、この日《ひ》はいろいろな失敗《しっぱい》をした。長靴《ながぐつ》をぬぐのに手間《てま》取《ど》ってしまったし、クツ箱《ばこ》の上《うえ》にある花瓶《かびん》をひっくり返《かえ》しそうになった。フローリングの廊下《ろうか》ではすべって転《ころ》びそうになった。

「落《お》ち着《つ》け少年《しょうねん》」とお姉《ねえ》さんは言《い》った。

お姉《ねえ》さんのマンションには大《おお》きな部屋《へや》が一つだけある。マンションは丘《おか》の途中《とちゅう》にあるので、ベランダからは雨《あめ》で灰色《はいいろ》に煙《けむ》った街《まち》が見《み》えていた。部屋《へや》の中《なか》にはまるい木《き》のテーブルとイスが二つ、ベッド、小《ちい》さな本棚《ほんだな》があって、まるっこいテレビが置《お》いてある。テレビの向《む》かいに、一人《ひとり》がけの小《ちい》さな空豆色《そらまめいろ》のソファもある。お姉《ねえ》さんはそのソファに座《すわ》って本《ほん》を読《よ》んだり、テレビを見《み》たりするのだ。

お姉《ねえ》さんがスパゲティをゆでてソースを準備《じゅんび》する間《あいだ》、ぼくは白《しろ》いボウルに入《はい》ったサラダをかきまぜる手伝《てつだ》いをした。先《さき》にボウルの中《なか》でドレッシングを作《つく》って、そのあとに野菜《やさい》を入《い》れてかきまぜるのが本式《ほんしき》のやり方《かた》だとお姉《ねえ》さんが教《おし》えてくれた。レタスや黄色《きいろ》いピーマンがボウルの中《なか》で回転《かいてん》した。手際《てぎわ》よくまぜたとぼくは自負《じふ》するものである。

ぼくらはまるいテーブルについて、スパゲティとサラダを食《た》べた。ぼくはたいへんおいしいと思《おも》った。髪《かみ》を切《き》ったお姉《ねえ》さんの頭《あたま》は小《ちい》さくなっている。ぼくの頭《あたま》も小《ちい》さくなった。お姉《ねえ》さんが頭《あたま》をゆらすと、短《みじか》く切《き》りそろえた髪《かみ》がゆらゆらゆれて光《ひか》った。
「髪《かみ》を切《き》ると、なんとなく心細《こころぼそ》い感《かん》じしない？」

「ぼくの髪《かみ》はひねくれすぎているから切《き》ったほうがいいのです。かしこくなった気《き》がします」

「あきれるなあ。まだかしこくなるつもりか？」

「ぼくはかしこくなるつもりです」

今日《きょう》のぼくは昨日《きのう》のぼくよりもかしこいという事実《じじつ》を示《しめ》すために、ぼくは梅雨《つゆ》の仕組《しく》みについてお姉《ねえ》さんに教《おし》えてあげた。彼女《かのじょ》は「へえ」と言《い》った。「しかしホント、雨《あめ》はもう飽《あ》きたよねえ」

彼女《かのじょ》はスパゲティをくるくる巻《ま》きながら、しきりにあくびをした。

「眠《ねむ》いですか？」

「けっきょく今日《きょう》も元気《げんき》でなくて、教会《きょうかい》に行《い》きそびれた」

「学校《がっこう》には行《い》かないと叱《しか》られます。教会《きょうかい》は行《い》かないと叱《しか》られますか？」

「そんなことないよ。私《わたし》が勝手《かって》に行《い》ってるだけだしね」

「お姉《ねえ》さんは神様《かみさま》が存在《そんざい》すると思《おも》いますか？」

「さあ、どうかしらん？」

お姉《ねえ》さんは首《くび》をかしげた。「それは謎《なぞ》ね」

昼食《ちゅうしょく》の後《あと》、お姉《ねえ》さんは本棚《ほんだな》の上《うえ》に置《お》いてあったチェス盤《ばん》を出《だ》してきた。彼女《かのじょ》が持《も》っている本物《ほんもの》のチェス盤《ばん》は「海辺《うみべ》のカフェ」にある。家《いえ》に置《お》いてあるのは携帯用《けいたいよう》で、おどろくほど小《ちい》さい。ハンカチぐらいの大《おお》きさのチェス盤《ばん》の上《うえ》で、グリーンピースみたいな駒《こま》を動《うご》かすのだ。「君《きみ》がすっかり強《つよ》くなったので、私《わたし》も練習《れんしゅう》しないとね」

「ぼくは毎日学校《まいにちがっこう》でチェスをします。ハマモトさんがたいへん強《つよ》いんです」

「へえ」

「彼女《かのじょ》は相対性理論《そうたいせいりろん》も知《し》ってるんです」

「ほほお。それでラブラブなの？」

「ぼくはだれともラブラブにはなりません」

「どーだか」

ぼくとお姉《ねえ》さんは床《ゆか》に座《すわ》ってチェスをした。お姉《ねえ》さんがベランダに面《めん》したガラス戸《ど》を開《あ》けたので、湿《しめ》った生《なま》ぬるい風《かぜ》が吹《ふ》きこんできて、白《しろ》いレースのカーテンをゆらゆらさせた。雨《あめ》は弱《よわ》まっている。お姉《ねえ》さんは真剣《しんけん》にチェス盤《ばん》をにらんでいたけれど、すぐにうつらうつらしてしまって、彼女《かのじょ》の番《ばん》になるたびにぼくが起《お》こしてあげなくてはならなかった。「海辺《うみべ》のカフェ」でチェスをするときは、ぼくが眠《ねむ》い。今日《きょう》はお姉《ねえ》さんが眠《ねむ》いのだった。

「お姉《ねえ》さんは眠《ねむ》い」とぼくは言《い》ってみた。

「眠《ねむ》くないわよ」

「お姉《ねえ》さんは嘘《うそ》をつく」

「嘘《うそ》じゃない」

お姉《ねえ》さんは床《ゆか》にごろんと仰向《あおむ》けになった。くもり空《ぞら》からさしてくる弱《よわ》い光《ひかり》が、お姉《ねえ》さんの顔《かお》を白《しろ》くなめらかにした。ぼくはチェス盤《ばん》の前《まえ》に正座《せいざ》したまま、お姉《ねえ》さんの顔《かお》をのぞきこんだ。彼女《かのじょ》は大《おお》きな目《め》を開《あ》けて、ぼくを見上《みあ》げるようにした。ぱちぱちとまばたきした。お姉《ねえ》さんがまるで小学生《しょうがくせい》の女《おんな》の子《こ》のように見《み》えたものだから、ぼくはたいへんおどろいた。

お姉《ねえ》さんはふわふわした声《こえ》で「少年《しょうねん》は昨日何時《きのうなんじ》に寝《ね》た？」と言《い》った。

「ぼくはいつも夜《よる》九時《じ》に寝《ね》ます」

「そうだった。君《きみ》は真夜中《まよなか》を知《し》らないんだった」

「真夜中《まよなか》はすごいですか？」

「すごいよ。みんなが寝静《ねしず》まって、街《まち》が暗《くら》くなって、大冒険《だいぼうけん》さ」

「ぼくも訓練《くんれん》して、夜《よる》にも起《お》きていられるようになります」

「そんな訓練《くんれん》をしてどうするの？　夜中《よなか》に起《お》きたってさみしいだけよ」

「お姉《ねえ》さんが眠《ねむ》くなるまでチェスをしてあげましょう」

「つべこべ言《い》わずに寝《ね》ろ、少年《しょうねん》」

お姉《ねえ》さんはときどき目《め》をつぶった。眠《ねむ》ってしまったのかな、とぼくが思《おも》っていると、妹《いもうと》のフランス人形《にんぎょう》のようにパチッと目《め》を開《ひら》くのだった。

「あの実験《じっけん》のあと、お姉《ねえ》さんは何《なに》かを作《つく》りましたか？」

「なにも作《つく》らない」

「ぼくは仮説《かせつ》を立《た》てたのです。お姉《ねえ》さんはペンギン以外《いがい》のものを作《つく》るといいと思《おも》うのです。そうすると元気《げんき》になるかもしれません。『海辺《うみべ》のカフェ』でコウモリを作《つく》ったときみたいに」

「ペンギン以外《いがい》のものを作《つく》るのはいや」

「どうして？」

「こわい夢《ゆめ》を見《み》るから」

「ジャバウォックの夢《ゆめ》？」

お姉《ねえ》さんは「そんな感《かん》じ」とつぶやいた。そしてかくんと首《くび》を横《よこ》に曲《ま》げて、ベランダの向《む》こうの灰色《はいいろ》の空《そら》を見《み》た。「私《わたし》の元気《げんき》が出《で》ないと、君《きみ》のペンギン研究《けんきゅう》も進《すす》まないな」

「眠《ねむ》いなら眠《ねむ》ったほうがいいと思《おも》います」

ぼくは言《い》った。「ぐんない」

「まだ夜《よる》じゃないよ」とお姉《ねえ》さんは微笑《ほほえ》んだ。お姉《ねえ》さんは英語《えいご》を知《し》っているのだ。

そうして本当《ほんとう》に眠《ねむ》ってしまった。

ぼくに聞《き》こえるのは、ベランダの外《そと》に降《ふ》る雨《あめ》の音《おと》と、お姉《ねえ》さんの小《ちい》さな寝息《ねいき》だけだった。
お姉《ねえ》さんはぴったりと目《め》と唇《くちびる》をとじて、たいへん上手《じょうず》に眠《ねむ》る。あぶあぶ言《い》って眠《ねむ》る妹《いもうと》とはたいへんちがう。
彼女《かのじょ》の顔《かお》を観察《かんさつ》しているうちに、なぜこの人《ひと》の顔《かお》はこういうかたちにできあがったのだろう、だれが決《き》めたのだろうという疑問《ぎもん》がぼくの頭《あたま》に浮《う》かんだ。もちろんぼくは遺伝子《いでんし》が顔《かお》のかたちを決《き》めていることを知《し》っている。でもぼくが本当《ほんとう》に知《し》りたいのはそういうことではないのだった。ぼくはなぜお姉《ねえ》さんの顔《かお》をじっと見《み》ているとうれしい感《かん》じがするのか。そして、ぼくがうれしく思《おも》うお姉《ねえ》さんの顔《かお》がなぜ遺伝子《いでんし》によって何《なに》もかも完璧《かんぺき》に作《つく》られて今《いま》そこにあるのだろう、ということがぼくは知《し》りたかったのである。

ぼくはそのふしぎさをノートに書《か》こうとしたけれど、そういうふしぎさを感《かん》じたのはノートを書《か》くようになってから初《はじ》めてのことだったから、うまく書《か》くことができなかった。ぼくは「お姉《ねえ》さんの顔《かお》、うれしさ、遺伝子《いでんし》、カンペキ」とだけメモをしておいた。それから、お姉《ねえ》さんの作《つく》ってくれたスパゲティの成分《せいぶん》について書《か》き、そのスパゲティがたいへんおいしかったことを書《か》いた。サラダを作《つく》るときはボウルの中《なか》でドレッシングを作《つく》ってから野菜《やさい》をまぜるのが本式《ほんしき》であるということも書《か》いた。

ぼくがノートを書《か》き終《お》わっても、お姉《ねえ》さんは眠《ねむ》っていた。

お腹《なか》が冷《ひ》えるとお姉《ねえ》さんが病気《びょうき》になる可能性《かのうせい》があるとぼくは思《おも》いついて、ベッドからタオルケットを持《も》ってきて彼女《かのじょ》にかけた。これは我《われ》ながら適切《てきせつ》な判断《はんだん》だったと思《おも》う。「こんなふうに床《ゆか》で眠《ねむ》ってしまうようでは、お姉《ねえ》さんにはちゃんとタオルケットをかけてくれる人間《にんげん》が必要《ひつよう》だな」とぼくは考《かんが》えた。

大人《おとな》の女性《じょせい》は、大人《おとな》の男性《だんせい》をカンタンに部屋《へや》に入《い》れたりはしないそうである。その男性《だんせい》の前《まえ》で眠《ねむ》ってしまったりもしない。そういうことは恋人同士《こいびとどうし》になってからするのだ。お姉《ねえ》さんはぼくを部屋《へや》に入《い》れて、ぼくの前《まえ》で眠《ねむ》ってしまった。お姉《ねえ》さんがそうするのは、ぼくがたんに子《こ》どもであるからだろうか。

昼間《ひるま》に眠《ねむ》っている人《ひと》は、さみしそうに見《み》える。お姉《ねえ》さんが夜《よる》に眠《ねむ》れないのはかわいそうなことだ。ぼくは夜《よる》になるとがまんができないほど眠《ねむ》くなってしまい、かなしい思《おも》いをすることが多《おお》い。このどうしようもない眠《ねむ》さを人間《にんげん》から人間《にんげん》へ輸出《ゆしゅつ》するシステムを、アメリカ航空宇宙局《こうくううちゅうきょく》が開発《かいはつ》してくれないだろうかと、ぼくはつねづね思《おも》っている。「眠《ねむ》さ転移《てんい》システム」があれば、お姉《ねえ》さんはぼくの眠《ねむ》さを使《つか》って夜《よる》に眠《ねむ》ることができるだろう。そしてぼくはもっと夜遅《よるおそ》くまで研究《けんきゅう》をして、立派《りっぱ》な大人《おとな》になれるにちがいないのだ。

そんなことを考《かんが》えているうちに、ぼくもうつらうつらしたらしい。

気《き》がつくとぼくはタオルケットをかけてベッドに寝《ね》ていた。お姉《ねえ》さんはソファに座《すわ》って雑誌《ざっし》を読《よ》んでいた。

「起《お》きたね」とお姉《ねえ》さんは言《い》った。

「ぼくはそろそろ帰《かえ》らなくてはいけないようです」

「そうだね。雨《あめ》もやんだよ」

ぼくは玄関《げんかん》から出《で》るとき、お姉《ねえ》さんにサヨナラを言《い》い、「研究《けんきゅう》が進《すす》まなくてごめんなさい」と言《い》った。

「なにをしょげとる」

お姉《ねえ》さんは笑《わら》った。「科学《かがく》の子《こ》のくせに」

「科学《かがく》の子《こ》もしょげることがあるのです」

「あわてることないよ。偉大《いだい》な発見《はっけん》には時間《じかん》がかかるよ」

ぼくがマンションから出《で》ていくと、丘《おか》の上《うえ》の空《そら》はふしぎな色《いろ》になっていた。ぼこぼこした雲《くも》が空一面《そらいちめん》に広《ひろ》がっていて、それが淡《あわ》い桃色《ももいろ》にそまっている。そんな空《そら》をぼくはまだ一度《いちど》も見《み》たことがなかった。県境《けんざかい》の山《やま》の向《む》こうに雲《くも》の切《き》れ目《め》ができて、夕焼《ゆうや》けの光《ひかり》がさしているのだ。

ぼくがふりかえるとお姉《ねえ》さんがベランダから手《て》をふった。

お姉《ねえ》さんも桃色《ももいろ》にそまっていた。

〈海《うみ》〉は世界的《せかいてき》な科学者《かがくしゃ》も困《こま》ってしまうような大問題《だいもんだい》である。
〈海《うみ》〉が空中《くうちゅう》に浮《う》かぶ原理《げんり》は分《わ》からない。大《おお》きな青《あお》い水《みず》のかたまりに見《み》えるけれども、その表面《ひょうめん》は活発《かっぱつ》な活《かつ》動《どう》を続《つづ》けている。呼吸《こきゅう》をするように大《おお》きくなったり小《ちい》さくなったりする。ときには台風《たいふう》のような白《しろ》い渦巻《うずま》きがいくつも発生《はっせい》する。アンテナみたいなかたちをした構造物《こうぞうぶつ》が飛《と》び出《だ》すこともある。ずっと観測《かんそく》していると、それはまるでふしぎな生《い》き物《もの》であるようにも思《おも》えるのだ。
そんな大問題《だいもんだい》を研究《けんきゅう》しているのが、おそらく世界《せかい》でぼくら三人《にん》だけだということが、ぼくを誇《ほこ》らしい気持《きも》ちにした。ぼくはウチダ君《くん》とハマモトさんといっしょにノーベル賞《しょう》の授賞式《じゅしょうしき》に出《で》る夢《ゆめ》を見《み》さえした。三人《にん》で横《よこ》にならんで、首《くび》にノーベル賞《しょう》のメダルをかけてもらうのだ。ぼくらは〈海《うみ》〉の研究者《けんきゅうしゃ》として、理科《りか》の教科《きょうか》書《しょ》にのるかもしれない。父《ちち》や母《はは》はたいへん喜《よろこ》ぶにちがいない。そしてお姉《ねえ》さんも「やるな、少年《しょうねん》！」と言《い》うだろう。
この研究《けんきゅう》のことは秘密《ひみつ》にしておかなくてはいけない。なぜなら、もし〈海《うみ》〉の存在《そんざい》が明《あき》らかになったら、大勢《おおぜい》の研究者《けんきゅうしゃ》たちがやってきて、ぼくらが小学生《しょうがくせい》であることを理由《りゆう》にして、この研究《けんきゅう》をぼくらから取《と》り上《あ》げてしまうかもしれないからである。だからぼくらは学校《がっこう》にいる間《あいだ》、できるだけ〈海《うみ》〉について話《はなし》はしないでおこうと決《き》めていたのだけれど、新《あたら》しいアイデアが浮《う》かんだときにだまっているのはつまらない。つい待《ま》ちきれずに休《やす》み時間《じかん》に話《はなし》をしてしまうことがあった。ウチダ君《くん》は〈海《うみ》〉がどこかの研究所《けんきゅうじょ》が作《つく》った装置《そうち》だという意見をもっていたし、ぼくは〈海〉の表面で起こる現象の解釈をいろいろと考えていたし、ハマモトさんは〈海《うみ》〉とコミュニケーションをとる方法《ほうほう》を考《かん》えようと計画《けいかく》していた。ぼくらみんなが夢中《むちゅう》だったのだ。

ぼくとハマモトさんがこっそり話《はなし》をしているとき、スズキ君《くん》が「ラブラブだな！」とからかってきた。スズキ君帝国《くんていこく》では、クラスの男子《だんし》と女子《じょし》が二人《ふたり》で話《はな》をするのはラブラブであるということなのだ。

だまっているぼくらを見《み》て、スズキ君《くん》は大声《おおごえ》で言《い》った。「アオヤマとハマモトがラブラブだ！」

コバヤシ君《くん》たちがはやし立《た》てて、ハマモトさんの耳《みみ》が赤《あか》くなった。

「アオヤマさーん、最近《さいきん》は探検《たんけん》のほうはどうですか？」

スズキ君《くん》はへんに丁寧《ていねい》な声《こえ》で言《い》う。「おまえはハマモトとラブラブでサボってるからダメだな。俺《おれ》たちの方《ほう》がずっと探検《たんけん》してる。俺《おれ》たちはもう川《かわ》をずっと探検《たんけん》したし、地図《ちず》も描《か》いた」

「すごい冒険《ぼうけん》をした」とコバヤシ君《くん》が重々《おもおも》しくうなずいている。「死《し》ぬところだった、ホントに」

「ぼくらはさぼっているわけじゃないよ。雨《あめ》が降《ふ》っていたからプロジェクトを延期《えんき》していたんだ」

「くやしいのか？」

「くやしくはないよ。ぼくらにはぼくらの方法《ほうほう》があるというだけのことなんだ」

「ふん！」とスズキ君《くん》は鼻《はな》を鳴《な》らした。「ぐずぐずしてると俺《おれ》たちがぜんぶ探検《たんけん》しちゃうぞ」

スズキ君《くん》が向《む》こうへ行《い》ってしまうと、ハマモトさんが「うるさい人《ひと》」とつぶやいた。彼女《かのじょ》は怒《おこ》ったように「探検行《たんけんい》こうよ！」と言《い》った。「私《わたし》も行《い》く！」

「なぜハマモトさんが怒《おこ》るの？」

「怒《おこ》ってない」

「怒《おこ》ってないなら、それでいいよ」

ハマモトさんはぼくの顔《かお》をジッと見《み》た。彼女《かのじょ》はそういうとき、ふいに大人《おとな》のような目《め》をする。ぼくはその目《め》をまねしようと工夫《くふう》しているけれど、うまくいかないのである。

「スズキ君《くん》たちに先《さき》を越《こ》されていいの？」と彼女《かのじょ》は言《い》った。

「ハマモトさん、もしぼくらとスズキ君《くん》が、スコット★3とアムンゼンみたいに南極点《なんきょくてん》に到達《とうたつ》しようとしているなら、ぼくらは急《いそ》がなくてはいけない。でも、スズキ君《くん》たちは川《かわ》を下《くだ》って海《うみ》を目指《めざ》しているし、ぼくらは川《かわ》をさかのぼって源流《げんりゅう》を目指《めざ》している。方《ほう》向《こう》がちがうのだから、あせる必要《ひつよう》がないのだ。それにスズキ君《くん》たちが作《つく》る探検地図《たんけんちず》は、きっと不正確《ふせいかく》だろうとぼくは思《おも》う」

「アオヤマ君《くん》はくやしがらないね」

「ぼくはかんたんにくやしがらない主義《しゅぎ》だよ」

「つまんない。でもさ、スズキ君《くん》たちが探検《たんけん》する方角《ほうがく》を変《か》えたらどうするの？」

ウチダ君《くん》がとなりに来《き》て、「それは困《こま》るよ」と言《い》った。

「私《わたし》も行《い》きたいな！」とハマモトさんは言《い》う。

ウチダ君《くん》は不満《ふまん》そうだった。「でも……これは、ぼくとアオヤマ君《くん》のプロジェクトなんだけどなあ」

「それなら〈海《うみ》〉は私《わたし》のだよ。アオヤマ君《くん》とウチダ君《くん》はあとから来《き》たのに」

★3 1911年《ねん》、それぞれに南極点《なんきょくてん》をめざした、2組《くみ》の南極探検隊《なんきょくたんけんたい》のリーダーの名前《なまえ》。

「それはハマモトさんが頼《たの》んだからだよ」

「公平《こうへい》にして」と言《い》って、ハマモトさんはツンとするのだ。

「ハマモトさん、川《かわ》の探検《たんけん》は危険《きけん》なんだよ。川《かわ》に落《お》ちて溺《おぼ》れるかもしれない。ぼくはあんまりおすすめしたくないのだ」

「落《お》ちないように気《き》をつけるし、落《お》ちたら泳《およ》げるもん」

ハマモトさんは主張《しゅちょう》した。

その日曜日《にちようび》は父《ちち》が大学《だいがく》に出《で》かける日《ひ》だった。

ぼくらの街《まち》には大学《だいがく》があって、父《ちち》は日曜日《にちようび》にときどき出《で》かけていく。父《ちち》は大学《だいがく》を卒業《そつぎょう》した大人《おとな》だけれども、もう働《はたら》いている人《ひと》でも受《う》けられる授業《じゅぎょう》があるのだ。父《ちち》によると、その大学《だいがく》はぼくらがこの街《まち》に引《ひ》っ越《こ》してきた頃《ころ》にできたばかりの大学《だいがく》なので、まるで未来都市《みらいとし》みたいな新《あたら》しい建物《たてもの》がならんでいるそうだ。

昼食《ちゅうしょく》を食《た》べ終《お》わってから、ぼくが探検《たんけん》の準備《じゅんび》をしていると、父《ちち》はリビングのテーブルで大学《だいがく》に行《い》く準備《じゅんび》をしていた。父《ちち》はフセンのはってある分厚《ぶあつ》い本《ほん》をめくって、万年筆《まんねんひつ》でノートに何《なに》か書《か》いていた。

「今日《きょう》は探検《たんけん》に行《い》くのかい？」と父《ちち》は言《い》った。

「そうなんだ」

「車《くるま》に注意《ちゅうい》すること。危険《きけん》な場所《ばしょ》に入《はい》らないこと」

「うん。ぼくは用心《ようじん》するよ」

父《ちち》は大学《だいがく》まで車《くるま》で行《い》く。だからぼくはショッピングセンターまで乗《の》せてもらうことにした。ウチダ君《くん》たちと待《ま》ち合《あ》わせて、探検《たんけん》に出《で》かけることになっていたからだ。

その日《ひ》はたいへん暑《あつ》い日《ひ》で、突然《とつぜん》に真夏《まなつ》がやってきたようだった。住宅地《じゅうたくち》の上《うえ》に広《ひろ》がる空《そら》は、歯科医院《しかいいん》の雑誌《ざっし》で見《み》たハワイの空《そら》みたいだったし、バス通《どお》りの並木《なみき》は濃《こ》い緑色《みどりいろ》だった。人気《ひとけ》のないバス通《どお》りを車《くるま》で走《はし》っていくと、まるで海辺《うみべ》のハイウェイみたいな感《かん》じがする。カモノハシ公園《こうえん》の前《まえ》にあるカーブを曲《ま》がると、そこにはもうきらきらする海《うみ》が見《み》えそうだ。でもぼくは海辺《うみべ》のハイウェイを走《はし》ったことはないので、これはあくまで想像《そうぞう》である。

ショッピングセンターの駐車場《ちゅうしゃじょう》で父《ちち》と別《わか》れて、待《ま》ち合《あ》わせ場所《ばしょ》のフードコートに行《い》くと、ハマモトさんがロボットみたいにツンとした顔《かお》をして、ベンチに腰《こし》かけていた。膝《ひざ》には白《しろ》くて大《おお》きな帽子《ぼうし》がおいてある。ピクニックに出《で》かけるみたいだった。ぼくが「おはよう」と声《こえ》をかけると、彼女《かのじょ》は「おはよう!」と元気《げんき》な声《こえ》で言《い》った。

ぼくが到着《とうちゃく》したあと、すぐにウチダ君《くん》もやってきた。

まずはフードコートの隅《すみ》にあるテーブルに集《あつ》まって、作戦会議《さくせんかいぎ》をした。ぼくが新《あたら》しく作《つく》り直《なお》した地図《ちず》を広《ひろ》げると、ハマモトさんは「ふむふむ」と感心《かんしん》したみたいにのぞきこんでいた。

「この青《あお》い線《せん》がぼくらの探検《たんけん》している川《かわ》なんだよ。小学校《しょうがっこう》の裏《うら》にある空《あ》き地《ち》がここだね。ぼくらが探検《たんけん》を始《はじ》めた地点《ちてん》だ」

「〈古代遺跡《こだいいせき》〉って何《なに》？」

「貯水設備《ちょすいせつび》だよ。なんだか古代《こだい》の遺跡《いせき》みたいだから、そういう名前《なまえ》をつけたんだ。そこから先《さき》へ川《かわ》をさかのぼると、ここの田《た》んぼの間《あいだ》を抜《ぬ》けていく。国道《こくどう》の下《した》のトンネルをくぐって、住宅予定地《じゅうたくよていち》に入《はい》る。そうしてこのショッピングセンターの裏《うら》までくる」

「ここから先《さき》は謎《なぞ》なんだ」とウチダ君《くん》が言《い》った。「源流《げんりゅう》を見《み》つけるんだよ」

「ちゃんとした地図《ちず》にはのってないの？」

「この川《かわ》は地図《ちず》にない川《かわ》なんだ」

「そんなことってあるの？」とハマモトさんはけげんな顔《かお》をした。

「この川《かわ》がたいへん小《ちい》さいせいかもしれない。地図《ちず》を作《つく》る人《ひと》たちは見落《みお》としてしまったんだと思《おも》う。だからこそ、ぼくらの任務《にんむ》は重大《じゅうだい》なのだ。この川《かわ》がどこから来《く》るのか、だれも知《し》らない。ぼくらが調査《ちょうさ》して明《あき》らかにして教《おし》えてあげれば、地図《ちず》を作《つく》る人《ひと》たちもきっと喜《よろこ》

ぶよ」

「ふうん」

ハマモトさんは真剣《しんけん》な顔《かお》をした。

ぼくらはショッピングセンターから出《で》た。大《おお》きな建物《たてもの》の裏《うら》へまわっていくと、がらんとした住宅予定地《じゅうたくよていち》がまるで砂漠《さばく》みたいに広《ひろ》がっていた。ハマモトさんは白《しろ》い帽子《ぼうし》をかぶった。彼女《かのじょ》はコンクリートでかためられた水路《すいろ》を見《み》て、ちょっとがっかりしたようだった。

「なあんだ。私《わたし》、もっとアマゾンみたいな川《かわ》だと思《おも》ってた！」

「アマゾンみたいなところもあったんだよ」とウチダ君《くん》が言《い》った。

「この先《さき》でまたアマゾンみたいになるかもしれない。油断《ゆだん》してはいけない」とぼくも言《い》った。

川《かわ》の両側《りょうがわ》に続《つづ》いている緑色《みどりいろ》のフェンス越《ご》しにのぞくと、コンクリートの深《ふか》い水路《すいろ》に、たっぷり水《みず》が流《なが》れているのが見《み》えた。雨《あめ》がたくさん降《ふ》ったためだろう。ショッピングセンターの裏《うら》にある住宅予定地《じゅうたくよていち》はたいへん広《ひろ》くて、電信柱《でんしんばしら》と四角《しかく》く区切《くぎ》られた空《あ》き地《ち》が規則正《きそくただ》しく続《つづ》いている。太陽《たいよう》の光《ひかり》でアスファルトが焼《や》けるぐらい暑《あつ》かったけれども、ハマモトさんは白《しろ》い帽子《ぼうし》の下《した》で涼《すず》しそうな顔《かお》をしているのだ。

「ザリガニみたいな臭《にお》いがするね」

ウチダ君《くん》が川《かわ》をのぞきながら言《い》った。

そうすると背後《はいご》から寄《よ》っていったハマモトさんが「ワッ」と言《い》って彼《かれ》の背中《せなか》を押《お》した。ウチダ君《くん》が悲鳴《ひめい》を上《あ》げると、彼女《かのじょ》はケラケラ笑《わら》った。そうして、まるでスケートで滑《すべ》るみたいにすいすい歩《ある》いていった。両腕《りょううで》を腰《こし》の後《うし》ろで組《く》んで、「空《あ》き地《ち》ばっかし！」と言《い》ったりしている。ウチダ君《くん》は「ハマモトさんは困《こま》った人《ひと》だよね」とつぶやいた。

ぼくらは〈海《うみ》〉について議論《ぎろん》しながら、川《かわ》に沿《そ》って歩《ある》いていった。ハマモトさんは〈海《うみ》〉の内部《ないぶ》を探検《たんけん》しなくてはならないと主張《しゅちょう》していた。

「それはあぶないと思《おも》うなあ」とウチダ君《くん》は反対《はんたい》した。

「もちろん中《なか》に入《はい》るのはダメ。何《なに》かほかのものを入《い》れるの」

「探査船《たんさせん》を送《おく》りこむ、ということ？」とぼくは言《い》った。

「探査船《たんさせん》か！」ウチダ君《くん》がうれしそうな顔《かお》をした。「それはいいね。宇宙《うちゅう》っぽいな」

そんなことをしゃべりながら、ぼくらは歩《ある》いていった。ふりかえると、ショッピングセンターはすっかり小《ちい》さくなっていた。本物《ほんもの》の砂漠《さばく》の向《む》こうに建《た》っているみたいにシンキロウでゆらゆらして、屋上《おくじょう》の駐車場《ちゅうしゃじょう》へのぼっていく自動車《じどうしゃ》の車体《しゃたい》が光《ひか》って見《み》えた。

「川《かわ》の探検《たんけん》って、あんまり面白《おもしろ》くないねえ」とハマモトさんが言《い》った。

「面白《おもしろ》いときもあるし、面白《おもしろ》くないときもある」とウチダ君《くん》が言《い》った。「ハマモトさんは初心者《しょしんしゃ》だから」

ぼくらは市《し》バスがたくさん止《と》まっている操車場《そうしゃじょう》の裏手《うらて》を抜《ぬ》けていった。二階建《かいだ》ての事務所《じむしょ》や、自動販売機《じどうはんばいき》がフェンスの向《む》こうに見《み》えていた。

市《し》バスの操車場《そうしゃじょう》を過《す》ぎたところで住宅予定地《じゅうたくよていち》は突然《とつぜん》終《お》わってしまって、そこから先《さき》はまた田《た》んぼが広《ひろ》がっていた。川《かわ》のフェンスはなくなって、コンクリートの水路《すいろ》が田《た》んぼの間《あいだ》を流《なが》れていた。田植《たう》えが終《お》わっていて、規則正《きそくただ》しくならんだ緑《みどり》の苗《なえ》が、水《みず》にひたっていた。ぼくらの右手《みぎて》には、田《た》んぼの向《む》こうに国道《こくどう》がのびていて、大《おお》きなトラックや乗用車《じょうようしゃ》がたくさん通《とお》っていた。

古《ふる》い茶色《ちゃいろ》の建物《たてもの》の裏手《うらて》で、水路《すいろ》が暗渠《あんきょ》になった。ぼくらはそこに生《は》えている木《き》の陰《かげ》で休憩《きゅうけい》することにした。ハマモトさんは水筒《すいとう》からお茶《ちゃ》を飲《の》み、ぼくは地図《ちず》を広《ひろ》げて川《かわ》のルートを書《か》きこんでいた。茶色《ちゃいろ》の建物《たてもの》をしらべに行《い》ったウチダ君《くん》が戻《もど》ってきて、「なあんだ」と言《い》った。「ここは図書館《としょかん》の裏《うら》なんだ」

「こういうところを見《み》られたら、またスズキ君《くん》がうるさい」

ハマモトさんが汗《あせ》をふきながら言《い》った。

「不便《ふべん》なことだね」とぼくは言《い》った。

スズキ君帝国《くんていこく》の法律《ほうりつ》では、クラスの男子《だんし》と女子《じょし》は仲良《なかよ》くしてはいけない。スズキ君《くん》はぼくとハマモトさんがラブラブであると主張《しゅちょう》し、からかったりする。ぼくはおかしいと思《おも》っている。第一《だい》に、これはわざわざエネルギーを使《つか》うほどの事件《じけん》ではない。もっとほかにすることがある。第二《だい》に、もしスズキ君《くん》の言《い》うとおり、ぼくとハマモトさんが「ラブラブ」だったとしても、それはべつに悪《わる》いことではない。仲《なか》がいいのはよいことだ。なんで騒《さわ》ぐのだか、ぼくには分《わ》からない。第三《だい》に、ぼくはハマモトさんとラブラブではない。ぼくはすでに相手《あいて》を決《き》めてしまっているからだ。万《まん》が一《いち》、ハマモトさんがぼくにラブラブであったとしても、ぼくはこたえられないのである。残念《ざんねん》なことである。

休憩《きゅうけい》を終《お》え、ぼくらはまた川《かわ》をたどっていった。

しばらくは国道《こくどう》と平行《へいこう》に、田《た》んぼの中《なか》を抜《ぬ》けていった。だんだん暗《くら》い森《もり》が近《ちか》づいてきた。森《もり》の向《む》こうには高圧鉄塔《こうあつてっとう》がそびえている。ぼくらは森《もり》の入《い》り口《ぐち》に立《た》った。水路《すいろ》はそのまま森《もり》の奥《おく》へ通《つう》じている。森《もり》の陰《かげ》は、まるで水《みず》に浸《ひた》っているみたいに涼《すず》しい。

「ここはジャバウォックの森《もり》？」

ハマモトさんがつぶやいた。

「ジャバウォックの森《もり》は方角《ほうがく》がちがうよ」

ぼくらは虫《むし》よけスプレーをして森《もり》に入《はい》った。

森《もり》にもいろいろな雰囲気《ふんいき》がある。ジャバウォックの森《もり》は、おそらくぼくらの街《まち》で一番森《いちばんもり》らしい森《もり》だとぼくは考《かんが》えるものだ。森《もり》らしい森《もり》はアマゾン的《てき》な雰囲気《ふんいき》がある。

その日《ひ》ぼくらが抜《ぬ》けた森《もり》は、アマゾンみたいな雰囲気《ふんいき》ではなかった。どこまでも雑木林《ぞうきばやし》が続《つづ》いているような感《かん》じだった。そういうとき、ぼくはあまり世界《せかい》の果《は》てに抜《ぬ》けるような予感《よかん》がしない。アマゾン的《てき》な森《もり》というのは世界《せかい》の果《は》ての手前《てまえ》にあるものなのかもしれない。ぼくは世界《せかい》の果《は》てについて考《かんが》えていることをハマモトさんにしゃべってみようかと思《おも》ったのだけれど、なんとなく気《き》が引《ひ》けた。ハマモトさんが世界《せかい》の果《は》てなんて科学的《かがくてき》じゃないというかもしれなかったからだ。

川《かわ》が流《なが》れているせいか、森《もり》の中《なか》には湿気《しっけ》がただよっている。ぼくらは川《かわ》へ転落《てんらく》しないように注意《ちゅうい》して歩《ある》かなくてはいけない。もうフェンスもないからだ。

森《もり》を歩《ある》きながら、ハマモトさんはお父《とう》さんの話《はなし》をした。彼女《かのじょ》のお父《とう》さんは大学《だいがく》の先生《せんせい》で、毎日《まいにち》この街《まち》の大《だい》学《がく》に通《かよ》い、学生《がくせい》たちに授業《じゅぎょう》をしたり、研究《けんきゅう》をしたりしているそうだ。お父《とう》さんは地球《ちきゅう》の研究《けんきゅう》をしている。彼《かの》女《じょ》のお父《とう》さんの仕事《しごと》は興味深《きょうみぶか》い。

「今日《きょう》はお父《とう》さんは大学《だいがく》に行《い》っているの」と彼女《かのじょ》は言《い》った。「特別授業《とくべつじゅぎょう》があるんだって」

「ぼくの父《とう》さんも大学《だいがく》に出《で》かけたよ。授業《じゅぎょう》を受《う》けると言《い》ってた」

「へえ！　じゃあ、ひょっとすると、私《わたし》のお父《とう》さんがアオヤマ君《くん》のお父《とう》さんに教《おし》えているのかもしれない」

「それはすてきなことだね」

そのとき、先頭《せんとう》を歩《ある》いているウチダ君《くん》が立《た》ち止《ど》まった。

「どうしたの？」とハマモトさんが言《い》う。

ウチダ君《くん》はだまったまま、川《かわ》の前方《ぜんぽう》を指《ゆび》さした。木々《きぎ》がおおいかぶさっていて、川《かわ》は薄暗《うすぐら》かった。ウチダ君《くん》が指《ゆび》さしている川面《かわも》を見《み》ていると、水《みず》の表面《ひょうめん》が白《しろ》くなってふわりと盛《も》り上《あ》がっているのが見《み》えた。そしてそのふくらみがすごい速《はや》さでぼくらの方《ほう》へ近《ちか》づいてくるのだ。

ハマモトさんがぼくの腕《うで》をつかんだ。「アオヤマ君《くん》、なんだろう。あれ」

「ぼくには分《わ》からない」

「おさかな？」とウチダ君《くん》が言《い》った。

そしてぼくらが川《かわ》のとなりに立《た》って見《み》ていると、その白《しろ》いものは川《かわ》の水《みず》をおしのけるようにして進《すす》んできて、ぼくらの目《め》の前《まえ》を通過《つうか》した。ぼくらが両手《りょうて》でかかえるのもやっとのような大《おお》きな魚《さかな》のようだ。体《からだ》は白《しろ》っぽくて、つやつやとしている。ぼくらの街《まち》に流《なが》れている川《かわ》にそんな生《い》き物《もの》がいるとは、とても思《おも》えないほど大《おお》きな魚《さかな》なのだ。魚《さかな》はぼくらの目《め》の前《まえ》を通《とお》り過《す》ぎるとき、じゃばんと水《みず》をはねた。ハマモトさんとウチダ君《くん》が悲鳴《ひめい》を上《あ》げた。水《みず》しぶきの向《む》こうに、ぼくはまるでぬれたゴムみたいにつやつやと光《ひか》る銀色《ぎんいろ》の皮膚《ひふ》を見《み》た。

その魚《さかな》が通《とお》りすぎたあとも、ぼくらはびっくりして動《うご》けなかった。

「今《いま》のはなんだったの？」とハマモトさんが言《い》った。「あれ、魚《さかな》？　キモチワル！」

「あんなに大《おお》きな魚《さかな》が、こんな川《かわ》にいるだろうか」とぼくはつぶやいた。

「アマゾンみたいだねえ」とウチダ君《くん》が言《い》った。


やがてぼくらは森《もり》を抜《ぬ》けた。そこから先《さき》、川《かわ》はまたフェンスにはさまれた水路《すいろ》になって、生《お》いしげった草地《くさち》を抜《ぬ》けていく。熱気《ねっき》がぼくらをつつんで息苦《いきぐる》しくした。草地《くさち》のとなりには、アスファルトの道路《どうろ》がのびていて、道路《どうろ》をわたった先《さき》には未来都市《みらいとし》のような建物《たてもの》がならんでいる。柵《さく》にかこまれた芝生《しばふ》が広《ひろ》がっているのが見《み》えた。

「あら、ここは大学《だいがく》よ」とハマモトさんは言《い》った。「お父《とう》さんがいるところ」

そして彼女《かのじょ》は草《くさ》を踏《ふ》んで、歩《ある》いていった。

「川《かわ》の探検《たんけん》はどうするの？」とぼくは言《い》った。

彼女《かのじょ》は探検隊《たんけんたい》の隊長《たいちょう》がぼくであるという事実《じじつ》を忘《わす》れがちなのだ。なげかわしいことである。ぼくとウチダ君《くん》は川《かわ》をはなれ、彼女《かのじょ》のあとを追《お》っていった。

日曜日《にちようび》の大学《だいがく》はがらんとしていて、たいへん静《しず》かだった。

彼女《かのじょ》のお父《とう》さんの研究室《けんきゅうしつ》は「地球科学研究棟《ちきゅうかがくけんきゅうとう》」という建物《たてもの》にあるそうだ。ハマモトさんは何度《なんど》も遊《あそ》びに来《き》たことがあると言《い》って、建物《たてもの》の間《あいだ》をすり抜《ぬ》けていく。大《おお》きな研究棟《けんきゅうとう》と研究棟《けんきゅうとう》の間《あいだ》にある通路《つうろ》は日陰《ひかげ》になっていて、熱《あつ》い風《かぜ》がごうごうと大《おお》きな音《おと》を立《た》てて吹《ふ》き抜《ぬ》けていた。ウチダ君《くん》が「勝手《かって》に入《はい》っていいの？」と不安《ふあん》そうな声《こえ》で言《い》ったけれど、彼女《かのじょ》は平気《へいき》な顔《かお》をしている。

そうやって歩《ある》いているうちに、ぼくらは★4湾曲《わんきょく》したガラス張《ば》りの壁《かべ》の前《まえ》を通《とお》った。ガラスの向《む》こうは空港《くうこう》の待合室《まちあいしつ》みたいで、白《しろ》い丸《まる》テーブルがたくさんならんでいる。ハマモトさんが「カフェテリア」と言《い》った。ふいに彼女《かのじょ》は立《た》ち止《ど》まって、カフェテリアの中《なか》をのぞきこんだ。隅《すみ》にあるテーブルで、立派《りっぱ》なひげを生《は》やした人物《じんぶつ》がぼくの父《ちち》と話《はなし》をしているのが見《み》えた。彼《かれ》らといっしょにテーブルについて話《はなし》をしているのは、歯科医院《しかいいん》のお姉《ねえ》さんだったので、ぼくはたいへん意外《いがい》に思《おも》った。

父《ちち》が外《そと》にいるぼくらに気《き》づき、驚《おどろ》いた顔《かお》をして立《た》ち上《あ》がった。ひげを生《は》やした人物《じんぶつ》もこちらを見《み》た。

「あれが私《わたし》のお父《とう》さんよ」とハマモトさんが言《い》った。

「あのひげの人《ひと》かい？」

「うん」

「じつに立派《りっぱ》なひげだなあ！」

「こわそうに見《み》えるね」とウチダ君《くん》が言《い》った。

「私《わたし》のお父《とう》さんはコワいのよ」とハマモトさんはなぜかうれしそうだった。「すごくコワいの」

★4 弓《ゆみ》なりに曲《ま》がること。

ぼくらはカフェテリアに入《はい》った。たいへん涼《すず》しくて快適《かいてき》だった。ぼくらはひどく汗《あせ》をかいていたので、洗《せん》面所《めんじょ》に行《い》って顔《かお》を洗《あら》ってこなくてはいけなかった。

「驚《おどろ》いたね」と父《ちち》は言《い》った。「今日《きょう》は大学《だいがく》を探検《たんけん》する予定《よてい》だったのかい？」

「そうじゃないよ。偶然《ぐうぜん》に着《つ》いてしまったんだ」

ぼくはお姉《ねえ》さんを見《み》た。「どうしてお姉《ねえ》さんがいるんですか？」

「勉強《べんきょう》しにきたのよ」

お姉《ねえ》さんはそう言《い》って胸《むね》をはった。

ハマモトさんのお父《とう》さんはこの大学《だいがく》の先生《せんせい》で、今日《きょう》は「公開講座《こうかいこうざ》」というものを開《ひら》いた。父《ちち》は自治会《じちかい》に置《お》いてあったパンフレットを見《み》て申《もう》しこみ、お姉《ねえ》さんはハマモト先生《せんせい》が歯科医院《しかいいん》のお客《きゃく》さんだから申《もう》しこんでみたそうだ。講義《こうぎ》が終《お》わったあと、ハマモト先生《せんせい》にお姉《ねえ》さんがあいさつをしにいくと、そこへ父《ちち》が来《き》た。話《はなし》をしているうちに、三人《にん》でカフェテリアでお茶《ちゃ》を飲《の》むことになった。そこにぼくらが現《あらわ》れたのである。

ぼくらはまるでピクニックのように、みんなでテーブルにつき、ジュースを飲《の》んだ。

ハマモトさんのお父《とう》さんは大気《たいき》の研究《けんきゅう》をしている。クマみたいに大《おお》きな人《ひと》で、あまりしゃべらなかった。目《め》が大《おお》きくてギョロギョロしていて、いつも何《なに》かをにらんでいるように見《み》える。彼《かれ》も青《あお》いノートを持《も》っていて、カフェテリアのテーブルに置《お》いてある。何《なに》かを説明《せつめい》するときには大《おお》きな体《からだ》を丸《まる》めて、そのノートにくるくると絵《え》を描《か》く。彼《かれ》は、ぼくらにも分《わ》かるように、今日《きょう》の講義《こうぎ》で話《はな》した内容《ないよう》を教《おし》えてくれた。空高《そらたか》くに小《ちい》さな気球《ききゅう》を浮《う》かべて、大気《たいき》の成分《せいぶん》をしらべる実験《じっけん》の話《はなし》だった。ぼくが質問《しつもん》をすると、丁寧《ていねい》に答《こた》えてくれた。

ぼくはノートを取《と》り出《だ》してメモをして、ハマモト先生《せんせい》のノートを見《み》せてもらった。先生《せんせい》のノートはむずかしい数式《すうしき》やグラフがたくさん散《ち》らばっていて、たいへんステキなノートである。ぼくもこんなふうにノートを書《か》けるようになったら、楽《たの》しいにちがいない。ぼくはブラックホールの仕組《しく》みについて書《か》いたノートを先《せん》生《せい》に見《み》せた。

「じつによく書《か》けている。アオヤマ君《くん》は宇宙《うちゅう》に興味《きょうみ》があるんでしたね」

「たいへん興味《きょうみ》があります」

「それはけっこう。うちに本《ほん》があるから、貸《か》してあげましょう」

「先生《せんせい》も宇宙《うちゅう》が好《す》きですか」

「好《す》きですよ。宇宙《うちゅう》に興味《きょうみ》がない人間《にんげん》とは話《はなし》ができないな」

「私《わたし》は宇宙《うちゅう》に興味《きょうみ》ないですよ」とお姉《ねえ》さんが笑《わら》った。「私《わたし》は先生《せんせい》とお話《はな》しできませんね」

「あなたは私《わたし》の歯《は》を慎重《しんちょう》に扱《あつか》ってくれる。だから宇宙《うちゅう》に興味《きょうみ》がなくても、大目《おおめ》に見《み》る」

お姉《ねえ》さんは前《まえ》に会《あ》ったときよりも、ずっと元気《げんき》になっていた。頬《ほお》には血《ち》の気《け》が戻《もど》っていたし、眠《ねむ》そうでもなかった。ずっとニコニコしていた。父《ちち》やハマモト先生《せんせい》と話《はなし》をしているところを見《み》ていると、やっぱりお姉《ねえ》さんは本物《ほんもの》の大人《おとな》であるようだった。そういうとき、ぼくはやや、さみしいような気持《きも》ちになる。ふしぎである。

「先生《せんせい》、アオヤマ君《くん》はたくさんの研究《けんきゅう》をかかえているんですよ。多忙《たぼう》なんです」

お姉《ねえ》さんが言《い》った。「私《わたし》のことも研究《けんきゅう》してるんでしょ？」

ぼくはお姉《ねえ》さんがそんなことを言《い》うのでびっくりした。

「お姉《ねえ》さんの研究《けんきゅう》？」と先生《せんせい》がぼくを見《み》た。

「お姉《ねえ》さんはたいへん興味深《きょうみぶか》い人《ひと》なのです」とぼくは用心《ようじん》しながら言《い》った。

「それはそうでしょう。なにしろ神秘的《しんぴてき》な人《ひと》ですからね」

先生《せんせい》がうなずいた。

ハマモトさんが「私《わたし》とアオヤマ君《くん》も共同研究《きょうどうけんきゅう》をしているの」と胸《むね》を張《は》った。

「そのようですね」と先生《せんせい》はかなしそうな顔《かお》をしている。「何《なん》の研究《けんきゅう》をしているのか、私《わたし》にも教《おし》えてくれない」

「だから私《わたし》の研究《けんきゅう》をさぼっているんだね」とお姉《ねえ》さんは言《い》った。「何《なん》の研究《けんきゅう》をしているの？」

「秘密《ひみつ》です。きちんと研究《けんきゅう》がまとまってから発表《はっぴょう》するつもりなんです」

ハマモト先生《せんせい》はジロリとぼくを見《み》た。そして「それはいい」と言《い》った。「秘密《ひみつ》にしておいたほうがいいのです。本当《ほんとう》に大切《たいせつ》な研究《けんきゅう》のことは、うかつに人《ひと》にはしゃべらんものです」

ぼくらは今日《きょう》の探検《たんけん》はここまでにすることにした。

そろそろ夕方《ゆうがた》だし、ハマモトさんが疲《つか》れたみたいだったからだ。ぼくらとお姉《ねえ》さんは父《ちち》の運転《うんてん》する自動車《じどうしゃ》にのせてもらうことになった。お姉《ねえ》さんが助手席《じょしゅせき》に乗《の》って、ぼくら三人《にん》が後部座席《こうぶざせき》に乗《の》った。ハマモトさんのお父《とう》さんはまだ研究《けんきゅう》があるので、駐車場《ちゅうしゃじょう》に立《た》って、ぼくらを見送《みおく》ってくれた。彼《かれ》は太陽《たいよう》の光《ひかり》に顔《かお》をしかめていたので、森《もり》の奥《おく》から街《まち》に出《で》てきたクマがびっくりしているみたいだった。ハマモトさんが車《くるま》の窓《まど》から手《て》をふると、彼《かれ》は顔《かお》をしわくちゃにしたまま、手《て》をふった。

「ハマモトさんのお父《とう》さんは研究熱心《けんきゅうねっしん》かい？」とぼくはたずねた。

「すごく熱心《ねっしん》。だからお父《とう》さん、虫歯《むしば》になるの。研究《けんきゅう》しながら甘《あま》いものを食《た》べるから」

「それでうちの歯科医院《しかいいん》にいらっしゃるのね」

「研究熱心《けんきゅうねっしん》な人《ひと》は虫歯《むしば》になるものなんだよ」

ぼくが言《い》うと、父《ちち》が「おまえはきちんと歯《は》をみがきなさい」と言《い》った。父《ちち》は正《ただ》しい。

「ぼくはつい忘《わす》れてしまうんだね。ずいぶん多忙《たぼう》なものだから」

「たしかに、おまえは多忙《たぼう》だ。しかし、多忙《たぼう》で歯《は》をみがかない人間《にんげん》と、多忙《たぼう》でも歯《は》をみがく人間《にんげん》がいたら、どちらがスマートかね？」

「スマートさという観点《かんてん》から考《かんが》えれば、歯《は》をみがく人《ひと》だよ」

「アオヤマ君《くん》はお父《とう》さんにそっくりですね」とお姉《ねえ》さんが言《い》った。「研究熱心《けんきゅうねっしん》なところとか、しゃべり方《かた》とか」

「私《わたし》が子《こ》どもの頃《ころ》は、彼《かれ》ほど理論家《りろんか》でもなかったし、研究熱心《けんきゅうねっしん》でもなかったですよ」

市立図書館《しりつとしょかん》の前《まえ》を通《とお》り過《す》ぎて、住宅街《じゅうたくがい》に向《む》かってバス通《どお》りを曲《ま》がったとき、ぼくはふしぎな現象《げんしょう》を見《み》た。

その現象《げんしょう》に最初《さいしょ》に気《き》づいたのはハマモトさんだった。彼女《かのじょ》はぼくの脇腹《わきばら》をつついて、「空《そら》、空《そら》」と言《い》った。

給水塔《きゅうすいとう》の丘《おか》がある方角《ほうがく》の空《そら》には雲《くも》が浮《う》かんでいる。その雲《くも》の中央《ちゅうおう》が下《した》へポッコリとふくらんでいて、その先《さき》っぽが細《ほそ》くなって、ラセンのようなかたちになっているのだ。そんな雲《くも》をぼくは見《み》たことがなかった。ウチダ君《くん》も身《み》をのりだして空《そら》をのぞき、「へんだね」と言《い》った。

「あれはジャバウォックの森《もり》のほう？」

ハマモトさんが眉《まゆ》をひそめて言《い》った。

ぼくはたくさん本《ほん》を読《よ》むことができ、ポケットの中《なか》に手《て》を入《い》れてメモを取《と》ることができ、レゴブロックで宇宙《うちゅう》ステーションを建造《けんぞう》することができる。こうして身《み》につけたいろいろなことが、ぼくを立派《りっぱ》な大人《おとな》にするだろう。

水泳《すいえい》もぼくの得意《とくい》なことの一つである。

小学校《しょうがっこう》に入学《にゅうがく》したばかりの頃《ころ》は、水《みず》に顔《かお》をつけるのもエンリョしたいという子《こ》どもであった。ぼくは水《みず》の中《なか》で息《いき》をとめていなくてはならないことを、たいへんきゅうくつに思《おも》った。生命《せいめい》は海《うみ》で生《う》まれたはずなのに水《みず》の中《なか》で息《いき》ができないのはおかしいと思《おも》っていた。けれども小学校《しょうがっこう》ではプールに入《はい》らなくてはいけないので、ぼくは父《ちち》に水泳《すいえい》を教《おし》えてもらい、泳《およ》げるようになった。今《いま》のぼくはイルカのように泳《およ》げる。

七月《がつ》になって、ぼくらの学校《がっこう》ではプールの授業《じゅぎょう》が始《はじ》まった。みんな水着《みずぎ》に着替《きが》えてプールに集《あつ》まった。空《そら》はたいへん青《あお》くて、もこもこした雲《くも》が盛《も》り上《あ》がっている。

プールに入《はい》る前《まえ》には、大《おお》きなシャワーの下《した》を二列《れつ》になって通《とお》りぬけなくてはいけない。ぼくとウチダ君《くん》は行列《ぎょうれつ》の一番後《いちばんうし》ろにならんでいた。ウチダ君《くん》はプールが好《す》きではないので、泣《な》きそうな顔《かお》をしている。少《すこ》し先《さき》にいるスズキ君《くん》たちがぼくらのほうを向《む》いて、「ウチダとアオヤマがこわがってる！」と叫《さけ》んだ。

「こわいわけじゃないんだよ」とウチダ君《くん》は震《ふる》えながら言《い》った。「ぼくはなんだかどきどきしてしまうんだ。でもこわいわけじゃない」

「そういうことはたしかにあるね。ぼくも雷《かみなり》が鳴《な》るとお腹《なか》が痛《いた》くなるんだ。でもこわいわけじゃない。ただ★5心拍数《しんぱくすう》が上《あ》がって、汗《あせ》が出《で》てきて、お腹《なか》が痛《いた》くなるだけ」

「そうなんだ」

背伸《せの》びをして見《み》ると、行列《ぎょうれつ》の先頭《せんとう》はもうシャワーの下《した》に入《はい》っている。いきおいよく降《ふ》り注《そそ》ぐシャワーの音《おと》がどんどん近《ちか》づいてくる。水煙《みずけむり》につつまれた同級生《どうきゅうせい》たちの悲鳴《ひめい》や笑《わら》い声《ごえ》が聞《き》こえてくる。髪《かみ》を水泳帽《すいえいぼう》の中《なか》にキュッと押《お》しこめたハマモトさんがこちらをふりかえるのが見《み》えた。彼女《かのじょ》はニッと笑《わら》ったあと、平気《へいき》ですいすい進《すす》んで、シャワーの壁《かべ》の向《む》こう側《がわ》に消《き》えた。まるで洗車場《せんしゃじょう》に入《はい》っていく小《ちい》さな外国製《がいこくせい》の自動車《じどうしゃ》みたいだった。シャワーの水《みず》しぶきがぼくらの視界《しかい》いっぱいに立《た》ちこめた。ぷんと塩素《えんそ》の匂《にお》いがした。水《みず》はたいへん冷《つめ》たい。ぼくは頭《あたま》をかかえているウチダ君《くん》をひっぱるようにして、シャワーの中《なか》をくぐりぬけた。ぼくは「わあっ」と言《い》い、ウチダ君《くん》は「ぎゅうっ！」というようなことを言《い》った。

ぼくらは準備体操《じゅんびたいそう》をしてプールに入《はい》った。水《みず》に入《はい》るときは冷《つめ》たかったけれども、慣《な》れてくると気持《きも》ちがよくなった。前半《ぜんはん》は授業《じゅぎょう》だったけれど、後半《こうはん》は自由《じゆう》に遊《あそ》んでよいことになった。

ウチダ君《くん》はプールサイドに座《すわ》って、足《あし》だけを水《みず》にひたしてゆらゆらさせていた。ぼくが泳《およ》ぎながら呼《よ》んでも、彼《かれ》は「ぼくはいいよ」と手《て》を振《ふ》った。水着《みずぎ》の上《うえ》からシャツをはおった先生《せんせい》がぺたぺたと歩《ある》いてきて、ウ

★5 1分間《ぷんかん》に心臓《しんぞう》が血《ち》を送《おく》りだす回数《かいすう》のこと。

チダ君《くん》のとなりに座《すわ》った。先生《せんせい》はウチダ君《くん》とおしゃべりをしている。
ぼくは頭《あたま》をゆっくり水《みず》にしずめて、水《みず》と空気《くうき》の境目《さかいめ》をゆらゆらした。そうして何億年《なんおくねん》も前《まえ》に初《はじ》めて海《うみ》から陸《りく》に上《あ》がった勇敢《ゆうかん》な生《い》き物《もの》の気持《きも》ちを想像《そうぞう》した。初《はじ》めて陸《りく》に上《あ》がった生《い》き物《もの》は、「これは苦《くる》しいなあ。水《みず》の中《なか》のほうがいいなあ」と思《おも》ったかもしれない。そんなふうに想像《そうぞう》してみると、だんだん水《みず》の底《そこ》にもぐりたくなってくる。ぼくはすっかり水《みず》にもぐってしまい、口《くち》から少《すこ》しずつ泡《あわ》を吹《ふ》きながらプールの底《そこ》を見《み》まわした。
水《みず》に完全《かんぜん》にもぐってしまうと、音《おと》が遠《とお》ざかって、ふしぎな静《しず》けさがぼくをつつむ。自分《じぶん》が泡《あわ》を吐《は》く音《おと》が大《おお》きく聞《き》こえる。ぼくのまわりには同級生《どうきゅうせい》たちの体《からだ》がいっぱい見《み》える。もぐってギュッと目《め》をつむったまま顔《かお》をしかめている子《こ》もいる。向《む》こうに見《み》えているのはプールサイドに座《すわ》って水《みず》の中《なか》に垂《た》らしているウチダ君《くん》の足《あし》だ。プールの底《そこ》から見上《みあ》げると、水面《すいめん》がゆらゆらして光《ひか》っていた。じゅうぶんに息《いき》を吸《す》っておけば、ぼくはずいぶん長《なが》い間《あいだ》もぐっていることができる。コツは吐《は》く息《いき》の量《りょう》とペースを慎重《しんちょう》に調整《ちょうせい》することだ。

いつの日《ひ》か、お姉《ねえ》さんといっしょに海辺《うみべ》の街《まち》に出《で》かけるときは、海《うみ》で泳《およ》ごうと言《い》われるかもしれない。水《すい》泳《えい》を身《み》につけておいてよかったと思《おも》う。ぼくは海《うみ》で泳《およ》いだことがないので、海《うみ》がどれぐらい塩《しお》からいものか知《し》らない。お姉《ねえ》さんといっしょに海《うみ》に出《で》かけるのがたいへん楽《たの》しみである。

細《こま》かい泡《あわ》の向《む》こうに、ハマモトさんがただよっているのが見《み》えた。

彼女《かのじょ》は小《ちい》さくまるまって、まるでブイみたいに水面近《すいめんちか》くに浮《う》かんでいる。水着《みずぎ》を着《き》ているのでイルカみたいな感《かん》じもする。イルカは超音波《ちょうおんぱ》で仲間《なかま》たちと会話《かいわ》をするのだ。彼女《かのじょ》は目《め》を閉《と》じて、水《みず》の世界《せかい》の音《おと》に耳《みみ》を澄《す》ましているようだった。

「ぼくと同《おな》じようなことをしているなあ」

ぼくがそんなことを思《おも》って見《み》ていると、ハマモトさんはパチッと目《め》を開《ひら》いた。大《おお》きな目《め》でプールの底《そこ》にいるぼくを見《み》た。頬《ほお》をふくらまして、じっとしている。彼女《かのじょ》は小《ちい》さく手《て》を振《ふ》り、口《くち》から小《ちい》さな泡《あわ》を吐《は》いた。何《なに》か言《い》ったようだけれども、水《みず》の中《なか》だから分《わ》からない。ぼくらはイルカではないからだ。

そのときぼくは、スズキ君帝国配下《くんていこくはいか》のコバヤシ君《くん》とナガサキ君《くん》があやしい動《うご》きをしているのを発見《はっけん》した。

彼《かれ》らはプールサイドに座《すわ》っているウチダ君《くん》の足《あし》に近《ちか》づいていく。ウチダ君《くん》がピンチであることは明《あき》らかだったので、ぼくはコバヤシ君《くん》とナガサキ君《くん》の後《うし》ろからそうっと近《ちか》づいていった。ぼくは二人《ふたり》の水着《みずぎ》をずらして、びっくりさせてやろうと考《かんが》えた。

ぼくはあんまり真剣《しんけん》にコバヤシ君《くん》たちを見《み》ていたので油断《ゆだん》していた。後《うし》ろから来《き》ただれかが、ぼくの水着《みずぎ》をつかんだ。ぐいぐいとひっぱるものだから、びっくりして水《みず》を飲《の》んでしまった。ぼくはあわててプールのへりをつかんだ。水面《すいめん》から顔《かお》を上《あ》げて息《いき》を吸《す》った。それでもぼくの水《みず》着《ぎ》をひっぱる人物《じんぶつ》は力《ちから》をゆるめない。紐《ひも》がいつの間《ま》にかほどけていて、ずるずると下《さ》がる。たいへん困《こま》った状況《じょうきょう》だ。そこにコバヤシ君《くん》たちが気《き》づいて、彼《かれ》らもいっしょになってぼくの水着《みずぎ》をひっぱった。ついにぼくの水着《みずぎ》はぼくの足《あし》からすっぽりぬけてしまった。体《からだ》の下半分《したはんぶん》が急《きゅう》にすうすうするような気《き》がした。

ぼくがふりかえると、スズキ君《くん》たちがぼくの水着《みずぎ》を頭《あたま》の上《うえ》でぐるぐるまわしながら、プールの反対側《はんたいがわ》へ逃《に》げていくところだった。

先生《せんせい》が笛《ふえ》を鳴《な》らした。「はい、みんな上《あ》がってー」

水《みず》にぬれたみんなが上《あ》がっていって、プールサイドにならんだ体《からだ》がイルカのようになめらかに光《ひか》っている。ぼくは一人《ひとり》だけぽつんと水《みず》につかっていた。スズキ君《くん》たちはプールサイドに上《あ》がって、ぼくのほうを笑《わら》いながら見《み》ていた。「アオヤマ君《くん》、どうしたの?」と先生《せんせい》が呼《よ》んだ。

ぼくはプールのへりに腕《うで》をのせて、なぜスズキ君《くん》たちはぼくの水着《みずぎ》をとったのかと考《かんが》えた。スズキ君《くん》たちはぼくの水着《みずぎ》がほしかったのだろうか。けれどもスズキ君《くん》はちゃんと水着《みずぎ》をもっているし、ぼくの水着《みずぎ》はきわめてふつうの水着《みずぎ》だから、手《て》に入《い》れても何《なん》の得《とく》にもならない。彼《かれ》は水着《みずぎ》がほしいのではなく、水着《みずぎ》をとられたぼくが困《こま》るところが見《み》たいのだ。自分《じぶん》の楽《たの》しみのために人《ひと》の水着《みずぎ》をとるのは良《よ》くないことである。ぼくが困《こま》れば困《こま》るほど、彼《かれ》らはますます楽《たの》しい。それならば、ぼくが困《こま》らなければ困《こま》らないほど、彼《かれ》らはますます楽しくなるはずだ。ぼくがちっとも困《こま》らなければ、彼《かれ》らは面白《おもしろ》くないので、こういうことを二度《にど》としないだろう。

この理論《りろん》にしたがい、ぼくは困《こま》らないことにした。

ぼくがそのままプールから上《あ》がると、先生《せんせい》が「わっ」と言《い》った。「アオヤマ君《くん》、水着《みずぎ》は？」クラスの女《おんな》の子《こ》たちがきゃあきゃあ言《い》い、男子《だんし》たちは目《め》をまるくした。「アオヤマ君《くん》、待《ま》って！待《ま》って！」と言《い》って先生《せんせい》が上着《うわぎ》をぬごうとした。ぼくはお風呂上《ふろあ》がりのように胸《むね》をはって、そのままプールサイドを歩《ある》いていった。クラスの子《こ》たちの向《む》こうにスズキ君《くん》はかくれようとしていたけれど、みんなが道《みち》をあけてくれる。ハマモトさんが立《た》っていて、「おやまあ！」と言《い》った。彼女《かのじょ》はかくれようとしているスズキ君《くん》の腕《うで》をつかんで、ぼくのほうに突《つ》きだした。ぼくはスズキ君《くん》の前《まえ》に立《た》った。

「ぼくの水着《みずぎ》はどこだい？」

「知《し》らん！」とスズキ君《くん》は言《い》った。

「ぼくの水着《みずぎ》はどこだい？」

「知《し》らん！」

「ぼくの水着《みずぎ》はどこだい？」

ぼくがぬれた体《からだ》をおしつけていくと、スズキ君《くん》は「知《し》らないってば！」と言《い》いながら逃《に》げまわった。そのうち彼《かれ》は困《こま》ってしまい、「プールの底《そこ》」と言《い》った。

先生《せんせい》が上着《うわぎ》をぼくの体《からだ》に巻《ま》きつけてくれた。

その後《あと》、みんながぼくの水着《みずぎ》を捜索《そうさく》して見《み》つけてくれた。

その日《ひ》の夜《よる》は、静《しず》かでさみしい夜《よる》だった。夜《よる》になると、ぼくらの街《まち》は海《うみ》の底《そこ》のように静《しず》かになるけれど、さみしく感《かん》じる夜《よる》とそうでない夜《よる》がある。ぼくはさみしい夜《よる》とさみしくない夜《よる》の出現《しゅつげん》について、その規則性《きそくせい》を研究《けんきゅう》してみたことがある。でもけっきょく分《わ》からなかった。

ぼくはリビングのテーブルにレゴブロックをならべて組《く》み合《あ》わせていた。妹《いもうと》はソファで眠《ねむ》ってしまった。母《はは》が紅茶《こうちゃ》を飲《の》みながら、「なにを作《つく》っているの？」と聞《き》いたので、ぼくは「探査船《たんさせん》だよ」と答《こた》えた。ハマモトさんのお父《とう》さんが大気《たいき》の成分《せいぶん》を観測《かんそく》した話《はなし》にヒントを得《え》て、ぼくらは〈海《うみ》〉の内部《ないぶ》に探査船《たんさせん》を送《おく》りこむ実験《じっけん》を計画中《けいかくちゅう》だった。そのためにはがんじょうな装置《そうち》を作《つく》らなくてはいけないのである。

ぼくは仕事《しごと》をしながら、プールのできごとについて話《はな》した。母《はは》はだまって聞《き》いていた。母《はは》は先生《せんせい》のように困《こま》った顔《かお》もしないし、心配《しんぱい》そうな顔《かお》もしない。いつものようにちょっとうるんだ目《め》をして、ぼくを見《み》つめている。ぼくは母《はは》に叱《しか》られるかもしれないと思《おも》った。まだ立派《りっぱ》な大人《おとな》になろうという決心《けっしん》をしていなかった幼《おさな》い頃《ころ》は、ぼくもほかの多《おお》くの平凡《へいぼん》な子《こ》どもたちと同《おな》じように、母《はは》に叱《しか》られることが多《おお》かった。

「スズキ君《くん》はやっぱり意地悪《いじわる》なことをするのねえ」

母《はは》はのんびり言《い》った。「なぜ？」

「なぜだろう。ぼくには分《わ》からない」

「研究《けんきゅう》してみたの？」

「ぼくはおおいに研究《けんきゅう》した。でもスズキ君《くん》はスズキ君帝国《くんていこく》の皇帝《こうてい》だから、仲良《なかよ》くするのはむずかしいんだね」

「皇帝《こうてい》だから」

「そういうことなんだ」

「でも……仲良《なかよ》くできるなら、仲良《なかよ》くしたいと思《おも》うの？」

「そうすることができれば一番《いちばん》いいとぼくは思《おも》う。スズキ君《くん》がそうしようと言《い》うんだったら、ぼくはいつでもそうするつもりだ」

「それならいいわ。お母《かあ》さんはなっとくです」

母《はは》はチョコレートを食《た》べた。父《ちち》が先週《せんしゅう》おみやげに買《か》ってきたチョコレートで、薄《うす》いチョコレートの板《いた》の間《あいだ》にペパーミントのペーストがはさんであるものだ。父《ちち》と母《はは》はこのチョコレートは大人《おとな》のチョコレートだからという理由《りゆう》で、妹《いもうと》には食《た》べさせない。そして妹《いもうと》が寝《ね》ているときなどに、ぼくだけにこっそり食《た》べさせてくれる。ぼくはそのことがたいへんうれしい。

チョコレートを食《た》べながら、母《はは》は小《ちい》さな女《おんな》の子《こ》のようにくすくす笑《わら》った。

「あなたが裸《はだか》でプールから上《あ》がったら、みんなびっくりしたでしょうね」

「先生《せんせい》はびっくりしていた。上着《うわぎ》でぼくの体《からだ》をぐるぐる巻《ま》きにしてくれたよ。クラスのほかの子《こ》はびっくりした人《ひと》もいれば、笑《わら》う人《ひと》もいた」

「あまり人《ひと》をびっくりさせることはよくないことです」

「でもほかに方法《ほうほう》はなかったんだ。ぼくはいつかプールから出《で》なくては寒《さむ》くなってしまうし、ぼくがプールの中《なか》で困《こま》っていたらスズキ君《くん》たちは喜《よろこ》ぶ」

「そうねえ。でも、本当《ほんとう》にほかの方法《ほうほう》はなかったのかしら？」

「母《かあ》さんは何《なに》か思《おも》いつく？」

母《はは》は首《くび》をかしげて考《かんが》えこんでいた。

「私《わたし》は何《なに》も思《おも》いつかないわねえ。こういうことはあなたの方《ほう》が得意《とくい》でしょう」

母《はは》がそう言《い》うのだから、ぼくは本当《ほんとう》に何《なに》かもっと良《よ》い方法《ほうほう》を思《おも》いつくことができたのかもしれない。母《はは》と話《はなし》をすると、ぼくはいつもそんなふうな気持《きも》ちになるのだ。

妹《いもうと》はソファの上《うえ》でいびきをかいている。時計《とけい》はもうすぐ夜《よる》九時《じ》をまわるところだった。母《はは》は紅茶《こうちゃ》を飲《の》んで、壁《かべ》にかかっている時計《とけい》を見上《みあ》げた。「今夜《こんや》はお父《とう》さんは遅《おそ》くなるそうよ。夜中《よなか》になるんですって」

「ぼくは眠《ねむ》い。父《とう》さんが帰《かえ》ってくるのを待《ま》てないなあ」

「待《ま》てなくてもかまわないわ」

「父《とう》さんは朝《あさ》も早《はや》いし、夜《よる》は遅《おそ》い」

「本当《ほんとう》はみんながゆっくり眠《ねむ》れたらいいのにねえ」

「ぼくはあんまり眠《ねむ》りたくないんだがなあ」

父《ちち》は毎朝《まいあさ》五丁目《ちょうめ》のバス停《てい》から市《し》バスに乗《の》ることをぼくは知《し》っている。駅《えき》まではバスにゆられて十五分《ふん》かかる。それから電車《でんしゃ》に乗《の》り換《か》えて、県境《けんざかい》を越《こ》え、会社《かいしゃ》に出《で》かけていく。父《ちち》の朝《あさ》はとても早《はや》いし、仕事《しごと》から帰《かえ》ってくる時間《じかん》はまちまちだ。しばしば今日《きょう》のように、ぼくには起《お》きていられないほど遅《おそ》くなる。冬《ふゆ》になると、父《ちち》は暗《くら》いうちから出《で》かけて、暗《くら》くなってから帰《かえ》ってくる。父《ちち》はカバンをさげて、いつも暗《くら》いバス停《てい》に立《た》つ。

父《ちち》の帰《かえ》りが遅《おそ》くなると分《わ》かっている日《ひ》には、ぼくは父《ちち》を待《ま》つことができない。ぼくはベッドに入《はい》るとすぐに眠《ねむ》ってしまう人間《にんげん》だけれど、眠《ねむ》る前《まえ》のほんの一瞬《いっしゅん》、「父《とう》さんは今《いま》どこにいるだろうか?」と考《かんが》える。父《ちち》はバスにゆられながら、暗《くら》い中《なか》を通《とお》り過《す》ぎていく街灯《がいとう》の光《ひかり》を見《み》ているかもしれない。それはもうぼくらの家《いえ》のすぐそばかもしれない。父《とう》さんが今《いま》ごろバス停《てい》に立《た》っているぞ、家《いえ》に向《む》かって歩《ある》いているぞ、というふうに考《かんが》えると、なんだかぼくはたいへん安心《あんしん》できるような気《き》がするのだった。そうして眠《ねむ》ってしまうのだ。

「父《とう》さんはバス停《てい》で待《ま》っているときや、住宅地《じゅうたくち》を歩《ある》いているときや、電車《でんしゃ》に乗《の》っているときに考《かんが》えごとをするんだって。そうするといい考《かんが》えが浮《う》かぶんだよ」

「あら、そうなの?」

「あと、『海辺《うみべ》のカフェ』でも、いい考《かんが》えが浮《う》かぶんだって」

「そういえば、『海辺《うみべ》のカフェ』は本当《ほんとう》の名前《なまえ》じゃないのね。お母《かあ》さん、知《し》らなかったわ」

「そうなんだ。あの名前《なまえ》はお姉《ねえ》さんがつけたんだよ」

母《はは》に「海辺《うみべ》のカフェ」の名前《なまえ》の由来《ゆらい》を教《おし》えてあげているうちに、ぼくは眠《ねむ》くてたまらなくなってきた。

そのとき電話《でんわ》がかかってきた。母《はは》が出《で》たが、「お姉《ねえ》さんよ」と言《い》って代《か》わってくれた。

「こんばんは、少年《しょうねん》」とお姉《ねえ》さんの元気《げんき》な声《こえ》が聞《き》こえた。

「こんばんは」

「眠《ねむ》そうな声《こえ》ねえ。そうか、もう眠《ねむ》る時間《じかん》だっけ？」

「今日《きょう》はたいへん眠《ねむ》いのです。脳《のう》が疲《つか》れてるのです」

「ちょっと前《まえ》にね、『ペンギン以外《いがい》のものを作《つく》るといい』って言《い》ったでしょう？　あなたの仮説《かせつ》。そうすると私《わたし》は元気《げんき》になるかもしれないって」

「アオヤマ仮説《かせつ》」

「そう。アオヤマ仮説《かせつ》は正《ただ》しかったかもしれない。私《わたし》、元気《げんき》になったよ」

「何《なに》を作《つく》ったんですか？」

お姉《ねえ》さんはくすくす笑《わら》った。

「……シロナガスクジラ」

ぼくはもっとびっくりしてしかるべきだったのだけれど、そのときはあまりにも眠《ねむ》かった。今《いま》にも受話器《じゅわき》を落《お》としてしまいそうだったのである。だからぼくは何《なに》も言《い》わずに受話器《じゅわき》を握《にぎ》ったままぼんやりしていた。

「さては、君《きみ》は眠《ねむ》いんだな？」と電話《でんわ》の向《む》こうでお姉《ねえ》さんが言《い》った。

「眠《ねむ》いのです」とぼくは言《い》った。

「歯《は》みがけよ、少年《しょうねん》」

お姉《ねえ》さんは言《い》った。「ぐんない」

その日《ひ》の夢《ゆめ》に、シロナガスクジラが出《で》てきた。

ぼくがダメだと主張《しゅちょう》しているにもかかわらず、お姉《ねえ》さんはぼくの家《いえ》の中《なか》でシロナガスクジラを作《つく》ってしまうのだ。お姉《ねえ》さんは「赤《あか》ちゃんだから大丈夫《だいじょうぶ》」と言《い》う。でもまるで大丈夫《だいじょうぶ》ではない。シロナガスクジラの赤《あか》ちゃんはリビングルームにつまって動《うご》けなくなり、たいへんかなしそうな顔《かお》をする。ぼくはお姉《ねえ》さんがつぶされてしまったのではないかと心配《しんぱい》する。いっしょうけんめい彼女《かのじょ》を捜《さが》したけれども、どこにもいない。そして、ぼくがあわてているうちに、シロナガスクジラの赤《あか》ちゃんはものすごいウンチをする。

信《しん》じられない。こわい夢《ゆめ》であった。

翌日《よくじつ》の放課後《ほうかご》、ぼくらはジャバウォックの森《もり》を抜《ぬ》けて草原《そうげん》に出《で》かけた。
草原《そうげん》には生《なま》ぬるい湿《しめ》った風《かぜ》が吹《ふ》いて、空《そら》にはもくもくと入道雲《にゅうどうぐも》が盛《も》り上《あ》がっていた。ぼくはしばらく、一人《ひとり》で草原《そうげん》を歩《ある》いた。ぼくはたいへん真剣《しんけん》に考《かんが》えごとをしていたので、ギリシアの哲学者《てつがくしゃ》みたいに見《み》えたかもしれない。ウチダ君《くん》やハマモトさんから遠《とお》くはなれると、本当《ほんとう》にぼくは世界《せかい》の果《は》てにいるような気分《きぶん》になった。
ふりかえると、草《くさ》の上《うえ》にハマモトさんがしゃがみこんでいるのが見《み》える。ぼくがレゴブロックで作《つく》った探《たん》査船《させん》に、タコ糸《いと》を結《むす》びつけているのだ。
ウチダ君《くん》はパラソルの下《した》でノートを書《か》いていた。ぼくやハマモトさんと同《おな》じように、彼《かれ》もノートを使《つか》うようになった。彼《かれ》の書《か》き方《かた》はぼくとはちがう。たいてい彼《かれ》はノートを置《お》いて、ずっと考《かんが》えごとをしている。そうして何《なに》かを思《おも》いつくと、ほんの少《すこ》しだけ書《か》くのだ。そして書《か》いたものは決《けっ》して見《み》せてくれない。だからぼくは、彼《かれ》がどんなことをノートに書《か》いているのか知《し》らないのである。

草原《そうげん》に浮《う》かぶ〈海《うみ》〉は大《おお》きくふくらんで、ぼくらが観測《かんそく》ステーションを設立《せつりつ》して以来《いらい》、最大《さいだい》の直径《ちょっけい》を記録《きろく》して、今《いま》も更新中《こうしんちゅう》だった。その表面《ひょうめん》では、さまざまな現象《げんしょう》が観測《かんそく》できた。それら一つ一つの現象《げんしょう》を、ぼくらは〈トライアングル〉とか、〈フラフープ〉とか、〈メビウス〉と命名《めいめい》した。けれど、いくら名前《なまえ》をつけて記録《き ろく》しても、それらの現象《げんしょう》がなぜ発生《はっせい》しているのか、何《なん》のためのものなのか、ということは謎《なぞ》のままだった。

ぼくは〈海《うみ》〉のまわりを歩《ある》きながら、その日《ひ》はシロナガスクジラのことばかり考《かんが》えていた。前日《ぜんじつ》の夜《よる》、お姉《ねえ》さんが電話《でんわ》で言《い》ったことである。たとえお姉《ねえ》さんがシロナガスクジラを作《つく》ったとしても、ぼくらの街《まち》にシロナガスクジラが隠《かく》れる場所《ばしょ》はあるのだろうか。ペンギンたちは森《もり》に隠《かく》れている。でもシロナガスクジラは森《もり》の中《なか》をうろうろするわけにはいかないのだ。しかも大《おお》きい。考《かんが》えれば考《かんが》えるほど分《わ》からなくなった。

ハマモトさんが「アオヤマ君《くん》！」と叫《さけ》ぶのが聞《き》こえた。「用意《ようい》できたよ」

ぼくは考《かんが》えごとをやめて、ハマモトさんのところへ歩《ある》いていった。パラソルの下《した》からウチダ君《くん》も走《はし》ってきた。ハマモトさんはタコ糸《いと》で探査船《たんさせん》をぶら下《さ》げてゆらゆらさせた。探査船《たんさせん》はソフトボールぐらいの大《おお》きさである。中《なか》には温度計《おんどけい》が入《はい》っているし、ちょっとだけ外《そと》へ突《つ》き出《で》たペンライトがチカチカ光《ひか》るようにもなっている。〈海《うみ》〉の中《なか》でどんな力《ちから》が働《はたら》いているのか分《わ》かるように、ゆらゆらする小《ちい》さな赤《あか》い旗《はた》もとりつけた。ぼくはもう少《すこ》しスペースシャトルみたいにしようと努力《どりょく》したのだけれど、がんじょうになるように工夫《くふう》しているうちに、いつの間《ま》にかずんぐりむっくりして、ペンギンそっくりになってしまった。

「ちょっとかっこう悪《わる》いけれども」

「そんなことないよ。探査船《たんさせん》だ」とウチダ君《くん》は言《い》った。「すごいな。本当《ほんとう》に実験《じっけん》みたいだ」

ハマモトさんがうれしそうに言《い》った。「本当《ほんとう》の実験《じっけん》だもの」

「アオヤマ君《くん》、ぼくは探査船《たんさせん》に名前《なまえ》をつけたらいいと思《おも》うよ」

「そうだなあ。ペンギンみたいだからペンギン号《ごう》ではどうだろうか」

「かわいいかわいい」

ぼくらの探査船《たんさせん》は「ペンギン号《ごう》」と名付《なづ》けられた。

そうして、いよいよ探査船《たんさせん》を送《おく》りこむ段階《だんかい》になって、きゅうにぼくらはだまりこんでしまった。ふくらんだ〈海《うみ》〉はやっぱり何《なん》の物音《ものおと》も立《た》てずに浮《う》かんでいた。表面《ひょうめん》に白《しろ》い輪《わ》っかのようなものがいくつも浮《う》かんで、くるくる回《まわ》りながら移動《いどう》しているのが見《み》えた。ぼくらが〈フラフープ〉と呼《よ》んでいる現象《げんしょう》だ。

「こわいわけじゃないんだけど」とウチダ君《くん》がつぶやいた。「でもね、もし探査船《たんさせん》を中《なか》に入《い》れて、〈海《うみ》〉が怒《おこ》ったらどうする？　こわいわけじゃないけどさ」

「怒《おこ》るかな？」とハマモトさんも心配《しんぱい》そうだ。

「そもそもぼくらは〈海《うみ》〉が生《い》き物《もの》であるかどうかも知《し》らない」とぼくは言《い》った。「でも、もし〈海《うみ》〉が生《い》き物《もの》だったとしたら、体《からだ》の中《なか》に急《きゅう》に探査船《たんさせん》が入《はい》ってきたら、怒《おこ》るだろうね」

「できるだけ遠《とお》くにはなれよう！」

ハマモトさんが言《い》った。

ぼくらは草地《くさち》を歩《ある》いて、〈海《うみ》〉から遠《とお》くはなれた。ハマモトさんがするするとタコ糸《いと》をのばした。ぼくはペンギン号《ごう》を手《て》に握《にぎ》って、〈海《うみ》〉との距離《きょり》をはかった。およそ十五メートルぐらいだ。ウチダ君《くん》がタコ糸《いと》の端《はし》を持《も》ち、ハマモトさんが双眼鏡《そうがんきょう》をのぞいた。「アオヤマ君《くん》、いいよ」と彼女《かのじょ》は言《い》った。

ぼくは振《ふ》りかぶって、ペンギン号《ごう》を投《な》げた。

ペンギン号《ごう》は飛《と》んでいき、〈海《うみ》〉の北半球《きたはんきゅう》あたりに落《お》ちた。まるで吸《す》いこまれるみたいに、ペンギン号《ごう》がスルンと中《なか》に入《はい》ると、着地点《ちゃくちてん》を中心《ちゅうしん》にして、〈海《うみ》〉全体《ぜんたい》がゼリーみたいに振動《しんどう》した。青色《あおいろ》の〈海《うみ》〉の内部《ないぶ》で、ペンライトの光《ひかり》が動《うご》いているのが見《み》えた。「接触《せっしょく》に成功《せいこう》」とぼくは言《い》った。

「やっぱり水《みず》じゃないんだ」

ハマモトさんが言《い》った。「ゼリーみたい。ぷるんって」

そのとき、たるんでいたタコ糸《いと》が急《きゅう》にピンと張《は》った。ウチダ君《くん》が「わわっ」と言《い》って、あわててタコ糸《いと》を繰《く》り出《だ》しているけれども追《お》いつかない。彼《かれ》はタコ糸《いと》の端《はし》を持《も》ったまま、〈海《うみ》〉の方《ほう》へ引《ひ》き寄《よ》せられた。

「アオヤマ君《くん》！　ピンチ！　ぼくはピンチ！」

ぼくはすぐにウチダ君《くん》の体《からだ》にしがみついた。ハマモトさんも双眼鏡《そうがんきょう》を放《ほう》り出《だ》して、ウチダ君《くん》にしがみつく。みんなでいっしょうけんめい体重《たいじゅう》をかけたけれども、まるで小学校《しょうがっこう》のクラス全員《ぜんいん》と綱引《つなひ》きしているみたいである。三人《にん》とも草地《くさち》におしりをつけたまま、ずるずると引《ひ》きずられた。

「ひゃー！」

ウチダ君《くん》が叫《さけ》んで、タコ糸《いと》から手《て》をはなした。

あっという間《ま》に、タコ糸《いと》は〈海《うみ》〉のほうへ巻《ま》き取《と》られてしまった。〈海《うみ》〉の内部《ないぶ》でまたたいていたペンライトの光《ひかり》がぷつんと消《き》えた。

ハマモトさんが立《た》ち上《あ》がって双眼鏡《そうがんきょう》を覗《のぞ》いている。

「ペンギン号《ごう》の消失《しょうしつ》を観測《かんそく》」とぼくは言《い》った。

「〈海《うみ》〉が怒《おこ》ったのかな？」とウチダ君《くん》が首《くび》をすくめた。

ふいにハマモトさんが双眼鏡《そうがんきょう》から目《め》を離《はな》し、「プロミネンス！」とささやいた。

ぼくらが観測《かんそく》している前《まえ》で、その現象《げんしょう》は起《お》こった。〈海《うみ》〉の表面《ひょうめん》がはげしく動《うご》いていた。白《しろ》や紺色《こんいろ》のもやが流《なが》れている。地球《ちきゅう》で言《い》えば南半球《みなみはんきゅう》にあたるところに、青白《あおじろ》くて長《なが》い壁《かべ》のようなものがいくつも盛《も》り上《あ》がってきていた。地球上《ちきゅうじょう》で起《お》こる超巨大《ちょうきょだい》な津波《つなみ》を宇宙空間《うちゅうくうかん》から見《み》たら、そんなふうに見《み》えるかもしれない。それらはゆっくりと北《きた》に向《む》かって動《うご》き、その

過程《かてい》でたがいにつながり、もっと大《おお》きな一直線《いっちょくせん》の津波《つなみ》をかたち作《づく》っていく。もしそれが津波《つなみ》だとしたら、とほうもなく大《おお》きな津波《つなみ》だ。日本《にほん》も中国《ちゅうごく》もロシアも、ぜんぶ飲《の》みこまれてしまうだろう。

ぼくらは用心《ようじん》しながら〈海《うみ》〉に近《ちか》づいてみた。表面《ひょうめん》でふしぎな現象《げんしょう》が起《お》こっているほかは、何《なに》もかもいつもと同《おな》じだった。太陽《たいよう》の光《ひかり》は〈海《うみ》〉に反射《はんしゃ》して、まるで水辺《みずべ》にいるみたいにぼくたちを照《て》らした。

「ゆっくり動《うご》いているね」

「これがプロミネンス？」とウチダ君《くん》が聞《き》くと、ハマモトさんは首《くび》を振《ふ》った。

「まだ。これは前段階《ぜんだんかい》の現象《げんしょう》」

〈海《うみ》〉の表面《ひょうめん》に発生《はっせい》した津波《つなみ》のような構造《こうぞう》は北半球《きたはんきゅう》まで来《く》ると、たがいにつながって、一本《いっぽん》の完全《かんぜん》な直線《ちょくせん》になる。やがてそれは何《なに》かをつつみこもうとするように湾曲《わんきょく》し始《はじ》めた。最後《さいご》には津波《つなみ》の端《はし》と端《はし》が融合《ゆうごう》して、大《おお》きな輪《わ》になった。津波《つなみ》はさらに盛《も》り上《あ》がってきて、円環《えんかん》が煙突《えんとつ》のように突《つ》きだしてくる。円環《えんかん》の外側《そとがわ》には、クリームを泡立《あわだ》てたみたいに、白《しろ》くてふわふわしたものがたくさん発生《はっせい》している。円環《えんかん》の内側《うちがわ》は、外《そと》とはまったくちがって、海《うみ》の底《そこ》が深《ふか》くえぐれていくように紺色《こんいろ》が濃《こ》くなっていく。それらはゆっくりとした変化《へんか》だけれど、まるで計算《けいさん》しているかのように正確《せいかく》で、いくら眺《なが》めていても飽《あ》きなかった。

ハマモトさんが急《きゅう》にぼくとウチダ君《くん》の手《て》をつかんだ。

「さあ、そろそろ離《はな》れておかないと！」

「どうして？」

「プロミネンスが始《はじ》まるから！」

ぼくらはハマモトさんに言《い》われるままに走《はし》って逃《に》げた。

観測《かんそく》ステーションまで戻《もど》って眺《なが》めていると、〈海《うみ》〉の表面《ひょうめん》に生《う》まれた円環《えんかん》は空《そら》に向《む》かってのびて、青《あお》みをおびた透明《とうめい》のチューブみたいに見《み》えていた。しばらくすると、〈海《うみ》〉全体《ぜんたい》が脈打《みゃくう》つように見《み》えた。草原全体《そうげんぜんたい》にその響《ひび》きが伝《つた》わった。のびたチューブの先端《せんたん》がラッパのようなかたちにふくらんだり縮《ちぢ》んだりして、小《ちい》さな球体《きゅうたい》が撃《う》ち出《だ》された。その球体《きゅうたい》は弧《こ》を描《えが》いて草原上空《そうげんじょうくう》を横切《よこぎ》り、森《もり》の中《なか》に飛《と》びこんでいった。

それがハマモトさんの言《い》うプロミネンスという現象《げんしょう》だった。そうやって〈海《うみ》〉はときどき子《こ》どもを生《う》む。

ハマモトさんはジャバウォックの森《もり》の中《なか》をその小《ちい》さな〈海《うみ》〉が漂《ただよ》っているのを見《み》たこともあるそうだ。

生《なま》ぬるい風《かぜ》が吹《ふ》いて、ジャバウォックの森《もり》がざわめいている。大気《たいき》には雨《あめ》の匂《にお》いがただよっていたし、ぼくの髪《かみ》もくるくるしている。空《そら》にはたいへん大《おお》きな積乱雲《せきらんうん》がそびえていて、雲《くも》の下《した》の方《ほう》は墨汁《ぼくじゅう》をまぜたような色《いろ》になっている。食《た》べたらお腹《なか》をこわしそうである。ふいに稲妻《いなずま》が雲《くも》の中《なか》を走《はし》り、灰色《はいいろ》の雲《くも》を内側《うちがわ》から一《いっ》瞬《しゅん》だけ明《あか》るくした。青《あお》い火花《ひばな》のようなものが空《そら》にはじけ飛《と》ぶのを見《み》た。しばらくすると、ゴロゴロという音《おと》が響《ひび》いてきた。
お腹《なか》がきゅうに重《おも》くなり、ぼくは落《お》ち着《つ》かなくなった。
「雷《かみなり》だ！」
「あそこの雲《くも》がピカピカしてるよ」とウチダ君《くん》が積乱雲《せきらんうん》を指《ゆび》さした。まるで巨人《きょじん》が、ぼくらのほうへかがみこんでこようとしているみたいだ。

「アオヤマ君《くん》、雷《かみなり》がこわいの？」とハマモトさんが言《い》った。

「こわいわけではないんだよ。家《いえ》にいるときに雷《かみなり》が鳴《な》っても、ぼくは比較的《ひかくてき》落《お》ち着《つ》いている。しかしここは草原《そうげん》だし、まわりに何《なに》もなくて、落雷《らくらい》の可能性《かのうせい》が高《たか》いから」

また雷鳴《らいめい》が響《ひび》いた。ぼくは首《くび》をすくめた。

「あの雲《くも》はこっちに来《く》るのかな」

「雷《かみなり》が鳴《な》りだしたら、高《たか》い木《き》、広《ひろ》い木《き》、線路《せんろ》、車《くるま》や鉄塔《てっとう》の近《ちか》くにいてはダメだ。こんな広々《ひろびろ》としたところにいてはいけない。金属製《きんぞくせい》のものを身《み》につけていてもいけない」

ぼくはパラソルを折《お》りたたんで、ジャバウォックの森《もり》に向《む》かって走《はし》った。森《もり》の中《なか》にかけこんでホッとしていたら、ウチダ君《くん》が「ハマモトさんは？」と言《い》った。

森《もり》の中《なか》から草原《そうげん》を見《み》ると、ハマモトさんはまだ草原《そうげん》に立《た》っている。彼女《かのじょ》はたいへん理論家《りろんか》であるのに雷《かみなり》の危険性《きけんせい》を認識《にんしき》していないのだ。「ハマモトさんあぶない！」とぼくは叫《さけ》んだ。「早《はや》く早《はや》く！」

強《つよ》い風《かぜ》が草原《そうげん》の草《くさ》をゆらして波《なみ》みたいに見《み》せていた。ハマモトさんは髪《かみ》をおさえながら、草原《そうげん》の向《む》こうを見《み》つめている。墨汁《ぼくじゅう》をまぜたソフトクリームのような入道雲《にゅうどうぐも》がぐんぐん近《ちか》づいている。

「ペンギンがいる！」と彼女《かのじょ》は叫《さけ》んだ。

〈海《うみ》〉のそばに、いつの間《ま》にかペンギンたちが姿《すがた》を現《あらわ》していた。クチバシを灰色《はいいろ》の空《そら》に向《む》けて、規則正《きそくただ》しくゆらしている。大気《たいき》に充満《じゅうまん》している電気《でんき》から、ペンギン・エネルギーを補充《ほじゅう》しているのかもしれない。彼《かれ》らは一定《いってい》の距離《きょり》をとって〈海《うみ》〉を取《と》り巻《ま》くようにしていた。宇宙船《うちゅうせん》の母艦《ぼかん》と、宇宙飛行士《うちゅうひこうし》たちのようでもある。そのときになってようやく、ぼくは〈海《うみ》〉とペンギンの関係《かんけい》についてなぜ考《かんが》えてみなかったのだろうと思《おも》った。

〈海《うみ》〉はペンギンたちに対《たい》してふしぎな動《うご》きをした。表面《ひょうめん》にテトラポッドのようなかたちの構造物《こうぞうぶつ》ができて、それがペンギンたちに向《む》かってくるくると回《まわ》る。ペンギンたちがよちよちと歩《ある》くと、そのあとを追《お》うようにして、そのふしぎな構造物《こうぞうぶつ》も〈海《うみ》〉の表面《ひょうめん》を移動《いどう》していく。

「雷《かみなり》が落《お》ちるよー！」

ハマモトさんがペンギンたちに向《む》かって叫《さけ》んだ。

「ハマモトさん、早《はや》く森《もり》の中《なか》に入《はい》ったほうがいいよ！」と叫《さけ》びながら、ふいにぼくは視界《しかい》の隅《すみ》で何《なに》かが動《うご》いたことに気《き》づいた。ジャバウォックの森《もり》から流《なが》れ出《だ》して、草原《そうげん》を蛇行《だこう》していく川《かわ》だ。川《かわ》の表面《ひょうめん》を銀色《ぎんいろ》をしたものが水《みず》しぶきをあげて進《すす》んでいく。

ハマモトさんも川《かわ》のほうを見《み》ている。

やがてその川《かわ》を進《すす》んでいく銀色《ぎんいろ》のものは、〈海《うみ》〉のそばで大《おお》きく水面《すいめん》に跳《は》ね上《あ》がるようにした。それはたいへん小《ちい》さくて、犬《いぬ》ぐらいの大《おお》きさしかなかったけれども、シロナガスクジラだということがぼくには分《わ》かった。そうしてシロナガスクジラが水《みず》しぶきをたてると、今《いま》まで〈海《うみ》〉をかこんでよちよち歩《ある》いていたペンギンたちが、キウキウとへんてこな音《おと》を立《た》てながら、あわててちりぢりになって逃《に》げだした。

ペンギンたちを追《お》い散《ち》らしたあと、そのミニシロナガスクジラは小川《おがわ》の底《そこ》にもぐった。

「ハマモトさん！　雷《かみなり》が落《お》ちるってば！」

ぼくが木《き》につかまって叫《さけ》ぶと、彼女《かのじょ》はようやく身《み》をひるがえして、森《もり》のほうへ駆《か》けてきた。彼女《かのじょ》はハアハア息《いき》を切《き》らして、ぼくに飛《と》びつくようにした。そのとたん、大《おお》きな雷鳴《らいめい》が響《ひび》いて、ぼくは首《くび》をすくめた。ハマモトさんは気《き》にしないで笑《わら》っている。「アオヤマ君《くん》、あれ見《み》た？」と彼女《かのじょ》は言《い》った。「川《かわ》でへんな魚《さかな》がはねた」

「見《み》たよ。たいへん大《おお》きな魚《さかな》だった」

「なんだかへんだったわ」

ハマモトさんはそう言《い》って、森《もり》から草原《そうげん》をのぞいていた。

ぼくはノートに次《つぎ》の文章《ぶんしょう》を加《くわ》えることになるだろう。
□お姉《ねえ》さんが作《つく》りだしたシロナガスクジラみたいな生《い》き物《もの》をペンギンたちはこわがる。
□ペンギンたちと〈海《うみ》〉には、何《なに》か重要《じゅうよう》な関係《かんけい》がある。

エピソード3

森《もり》の奥《おく》

ぼくはノートにさまざまな計画《けいかく》を書《か》き、それらをちゃくちゃくと実行《じっこう》する。

ウチダ君《くん》と探検《たんけん》する計画《けいかく》。図書館《としょかん》で本《ほん》を読《よ》む計画《けいかく》。レゴブロックで宇宙《うちゅう》ステーションを建造《けんぞう》する計画《けいかく》。チエスの練習《れんしゅう》をする計画《けいかく》。お姉《ねえ》さんと二人《ふたり》で海辺《うみべ》の街《まち》に出《で》かける計画《けいかく》。

ぼくはノートの方眼《ほうがん》を利用《りよう》して、きれいな時間割《じかんわり》を書《か》くことができる。大《おお》きな計画《けいかく》を小《ちい》さな計画《けいかく》に分《わ》ける。大《おお》きな時間割《じかんわり》を小《ちい》さな時間割《じかんわり》に分《わ》ける。そうすると時間《じかん》はレゴブロックみたいである。すべてがきれいに組《く》み合《あ》わさると、ぼくが立派《りっぱ》な大人《おとな》になるための計画《けいかく》になる。

ぼくは学校《がっこう》がきらいではないけれど、学校《がっこう》の時間割《じかんわり》は自分《じぶん》で作《つく》ることができない。もし自由《じゆう》に学校《がっこう》の時間《じかん》

割《わり》を作《つく》ることができたら、たいへん楽《たの》しいだろう。

夏休《なつやす》みにそなえて、ぼくはノートにいくつもの計画《けいかく》を書《か》く。時間《じかん》を分割《ぶんかつ》して、いろいろなブロックを作《つく》り、それらを組《く》み合《あ》わせる。できるだけたくさんの楽《たの》しいことが実行《じっこう》できるように。

終業式《しゅうぎょうしき》の日《ひ》のこと。体育館《たいいくかん》で校長先生《こうちょうせんせい》の話《はなし》を聞《き》いたあと、大掃除《おおそうじ》があった。ぼくは窓《まど》ガラスを透《す》きとおるぐらいきれいに丁寧《ていねい》にふく。ぼくが熱心《ねっしん》にはたらいていると、ハマモトさんがホウキをもって歩《ある》いてきた。

「アオヤマ君《くん》、明日《あした》は夏《なつ》まつり行《い》く？」と彼女《かのじょ》は言《い》った。

「おそらく行《い》く可能性《かのうせい》が高《たか》いね」とぼくは答《こた》えた。

そのとき、スズキ君《くん》がぞうきんをふりまわしながら、「ラブラブ！」と叫《さけ》んだ。スズキ君帝国《くんていこく》の皇帝《こうてい》はつねに油断《ゆだん》なく見張《みは》っているのだ。

ぼくは思《おも》わずスズキ君《くん》に抗議《こうぎ》しそうになったけれど、それよりも早《はや》くハマモトさんがふりかえった。「そうよラブラブよ！　何《なに》か文句《もんく》あるの!?」と彼女《かのじょ》は叫《さけ》んだ。クラスがしんとしてしまうほどだった。そんなふうに言《い》い返《かえ》す子《こ》はこれまでいなかったのでスズキ君《くん》は目《め》を丸《まる》くするばかりだ。彼《かれ》はけっきょく何《なに》も言《い》えなかった。おしまいに「ラブラブなのかよ……」とつぶやいて教室《きょうしつ》の外《そと》へ出《で》ていった。

ハマモトさんはぼくのほうを向《む》いて、「今《いま》のはウソだよ」とささやいた。「あんまりスズキ君《くん》がうるさいから」

ぼくは感心《かんしん》した。

学校《がっこう》からの帰《かえ》り道《みち》、ウチダ君《くん》が「本当《ほんとう》にラブラブなの？」と言《い》った。

「ちがうよ」

「じゃあなんでハマモトさんはあんなことを言《い》ったの？」

「ぼくらがラブラブでないと主張《しゅちょう》すると、スズキ君《くん》がもっとからかうからね。だから彼女《かのじょ》はラブラブであると主張《しゅちょう》することで、スズキ君《くん》が何《なに》も言《い》えないようにしてしまったんだ。あれは彼女《かのじょ》の作戦《さくせん》なんだ」

「なーんだ。ぼくはアオヤマ君《くん》たちが本当《ほんとう》にラブラブなのかと思《おも》ってびっくりした」

「ラブラブではないんだ」

ウチダ君《くん》はしばらく考《かんが》えてから言《い》った。「でもぼくは思《おも》うんだけれども、そういうウソをつくと、スズキ君《くん》はあとでもっと怒《おこ》るんじゃないかなあ」

「どうして？」

「スズキ君《くん》はハマモトさんが好《す》きなんだから」

ぼくはびっくりして立《た》ち止《ど》まった。「それはおかしい。スズキ君《くん》はあんなにハマモトさんにいじわるな発《はっ》言《げん》をしているじゃないか。本当《ほんとう》に彼女《かのじょ》が好《す》きなのだったら、彼女《かのじょ》がいやがることをするのは合理的《ごうりてき》じゃないよ」

「分《わ》からないけど。でもスズキ君《くん》はハマモトさんが好《す》きなんだよ」

「なんでウチダ君《くん》はそんなこと知《し》ってるの？」

「ぼくは観察《かんさつ》した。でもみんなも知《し》ってると思《おも》う。スズキ君《くん》がこわいから言《い》わないだけ」

ぼくはウチダ君《くん》の観察眼《かんさつがん》に感心《かんしん》した。そうすると、なぜかふいにうれしいようなくすぐったいような気持《きも》ちになった。ぼくはもう少《すこ》しでスズキ君《くん》と友《とも》だちになれそうにさえ思《おも》った。

「そうなのか。スズキ君《くん》はハマモトさんが好《す》きだったのか。ぼくはちっとも知《し》らなかった。そういう気持《きも》ちならば、ぼくにちゃんと教《おし》えてくれたらいいのにな」

「そんなこと、スズキ君言《くんい》わないよ」

「なぜ？」

「恥《は》ずかしいから」

「スズキ君《くん》がハマモトさんを好《す》きであることがなぜ恥《は》ずかしいんだろう？　ほかの人《ひと》を好《す》きになることはふつうのことじゃないか。ぼくのお父《とう》さんもぼくのお母《かあ》さんが好《す》きになったから結婚《けっこん》したんだよ。ぼくのお父《とう》さんがお母《かあ》さんを好《す》きにならなければ、ぼくは存在《そんざい》しなかった」

「それはそうなんだけど」

ウチダ君《くん》は笑《わら》った。「アオヤマ君《くん》は分《わ》かってないなあ」

「ぼくは分《わ》かってないのだろうか」

歯科医院《しかいいん》の手前《てまえ》まで来《く》ると、となりの空《あ》き地《ち》の草《くさ》が熱《あつ》い風《かぜ》にゆれていた。青《あお》い空《そら》には、プールサイドで食《た》べるソフトクリームのようにおいしそうな入道雲《にゅうどうぐも》があった。街路樹《がいろじゅ》にとまったセミがにぎやかに鳴《な》いている。ぼくらが歩《ある》いてきたアスファルト道路《どうろ》の遠《とお》くのほうは、お湯《ゆ》につかったみたいにゆれている。

ウチダ君《くん》と別《わか》れるとき、本当《ほんとう》に明日《あした》から夏休《なつやす》みが始《はじ》まるのだというふうにぼくは感《かん》じた。「ウチダ君《くん》、明日《あした》からぼくらは夏休《なつやす》みなんだ。君《きみ》はこのステキな事実《じじつ》についてどう思《おも》う？」

「ぼくはうれしい」

「ぼくもうれしい。ぼくらはいろいろなことをするだろうな！　計画《けいかく》がたくさんあるよ」

「そうだね」

「ウチダ君《くん》も夏《なつ》まつりに行《い》く？」

「行《い》く」

「ぼくも行《い》く。ハマモトさんも来《く》るそうだよ。夏《なつ》まつりに行《い》くと、本当《ほんとう》に夏休《なつやす》みが来《き》たという気持《きも》ちになるね。しみじみ感《かん》じる、というのはおそらくこういうことを言《い》うのだろうね」

ぼくらの街《まち》の夏《なつ》まつりは自治会《じちかい》ごとに開《ひら》かれる。公園《こうえん》の広場《ひろば》に赤《あか》いちょうちんをぶらさげて、ご近所《きんじょ》の人《ひと》たちがテントをはって夜店《よみせ》を出《だ》すのだ。ぼくらが引《ひ》っ越《こ》してきたばかりの頃《ころ》は、夏《なつ》まつりはちっぽけで、あまり夏《なつ》まつりらしくなかった。でも、住宅地《じゅうたくち》の空《あ》き地《ち》がうまるにつれて参加者《さんかしゃ》も増《ふ》えてにぎやかになった。

翌日《よくじつ》の土曜日《どようび》は、朝《あさ》のまだ夏《なつ》まつりの始《はじ》まらないうちから、妹《いもうと》がゆかたを着《き》ると言《い》って母《はは》を困《こま》らせていた。母《はは》が「もう少《すこ》し待《ま》ちなさい」と言《い》うと、妹《いもうと》はおモチのようにふくれた。「ぶう」と言《い》いさえした。

「わがままッ子《こ》だなあ」

「お兄《にい》ちゃんにはカンケイないもん」

最近《さいきん》、彼女《かのじょ》は「関係《かんけい》」という言葉《ことば》をおぼえたので、なんでも「カンケイない」「カンケイない」と言《い》っていばっている。ぼくは本当《ほんとう》にあきれるしかないのである。

昼《ひる》すぎになると、公園《こうえん》のほうからにぎやかな音《おと》が聞《き》こえてきて、ぼくは父《ちち》といっしょに見物《けんぶつ》に出《で》かけた。サッカー広場《ひろば》に盆《ぼん》おどり用《よう》のやぐらが組《く》み立《た》てられていて、電線《でんせん》からはちょうちんがぶらさがっていた。父《ちち》は町内会長《ちょうないかいちょう》のヨシダさんや「海辺《うみべ》のカフェ」のヤマグチさんと相談《そうだん》をしている。ヤマグチさんは店《みせ》を閉《し》めて、朝《あさ》から夏《なつ》まつり準備《じゅんび》のお手伝《てつだ》いをしているそうだ。父《ちち》はテントを立《た》てる手伝《てつだ》いを始《はじ》めたので、ぼくはいったん家《いえ》にもどって、研究《けんきゅう》の整理《せいり》をした。そして夜《よる》に眠《ねむ》くならないように昼寝《ひるね》をした。

日《ひ》がしずんでから、ぼくは母《はは》や妹《いもうと》と夏《なつ》まつりに出《で》かけた。

住宅地《じゅうたくち》を歩《ある》いていくと、あちこちで子《こ》どもの声《こえ》がして、同《おな》じ方向《ほうこう》へ歩《ある》いていく人《ひと》たちの姿《すがた》が見《み》える。夏《なつ》まつりの夜《よる》だけは、夜《よる》おそくまで人《ひと》の声《こえ》がする。妹《いもうと》はようやくゆかたを着《き》せてもらってごまんえつだった。ゆかたを着《き》て歩《ある》いていく妹《いもうと》は、ちんちくりんの金魚《きんぎょ》のようだ。途中《とちゅう》で同級生《どうきゅうせい》たちと会《あ》って、きゃっきゃっと笑《わら》っていた。

夜《よる》になった公園《こうえん》は、別世界《べっせかい》のようになる。六角形《ろっかくけい》の公園《こうえん》には、父《ちち》たちが焼《や》きそばを焼《や》いている夜店《よみせ》の電気《でんき》や、やぐらのまわりにぶらさがっているちょうちんの明《あ》かりがいっぱい輝《かがや》いている。夜《よる》の底《そこ》に光《ひかり》がたまっているみたいだ。

ぼくは母《はは》たちといっしょに夜店《よみせ》をまわった。父《ちち》が焼《や》きそばを作《つく》っているのも見物《けんぶつ》した。金魚《きんぎょ》すくいもした。

妹《いもうと》は近所《きんじょ》の人《ひと》たちに教《おそ》わって盆《ぼん》おどりをおどり始《はじ》めた。

小学校《しょうがっこう》のクラスの女《おんな》の子《こ》たちが通《とお》りかかった。みんなゆかたを着《き》ていて、中《なか》にはハマモトさんもいた。彼《かの》女《じょ》は「見《み》て、ゆかたよ」と言《い》ってひらひらさせた。「にあう？」

「ちんちくりんではないね」とぼくは意見《いけん》を述《の》べたけれども、ハマモトさんは不満《ふまん》そうだった。母《はは》が「にあってるわねえ」と言《い》うと、彼女《かのじょ》はうれしそうに笑《わら》った。そうして、ほかの子《こ》たちといっしょにおどりに行《い》った。

「あの子《こ》がハマモトさん？」

「そうなんだ。相対性理論《そうたいせいりろん》を知《し》っているんだよ」

「かわいい子《こ》ねえ。お人形《にんぎょう》さんみたい」

夏《なつ》まつりの夜《よる》はいろんな人《ひと》と出会《であ》う。

ぼくと母《はは》が盆《ぼん》おどりを眺《なが》めていると、人混《ひとご》みの中《なか》からお姉《ねえ》さんが出《で》てきた。彼女《かのじょ》は歯科医院《しかいいん》の先生《せんせい》や受付《うけつけ》のお姉《ねえ》さんといっしょだった。母《はは》が「こんばんは」と言《い》って、お姉《ねえ》さんたちも「こんばんは」と頭《あたま》を下《さ》げた。

彼女《かのじょ》はさっきまで福引《ふくびき》のテントで手伝《てつだ》いをしていたけれど、交代《こうたい》して遊《あそ》びに出《で》てきたと言《い》った。

「アオヤマ君《くん》も夏《なつ》まつりなんかに興味《きょうみ》あるのね」とお姉《ねえ》さんがくすくす笑《わら》った。「それとも夏《なつ》まつりの研《けん》究《きゅう》？」

「今夜《こんや》は休暇《きゅうか》です」

「そうなの。たまにはおやすみもないとね。今日《きょう》は眠《ねむ》くならない？」

「今日《きょう》は大丈夫《だいじょうぶ》です」

ぼくらはしばらくいっしょに、妹《いもうと》が盆《ぼん》おどりをおどっているのを眺《なが》めた。

「君《きみ》はおどらないの、少年《しょうねん》」とお姉《ねえ》さんが言《い》った。

「ぼくはおどらないのです」

「なぜ？」

「ぼくはおどるとロボットみたいになる。きっと理論的《りろんてき》に考《かんが》えすぎるんだと思《おも》います」

歯科医院《しかいいん》の先生《せんせい》が「なにしろ科学《かがく》の子《こ》だからなあ」とまじめな顔《かお》をして言《い》ったので、お姉《ねえ》さんたちはみんな笑《わら》った。そして「それじゃあね」と言《い》って歩《ある》いていった。

やがてぼくはウチダ君《くん》を見《み》つけた。彼《かれ》はお父《とう》さんとお母《かあ》さんといっしょに歩《ある》いていた。ぼくは走《はし》っていって、「こんばんは」とあいさつをした。ウチダ君《くん》のお父《とう》さんはやせていて、お母《かあ》さんは太《ふと》っている。

ぼくとウチダ君《くん》は二人《ふたり》で夏《なつ》まつりをまわることにした。

ぼくらは公園《こうえん》の隅《すみ》の赤《あか》いちょうちんが灯《とも》っているところでかき氷《ごおり》を食《た》べた。かき氷《ごおり》は南極《なんきょく》のように冷《つめ》たくて、ぼくの脳《のう》を冷却《れいきゃく》した。

ウチダ君《くん》はときどき用心深《ようじんぶか》くあたりを見《み》まわしていた。

「スズキ君《くん》も来《く》るかなあ」

「きっと来《く》ると思《おも》うよ」

「あんまり会《あ》いたくないねえ」

「ぼくもスズキ君《くん》と会《あ》ってけんかをするのはいやだ。でも彼《かれ》にはぼくらの自由《じゆう》を妨害《ぼうがい》する権利《けんり》はないんだ。ぼくらは自由《じゆう》に夏《なつ》まつりに行《い》くし、探検《たんけん》にも行《い》く」

ハマモトさんや妹《いもうと》たちはいつまでも盆《ぼん》おどりをしている。みんなおどるのが好《す》きなのだ。ハマモトさんがおどりながらぼくらに手《て》をふった。ぼくも手《て》をふった。

「アーオーヤーマー」

背後《はいご》から声《こえ》が聞《き》こえた。

そのとたん、だれかがぼくのズボンをつかんでひっぱりあげた。下半身《かはんしん》がたいへんきゅうくつになって、ぼくはバレリーナみたいにつま先《さき》で立《た》たなくてはならなかった。いつの間《ま》にか、スズキ君《くん》の配下《はいか》のコバヤシ君《くん》とナガサキ君《くん》がぼくのズボンをしっかりつかんでいたのだ。

スズキ君《くん》がぼくの前《まえ》に立《た》った。大《おお》きな顔《かお》がちょうちんの明《あ》かりで真《ま》っ赤《か》になっている。武器《ぶき》みたいにかまえているのは、よだれでベトベトになった綿菓子《わたがし》だ。ちょうちんの明《あ》かりできらきら光《ひか》っている。

「動《うご》くな、ウチダ」

スズキ君《くん》は綿菓子《わたがし》をウチダ君《くん》に突《つ》きつけた。そんなことを言《い》わなくても、彼《かれ》はびっくりして動《うご》けなくなっていた。ぼくもつま先立《さきだ》ちになったまま動《うご》けない。スズキ君《くん》は綿菓子《わたがし》をかじって、「コノヤロー」とうめいた。

ぼくがかき氷《ごおり》を食《た》べると、「かき氷《ごおり》食《た》べんな！」とスズキ君《くん》は怒《おこ》った。

「なぜだい？　ぼくにはかき氷《ごおり》を自由《じゆう》に食《た》べる権利《けんり》がある」

「むかつく！　わけわかんないことを言《い》うな！」

「ぼくは君《きみ》が怒《おこ》っている理由《りゆう》が分《わ》かったよ。スズキ君《くん》」

「なんだよ？」

「ハマモトさんのことが好《す》きなら、そう言《い》ってくれたらよかったんだ。ぼくはそういうことが分《わ》からなかった。それは謝《あやま》るつもりだ。ぼくとハマモトさんはラブラブではない。だから君《きみ》がハマモトさんのことが好《す》きであるならば、ハマモトさんに早《はや》く『ぼくは君《きみ》が好《す》きなのだ』と伝《つた》えたほうがいいと思《おも》うな。いじわるなんてもうやめなよ」

スズキ君《くん》は「ちちちちち」と言《い》った。「ちがうよ。なんだよそれ。勝手《かって》に決《き》めるな！」

「人《ひと》を好《す》きになることは恥《は》ずかしいことではないとぼくは思《おも》うのだ」

「ちがう！」

スズキ君《くん》は真《ま》っ赤《か》になった。なぜそんなに怒《おこ》るのか分《わ》からない。彼《かれ》はぼくのかき氷《ごおり》につばをはいた。かき氷《ごおり》がだいなしになってしまったのは残念《ざんねん》である。もうそのかき氷《ごおり》を食《た》べることはできないから、ぼくはコバヤシ君《くん》のTシャツをつかんで、かき氷《ごおり》をえりのところから流《なが》しこんだ。

コバヤシ君《くん》は「ぎゃあ！」と悲鳴《ひめい》を上《あ》げた。

コバヤシ君《くん》をやっつけることには成功《せいこう》したけれども、ナガサキ君《くん》が、おすもうさんがまわしをつかむみたいに、ぼくのズボンを両手《りょうて》でつかんできた。ナガサキ君《くん》は力《ちから》が強《つよ》いので、ぼくは逃《に》げることができなかった。

そうしているうちにスズキ君《くん》がよだれでべとべとになった綿菓子《わたがし》をぼくの髪《かみ》につっこんだ。

「やめろスズキ君《くん》。髪《かみ》がくるくるになる！」

スズキ君《くん》は「コノヤロー」と言《い》って綿菓子《わたがし》をぐしゃぐしゃ動《うご》かした。

「スズキ君《くん》、やめて！」とウチダ君《くん》が叫《さけ》んだ。

ぼくらがワアワア言《い》っていると、「こら諸君《しょくん》！」というお姉《ねえ》さんの声《こえ》がした。「なにしてるの？」

スズキ君《くん》たちはきゅうにだまってしまった。彼《かれ》らも歯科医院《しかいいん》のお姉《ねえ》さんには弱《よわ》いのだ。

「少年《しょうねん》、なぜ頭《あたま》に棒《ぼう》がささってる？」とお姉《ねえ》さんはぼくの髪《かみ》を見《み》て言《い》った。

「これは綿菓子《わたがし》です」

「綿菓子《わたがし》は食《た》べるものでしょうが。食《た》べるもので遊《あそ》んではいけません」

「スズキ君《くん》がぐるぐるしたのです」

「あ、おまえ。言《い》いつけるのか」とスズキ君《くん》が言《い》った。

「言《い》いつけるとも！」とぼくは言《い》う。

お姉《ねえ》さんが目《め》をカッと開《ひら》いたおそろしい顔《かお》をしてスズキ君《くん》をにらんだ。「あんまりそんなことばかりしていると、おまえの歯《は》をぜんぶ抜《ぬ》いてしまうぞ。麻酔《ますい》なしで」

「たいへん痛《いた》いし、血《ち》が出《で》るよ」とぼくは言《い》った。

スズキ君《くん》が青《あお》くなった。

お姉《ねえ》さんは腰《こし》に手《て》を当《あ》てて立《た》ち、「さあさあ」とスズキ君《くん》に言《い》った。「もちろんスズキ君《くん》は良《よ》い子《こ》だから、アオヤマ君《くん》に謝《あやま》るんでしょ？」

スズキ君《くん》はお姉《ねえ》さんを見《み》て、ぼくを見《み》て、それからお姉《ねえ》さんを見《み》た。そして唇《くちびる》をへの字《じ》にした。断固《だんこ》としてゆずらない感《かん》じだ。「なんでですか？」と彼《かれ》は言《い》った。「なんで俺《おれ》が謝《あやま》る必要《ひつよう》があるの？」

「君《きみ》という少年《しょうねん》も強気《つよき》だなあ。歯科医院《しかいいん》では赤《あか》ちゃんみたいに泣《な》いてたのに」

お姉《ねえ》さんが笑《わら》うと、スズキ君《くん》は「泣《な》いてない！」と叫《さけ》んだ。「ウソつけ！」

ぼくはたずねた。「なぜスズキ君《くん》はそんなにぼくのことがきらいなんだい？」

「きらいだからきらいなんだよ」

「生意気《なまいき》だもんねえ、こいつ」

お姉《ねえ》さんがきゅうにスズキ君《くん》の味方《みかた》をした。彼《かれ》はうれしそうな顔《かお》をした。「そうだよ。こいつ生意気《なまいき》なんだよ。へんなむずかしいこと言《い》うし、ウソつくし」

「あれ、スズキ君《くん》。背中《せなか》に虫《むし》がくっついてるよ」

お姉《ねえ》さんはそんなことを言《い》って、スズキ君《くん》の後《うし》ろにまわった。そして彼《かれ》を羽交《はが》い締《じ》めにした。「なんだよ！　なんだよ！」とスズキ君《くん》が叫《さけ》んだ。「大人《おとな》のくせにウソかよ！」

「大人《おとな》だからウソをつくのだ」とお姉《ねえ》さんは言《い》った。「さあ少年《しょうねん》！　目《め》には目《め》を！　べたべたにはべたべたを！」

ぼくはスズキ君《くん》の顔《かお》に、自分《じぶん》の頭《あたま》をこすりつけた。彼《かれ》は「やめろお！」と叫《さけ》んで暴《あば》れたけれども、お姉《ねえ》さんがおさえているので動《うご》けない。スズキ君《くん》はちょっと太《ふと》っているので、頬《ほお》はぷよぷよしていた。ぼくの髪《かみ》は綿菓子《わたがし》とスズキ君《くん》のよだれでべたべたなので、必然的《ひつぜんてき》にスズキ君《くん》の頬《ほお》も綿菓子《わたがし》とスズキ君《くん》のよだれでべたべたになって、つやつや光《ひか》るのだ。

やがてお姉《ねえ》さんはスズキ君《くん》を放《はな》した。「スズキ君《くん》もべたべたになったことだし、今日《きょう》はここまで！」

「ずるいぞ、もう！」

スズキ君《くん》が頬《ほお》をこすりながら言《い》った。「アオヤマばっかりひいきすんなよ、大人《おとな》のくせに！」

「大人《おとな》はひいきしないとだれが決《き》めた？」

「うわ、ひでえ！」

お姉《ねえ》さんが鼻《はな》で笑《わら》って胸《むね》をはった。おっぱいがゆれた。「くやしかったら私《わたし》をやっつけてごらん。子《こ》どものくせに！」

スズキ君《くん》たちが逃《に》げていったあと、ぼくとウチダ君《くん》はお姉《ねえ》さんといっしょに公園《こうえん》の隅《すみ》の水道《すいどう》のところまで行《い》った。ぼくは髪《かみ》をぬらしてみたけれど、ちょっと洗《あら》ったぐらいでは髪《かみ》はもとにもどりそうになかった。スズキ君《くん》のよだれと綿菓子《わたがし》で固《かた》まったぼくの髪《かみ》は、★1形状記憶合金《けいじょうきおくごうきん》みたいだった。

「ちょっと乱暴《らんぼう》だったかな」とお姉《ねえ》さんは言《い》った。

「お姉《ねえ》さんはおとなげないと思《おも》います」

「君《きみ》が言《い》うな」

「でも助《たす》かりました。ありがとう」とウチダ君《くん》が言《い》った。「ぼく、なにもできなかったし」

「ホントは子《こ》どものけんかには手《て》を出《だ》さない方針《ほうしん》なんだけど、もういいや」と言《い》ったあと、お姉《ねえ》さんはぼくの頭《あたま》を指《ゆび》さした。「少年《しょうねん》、頭《あたま》がカチンコチンだぜ」

「平気《へいき》です」

「スズキ君《くん》はなぜ君《きみ》に意地悪《いじわる》をするのか、分《わ》かってる？」

「ぼくがあんまりかしこいからですか？」

お姉《ねえ》さんはウチダ君《くん》に笑《わら》いかけた。「ウチダ君《くん》は分《わ》かる？」

彼《かれ》はうなずいた。「ぼくは分《わ》かる……と思《おも》うんだけどなあ」

「さっきスズキ君《くん》がハマモトさんの盆《ぼん》おどりを邪魔《じゃま》してたよ。彼女《かのじょ》プンスカ怒《おこ》ってたね」

★1 ある一定《いってい》の温度《おんど》になると元《もと》のかたちにもどる性質《せいしつ》を持《も》つように、人工的《じんこうてき》に作《つく》られた金属《きんぞく》のこと。

「スズキ君《くん》はハマモトさんに意地悪《いじわる》をするのです」

「スズキ君《くん》はハマモトさんが好《す》きなんでしょうよ」

「どうしてお姉《ねえ》さんもそんなことが分《わ》かるんですか？」

ぼくはまたびっくりさせられた。「ぼくはウチダ君《くん》に教《おし》えてもらうまで分《わ》からなかった」

「意地悪《いじわる》をするのは、ハマモトさんが気《き》になるからでしょう。少年《しょうねん》がいつもハマモトさんとぺちゃくちゃしゃべってるのを見《み》たら腹立《はらた》つだろ、それは」

「うーん」

「君《きみ》にはまだまだ勉強《べんきょう》することがあるね」

「認《みと》めざるを得《え》ません」

「認《みと》めざるを得《え》ません、だってさ」

お姉《ねえ》さんはちょうちんの明《あ》かりの下《した》でけらけらと笑《わら》った。

そのあと、ぼくらはもう一度夏《いちどなつ》まつりを見物《けんぶつ》した。やぐらの上《うえ》にあるスピーカーから流《なが》れだす音《おと》や、福引《ふくびき》をする音《おと》、子《こ》どもたちや大人《おとな》たちの笑《わら》い声《ごえ》がまじりあって、すっかり紺色《こんいろ》になった空《そら》に消《き》えていった。いつもの夜《よる》の公園《こうえん》とはぜんぜんちがう世界《せかい》であることがぼくをふしぎな気持《きも》ちにさせる。お姉《ねえ》さんは夏《なつ》まつりが本当《ほんとう》に好《す》きなので、大人《おとな》だけれども真剣《しんけん》に金魚《きんぎょ》すくいをしたし、綿菓子《わたがし》をはむはむ食《た》べた。

焼《や》きそばの夜店《よみせ》の前《まえ》に来《く》ると、父《ちち》はもう鉄板《てっぱん》の前《まえ》に立《た》つのはやめて、「海辺《うみべ》のカフェ」のヤマグチさんたちといっしょにビールを飲《の》んでいた。ぼくらの姿《すがた》を見《み》ると、父《ちち》は立《た》ち上《あ》がった。お姉《ねえ》さんに頭《あたま》を下《さ》げた。

「焼《や》きそばはもう売《う》り切《き》れですか？」とお姉《ねえ》さんがたずねた。

「すみませんね。思《おも》わぬ人気《にんき》で」

「出遅《でおく》れてしまいました」

父《ちち》はぼくの頭《あたま》を見《み》てふしぎそうな顔《かお》をした。「おや、どうした？　頭《あたま》が少《すこ》し、おしゃれだね」

「うん。事故《じこ》で綿菓子《わたがし》とスズキ君《くん》のよだれがくっついた」

「それは災難《さいなん》だったなあ」

「でもぼくは平気《へいき》なんだ」

ウチダ君《くん》はお父《とう》さんとお母《かあ》さんと会《あ》って先《さき》に帰《かえ》った。父《ちち》は夜店《よみせ》の後片《あとかた》づけをするので、ぼくと母《はは》と妹《いもうと》は先《さき》に帰《かえ》ることになった。

公園《こうえん》から出《で》るとき、ハマモトさんが駆《か》け寄《よ》ってきた。

「アオヤマ君《くん》、もう帰《かえ》るの？」

「うん」

「髪《かみ》の毛《け》がなんだかヘンだね」

「そうなんだ。ちょっと事故《じこ》があったのだ」

「〈海《うみ》〉の研究《けんきゅう》、忘《わす》れないでね」

「もちろん」

ぼくらは公園《こうえん》から外《そと》へ出《で》て行《い》った。お姉《ねえ》さんの帰《かえ》る方角《ほうがく》は反対《はんたい》なので、公園《こうえん》の前《まえ》で別《わか》れた。お姉《ねえ》さんは頭《あたま》を下《さ》げて、一人《ひとり》ですたすたと歩《ある》いていった。給水塔《きゅうすいとう》の丘《おか》にある白《しろ》いマンションに帰《かえ》るのだ。

母《はは》と妹《いもうと》といっしょにしばらく歩《ある》いてから、ぼくはふりかえった。

もうお姉《ねえ》さんの姿《すがた》はどこにも見《み》えなかった。暗《くら》い住宅地《じゅうたくち》の真《ま》ん中《なか》で、夏《なつ》まつりが遊園地《ゆうえんち》のメリーゴーラウンドみたいに輝《かがや》いているだけだった。


ぼくがノートにさまざまな計画《けいかく》を書《か》き、それらをちゃくちゃくと実行《じっこう》していることはすでに書《か》いた。

夏休《なつやす》みになって、ぼくは多忙《たぼう》になった。ふだんからぼくはこの街《まち》でもっとも多忙《たぼう》な小学生《しょうがくせい》だったけれども、夏休《なつやす》みになって自分《じぶん》で一日《いちにち》の計画《けいかく》を立《た》てるようになると、ぼくはさらに忙《いそが》しくなるばかりだった。ぼくはもはや世界《せかい》で一番忙《いちばんいそが》しい小学生《しょうがくせい》かもしれないのだった。

ぼくは朝《あさ》の起《お》きる時間《じかん》を早《はや》くした。朝《あさ》の五時《じ》に起《お》きることさえあった。その時間《じかん》に起《お》きると、父《ちち》でさえ起《お》きていない家《いえ》の中《なか》は耳《みみ》を澄《す》ましても何《なん》の音《おと》も聞《き》こえない。ぼくの部屋《へや》も廊下《ろうか》も、カンブリア紀《き》の海《うみ》の浅瀬《あさせ》のような水色《みずいろ》だった。そうしてぼくが朝《あさ》の住宅地《じゅうたくち》に向《む》かって窓《まど》を開《あ》けると、冷《つめ》たい空気《くうき》が流《なが》れこんできて、ぼくの頭脳《ずのう》をメイセキ★2にする。だからぼくの研究《けんきゅう》は朝《あさ》に進《すす》む。

朝早《あさはや》く起《お》きるかわりに、ぼくは昼寝《ひるね》をする。〈海《うみ》〉の観測《かんそく》に出《で》かけているときはパラソルの下《した》で眠《ねむ》ったし、家《いえ》にいるときは母《はは》や妹《いもうと》といっしょにリビングの床《ゆか》に寝《ね》ころがって、お腹《なか》にタオルケットをかけて眠《ねむ》った。もし昼寝《ひるね》をしないと、ぼくは夕方《ゆうがた》にはもう眠《ねむ》くてグッタリしてしまい、妹《いもうと》のぬいぐるみのクマのように動《うご》

★2 はっきりとしていて、あきらかなこと。

かなくなる。

あんまり暑《あつ》い日《ひ》は、ウチダ君《くん》やぼくの家《いえ》でレゴやゲームをしたり、宇宙《うちゅう》について議論《ぎろん》をした。図書館《としょかん》に行《い》くこともある。ウチダ君《くん》といっしょにハマモトさんの家に行って、ハマモトさんのお父《とう》さんの宇宙《うちゅう》の本《ほん》を読《よ》ませてもらうこともあった。ハマモトさんの家《いえ》はウチダ君《くん》の家《いえ》と同《おな》じマンションにあるから、すぐに遊《あそ》びに行《い》ける。部屋《へや》の中《なか》で見《み》るための小《ちい》さなプラネタリウムがあったし、ハマモトさんのお母《かあ》さんはぼくらにすてきなお菓子《かし》をくれる。夏休《なつやす》みというものはたいへんすばらしい発明《はつめい》だと思《おも》う。

ぼくらは〈海《うみ》〉の研究《けんきゅう》の合間《あいま》に、パラソルの下《した》でチェスをしたこともあるし、ウチダ君《くん》がもってきたボールで遊《あそ》んだこともある。草原《そうげん》にトランプをならべて、雄大《ゆうだい》な神経衰弱《しんけいすいじゃく》をしたこともある。ハマモトさんはあちこちトランプをめくったあと、「神経《しんけい》が衰弱《すいじゃく》した！」と叫《さけ》んでパラソルの下《した》に寝《ね》ころんだりした。ぼくらは丸一日《まるいちにち》その草原《そうげん》ですごすこともあったけれど、ジャバウォックの森《もり》から人《ひと》が出《で》てくることは一度《いちど》もなかった。そこは森《もり》の奥深《おくふか》くに隠《かく》れている秘密《ひみつ》の草原《そうげん》なのだ。

その草原《そうげん》にいると宇宙的気分《うちゅうてききぶん》になるので、ぼくらは宇宙《うちゅう》の話《はなし》をした。

ぼくとウチダ君《くん》は「ワームホール」に夢中《むちゅう》だった。ワームホールというのは、ぼくらの宇宙《うちゅう》とべつの宇宙《うちゅう》をつなぐ通路《つうろ》である。ブラックホールもワームホールではないかという意見《いけん》もあるそうだ。ウチダ君《くん》はブラックホールが行《い》き止《ど》まりではなくてべつの宇宙《うちゅう》につながっているというアイデアをたいへん気《き》に入《い》っていた。

「もしかするとブラックホールに吸《す》いこまれても、すり抜《ぬ》けてべつの宇宙《うちゅう》に行《い》けるかもしれないんだ」とウチダ君《くん》は主張《しゅちょう》した。「途中《とちゅう》の重力《じゅうりょく》でつぶされなければね」

「それじゃあ向《む》こう側《がわ》はどうなっているの？」とハマモトさんが聞《き》いた。

「ブラックホールとは逆《ぎゃく》だから、ホワイトホールなんだよ」

ハマモトさんは話《はなし》をしているとき、レゴブロックで遊《あそ》んでいることが多《おお》かった。彼女《かのじょ》はカバンに入《い》れてもってきた青《あお》いブロックで、きっちりとした壁《かべ》を作《つく》るのだ。彼女《かのじょ》はぼくのように宇宙《うちゅう》ステーションを建造《けんぞう》したりすることはない。彼女《かのじょ》は壁《かべ》を作《つく》るだけだし、使《つか》うレゴブロックは青色《あおいろ》だけだ。それでも彼女《かのじょ》は楽《たの》しそうに作《つく》るし、となりで見《み》ていると本当《ほんとう》にそれが楽《たの》しいことであるように思《おも》えてくる。

「ハマモトさんは壁《かべ》しか作《つく》らないの？」とぼくは聞《き》いてみた。

「なんだか好《す》きなの」

レゴブロックがなくなったら、彼女《かのじょ》は作《つく》った壁《かべ》をこわしてしまって、また最初《さいしょ》から作《つく》り直《なお》す。「もっとたくさんブロックがあったらいいのに。大《おお》きな壁《かべ》を作《つく》ったら楽《たの》しいだろうなあ」

「それは楽《たの》しいかもしれないねえ」とぼくは言《い》った。

「ハマモトさんはへんだなあ」とウチダ君《くん》が言《い》った。

「そんなにへん？」

ハマモトさんに問《と》い詰《つ》められると、ウチダ君《くん》は困《こま》った顔《かお》をした。

「……へんって言《い》うほどへんでもないけど」

ハマモトさんはレゴブロックを胸《むね》に抱《だ》きしめるようにして「うふふ」と笑《わら》った。

大《おお》きな長方形《ちょうほうけい》の青《あお》い壁《かべ》が草原《そうげん》にたくさんならんでいるところを、ぼくは想像《そうぞう》した。はしごにのぼったハマモトさんが小《ちい》さな青《あお》いブロックを一つ一つ積《つ》んでいくのだ。プラスチック製《せい》の青《あお》い壁《かべ》は太陽《たいよう》の光《ひかり》でつやつや光《ひか》るだろう。たくさんならぶ青《あお》い壁《かべ》の向《む》こうには、〈海《うみ》〉が静《しず》かに浮《う》かんでいる。それはたいへんきれいな光景《こうけい》だろうとぼくは思《おも》う。

朝《あさ》から空《そら》はきれいに晴《は》れていて、熱《あつ》い風《かぜ》が吹《ふ》いていた。山《やま》の向《む》こうに積乱雲《せきらんうん》が盛《も》り上《あ》がっていた。

午前中《ごぜんちゅう》、ぼくは涼《すず》しい自分《じぶん》の部屋《へや》でスズキ君帝国《くんていこく》の研究《けんきゅう》を進《すす》めた。

これまでのメモを整理《せいり》したあと、ぼくはノートの一ページにクラスの子《こ》たちの名前《なまえ》を書《か》いて、グループごとに○でかこんだ。つるつるのタイルに落《お》ちた水滴《すいてき》みたいに、いくつもの○ができた。一番小《いちばんちい》さな○の中《なか》にぼくとウチダ君《くん》がいる。同《おな》じ○の中《なか》にハマモトさんを入《い》れることもできる。

そうやって描《か》いてみると、スズキ君帝国《くんていこく》は決《けっ》して大《おお》きくないということがわかる。スズキ君《くん》といつもいっしょにいるのはコバヤシ君《くん》たちである。人数《にんずう》だけではぼくとウチダ君《くん》、ハマモトさんのグループと変《か》わらない。それではなぜスズキ君《くん》がクラスの王様《おうさま》のようにしているかというと、ほかの小《ちい》さなグループが、いざとなるとスズキ君《くん》の言《い》うことをきいてしまうからだ。ふしぎな仕組《しく》みである。たいへん興味深《きょうみぶか》い。

昼食《ちゅうしょく》を食《た》べたあと、ぼくはリュックを用意《ようい》した。〈海《うみ》〉の研究《けんきゅう》に出《で》かけるのだ。ぼくが玄関《げんかん》でクツをはいていると、妹《いもうと》が「お兄《にい》ちゃんどこ行《い》くの!?」とさけんだ。「実験《じっけん》だよ」とぼくは答《こた》えた。

「あたしも行《い》く！　行《い》く！」

「だめだよ」

「どうして!? どうして!?」

「だって、たいへんむずかしい実験《じっけん》だからね。おまえにはわからないよ」

「そんなことない。わかる!」

「3たす5たす8は?」

「えー、あー」

妹《いもうと》が考《かんが》えこんだすきに、ぼくは帽子《ぼうし》をかぶって家《いえ》から飛《と》び出《だ》した。妹《いもうと》がわあわあ文句《もんく》を言《い》うのが聞《き》こえて、少《すこ》しかわいそうな気《き》もしたけれど、これはだれにも秘密《ひみつ》の実験《じっけん》だからやむを得《え》ない。

給水塔《きゅうすいとう》のある丘《おか》でハマモトさんやウチダ君《くん》と待《ま》ち合《あ》わせて、ぼくらはジャバウォックの森《もり》を抜《ぬ》けた。熱《あつ》い風《かぜ》が森《もり》の木《き》をざわざわさせて、陽射《ひざ》しがもれてきた。

ぼくらはもう一度《いちど》探査船《たんさせん》を〈海《うみ》〉に送《おく》りこむつもりだった。ぼくは草原《そうげん》のパラソルの下《した》で、探査船《たんさせん》「ペンギン二号《ごう》」の建造《けんぞう》を始《はじ》めた。ハマモトさんは大《おお》きな白《しろ》い帽子《ぼうし》をかぶって、一人《ひとり》で草原《そうげん》を横切《よこぎ》って小川《おがわ》のほうへ歩《ある》いていった。ウチダ君《くん》はパラソルの下《した》でイスに座《すわ》って、哲学者《てつがくしゃ》のような顔《かお》をしてノートをにらんでいた。熱《あつ》い風《かぜ》が彼《かれ》のノートのページの端《はし》をぱたぱたさせていた。

「ウチダ君《くん》はノートにどんなことを書《か》いてるの?」

「うーん」とウチダ君《くん》は頭《あたま》をかかえた。「……ぼくは説明《せつめい》するの、ヘタなんだ」

「そうかなあ。ウチダ君《くん》は上手《じょうず》だと思《おも》うけどな」

「これは自分《じぶん》で考《かんが》えたことだから」

「自分《じぶん》で考《かんが》えたことだから説明《せつめい》するのはムズカシイ？」

「説明《せつめい》がヘタで、なんだそんなのカンタンだって言《い》われたらさみしいから。それに、ホントにつまんないことかもしれないし」

「ぼくは決《けっ》して、つまらないなんて言《い》わないだろうけどな」

「アオヤマ君《くん》は言《い》わないだろうけど、でも、なんだか恥《は》ずかしいんだ」

「恥《は》ずかしいのはやっかいなことだね」

「うん、やっかい」

「スズキ君《くん》がハマモトさんのことが好《す》きなのに好《す》きと言《い》わないみたいなものだろうか」

「わからない。そうかもしれない」

「それならば、ぼくは聞《き》かない。ハマモト先生《せんせい》も言《い》っていた。本当《ほんとう》に大事《だいじ》な研究《けんきゅう》は、あんまり人《ひと》にしゃべったらいけないんだ。大事《だいじ》にすべきなんだって」

それからウチダ君《くん》はノートに集中《しゅうちゅう》し、ぼくは探査船《たんさせん》ペンギン二号《ごう》の建造《けんぞう》に集中《しゅうちゅう》した。

ぼくがあらかた探査船《たんさせん》を完成《かんせい》させて顔《かお》を上《あ》げると、ハマモトさんが一人《ひとり》で〈海《うみ》〉に近《ちか》づいているのが見《み》えた。「ハマモトさん、気《き》をつけてね！」とぼくがさけぶと、彼女《かのじょ》は手《て》を上《あ》げてひらひらさせた。双眼鏡《そうがんきょう》をのぞいてみると、〈海《うみ》〉の表面《ひょうめん》には、太《ふと》くて青《あお》い血管《けっかん》みたいなかたちの構造物《こうぞうぶつ》が浮《う》かび上《あ》がっていて、血液《けつえき》を循環《じゅんかん》させているみたいに動《うご》いている。これまでに見《み》たことがない構造《こうぞう》だ。ハマモトさんは手《て》を後《うし》ろで組《く》んで、

〈海《うみ》〉のまわりを用心《ようじん》しいしい歩《ある》いている。そして首《くび》をかしげている。いきなり彼女《かのじょ》がこちらを向《む》いて大《おお》きく手《て》をふった。「来《き》て！　来《き》て！」とさけんでいる。

「なんだ？」

ぼくはあわてて立《た》ち上《あ》がって、草原《そうげん》を走《はし》っていった。

ぼくがとなりまで行《い》くと、彼女《かのじょ》は何《なに》も言《い》わずに〈海《うみ》〉の周囲《しゅうい》をめぐった先《さき》のほうを指《ゆび》さした。湾曲《わんきょく》する〈海《うみ》〉の表面《ひょうめん》に隠《かく》れるようにして、男《おとこ》の子《こ》と女《おんな》の子《こ》がこちらに背《せ》を向《む》けて立《た》っているのが見《み》えた。女《おんな》の子《こ》はハマモトさんと同《おな》じような白《しろ》い大《おお》きな帽子《ぼうし》をかぶっている。男《おとこ》の子《こ》のほうはぼくと同《おな》じ半《はん》ズボン姿《すがた》だ。「あの子《こ》たちはだれ？　どこから来《き》たの？」とぼくはハマモトさんにささやいた。

「わからない」

「パラソルのところからは見《み》えなかったよ」

「さっきは女《おんな》の子《こ》だけだったんだけど、きゅうに男《おとこ》の子《こ》も増《ふ》えた」

ハマモトさんは眉《まゆ》をひそめて心配《しんぱい》そうな顔《かお》をしている。この秘密《ひみつ》の草原《そうげん》にほかの子《こ》どもが現《あらわ》れたことなんて一度《いちど》もなかった。しかもそのふしぎな子《こ》どもたちは、〈海《うみ》〉のかげに隠《かく》れるようにしているだけで、ぼくらに声《こえ》をかけようともしない。ぼくとハマモトさんは、ゆっくり〈海《うみ》〉の周囲《しゅうい》をめぐってみた。そうすると、そのふしぎな子《こ》どもたちは、ぼくらと同《おな》じように進《すす》んでいくので、いつまでたっても追《お》いつけないのだった。

「おおい！　君《きみ》たちはだれ？」とぼくはさけんだ。

そこへ「アオヤマくーん」という声《こえ》が聞《き》こえた。ぼくとハマモトさんがふりかえると、ウチダ君《くん》がふしぎ

そうな顔《かお》をして立《た》っている。「何《なに》が見《み》えるの？」

ぼくらがそのふしぎな子《こ》どもたちについて説明《せつめい》しようと前《まえ》を向《む》くと、相手《あいて》は三人《にん》に増《ふ》えていた。

「増《ふ》えている！」とぼくはさけんだ。「男《おとこ》の子《こ》が二人《ふたり》になった！」

そのときハマモトさんが目《め》を細《ほそ》めて観察《かんさつ》し、「ひょっとしてあれは私《わたし》たち？」と言《い》った。

「そんなことがあり得《え》るだろうか？」

ぼくは右腕《みぎうで》を大《おお》きく振《ふ》ってみた。すると、向《む》こうにいる男《おとこ》の子《こ》の一人《ひとり》が同《おな》じように腕《うで》を振《ふ》った。

「ハマモトさん、後《うし》ろを向《む》いてくれない？」

彼女《かのじょ》が後《うし》ろを向《む》くと、向《む》こうにいる女《おんな》の子《こ》がこちらを向《む》いた。その女《おんな》の子《こ》はハマモトさんと瓜二《うりふた》つだった。そして向《む》こうにいるハマモトさんそっくりの女《おんな》の子《こ》がぼくの顔《かお》をまじまじと見《み》て、「こっちにも見《み》える！」と言《い》った。ぼくのとなりで後《うし》ろを向《む》いているハマモトさんも同《おな》じことを同時《どうじ》に言《い》った。たいへんややこしい事態《じたい》だ。

ぼくらが振《ふ》り向《む》くと、同《おな》じように湾曲《わんきょく》した〈海《うみ》〉のかげにかくれて、三人《にん》の子《こ》どもたちが〈海《うみ》〉の向《む》こう側《がわ》をのぞきこんでいるのが見《み》える。

「どうなってるの？」とウチダ君《くん》が言《い》った。「ぼくらがたくさんいる」

ぼくらはパラソルのところまで戻《もど》って、観察《かんさつ》したばかりのふしぎな現象《げんしょう》について検討《けんとう》した。

ぼくはノートに丸《まる》い〈海《うみ》〉を描《か》き、そのとなりに立《た》っているぼくらを描《か》いた。そして、〈海《うみ》〉のまわりをめぐる矢印《やじるし》を描《か》き込《こ》んだ。「ぼくらの後《うし》ろ姿《すがた》が見《み》えたということは、光《ひかり》が〈海《うみ》〉のまわりを一周《いっしゅう》して、ぼくらの目《め》に届《とど》いたということなんだ。〈海《うみ》〉のまわりで光《ひかり》の進《すす》み方《かた》がゆがんでるのかもしれない」

「ブラックホールみたいなもの？」

ウチダ君《くん》が言《い》った。「でもそれじゃあ、なんでぼくら吸《す》いこまれないの？」

「光《ひかり》を曲《ま》げているけれど、重力《じゅうりょく》が強《つよ》いわけじゃないんだね」

「それ、おかしいと思《おも》う」とハマモトさんが言《い》った。「光《ひかり》がまっすぐ届《とど》かないんだったら、ここから〈海《うみ》〉を観測《かんそく》したときに、もっとへんてこなかたちに見《み》えない？」

ぼくは考《かんが》えこんでしまった。たしかにハマモトさんの言《い》うとおりなのだ。

「だとしたら、ぼくらがあそこに立《た》っているとき、特定《とくてい》の光《ひかり》だけが〈海《うみ》〉の外側《そとがわ》を一周《いっしゅう》したことになるね」

「そんなことできる？」

「わからない。でも、さっきハマモトさんが〈海《うみ》〉のまわりを歩《ある》いているとき、ぼくは〈海《うみ》〉の表面《ひょうめん》で新《あたら》しい活動《かつどう》が起《お》こっているのを見《み》たよ。青《あお》い血管《けっかん》みたいなものが浮《う》かんでいた。あの構造物《こうぞうぶつ》と、光《ひかり》をねじ曲《ま》げることは関係《かんけい》があるのかもしれない」

「あいつ、ぼくらをからかってるのかもしれないよ」

ウチダ君《くん》が不安《ふあん》そうに言《い》った。「だって、ぼくらみんな本当《ほんとう》にビックリしたよ」

「探査船《たんさせん》を放《ほう》りこんだしかえし？」とハマモトさんがつぶやく。

ぼくらはパラソルの下《した》で寄《よ》りそうようにして、〈海《うみ》〉を眺《なが》めた。〈海《うみ》〉はたいへん大《おお》きくふくらんでいる。

でも、さっきぼくが目撃《もくげき》した血管《けっかん》のような構造物《こうぞうぶつ》は消《き》えていた。

「ぼくらはどうすべきだろう。探査船《たんさせん》を放《ほう》りこむのはやめたほうがいいのだろうか」

ぼくは建造中《けんぞうちゅう》の探査船《たんさせん》ペンギン二号《ごう》を見《み》せて言《い》った。ウチダ君《くん》もハマモトさんも考《かんが》えこんでいる。

ウチダ君《くん》が顔《かお》を上《あ》げて、小川《おがわ》のほうを見《み》た。

「また光《ひかり》がおかしくなってる」と彼《かれ》は言《い》った。「あそこの川《かわ》のところに人《ひと》が見《み》えるよ」

ぼくは顔《かお》を上《あ》げた。草原《そうげん》の中《なか》を横切《よこぎ》っていく小川《おがわ》の岸辺《きしべ》に、三人《にん》の子《こ》どもが立《た》っていた。

「なんかちがう」とハマモトさんが言《い》った。

「ウチダ君《くん》、あれは、ひょっとしてスズキ君《くん》たちじゃないか？」

そのとき、「とつげきーッ！」というスズキ君《くん》のさけび声《ごえ》が草原《そうげん》に響《ひび》いた。汗《あせ》で顔《かお》をぎらぎらさせたコバヤシ君《くん》たちが「わああ」と声《こえ》をあげながら、ぼくらの基地《きち》に向《む》かって走《はし》ってきた。

体《からだ》の大《おお》きなナガサキ君《くん》が一番足《いちばんあし》が速《はや》くて、ぼくらの基地《きち》へ突入《とつにゅう》してくる。

「ひゃあ！」とウチダ君《くん》は逃《に》げだし、ハマモトさんは横《よこ》に突《つ》き飛《と》ばされた。

ナガサキ君《くん》とコバヤシ君《くん》が二人《ふたり》して体当《たいあ》たりしてきたので、ぼくはバランスを失《うしな》って尻《しり》もちをついた。すかさずコバヤシ君《くん》がおおいかぶさってくる。押《お》し返《かえ》そうとしてがんばっているうちに、ぼくの上《うえ》にのっかっているコバヤシ君《くん》の上《うえ》からさらにナガサキ君《くん》がのっかってきた。コバヤシ君《くん》が「ぐへ」と言《い》ってよだれをたらした。ぼくは「うぐ」と言《い》った。たいへん重《おも》いし、たいへん暑《あつ》い。これはつらい戦《たたか》いだった。

そこへスズキ君帝国《くんていこく》の皇帝《こうてい》がゆうゆうと現《あらわ》れた。彼《かれ》はコバヤシ君《くん》とナガサキ君《くん》の上《うえ》に王様《おうさま》みたいに座《すわ》った。ますます重《おも》くなって、ぼくは息《いき》をするのがやっとだった。「重《おも》いよ！」と主張《しゅちょう》した。

スズキ君《くん》は「重《おも》いか！　重《おも》いか！」と体《からだ》をゆらした。ぼくもうめいたけれど、コバヤシ君《くん》たちも「重《おも》いー」とうめいた。楽《たの》しそうなのはスズキ君《くん》だけである。王様《おうさま》というものはそういうものなのだ。スズキ君《くん》がコバヤシ君《くん》とナガサキ君《くん》の上《うえ》から、ぼくの顔《かお》をのぞきこんだ。得意《とくい》そうな顔《かお》だ。彼《かれ》の汗《あせ》がぽたぽた落《お》ちてきた。

「俺《おれ》の勝《か》ちだ。まいったって言《い》え！」

「言《い》わ、ない」とぼくは言《い》った。「なぜ、ならば、まだ、まいった、わけ、では、ないから」

「おまえ、ホントしつこいな！」

「ぼく、は、しつ、こい」

ハマモトさんが立《た》ち上《あ》がって、スズキ君《くん》を突《つ》き飛《と》ばそうとした。スズキ君《くん》は彼女《かのじょ》をにらむ。「動《うご》くなよ。

アオヤマの顔《かお》をふんづけるぞ！」

「どうしてそんなしょうもないことをするの？」

ハマモトさんは怒《おこ》っているというよりも、あきれている。「バカね」

「だまれよ。アオヤマがまいったって言《い》えばゆるしてやるんだから」

「アオヤマ君《くん》。まいったって言《い》えばいいよ」とハマモトさんは冷《つめ》たい声《こえ》で言《い》った。「くだらないもん」

「言《い》わ、ない、よ」

「アオヤマ君《くん》、意地《いじ》をはらないで。つぶれちゃうよ」

スズキ君《くん》は「つ・ぶ・れ・ちゃ・う・ぞ！」と叫《さけ》び、またゆさゆさした。「またお姉《ねえ》さん助《たす》けてって言《い》うか？　お姉《ねえ》さんに助《たす》けてもらうのはずるいぞ。二度《にど》と言《い》いつけないと約束《やくそく》しろ！」

「そんな、約束《やくそく》は、しない」

「なんだよそれ、ずるいやつ！」

「ぼくは、ずるい」

スズキ君《くん》はびっくりしたように言葉《ことば》につまった。つばを飲《の》みこんでから、「ずるいのはだめだぞ」とまじめな顔《かお》をして言《い》った。「ずるいのはだめだ」

「どう、して、ここ、が、わかった、の？」

「俺《おれ》たちは川《かわ》を探検《たんけん》してきたんだ」とスズキ君《くん》は探検地図《たんけんちず》をふりまわした。「おまえとちがって、俺《おれ》たちは夏休《なつやす》みにもぐんぐん探検《たんけん》を進《すす》めたからな。今日《きょう》はそこの危険《きけん》な森《もり》をぬけてきた」

「あの、川《かわ》？　小学校《しょうがっこう》の、裏《うら》、から？」

「そうだよ。俺《おれ》たちはずっと川《かわ》をたどってきた」

この草原《そうげん》を流《なが》れている小川《おがわ》は、あの小学校《しょうがっこう》の裏《うら》の空《あ》き地《ち》を流《なが》れている川《かわ》の下流《かりゅう》だったのだ。ぼくはスズキ君《くん》にその発見《はっけん》で先《さき》を越《こ》されたことを、ちょっぴりくやしく思《おも》った。あくまでちょっぴりであるけれども。

「プロミネンス！」とハマモトさんがさけんだ。

「なんだ？」とスズキ君《くん》が顔《かお》を上《あ》げる。

ぼくの上《うえ》にかぶさっているコバヤシ君《くん》が顔《かお》を持《も》ち上《あ》げて、〈海《うみ》〉のほうを見《み》た。〈海《うみ》〉の表面《ひょうめん》からラッパのようなかたちをした構造物《こうぞうぶつ》がいくつも突《つ》きだしている。プロミネンスが始《はじ》まったのだ。「なんだ、あれ、動《うご》いてる」とコバヤシ君《くん》が苦《くる》しそうに言《い》った。「きもち、わるい」

「あれは危険《きけん》なのよ。地面《じめん》からガスが出《で》てるの」

「なにそれ、ガスって？　吸《す》ったら、死《し》ぬ？」とコバヤシ君《くん》。

「死《し》ぬわね」とハマモトさんは言《い》った。

「それ、やばいんじゃないの」とナガサキ君《くん》が言《い》った。

てっぺんにいるスズキ君《くん》はちっとも動《どう》じない。「どうせウソだろ？　おまえたちは平気《へいき》じゃないか。俺《おれ》はぜんぜんこわくないね」

「もうすぐこわいことが起《お》こるのよ！」

そのとき、キウキウキシキシという音《おと》が、どこからか聞《き》こえてきた。

「なんだ、あの音《おと》？」とスズキ君《くん》がつぶやいた。

　ぼくが首《くび》をひねって見《み》ると、草原《そうげん》の南《みなみ》の森《もり》の入《い》り口《ぐち》にお姉《ねえ》さんの姿《すがた》がさかさまに見《み》えた。彼女《かのじょ》は大《おお》きな麦《むぎ》わら帽子《ぼうし》をかぶって、まるで親分《おやぶん》みたいにいばってペンギンたちをひきつれていた。森《もり》の木立《こだち》の奥《おく》からペンギンたちがあふれだしてきた。

「さあいけ、ペンギン諸君《しょくん》！　スズキ君《くん》をやっつけろ！」

　お姉《ねえ》さんがさけぶ声《こえ》が聞《き》こえ、スズキ君《くん》の顔色《かおいろ》が変《か》わった。

　キウキウキシキシという音《おと》がどんどん大《おお》きくなってこちらへ向《む》かってくる。コバヤシ君《くん》がびっくりして立《た》ち上《あ》がろうとしたので、スズキ君《くん》はバランスをくずしてころげ落《お》ちてしまった。ぼくはようやくゆっくり息《いき》をすることができたので、たいへんありがたかった。スズキ君《くん》は「なにしてんだよ！」と怒《おこ》り、コバヤシ君《くん》とナガサキ君《くん》は「重《おも》いんだよ！」と怒《おこ》る。「あ、おまえら、さからうのか？」とスズキ君《くん》がさけぶ。

そうしてスズキ君帝国《くんていこく》★3の内紛《ないふん》が起《お》こっているところへ、ペンギンたちが突撃《とつげき》してきた。およそ十羽《ぱ》ぐらいのペンギンがいた。彼《かれ》らはパラソルを押《お》し倒《たお》し、イスをひっくり返《かえ》し、フリッパーをパタパタさせて暴《あば》れまわった。ぼくはあやうくペンギンに踏《ふ》んづけられるところだったし、スズキ君《くん》たちはフリッパーでパチパチと太《ふと》ももをたたかれて、「痛《いた》い！」と悲鳴《ひめい》を上《あ》げた。ペンギンたちが強《つよ》いのは当然《とうぜん》なのだ。彼《かれ》らはそのフリッパーを使《つか》って、海《うみ》の中《なか》を宇宙《うちゅう》ロケットのように飛《と》び交《か》うのだから。

ペンギンたちの大群《たいぐん》が通《とお》り過《す》ぎたあと、気《き》がつくとスズキ君《くん》の姿《すがた》はなかった。コバヤシ君《くん》とナガサキ君《くん》はぼうぜんとして立《た》っている。

「スズキ君《くん》はとっくに逃《に》げたみたいだね」

ぼくは草地《くさち》に寝《ね》ころんだまま言《い》った。

「なんだよ、それ。ちくしょう！」

彼《かれ》らは集《あつ》まっているペンギンたちを見《み》つめ、それからぼくを見《み》つめた。そうして舌打《したう》ちをして、ジャバウォックの森《もり》のほうへ逃《に》げていった。森《もり》と草原《そうげん》の境目《さかいめ》のところにお姉《ねえ》さんが立《た》っていて、逃《に》げていくコバヤシ君《くん》たちに向《む》かって叫《さけ》んだ。「森《もり》はあぶないよ。またペンギンをけしかけるぞ！」

お姉《ねえ》さんは歩《ある》いてきて、ぼくを助《たす》け起《お》こしてくれた。そうして麦《むぎ》わら帽子《ぼうし》のひさしを持《も》ち上《あ》げて、草原《そうげん》の向《む》こうにある〈海《うみ》〉を見《み》つめた。「なるほど、あれが君《きみ》たちの研究対象《けんきゅうたいしょう》か」

「そうです」

★3 あるグループの中《なか》で争《あらそ》いになること。うちわもめ。

「ふしぎなものを見《み》つけたもんだね。それで、けっきょくのところ、あれは何《なん》なの?」

「わかりません」

お姉《ねえ》さんははなれて立《た》っているハマモトさんにニッと笑《わら》いかけたけれど、ハマモトさんは笑《わら》わなかった。白《しろ》い帽子《ぼうし》の下《した》からお姉《ねえ》さんをギュッとにらんでいる。

「ウチダ君《くん》はどこだろう?」

「あそこだね」とお姉《ねえ》さんが草原《そうげん》の西《にし》を指《ゆび》さした。

ウチダ君《くん》が森《もり》から出《で》てきて、こちらに向《む》かってくるのが見《み》えた。

「ウチダ君《くん》、プロミネンス!」

ハマモトさんがさけんで、〈海《うみ》〉を指《ゆび》さした。

大《おお》きくのびたラッパ形《がた》の構造物《こうぞうぶつ》の先端《せんたん》から、小《ちい》さな〈海《うみ》〉が撃《う》ちだされた。一つはぼくらの頭《あたま》の上《うえ》を越《こ》えて、森《もり》の中《なか》に飛《と》びこんだ。そしてもう一つはころころと草原《そうげん》をころがって、まっすぐウチダ君《くん》のところへ向《む》かっていく。

「ウチダ君《くん》あぶない!」

ぼくはさけんだけれど、彼《かれ》は立《た》ち止《ど》まって、自分《じぶん》に向《む》かってころがってくる小《ちい》さな〈海《うみ》〉を見《み》つめたまま動《うご》かない。あまりにも驚《おどろ》いたので、体《からだ》がかたまってしまったのだ。小《ちい》さな〈海《うみ》〉は太陽《たいよう》の光《ひかり》をきらきらと反《はん》射《しゃ》させながら、まるで夏《なつ》の空《そら》の破片《はへん》みたいに草原《そうげん》をころげていく。

お姉《ねえ》さんが草《くさ》の上《うえ》にころがっていた探査船《たんさせん》ペンギン二号《ごう》を手《て》にとった。

彼女《かのじょ》は大《おお》きくふりかぶり、それを投《な》げた。

ずんぐりむっくりした探査船《たんさせん》ペンギン二号《ごう》は、宙《ちゅう》を飛《と》びながらぷくぷくとふくらみ、ペンギンに変貌《へんぼう》した。フリッパーをパタパタさせながらウチダ君《くん》のところへ飛《と》んでいく。次《つぎ》の瞬間《しゅんかん》、ころがる小《ちい》さな〈海《うみ》〉にすべりこんだ。丸《まる》いゼリーのかたまりのように〈海《うみ》〉がぷるんと震《ふる》えた。ペンギンが〈海《うみ》〉内部《ないぶ》で宙返《ちゅうがえ》りするような動《うご》きをしたかと思《おも》うと、〈海《うみ》〉はパチンとはじけてしまった。古《ふる》い体温計《たいおんけい》が割《わ》れて外《そと》へ出《で》てきた水銀《すいぎん》のように、きらきらと輝《かがや》くソフトボールぐらいの大《おお》きさの破片《はへん》たちが草原《そうげん》をころがっていく。

スズキ君《くん》たちをやっつけてくれたペンギンたちが集《あつ》まってきて、その〈海《うみ》〉の破片《はへん》をクチバシでつっつくと、それらはこなごなに砕《くだ》けて、霧《きり》みたいになって消《き》えてしまった。ペンギンたちは楽《たの》しそうにクチバシを動《うご》かした。

そんなペンギンたちの中《なか》で、ウチダ君《くん》がちょこんと座《すわ》りこんでいた。

「それじゃあ、君《きみ》たち。研究《けんきゅう》がんばってね」

お姉《ねえ》さんは手《て》をふり、草原《そうげん》を北《きた》へ横切《よこぎ》っていった。何羽《なんわ》かのペンギンがお母《かあ》さんのあとをついていくみたいに彼女《かのじょ》のあとからよちよち歩《ある》いていたけれども、お姉《ねえ》さんは気《き》にしないでどんどん歩《ある》いていく。ペンギンたちは置《お》いてけぼりにされて、草原《そうげん》に立《た》っていた。さみしそうだった。

ぼくが「おーい」と手《て》をふると、お姉《ねえ》さんは森《もり》の入《い》り口《ぐち》でふりかえって手《て》をふった。そうして暗《くら》い木立《こだち》の中《なか》へ消《き》えてしまった。まるでニュートリノ[★4]が草原《そうげん》を横切《よこぎ》ったみたいに素早《すばや》かった。

「どうなってるの？」とハマモトさんが言《い》った。

ぼくは新《あたら》しい発見《はっけん》を記録《きろく》しなければならない。

□ペンギンたちは〈海《うみ》〉をこわしてしまう。

ぼくは父《ちち》といっしょにドライブに出《で》かけた。

海辺《うみべ》のドライブウェイみたいなバス通《どお》りを走《はし》ったあと、大学《だいがく》のほうへいってみた。大学《だいがく》の建物《たてもの》の間《あいだ》をぬけていくと山《やま》のほうへ入《はい》っていく細《ほそ》い道《みち》があった。ぼくらはくねくねと山《やま》をぬけ、高速道路《こうそくどうろ》みたいに立派《りっぱ》な道《どう》路《ろ》の高架下《こうかした》をくぐった。

「この道《みち》はどこにいくだろう？」と父《ちち》は言《い》う。

「どこにいくだろうね」とぼくは言《い》う。

ぼくは父《ちち》といっしょにドライブに出《で》かけるのが好《す》きである。家《いえ》を出《で》かけるとき、ぼくらはとくに行《い》き先《さき》を決《き》めない。「この道《みち》はどこに行《い》くのだろう？」と興味《きょうみ》をひかれた道《みち》を選《えら》んで走《はし》る。ぼくは自分《じぶん》たちがどこにたどりつくのか知《し》らない。父《ちち》でさえ知《し》らない。父《ちち》がハンドルをにぎって「この道《みち》はどこに行《い》くだろう？」とつぶやくとき、ぼくはそのアスファルトの道路《どうろ》が、父《ちち》でさえ見《み》たことのない世界《せかい》の果《は》てまで通《つう》じているように感《かん》じる。しかし、父《ちち》とぼくが世界《せかい》の果《は》てに到着《とうちゃく》したことは

★4 この世界《せかい》を作《つく》っているあらゆるものの、一番小《いちばんちい》さな単位《たんい》「素粒子《そりゅうし》」の一《いっ》種《しゅ》。世界中《せかいじゅう》の、たくさんの研究者《けんきゅうしゃ》が研究《けんきゅう》を続《つづ》けている。

ない。ぼくらは知《し》らない街《まち》に到着《とうちゃく》して、その街《まち》の喫茶店《きっさてん》やハンバーガーショップで一休《ひとやす》みをして、帰《かえ》ってくるだけなのだ。

その日《ひ》、ぼくらは丘《おか》につくられた街《まち》に到着《とうちゃく》した。

大《おお》きな坂道《さかみち》の両側《りょうがわ》に住宅地《じゅうたくち》がずっと続《つづ》いていて、人《ひと》はあまり歩《ある》いていなかった。太陽《たいよう》の光《ひかり》が降《ふ》り注《そそ》いで、あたりはしんとしている。まだ午後《ごご》二時《じ》だったけれど、建物《たてもの》にあたる陽射《ひざ》しの色《いろ》が夕方《ゆうがた》のように見《み》えるのがふしぎだった。丘《おか》のてっぺんにある給水塔《きゅうすいとう》までのぼっていく途中《とちゅう》で、ぼくらはスポーツクラブの茶色《ちゃいろ》の建物《たてもの》を見《み》つけた。その中《なか》には喫茶店《きっさてん》があったので、ぼくらは駐車場《ちゅうしゃじょう》に車《くるま》をとめて中《なか》に入《はい》った。

喫茶店《きっさてん》は冷房《れいぼう》がきいていて涼《すず》しい。父《ちち》はコーヒーを飲《の》み、ぼくもコーヒーを飲《の》む。父《ちち》はコーヒーをそのまま飲《の》み、ぼくはコーヒーに砂糖《さとう》を入《い》れる。母《はは》はぼくがコーヒーを飲《の》むことを知《し》らない。なぜなら、母《はは》はぼくがコーヒーを飲《の》むことを喜《よろこ》ばないので、ぼくは父《ちち》とドライブに出《で》かけたときしか飲《の》まないからである。ぼくは少《すこ》しずつ砂糖《さとう》をへらして、本当《ほんとう》のコーヒーが飲《の》めるように訓練中《くんれんちゅう》である。

「帰《かえ》りに本屋《ほんや》さんによろうか」と父《ちち》は言《い》った。「宇宙《うちゅう》ステーションの本《ほん》は読《よ》んだのかい？」

「読《よ》んだよ。あの本《ほん》を参考《さんこう》にして、ぼくはレゴブロックで宇宙《うちゅう》ステーションをつくった」

「どんなところがおもしろかった？」

父《ちち》に新《あたら》しい本《ほん》を買《か》ってもらうとき、ぼくは父《ちち》の試験《しけん》に合格《ごうかく》しなくてはならない。前《まえ》に買《か》ってもらった本《ほん》について、どんなところがおもしろかったかということについて、父《ちち》に説明《せつめい》しなくてはいけない。その試験《しけん》に合格《ごうかく》できなければ、本《ほん》を買《か》ってもらうことはできない「おきて」だ。でも、ぼくが試験《しけん》に合格《ごうかく》できなかったことはない。

ぼくは国際宇宙《こくさいうちゅう》ステーションの仕組《しく》みと歴史《れきし》について、おもしろいと思《おも》ったことを父《ちち》に述《の》べた。父《ちち》はうんうんとうなずいて聞《き》いていた。最後《さいご》には「なるほど」と言《い》った。

「おまえが大人《おとな》になるころには、宇宙旅行《うちゅうりょこう》ができるようになっているかな？」

「きっと、たいへんお金《かね》がかかると思《おも》うな」

「それは困《こま》るね」

「でも宇宙《うちゅう》エレベーターができたら、もっとかんたんに行《い》けるようになるかもしれない。そうしたら、ぼくはウチダ君《くん》といっしょに行《い》こう」

「ウチダ君《くん》も宇宙《うちゅう》に行《い》きたいのかい？」

「……ひょっとすると、ウチダ君《くん》は行《い》かないかもしれない。彼《かれ》はブラックホールがこわいんだ。宇宙《うちゅう》に出《で》てもブラックホールに吸《す》いこまれる確率《かくりつ》は低《ひく》いとぼくは思《おも》うんだけどな」

「確率《かくりつ》がいくら低《ひく》くても、ウチダ君《くん》がいやならダメだね」

「うん。それなら、ウチダ君《くん》といっしょにロケットの打《う》ち上《あ》げを見《み》に行《い》こう。それは約束《やくそく》した」

喫茶店《きっさてん》の窓《まど》からは駐車場《ちゅうしゃじょう》が見《み》えていて、スポーツクラブに通《かよ》う大人《おとな》たちがうろうろ歩《ある》いていた。スポーツクラブの中《なか》には、ハムスターが運動《うんどう》する器具《きぐ》みたいに、いくら歩《ある》いたり走《はし》ったりしても前《まえ》に進《すす》まない機械《きかい》があることをぼくは知《し》っている。ぼくはいつもふしぎな機械《きかい》だなあと思《おも》う。

「ぼくは父《とう》さんとドライブに行《い》くとき、なんとなく世界《せかい》の果《は》てに到着《とうちゃく》しそうな気《き》がする」

「そうであればおもしろいね」

「でも、世界《せかい》の果《は》てはそんなに近《ちか》くにはないということも、ぼくはわかっているんだ。ぼくはもう小学校《しょうがっこう》の四年生《ねんせい》になるのだから。世界《せかい》の果《は》てはもっともっと遠《とお》くにあるんだろうね。宇宙《うちゅう》の果《は》てとか」

「そんなことはないだろう」

父《ちち》はまじめな顔《かお》で言《い》った。「世界《せかい》の果《は》ては遠《とお》くない」

「そうかな？」

「そうとも。世界《せかい》の果《は》ては外側《そとがわ》にばかりあるものではないと父《とう》さんは考《かんが》える。『ワームホール』もそうじゃないのかな？　おまえと父《とう》さんの間《あいだ》にあるこのテーブルの上《うえ》に、じつはワームホールが出現《しゅつげん》しているかもしれない。それは本当《ほんとう》に一瞬《いっしゅん》のことだから、私《わたし》たちに見《み》えないだけかもしれないじゃないか」

ぼくはコーヒーカップを見《み》た。そしてそのとなりに、べつの宇宙《うちゅう》への入《い》り口《ぐち》が開《ひら》いたり閉《と》じたりしている様子《ようす》を想像《そうぞう》した。それが本当《ほんとう》だとしたらおもしろい。

「世界《せかい》の果《は》ては折《お》りたたまれて、世界《せかい》の内側《うちがわ》にもぐりこんでいる」

父《ちち》はふしぎなことを言《い》った。

だからぼくはいつも世界《せかい》の果《は》てが見《み》つけられそうに感《かん》じるのだろうか。

父《ちち》はコーヒーを飲《の》んで笑顔《えがお》になった。「お姉《ねえ》さんの研究《けんきゅう》は進《すす》んでいるか？」

「たいへんむずかしい」

「この間《あいだ》、大学《だいがく》にいったときに、父《とう》さんはあの人《ひと》と話《はなし》をした。頭《あたま》のいい、おもしろい人《ひと》だが、謎《なぞ》めいたところがあるね。歯科医院《しかいいん》の先生《せんせい》もそんなことを言《い》っていた」

「研究《けんきゅう》が進《すす》むと、ますますわからなくなるんだ」

「おまえの研究《けんきゅう》がどんなものかわからないけれども、父《とう》さんが前《まえ》に言《い》ったことをおぼえているかい？」

「問題《もんだい》とは何《なに》か」

「おまえが解《と》くべき問題《もんだい》とは何《なに》か？」

「わからない。問題《もんだい》がいくつも出《で》てきた。どれもたいへんむずかしい」

「それは解決《かいけつ》に近《ちか》づいているのかもしれないぞ」

「なぜ？」

「それらの問題《もんだい》の正体《しょうたい》は、けっきょく一つの問題《もんだい》かもしれないからさ」

「そういうことがあるの？」

「そういうことがあるね」

ぼくはノートをとりだして、「それは一つの問題《もんだい》かもしれない」と書《か》いた。ぼくはその言葉《ことば》の意味《いみ》を繰《く》り返《かえ》し考《かんが》えてみるべきだ。ペンギン・ハイウェイの研究《けんきゅう》と、〈海《うみ》〉の研究《けんきゅう》は、じつはべつべつのものではなく、一つの研究《けんきゅう》なのではないだろうか。

「ぼくはよく考《かんが》えてみよう」

「毎日《まいにち》の発見《はっけん》を記録《きろく》しておくこと。そして、その発見《はっけん》を復習《ふくしゅう》して整理《せいり》すること」

父《ちち》はそう言《い》って、コーヒーを飲《の》む。

ハマモトさんの青《あお》ノートには〈海《うみ》〉の大《おお》きさが記録《きろく》されている。彼女《かのじょ》は方眼《ほうがん》を上手《じょうず》に使《つか》って、正確《せいかく》なグラフを書《か》いている。そのグラフによると〈海《うみ》〉の大《おお》きさはこのところ拡大《かくだい》を続《つづ》けていたけれども、最近《さいきん》になって拡大《かくだい》がゆるやかになった。

その日《ひ》、草原《そうげん》のパラソルの下《した》でぼくらは共同研究会議《きょうどうけんきゅうかいぎ》を開《ひら》いた。ハマモトさんは白《しろ》い帽子《ぼうし》を深《ふか》くかぶって、折《お》りたたみ式《しき》のイスに座《すわ》っていた。不機嫌《ふきげん》そうに膝《ひざ》をかかえて、無口《むくち》だった。ウチダ君《くん》はぼくとならんで草《くさ》の上《うえ》に座《すわ》って、不安《ふあん》そうに彼女《かのじょ》を見上《みあ》げている。なぜハマモトさんが不機嫌《ふきげん》であるかというと、お姉《ねえ》さんがペンギンをつくるということをぼくが秘密《ひみつ》にしていたことにこだわっているからだ。

ハマモトさんはイスの上《うえ》から、まるで尋問《じんもん》するみたいに言《い》った。

「アオヤマ君《くん》はずっと前《まえ》から知《し》ってたんでしょ？」

「そうだね」

「アオヤマ君《くん》はずるい。私《わたし》は〈海《うみ》〉の研究《けんきゅう》のことを教《おし》えてあげたのに、アオヤマ君《くん》は自分《じぶん》の研究《けんきゅう》のこと教《おし》えてくれなかったのね。私《わたし》だってペンギンがどこから来《き》たのか知《し》りたかったのに」

「ぼくは秘密《ひみつ》にしておかなくてはいけなかったんだよ。お姉《ねえ》さんと約束《やくそく》したから。それに、ペンギンのことがほかの人《ひと》にばれて、お姉《ねえ》さんが研究者《けんきゅうしゃ》につかまることを心配《しんぱい》した」

「私《わたし》、秘密《ひみつ》はちゃんと守《まも》るよ？」

「それはそのとおりだね」

「アオヤマ君《くん》は私《わたし》を信用《しんよう》してなかったの？」

「そういうわけではない」

ぼくが困《こま》っていると、ウチダ君《くん》が「でもさ」と言《い》った。「今《いま》はもうハマモトさんも知《し》ってるでしょ？　だからもう、いいんじゃないの」

「今度《こんど》からそういうことは秘密《ひみつ》にしないで。研究《けんきゅう》のさまたげになるでしょ？」

「そうかなあ」とウチダ君《くん》が言《い》った。

「それはハマモトさんの言《い》うとおりだ。ぼくは〈海《うみ》〉の研究《けんきゅう》と、ペンギン・ハイウェイの研究《けんきゅう》をべつべつのものと考《かんが》えていた。でも、これまでに発見《はっけん》したことを整理《せいり》すると、〈海《うみ》〉とペンギンたちの出現《しゅつげん》には関係《かんけい》があると思《おも》うのだ。それらをべつべつに研究《けんきゅう》しても、問題《もんだい》は解決《かいけつ》できない。これは一つの問題《もんだい》なんだ」

「そういうこと！」とハマモトさんがぴしゃりと言《い》った。

ウチダ君《くん》がしょんぼりした。「ぼくはわからなかったんだ」

「だから、ペンギン・ハイウェイの研究《けんきゅう》についてハマモトさんやウチダ君《くん》にだまっていたことをぼくは反省《はんせい》する。そしてぼくは一つ提案《ていあん》をしたい。お姉《ねえ》さんにもこの研究《けんきゅう》に加《くわ》わってもらうのはどうだろうか」

ハマモトさんとウチダ君《くん》はぼくの提案《ていあん》について考《かんが》えこんだ。

ハマモトさんは眉《まゆ》をひそめた。

「私《わたし》、あの人《ひと》がアオヤマ君《くん》に本当《ほんとう》のことを言《い》ってるって信《しん》じられない。あの人《ひと》は本当《ほんとう》になぜ自分《じぶん》がペンギンを出《だ》せるのか知《し》らないの？」

「それはお姉《ねえ》さんにとっても謎《なぞ》なんだ」

「そんなのおかしい。だって自分《じぶん》のことでしょ？」

「でもお姉《ねえ》さんは悪《わる》い人《ひと》ではないし、ペンギンのことでぼくにウソはつかない。お姉《ねえ》さんにとってもわからない。だからぼくは研究《けんきゅう》するようにお姉《ねえ》さんに頼《たの》まれている」

「どうかしら」

「ハマモトさんは歯医者《はいしゃ》さんがきらいだから、そんなふうに言《い》うのかい？」

「そんなことない」

「またけんかになってるよ」とウチダ君《くん》が言《い》った。「お菓子食《かした》べない？」

ハマモトさんが魔法瓶《まほうびん》から氷《こおり》で冷《つめ》たくした紅茶《こうちゃ》を出《だ》して、紙《かみ》コップに注《そそ》いでくれた。ぼくはリュックからおっぱいケーキを三つ取《と》りだした。「きっとみんないらいらするから、おいしいお菓子《かし》を買《か》っておいたほうがいい」とウチダ君《くん》が助言《じょげん》してくれたので、ジャバウォックの森《もり》をぬける前《まえ》に買《か》っておいたのである。

紅茶《こうちゃ》を飲《の》んでおっぱいケーキを食《た》べるうちにハマモトさんは少《すこ》し冷静《れいせい》になったようだ。

「考《かんが》えてみる」と彼女《かのじょ》は言《い》った。

共同研究会議《きょうどうけんきゅうかいぎ》が終了《しゅうりょう》したあと、ぼくらはしばらく〈海《うみ》〉を観測《かんそく》してみたけれど、少《すこ》し大《おお》きさがちぢんでいる他《ほか》はとくにめずらしい現象《げんしょう》は発生《はっせい》していなかった。ときどき、森《もり》と草原《そうげん》の境目《さかいめ》にペンギンがよちよち歩《ある》いているのが見《み》えるたびに、ハマモトさんは「ペンギン！」とさけんだ。

〈海《うみ》〉に探査船《たんさせん》を送《おく》りこむ計画《けいかく》は今《いま》のところ延期《えんき》になっている。探査船《たんさせん》ペンギン一号《ごう》は消失《しょうしつ》し、ペンギン二号《ごう》は本物《ほんもの》のペンギンになってしまって、今《いま》ごろは森《もり》の中《なか》をうろうろしているのだろう。そして探査船《たんさせん》ペンギン三号《ごう》はまだ完成《かんせい》していない。レゴブロックが次々《つぎつぎ》に消《き》えてしまうのは困《こま》ったことだし、ペンギン一号《ごう》の中《なか》に組《く》みこんでいた温度計《おんどけい》やペンライトのかわりはないのだ。さらに、こないだのふしぎな光学的現象《こうがくてきげんしょう》から、〈海《うみ》〉がぼくらをからかっているという仮説《かせつ》が立《た》てられ、そのこともぼくらを不安《ふあん》にしていた。

ウチダ君《くん》が自分《じぶん》で作《つく》った凧《たこ》を飛《と》ばす準備《じゅんび》を始《はじ》めた。ぼくらはそれを手伝《てつだ》った。歯科医院《しかいいん》でもらってきた雑誌《ざっし》からきれいな写真《しゃしん》をぼくが切《き》り抜《ぬ》くと、ウチダ君《くん》はそれらの写真《しゃしん》を凧《たこ》に貼《は》りつけた。

やがて明《あか》るいきれいな凧《たこ》ができた。

その凧《たこ》をぼくらは草原《そうげん》から空《そら》に飛《と》ばして遊《あそ》んだ。

それから一週間《しゅうかん》、ぼくら家族《かぞく》は祖父母《そふぼ》の家《いえ》に行《い》った。毎年夏《まいとしなつ》になって父《ちち》が夏休《なつやす》みをとると、ぼくらは車《くるま》にのって出《で》かけていく決《き》まりである。

〈海《うみ》〉の観測《かんそく》ができないのはかなしいことだけれども、ぼくだけが家《いえ》に残《のこ》ることはできなかった。それに、ぼくが泊《と》まりに行《い》かなければ、祖父《そふ》と祖母《そぼ》はたいへんかなしむにちがいない。ちなみに祖父《そふ》と祖母《そぼ》は、ぼくの父《ちち》の父《ちち》と母《はは》である。出《で》かける前《まえ》の日《ひ》、ぼくはハマモトさんとウチダ君《くん》に「しっかり研究《けんきゅう》しておいてね」と頼《たの》んだ。

祖父母《そふぼ》の家《いえ》は、ぼくらの街《まち》から車《くるま》で二時間《じかん》ぐらい走《はし》ったところにある。ぼくらの住《す》んでいる住宅地《じゅうたくち》よりもずっと古《ふる》い町《まち》だ。祖父母《そふぼ》の家《いえ》の裏《うら》には小《ちい》さな山《やま》があって、夏休《なつやす》みにはセミの声《こえ》がずっと聞《き》こえている。山《やま》の奥《おく》には水《みず》たまりみたいに小《ちい》さなかわいい池《いけ》がある。家《いえ》のとなりには祖父《そふ》が野菜《やさい》を育《そだ》てている畑《はたけ》がある。泊《と》まっている間《あいだ》、ぼくは祖父《そふ》のあとをくっついて歩《ある》いて、畑《はたけ》の野菜《やさい》の世話《せわ》をする。

ぼくは祖父《そふ》が好《す》きである。

祖父《そふ》はゆっくり歩《ある》き、のんびりしゃべる。ぼくらのだれよりも、祖父《そふ》はのんびりしゃべる。ぼくがあんまりしゃべりすぎると、祖父《そふ》は「ゆっくりしゃべりなさい」と言《い》う。「何《なに》を言《い》っているのかわからんよ」

祖父《そふ》は甘《あま》いものが好《す》きなので、ぼくと二人《ふたり》で散歩《さんぽ》に出《で》かけると、いつも何《なに》か甘《あま》いお菓子《かし》を買《か》う。ぼくと祖《そ》父《ふ》は畑《はたけ》の隅《すみ》にあるくぼ地《ち》でたき火《び》をしたり、山《やま》の竹林《たけばやし》を歩《ある》いたりしながら、そのお菓子《かし》を食《た》べる。ぼくはそうして祖父《そふ》といっしょにすごしながら、いろいろな話《はなし》を聞《き》くのだ。祖父《そふ》が若《わか》いころに外国《がいこく》に行《い》った話《はなし》や、父《ちち》が大学生《だいがくせい》だったころの話《はなし》。それらをぼくはあとでノートに書《か》いた。

夜《よる》になって、ぼくが祖父《そふ》の部屋《へや》にノートを見《み》せに行《い》くと、祖父《そふ》はたいへん感心《かんしん》してくれた。

「おまえは学者《がくしゃ》だなあ」

祖父《そふ》の部屋《へや》は古《ふる》い本《ほん》や道具《どうぐ》がたくさんあって、お線香《せんこう》のような匂《にお》いがする。祖父《そふ》は部屋《へや》を整理《せいり》するのがきらいだし、だれかが自分《じぶん》のものを動《うご》かすのもきらいである。祖父《そふ》の部屋《へや》には、祖父《そふ》が座《すわ》る緑色《みどりいろ》のやわらかい古《ふる》いソファと、小《ちい》さな木《き》のイスがある。祖父《そふ》はソファに座《すわ》って魔法瓶《まほうびん》から注《そそ》いだコーヒーに砂糖《さとう》をいれて飲《の》む。ぼくは小《ちい》さな木《き》のイスに座《すわ》って、祖父《そふ》とおしゃべりをする。祖父《そふ》の部屋《へや》はたいへん混乱《こんらん》しているから、どこに何《なに》があるのかわからない。ぼくが祖父《そふ》にあげた地図《ちず》も、どこにあるのかわからない。でも祖父《そふ》は「どこかにあるだろう」とゆっくり言《い》って、コーヒーを飲《の》んでいる。「どこかにあるから大丈夫《だいじょうぶ》」

祖母《そぼ》は祖父《そふ》とはぜんぜんちがう。

ぼくは祖母《そぼ》も好《す》きである。

祖母《そぼ》はいつも家《いえ》の中《なか》を動《うご》いているし、ぼくらのだれよりも早口《はやくち》である。父《ちち》によると、若《わか》いころはもっと早《はや》口《くち》で、怒《おこ》っているときは何《なに》を言《い》っているのかだれにもわからなかったそうだ。祖母《そぼ》は家《いえ》の中《なか》を動《うご》きまわりながら、ぼくに部屋《へや》の掃除《そうじ》の仕方《しかた》や整理《せいり》の方法《ほうほう》を教《おし》えてくれる。上手《じょうず》に分類《ぶんるい》するとたいへん気持《きも》ちがよいことを、ぼくは祖母《そぼ》に教《おそ》わった。祖母《そぼ》の分類《ぶんるい》三原則《げんそく》。

□よく使《つか》うものと、ときどき使《つか》うものを分《わ》けること。

□ぜったいになくしてはいけないものと、なくしてもかまわないものを分《わ》けること。

□分《わ》けにくいものは決《けっ》して分《わ》けないこと。

祖母《そぼ》はいろいろなものをいろいろに分《わ》けて、たくさんの引《ひ》き出《だ》しがついた大《おお》きな棚《たな》にしまっている。ぼくは祖母《そぼ》がその棚《たな》を整理《せいり》しているのを見《み》るのが好《す》きである。となりでぼくが見《み》ていると、祖母《そぼ》は引《ひ》き出《だ》しの中《なか》にあるふしぎなものを取《と》り出《だ》して、その使《つか》い道《みち》をぼくに当《あ》てさせる。割《わ》れたお皿《さら》とか、ワインのコルクもある。祖母《そぼ》は使《つか》わないものは捨《す》ててしまうので、そこにあるものはすべて使《つか》うものなのだけれども、使《つか》い道《みち》を当《あ》てるのはかんたんではない。ぼくが悩《なや》んでいると、祖母《そぼ》は得意《とくい》そうな顔《かお》をする。

祖父母《そふぼ》の家《いえ》の中《なか》で、片付《かたづ》いていないのは祖父《そふ》の部屋《へや》だけである。

「あの部屋《へや》を片付《かたづ》けたら、あの人《ひと》は死《し》んじゃうような気《き》がするよ」と祖母《そぼ》は言《い》った。「だから片付《かたづ》けてはだめだよ」

母《はは》は、ぼくの父《ちち》は祖母《そぼ》に似《に》ているという。でも一部《いちぶ》ではやっぱり祖父《そふ》にも似《に》ているそうだ。

「お父《とう》さんはふだんはおばあちゃんに似《に》ているのよ。でも仕事《しごと》に夢中《むちゅう》になったりすると、だんだんおじいちゃんになってくるのね」と母《はは》は言《い》う。

祖父母《そふぼ》の家《いえ》に泊《と》まっている間《あいだ》、ぼくら家族《かぞく》は二階《かい》のあいた部屋《へや》で眠《ねむ》る。はじめのうちはぼくらの家《いえ》と匂《にお》いがちがうのが気《き》になる。その匂《にお》いになれてきて、もうすっかり平気《へいき》になったころには、ぼくらは帰《かえ》らなくてはならない。

祖父母《そふぼ》の家《いえ》から一週間《しゅうかん》ぶりに帰《かえ》ってきた次《つぎ》の日《ひ》は小学校《しょうがっこう》の登校日《とうこうび》だった。久《ひさ》しぶりに学校《がっこう》に行《い》くと、クラスの中《なか》には真《ま》っ黒《くろ》に日焼《ひや》けしている子《こ》がいた。太陽《たいよう》の光《ひかり》を浴《あ》びてこんなふうに変身《へんしん》するのはおどろくべきことだ。ぼくはあまり日焼《ひや》けしない。

先生《せんせい》がくるまでの間《あいだ》、ぼくはハマモトさんやウチダ君《くん》に、祖母《そぼ》の家《いえ》でのできごとを話《はな》していた。そうするとハマモトさんがふと顔《かお》を上《あ》げて、「スズキ君《くん》がへん」とつぶやいた。「なんだかへん」

ぼくはふりかえって、スズキ君《くん》のほうを見《み》た。彼《かれ》は自分《じぶん》の席《せき》に座《すわ》ってぼんやりしていた。そんなことは彼《かれ》らしくなかった。クラスの子《こ》たちは久《ひさ》しぶりに会《あ》ったのがうれしくてにぎやかに話《はなし》をしているけれど、スズキ君《くん》のまわりは台風《たいふう》の目《め》みたいに静《しず》かである。コバヤシ君《くん》とナガサキ君《くん》もなんとなくスズキ君《くん》に近《ちか》づきにくいような感《かん》じで、ぎくしゃくしている。

ぼくが観察《かんさつ》していると、スズキ君《くん》は顔《かお》を上《あ》げて、こちらを見《み》た。そして目《め》をそらした。

「スズキ君《くん》、なんだか静《しず》かだね」とウチダ君《くん》が言《い》った。「どうしたんだろ?」

スズキ君帝国皇帝《くんていこくこうてい》が一人《ひとり》で考《かんが》えこんでいるなんて見《み》たことがなかった。

開《ひら》いた窓《まど》から熱《あつ》い風《かぜ》が吹《ふ》きこんで、大《おお》きなクリーム色《いろ》のカーテンをふわふわさせていた。教室《きょうしつ》は楽《たの》しそうな声《こえ》でいっぱいだったけれども、一つのふしぎな噂《うわさ》が流《なが》れていた。その噂《うわさ》を聞《き》いたウチダ君《くん》がぼくに教《おし》えてくれた。

べつのクラスの子《こ》が市営《しえい》グラウンドの北《きた》にある水路《すいろ》で、へんな生《い》き物《もの》を目撃《もくげき》したという噂《うわさ》だ。

その水路《すいろ》はバス通《どお》りの下《した》をくぐるために十メートルほど暗渠《あんきょ》になっていて、「トンネルくぐり」というスズキ君帝国《くんていこく》の有名《ゆうめい》な刑罰《けいばつ》に使《つか》われていた。雨《あめ》がたくさん降《ふ》ったときに水《みず》を流《なが》すための水路《すいろ》だから、ふだんは乾《かわ》いていて、四《よ》つん這《ば》いになれば通《とお》ることができる。ぼくは一度《いちど》、自主的《じしゅてき》に探検《たんけん》したことがある。

その子《こ》が水路《すいろ》を通《とお》りぬけようとすると、暗《くら》い水路《すいろ》にうずくまっている大《おお》きな生《い》き物《もの》を見《み》つけた。その生《い》き物《もの》はぬれていて、魚《さかな》のような生臭《なまぐさ》い臭《にお》いがした。大《おお》きさは大型犬《おおがたけん》ぐらい。けれども毛《け》は一本《いっぽん》も生《は》えていなくて、つるつるしていた。ぎゅっと丸《まる》まっていたので、どこに頭《あたま》があるのかもわからなかったそうだ。その子《こ》がびっくりしていると、ふいにその生《い》き物《もの》ははねるようにして体《からだ》を広《ひろ》げ、ビタビタと足音《あしおと》を鳴《な》らしてトンネルの向《む》こうへ逃《に》げていった。生《い》き物《もの》がうずくまっていたところはコンクリートがびっしょりぬれていたそうだ。

「新種《しんしゅ》の動物《どうぶつ》だろうか？」

ウチダ君《くん》が言《い》った。

「ノラ猫《ねこ》とかノラ犬《いぬ》じゃないだろうか。雨《あめ》にぬれたので、休《やす》んでいた可能性《かのうせい》があるね」

「でも雨《あめ》は降《ふ》ってなかったって」

ふしぎな話《はなし》だった。

登校日《とうこうび》はほかに何《なに》もすることがないので、学校《がっこう》は午前中《ごぜんちゅう》で終《お》わってしまった。

その日《ひ》の午後《ごご》、ぼくは歯科医院《しかいいん》へ検診《けんしん》に出《で》かけた。ぼくが知《し》らないうちに虫歯菌《むしばきん》が成長《せいちょう》していないかどうか、しらべてもらったほうがいいと考《かんが》えたのだ。そこでぼくが歯科医院《しかいいん》に入《はい》ると、いつかの日《ひ》のようにスズキ君《くん》が先《さき》に来《き》て座《すわ》っていた。彼《かれ》はちょうど学校《がっこう》にいたときみたいにぼんやりとして、魚《さかな》のかたちをした銀色《ぎんいろ》のモビールを見上《みあ》げていた。彼《かれ》はぼくが入《はい》ってきたことに気《き》づくと、びくんとした。そして目《め》をそらした。

ぼくは雑誌《ざっし》をめくりながら「スズキ君《くん》」と言《い》った。「こないだはたいへんな戦《たたか》いだったね。ペンギンたちが来《こ》なかったら、ぼくらは敗北《はいぼく》していただろう」

スズキ君《くん》は何《なに》も言《い》わない。

「でもスズキ君《くん》たちが川《かわ》を探検《たんけん》してくれたのはうれしい。これで街《まち》の地図《ちず》が充実《じゅうじつ》する。小学校《しょうがっこう》の裏《うら》にある川《かわ》を下《くだ》ると、あの草原《そうげん》までいくっていうのは、立派《りっぱ》な発見《はっけん》だと思《おも》う」

ぼくがほめても、スズキ君《くん》は上《うわ》の空《そら》だ。何《なに》かがおかしかった。

「今日《きょう》のスズキ君《くん》はへんだなあ」

スズキ君《くん》はムッとした。「俺《おれ》はヘンじゃない。おまえらのほうがヘンだ。こないだのペンギンだってさ」

「ずいぶんたくさんのペンギンだったね。ぼくもびっくりした」

「なんであんなにたくさんペンギンがいるんだ？」

「だれかのペットが逃《に》げだしたのかもしれない」

「テキトーなこと言《い》うなよ。おまえ、ホントにウソばっかりつくな」

「ぼくは『かもしれない』って言《い》っただけだよ。可能性《かのうせい》★5を示唆《しさ》しただけだから、ウソにはならない」

「またわけのわかんないこと言《い》うし」

そこでスズキ君《くん》は声《こえ》をひそめた。「ここのお姉《ねえ》さんはなんであのペンギンたちに指図《さしず》できんの？」

「それはたしかに謎《なぞ》だね」

「それだけじゃないぞ」

スズキ君《くん》はつぶやいた。「あの草原《そうげん》の、あのへんな、浮《う》かんでるやつ……」

「地面《じめん》から出《で》てるガスのこと？　あれがどうしたの？」

ぼくが待《ま》っていても、彼《かれ》は宙《ちゅう》をにらんだまま何《なに》も言《い》わない。

「何《なに》か気《き》になることがあるのかい？」

「もういい」

★5 はっきりとは言《い》わず、それとなく知《し》らせること。ほのめかすこと。

「何《なに》かぼくに話《はな》したいことがあるんじゃないの?」

「べつに」

そうしてスズキ君《くん》はだまってしまった。

「何《なに》もないんだったら、いいんだ。ぼくは無理《むり》に聞《き》かないよ」

彼《かれ》はけっきょく何《なに》も言《い》わないままだった。ぼくが検診《けんしん》を終《お》えて出《で》てくると、スズキ君《くん》はもう帰《かえ》っていた。

ぼくがソファに座《すわ》って、呼《よ》ばれるのを待《ま》っていると、お姉《ねえ》さんが診察室《しんさつしつ》から出《で》てきた。彼女《かのじょ》はぼくのとなりにどっかり座《すわ》った。ソファがお姉《ねえ》さんの重《おも》みでへこんで、ぼくは重力《じゅうりょく》の大《おお》きい星《ほし》にひっぱられるように、お姉《ねえ》さんのそばに引《ひ》きよせられた。

「スズキ君《くん》に何《なに》か言《い》ったな、少年《しょうねん》」と彼女《かのじょ》は言《い》った。「様子《ようす》がへんだったよ」

「ぼくは何《なに》も言《い》いません」

「本当《ほんとう》? 私《わたし》の目《め》を見《み》て言《い》ってごらん」

ぼくはお姉《ねえ》さんの目《め》を見《み》て、「ぼくは何《なに》も言《い》いません」と言《い》った。彼女《かのじょ》は「あれ?」と言《い》った。「じゃあ私《わたし》のことをこわがってたのかな。ペンギンをけしかけたから」

「そうかもしれません。そうではないかもしれません。スズキ君《くん》は今朝《けさ》から様子《ようす》がへんなんです」

ほかに待《ま》っている人《ひと》がいなかったので、ぼくはお金《かね》を払《はら》ったあとも、お姉《ねえ》さんとしばらく小声《こごえ》で話《はなし》をした。

「お姉《ねえ》さんがハマモトさんたちの前《まえ》でいきなりペンギンを出《だ》すものだから、ぼくはおどろいた。もうちょっとでスズキ君《くん》たちにも目撃《もくげき》されるところでした。お姉《ねえ》さんはもっと慎重《しんちょう》に行動《こうどう》すべきだと思《おも》います」

「ごめんね。ウチダ君《くん》がピンチだったもんだからね」

「お姉《ねえ》さんのおかげでウチダ君《くん》は助《たす》かりました」

「そうだろ？」

「お姉《ねえ》さんはペンギンが〈海《うみ》〉をこわすこと知《し》ってましたか？」

「知《し》ってるわけないじゃないの。ただ夢中《むちゅう》で投《な》げただけ」

「あの実験《じっけん》で、〈海《うみ》〉とペンギンには関係《かんけい》があることが明《あき》らかになりました。ぼくはお姉《ねえ》さんにも〈海《うみ》〉の研究《けんきゅう》に協力《きょうりょく》してほしいんです。でもハマモトさんは反対《はんたい》します。ぼくはハマモトさんを説得《せっとく》する必要《ひつよう》がある」

お姉《ねえ》さんはぼくの顔《かお》を見《み》て、なぜかニッと笑《わら》った。

「それはむずかしいと思《おも》うぜ」

「そうでしょうか？」

お姉《ねえ》さんはしばらく考《かんが》えてから、ぽんと膝《ひざ》をたたいた。

「ハマモトさんたちと仲良《なかよ》くなるために、みんなでプールでも行《い》くかい？」

「それはたいへん楽《たの》しそうだな。ぼくは泳《およ》ぐのは得意《とくい》です」

スズキ君帝国皇帝《くんていこくこうてい》が一人《ひとり》で草原《そうげん》にやってきたのは、登校日《とうこうび》から数日後《すうじつご》のことだった。

彼《かれ》はジャバウォックの森《もり》と草原《そうげん》の入《い》り口《ぐち》に立《た》って、ぼくらのほうをうかがっていた。

ぼくとハマモトさんはチェスをしていて、ウチダ君《くん》はノートを前《まえ》に腕組《うでぐ》みをして、考《かんが》えごとをしていた。

チェス盤《ばん》から顔《かお》を上《あ》げたハマモトさんが森《もり》のほうを見《み》て、「スズキ君《くん》がいるよ」とつぶやいた。

スズキ君帝国皇帝《くんていこくこうてい》は一人《ひとり》だった。彼《かれ》はぼくらが森《もり》の入《い》り口《ぐち》につるしたハンモックのとなりに立《た》って、だまってこちらをにらむようにしていた。草原《そうげん》の方《ほう》に入《はい》ってこようとはしない。ぼくらが見返《みかえ》すと、彼《かれ》はくるりとふりかえって帰《かえ》っていきそうになったけれども、また戻《もど》ってきて、やっぱり森《もり》と草原《そうげん》の境目《さかいめ》に立《た》っている。

「決闘《けっとう》の申《もう》しこみにきたのかもしれないよ」とウチダ君《くん》が言《い》った。

「決闘《けっとう》はごめんこうむりたいなあ」とぼくは言《い》った。

「決闘《けっとう》なんてつまんない」とハマモトさんは言《い》って立《た》ち上《あ》がり、スズキ君《くん》に向《む》かって手《て》を振《ふ》った。「そんなところで何《なに》してるの？　何《なに》か用《よう》？」と言《い》った。

それでもスズキ君《くん》は森《もり》から出《で》て来《こ》ないので、ぼくらはそこまで歩《ある》いていった。

スズキ君《くん》は何《なに》も言《い》わずに手《て》に持《も》っていたものをさしだした。ぼくとウチダ君《くん》が作《つく》って、スズキ君《くん》に没収《ぼっしゅう》されていた探検地図《たんけんちず》だった。広《ひろ》げてみると、小学校《しょうがっこう》の裏《うら》から流《なが》れ出《だ》す川《かわ》が街《まち》と森《もり》をぬけてこの草原《そうげん》まで続《つづ》いていることが、不器用《ぶきよう》なぐにゃぐにゃの線《せん》で描《か》きこんであった。「返《かえ》してくれるの？」とぼくが言《い》うと、彼《かれ》はうなずく。先日《せんじつ》ぼくらの観測《かんそく》ステーションを襲撃《しゅうげき》したときの元気《げんき》はない。彼《かれ》は〈海《うみ》〉のほうをちらちらと見《み》た。

ハマモトさんが拍子抜《ひょうしぬ》けしたみたいに言《い》った。「けんかしにきたんじゃないの？」

「スズキ君《くん》、何《なに》か話《はな》したいことがあるんだったら観測《かんそく》ステーションにくるかい？」

「ちがう」

「俺《おれ》、ここでいい」

スズキ君《くん》は〈海《うみ》〉のほうを見《み》ている。そうしてしばらくだまったまま、短《みじか》く切《き》った髪《かみ》をぐしゃぐしゃとかいたりしていた。そんなふうに真剣《しんけん》に悩《なや》んでいるスズキ君《くん》を見《み》るのは初《はじ》めてのことだ。

「だまってたら、わからないよ」

ハマモトさんが怒《おこ》ったように言《い》った。

スズキ君《くん》も怒《おこ》ったような顔《かお》をした。

「すごくへんてこなことが起《お》こったんだ」

「へんてこなこと？」

「おまえら何《なに》か知《し》ってるんだろ？」

「君《きみ》がちゃんと説明《せつめい》してくれれば、ぼくらはまじめに聞《き》くよ」

そうしてスズキ君《くん》は、そのへんてこな体験《たいけん》について話《はなし》をした。

その話《はなし》は先日《せんじつ》、ぼくらの観測《かんそく》ステーションをスズキ君帝国《くんていこく》が襲撃《しゅうげき》したときから始《はじ》まる。

あの日《ひ》、お姉《ねえ》さんが「さあいけ、ペンギン諸君《しょくん》！」とさけんでペンギンたちをけしかけてきた混乱《こんらん》の中《なか》、スズキ君《くん》はいったん退却《たいきゃく》しようと思《おも》って、草原《そうげん》からジャバウォックの森《もり》の奥《おく》へ逃《に》げた。コバヤシ君《くん》やナガサキ君《くん》も来《く》るかと思《おも》っていたけれども、彼《かれ》らはなかなか逃《に》げてこなかった。スズキ君《くん》は「ドジなやつら！」と思《おも》って、森《もり》の中《なか》から様子《ようす》をうかがっていた。そのうち、コバヤシ君《くん》たちはスズキ君《くん》とはべつの方向《ほうこう》へ逃《に》げてしまった。

スズキ君《くん》はコバヤシ君《くん》たちを追《お》いかけようとしたけれど、そのときハマモトさんが「プロミネンス！」とさけぶのが聞《き》こえた。「なんだろう？」と思《おも》って木立《こだち》をすかして草原《そうげん》を見《み》ると、水《みず》でできた大《おお》きなボールのようなものが、ものすごい勢《いきお》いで草原《そうげん》の上《うえ》を飛《と》んで、スズキ君《くん》に向《む》かってきたのだ。

彼《かれ》はアッと思《おも》って目《め》をつぶった。大《おお》きなゼリーがぶにょんと体《からだ》をつつんで、そのまま通《とお》りすぎるような感《かん》触《しょく》がした。そのあと、とくに何《なに》もないのでこわごわ目《め》を開《あ》けると、彼《かれ》はさっきと同《おな》じように森《もり》の中《なか》に立《た》っていた。体《からだ》はぬれてもいなかったし、どこにもケガはなかった。でも草原《そうげん》を見《み》ると、つい一瞬前《いっしゅんまえ》までいた、ぼくらの姿《すがた》が見《み》えない。お姉《ねえ》さんもいない。

スズキ君《くん》はちょっとへんに思《おも》ったけれども、コバヤシ君《くん》たちを追《お》いかけるためにジャバウォックの森《もり》の中《なか》を走《はし》っていった。ところがコバヤシ君《くん》たちはどこに行《い》ったのか分《わ》からなかったのだ。森《もり》から出《で》てコバヤシ君《くん》の家《いえ》にいってみると、さっきスズキ君《くん》の家《いえ》に遊《あそ》びに出《で》かけたばかりだと言《い》われた。スズキ君《くん》はますますへんてこな気持《きも》ちになった。

そうして彼《かれ》が住宅街《じゅうたくがい》のケヤキ並木《なみき》を家《いえ》のほうへ歩《ある》いていくと、ちょうど自分《じぶん》の家《いえ》からコバヤシ君《くん》たちが飛《と》び出《だ》してくるところだった。後《うし》ろから声《こえ》をかけようとしたスズキ君《くん》は、コバヤシ君《くん》とナガサキ君《くん》といっしょに家《いえ》から出《で》てきた男《おとこ》の子《こ》の姿《すがた》を見《み》て、「だれだ、あいつ？」と思《おも》った。その男《おとこ》の子《こ》がコバヤシ君《くん》に何《なに》か言《い》って横《よこ》を向《む》いたとき、スズキ君《くん》はそれが自分《じぶん》にそっくりであることに気《き》づいて、声《こえ》を上《あ》げそうなぐらいおどろいた。思《おも》わず電信柱《でんしんばしら》のかげにかくれていると、その自分《じぶん》そっくりの男《おとこ》の子《こ》はコバヤシ君《くん》たちといっしょに歩《ある》いていった。

スズキ君《くん》が家《いえ》に入《はい》ると、お母《かあ》さんがびっくりした。「あれ、どうしたの？　もう帰《かえ》ったの？」時計《とけい》を見《み》ると、さっきまで夕方《ゆうがた》だったはずなのに、時計《とけい》の針《はり》はまだお昼《ひる》すぎだった。頭《あたま》がくらくらして何《なに》もわからなくなり、スズキ君《くん》はそのまま自分《じぶん》の部屋《へや》に戻《もど》って、布団《ふとん》をかぶって眠《ねむ》ってしまった。

夕方《ゆうがた》になってお母《かあ》さんに起《お》こされて玄関《げんかん》にいってみると、コバヤシ君《くん》とナガサキ君《くん》がきていた。彼《かれ》らはぷんぷん怒《おこ》っていた。スズキ君《くん》が自分《じぶん》だけ先《さき》に逃《に》げだしたこと、家《いえ》にもどって一人《ひとり》で寝《ね》ていたことを非難《ひなん》した。スズキ君《くん》は自分《じぶん》の身《み》に起《お》こったできごとを説明《せつめい》しようとしたけれども、上手《じょうず》に説明《せつめい》できない。もごもご言《い》っているうちにコバヤシ君《くん》たちはますます怒《おこ》って、帰《かえ》ってしまった。

そのあともスズキ君《くん》は、あのとき自分《じぶん》が見《み》たもう一人《ひとり》の自分《じぶん》が帰《かえ》ってくるんじゃないかとこわくて、晩《ばん》ごはんも食《た》べられないぐらいだったそうだ。

それがスズキ君《くん》のふしぎな体験《たいけん》だった。

「俺《おれ》、へんなことを言《い》ってるだろ？　バカにしてるんだろ？」

ぼくらが何《なに》も言《い》っていないのに、スズキ君《くん》はさけんだ。「コバヤシたちもバカにしてるに決《き》まってる！」

「たしかにへんな話《はなし》ね」

「でもホントのことだからな。ウソじゃない。あの、俺《おれ》にそっくりなやつは何《なん》だ？　俺《おれ》はあの飛《と》んできたへんなものにさわって、おかしくなったのか？」

「たしかにスズキ君《くん》の経験《けいけん》は謎《なぞ》だ。でもぼくは君《きみ》をバカにしたりしないよ。ぼくらはその君《きみ》がさわったへんなものについても研究《けんきゅう》をしているからね」

「スズキ君《くん》がウソをついていないという証拠《しょうこ》はある？」とハマモトさんが言《い》った。

「ウソじゃないって言《い》ってるだろ！」

スズキ君《くん》は地団駄《じだんだ》を踏《ふ》んで顔《かお》を赤《あか》くした。「ウソじゃない！」

あたりはだんだん暗《くら》くなっていた。森《もり》を越《こ》えて届《とど》く真《ま》っ赤《か》な夕陽《ゆうひ》が、草原《そうげん》の向《む》こうを赤《あか》く染《そ》めていた。

〈海《うみ》〉はぎらぎらと光《ひか》っている。早《はや》くジャバウォックの森《もり》をぬけなければ日《ひ》が暮《く》れてしまう。

「研究《けんきゅう》してるんだったら、あれが何《なん》なのか俺《おれ》にも教《おし》えろ」

「それはできないわ」とハマモトさんは言《い》った。

「なんでだよ？」

「これは私《わたし》たちの研究《けんきゅう》だもん。部外者《ぶがいしゃ》には秘密《ひみつ》なの」

「アオヤマ、あの俺《おれ》にそっくりなやつ、あれはなんだ？　教《おし》えろ」

「ぼくはもっと時間《じかん》をかけて研究《けんきゅう》しないと何《なん》とも言《い》えない。それに君《きみ》は本当《ほんとう》に知《し》りたいんだったら、もっと丁寧《ていねい》にぼくにお願《ねが》いすべきだ」

スズキ君《くん》は怒《おこ》って頬《ほお》をふくらました。

「おまえら、ずるいな！」

「ぼくたちはずるくない」

「おまえたち、何《なに》かへんだぞ。こそこそしてさ。こないだのペンギンたちもそうだし、そこに浮《う》かんでるへんなやつもそうだし。おまえたち、何《なに》か陰謀《いんぼう》してるんだろ？」

「陰謀《いんぼう》じゃないよ。ぼくらは研究活動《けんきゅうかつどう》をしてるんだ」

「俺《おれ》に教《おし》えないなら、おまえらが森《もり》の中《なか》で何《なに》かへんなことしてるってみんなに言《い》うからな。そうしたら、おまえらもぜんぶ白状《はくじょう》しなくちゃいけなくなるからな」

「それは困《こま》るなあ。ぼくらの研究活動《けんきゅうかつどう》に支障《ししょう》が出《で》る」

ハマモトさんは一歩前《いっぽまえ》に出《で》て、「やってみればいいじゃない？」と言《い》った。「そんなことしたら、どうなるかわかってるんでしょうね。私《わたし》は一生《いっしょう》スズキ君《くん》をゆるさないから。一生《いっしょう》うらむからね」

スズキ君《くん》はだまってしまった。

きっと彼《かれ》はハマモトさんから一生《いっしょう》ゆるされないのはいやなのだ。

急《きゅう》にハマモトさんが〈海《うみ》〉のほうをふりかえって、「アッ！」と大《おお》きな声《こえ》を出《だ》した。

ぼくらはまた〈海《うみ》〉が何《なに》か活動《かつどう》を始《はじ》めたのかと思《おも》って、あわててふりかえった。けれども、〈海《うみ》〉は草原《そうげん》の向《む》こうに静《しず》かに浮《う》かんでいるだけで、どこにも変《か》わったところはなかった。

「ハマモトさん、何《なに》か見《み》えたの？」

「ううん。ウソよ」

彼女《かのじょ》は平気《へいき》な顔《かお》でそんなことを言《い》った。

そうしてぼくらが前《まえ》を見《み》ると、もうスズキ君《くん》はいなかった。彼《かれ》はびっくりして逃《に》げてしまったのだ。よっぽど〈海《うみ》〉にビクビクしていたにちがいない。


その夜《よる》、ぼくは眠《ねむ》いのをがまんしてノートをにらみ、スズキ君《くん》の体験《たいけん》について研究《けんきゅう》した。

重要《じゅうよう》なことは以下《いか》の事実《じじつ》だとぼくは考《かんが》えた。

□スズキ君《くん》がもう一人《ひとり》のスズキ君《くん》を目撃《もくげき》したこと。
□森《もり》にいたときは夕方《ゆうがた》だったはずなのにお昼《ひる》だったという現象《げんしょう》。
□コバヤシ君《くん》たちはスズキ君《くん》が先《さき》に逃《に》げたと思《おも》いこんでいたこと。

これらの事実《じじつ》から、ぼくは次《つぎ》のような仮説《かせつ》を立《た》てた。

「〈海《うみ》〉を通過《つうか》することでスズキ君《くん》は時間旅行《じかんりょこう》を経験《けいけん》した」

もちろん、これはあくまで仮説《かせつ》にすぎない。


駅《えき》の向《む》こうに「厚生年金休暇《こうせいねんきんきゅうか》センター」という施設《しせつ》があって、そこには大《おお》きなプールがある。夏《なつ》になると大勢《おおぜい》の人《ひと》たちでにぎわう。水《みず》が流《なが》れるすべり台《だい》もあるし、プールサイドではチョコミントアイスや焼《や》きそばを売《う》っている。ぼくはチョコミントアイスがたいへん好《す》きだ。そのプールは川《かわ》のように流《なが》れている。

小学校《しょうがっこう》で水泳大会《すいえいたいかい》があったとき、一学年《がくねん》の生徒《せいと》みんなで水《みず》の力《ちから》を知《し》るための実験《じっけん》をした。生徒《せいと》たちがみんな水《みず》に入《はい》り、プールの外周《がいしゅう》に沿《そ》って歩《ある》いていく。だんだん流《なが》れが生《う》まれて、プールの水《みず》がぐるぐるまわり始《はじ》める。ぼくらが歩《ある》くのを止《と》めようとしても、流《なが》れに押《お》し流《なが》される。プールサイドに立《た》った先生《せんせい》が「はい逆向《ぎゃくむ》き！」と手《て》をたたくと、ぼくらはこれまでとは反対《はんたい》の方向《ほうこう》へ歩《ある》こうとする。みんなきゃあきゃあ言《い》って足《あし》をふんばる。でもこれは困難《こんなん》な作業《さぎょう》なのだ。水《みず》の力《ちから》はたいへん強《つよ》い。産卵《さんらん》のために川《かわ》をさかのぼるシャケたちはたいへんなエネルギーをもっているのだなあとぼくは感心《かんしん》した。シャケではないぼくたちはきゃあきゃあ言《い》いながら流《なが》されるしかない。

たいへんおもしろい実験《じっけん》だった。

動《うご》かない水《みず》に浮《う》かんでいるよりも、流《なが》れる水《みず》に浮《う》かんでいるほうがおもしろい。「流《なが》れるプール」を発明《はつめい》した人《ひと》はたいへん頭《あたま》の良《よ》い人《ひと》だとぼくは思《おも》う。

その日《ひ》は快晴《かいせい》で、まるで南《みなみ》の島《しま》みたいな天候《てんこう》だった。お姉《ねえ》さんがプールに連《つ》れて行《い》ってくれることになったので、ぼくらは午前《ごぜん》十時《じ》に歯科医院《しかいいん》の前《まえ》に集《あつ》まった。お姉《ねえ》さんは紺色《こんいろ》の野球帽《やきゅうぼう》をかぶっていて、まるで男《おとこ》の子《こ》のようだった。ぼくが歯科医院《しかいいん》の前《まえ》に行《い》ったときには、もうハマモトさんとウチダ君《くん》は来《き》ていた。ハマモトさんは外国《がいこく》の女《おんな》の子《こ》のような栗色《くりいろ》の髪《かみ》の毛《け》を短《みじか》くしていた。「髪《かみ》の毛《け》が短《みじか》くなっている」とぼくが指摘《してき》すると、彼女《かのじょ》は「そうなの」と言《い》った。

お姉《ねえ》さんはこれから探検《たんけん》に出《で》かけるように、ぼくら一人《ひとり》一人《ひとり》を指《ゆび》さし確認《かくにん》して、「では行《い》きましょう」と言《い》った。ぼくらは市《し》バスに乗《の》って、駅前《えきまえ》まで出《で》かけた。

プールに到着《とうちゃく》して着替《きが》えが終《お》わると、お姉《ねえ》さんはぼくらに入念《にゅうねん》に準備体操《じゅんびたいそう》をさせた。「ちゃんと体操《たいそう》をしてからプールに入《はい》らないと、心臓麻痺《しんぞうまひ》で死《し》ぬのですよ」とお姉《ねえ》さんは言《い》った。

夏休《なつやす》みだからプールはたいへん混《こ》んでいた。太陽《たいよう》の光《ひかり》をはねかえすプールの水面《すいめん》が白《しろ》っぽく見《み》える。大人《おとな》も子《こ》どももプールを流《なが》れていく。ちゃぷちゃぷという水《みず》の音《おと》と、プールで泳《およ》ぐ人《ひと》たちの歓声《かんせい》が響《ひび》いているのを聞《き》くと、ぼくは頭《あたま》がぼうっとしてくる。すべり台《だい》の向《む》こうに真《ま》っ白《しろ》でくっきりしたかたちの入道雲《にゅうどうぐも》が見《み》えていて、プールサイドで売《う》っているソフトクリームのように、今《いま》にも食《た》べられそうだった。

お姉《ねえ》さんはスマートなイルカみたいである。体操《たいそう》をしてぴょんぴょんとはねるたびに、おっぱいがゆれている。お姉《ねえ》さんのおっぱいを見《み》ているうちに、イルカはほ乳類《にゅうるい》だからおっぱいがあるのだとぼくは気《き》づいた。けれども、イルカのおっぱいはどこにあるのだろうか。イルカの赤《あか》ちゃんはどうやっておっぱいを吸《す》うのだろう。海水《かいすい》もいっしょに口《くち》に入《はい》ってきて、塩《しお》からくならないのだろうか。さらにぼくは考《かんが》えた。イルカにおっぱいがあるならば、シロナガスクジラにもおっぱいがあるのだ。シロナガスクジラの赤《あか》ちゃんは生《う》まれたときからぼくらよりも大《おお》きいのだから、おっぱいはおっぱいと思《おも》えないほど大《おお》きいだろう。

「少年《しょうねん》！」とお姉《ねえ》さんが大《おお》きな声《こえ》で言《い》った。「何《なに》を見《み》ている」

「考《かんが》えごとをしていました」

「ウソをつけ」

「本当《ほんとう》です」

「おっぱいばかり見《み》ていてはいかんぞ」

「見《み》ていません。おっぱいについては考《かんが》えていましたが、お姉《ねえ》さんのおっぱいのことではありません」

お姉《ねえ》さんはため息《いき》をついた。「スズキ君《くん》が君《きみ》をきらいになる理由《りゆう》がわかるよ」

そのあと、お姉《ねえ》さんの許可《きょか》が出《で》たので、ぼくらはプールに入《はい》った。流《なが》れるプールはぼくらをゆっくり運《はこ》んでいく。「泳《およ》ぐ必要《ひつよう》がないねえ」とお姉《ねえ》さんは浮《う》かんでいる。ウチダ君《くん》は浮《う》き輪《わ》で水《みず》に浮《う》かんだまま、ニコニコしている。彼《かれ》は浮《う》き輪《わ》が好《す》きなのだ。ハマモトさんがウチダ君《くん》の浮《う》き輪《わ》につかまってゆらすと、彼《かれ》は「あぶない」とさけんだ。ハマモトさんはアハハと笑《わら》った。

プールを二周《しゅう》ぐらいしたあと、ぼくは得意《とくい》の潜水《せんすい》をした。思《おも》いきり水《みず》をかくと、ぼくの体《からだ》は自分《じぶん》でも驚《おどろ》くぐらいのスピードで進《すす》んだ。宇宙空間《うちゅうくうかん》を飛《と》んでいくロケットみたいである。しかもぼくは的確《てきかく》にコースを見《み》さだめて、いっしょに流《なが》れていくほかの人《ひと》たちの間《あいだ》をすいすいとすりぬけていくのだ。おどろくほど高速《こうそく》である。

だれよりも速《はや》く泳《およ》いだことに満足《まんぞく》して、ぼくは水面《すいめん》に顔《かお》をだした。

そうすると、置《お》いてけぼりにしてきたはずのお姉《ねえ》さんの顔《かお》が目《め》の前《まえ》にあっておどろいた。顔《かお》をつるつる走《はし》る水滴《すいてき》が見《み》えるぐらい顔《かお》を近《ちか》づけて、お姉《ねえ》さんは「くひひ」と笑《わら》った。「ぼくはなんて高速《こうそく》なんだろうか、って思《おも》ってた？」

「お姉《ねえ》さんも高速《こうそく》であることを認《みと》めます」

「ありがとう。でも私《わたし》は高速《こうそく》であることに疲《つか》れたから、ちょっと休憩《きゅうけい》しよう」

お姉《ねえ》さんはすいすいとプールサイドのほうへよっていって、水《みず》から上《あ》がった。お姉《ねえ》さんのおしりがイルカみたいにつやつや光《ひか》った。彼女《かのじょ》はふりかえって、プールを流《なが》れていくぼくらに手《て》をふった。

ぼくが低速《ていそく》で泳《およ》いでいると、浮《う》き輪《わ》で浮《う》かんだウチダ君《くん》が近《ちか》づいてきた。

「あれ、ハマモトさんは？」とぼくは言《い》った。

「はぐれちゃったよ。でもいいんだ。ハマモトさんはいたずらするからいやだよ。ぼくのことを水《みず》にしずめようとするから」

「それはやっかいだね」

ぼくらはいっしょに流《なが》れていく。

「ウチダ君《くん》、シロナガスクジラにもおっぱいがあるという事実《じじつ》を君《きみ》はどう思《おも》う？」とぼくは言《い》った。

「そんなこと言《い》ってると、またお姉《ねえ》さんに叱《しか》られるよ」

ウチダ君《くん》はあきれたみたいに言《い》った。「アオヤマ君《くん》はおっぱいが好《す》きすぎるね」

「ぼくは好《す》きなんじゃないよ。おっぱいを研究《けんきゅう》しているだけだよ」

「それ、好《す》きってことじゃないかなあ」

「必《かなら》ずしもそうではないと思《おも》うな」

ぼくらはすいすい泳《およ》ぎながら、おっぱいについていろいろ話《はなし》をした。でもウチダ君《くん》はあまり返事《へんじ》をしない。彼《かれ》はおっぱい研究《けんきゅう》にはあまり興味《きょうみ》がないのだ。

「ハマモトさんにはおっぱいが存在《そんざい》しないね」とぼくは言《い》った。

「大人《おとな》じゃないもの」

「ふしぎだなあ。なんだかふしぎなものだなあ」

ウチダ君《くん》はへんな顔《かお》をしている。

ぼくが存在《そんざい》するおっぱいと存在《そんざい》しないおっぱいについて考《かんが》えていると、となりの水《みず》の下《した》からハマモトさんが飛《と》び出《だ》してきて、ウチダ君《くん》の浮《う》き輪《わ》にしがみついた。彼《かれ》は「わわわ！」とさけんでプールにしずんだ。ハマモトさんはアハハと笑《わら》うのだ。ハマモトさんがウチダ君《くん》を水《みず》にしずめたがるのは困《こま》ったことである。

やがてぼくは先《さき》に一人《ひとり》でプールから出《で》た。そしてお姉《ねえ》さんをさがしてプールサイドを歩《ある》いていった。彼女《かのじょ》は外国《がいこく》の人《ひと》のようにサングラスをかけて、大《おお》きなパラソルの下《した》のイスに座《すわ》ってテーブルに肘《ひじ》をついていた。大《おお》きな透明《とうめい》のコップに入《はい》ったコーラをストローで飲《の》んでいた。

向《む》かいのイスにぼくが座《すわ》ると、彼女《かのじょ》はバスタオルを渡《わた》してくれた。

「あとでみんなにソフトクリームを買《か》ってあげようか」とお姉《ねえ》さんは言《い》った。

「みんなよろこぶだろうな」

「見《み》てごらん、あの雲《くも》。すごいね」

ぼくは青《あお》い空《そら》を見上《みあ》げた。入道雲《にゅうどうぐも》はまだそこにあった。プールサイドはわあわあとにぎやかだけれども、あのつやつやした雲《くも》の上《うえ》はものすごい風《かぜ》が吹《ふ》くからっぽの世界《せかい》だ。ぼくはいつもそんなことを考《かんが》える。

「ハマモトさんはまだ私《わたし》に用心《ようじん》してるみたいだね」

「むずかしいです」

「私《わたし》にとって大事《だいじ》なのはね、君《きみ》がきちんと謎《なぞ》を解《と》いてくれることだからな」

「ぼくが解《と》くべき問題《もんだい》はたいへん多《おお》い」

「また弱音《よわね》はくの」

「でも父《ちち》によると、たくさんの問題《もんだい》の正体《しょうたい》は、何《なに》か一つの問題《もんだい》かもしれないそうです」

「君《きみ》は何《なに》が一番大《いちばんおお》きな謎《なぞ》だと考《かんが》えている？」

「ぼくは〈海《うみ》〉だと思《おも》う」

「〈海《うみ》〉か……あれは手強《てごわ》いね。よくわからないものだね」

「ペンギンも、お姉《ねえ》さんの能力《のうりょく》も、あの〈海《うみ》〉に関係《かんけい》がある。ぼくはそういうふうに考《かんが》えています」

「君《きみ》の好《す》きなようにやればいいんじゃないのかな？　私《わたし》にはわからないもんね」

お姉《ねえ》さんはそう言《い》ってコーラを飲《の》んだ。そしてプールサイドを眺《なが》めている。

ぼくはお姉《ねえ》さんの横顔《よこがお》を見《み》ているうちに、あの給水塔《きゅうすいとう》の丘《おか》にある白《しろ》いマンションに遊《あそ》びに出《で》かけた日《ひ》、床《ゆか》で眠《ねむ》ってしまったお姉《ねえ》さんを観察《かんさつ》していたときのことを思《おも》いだした。ぼくはあの日《ひ》のこともノートにきちんと記録《きろく》したし、今日《きょう》のこともノートに記録《きろく》するだろう。だから、どれだけ未来《みらい》になっても、こういうふうにお姉《ねえ》さんとすごしたことは克明《こくめい》に思《おも》い出《だ》せるはずだった。

でも、そのときぼくはふと考《かんが》えたのだけれども、今《いま》こうしてお姉《ねえ》さんといっしょにいるということは、お姉《ねえ》さんといっしょにいることを思《おも》い出《だ》すこととは、ぜんぜんちがうのではないだろうか。お姉《ねえ》さんといっしょに今《いま》、このプールサイドにいて、たいへん暑《あつ》くて、水《みず》の音《おと》や人《ひと》の声《こえ》がうるさくて、そして空《そら》にソフトクリームのような入道雲《にゅうどうぐも》が出《で》ているのを見上《みあ》げていることと、それらのことをノートに記録《きろく》した文章《ぶんしょう》をあとから読《よ》むことは、ぼくがこれまで考《かんが》えていたよりも、ずっとちがうのではないかという気《き》がした。たいへんちがうことなのだ。

そういうふうなことをぼくは思《おも》ったのだけれども、その感《かん》じをぼくにはうまく記録《きろく》できない。

「ねえ、少年《しょうねん》」とお姉《ねえ》さんがつぶやいた。「もし私《わたし》がペンギンを出《だ》したりできなくなったら、もう君《きみ》は私《わたし》の研究《けんきゅう》をやめちゃうかしら?」

「そんなことはないと思《おも》います」

「なぜ?」

「なぜならお姉《ねえ》さんはたいへん興味深《きょうみぶか》い人《ひと》だからです」

ぼくは、きらきらと光《ひか》るプールを眺《なが》めた。ハマモトさんたちがプールを一周《しゅう》してきて、ぼくらに手《て》をふっているのが見《み》えた。太陽《たいよう》の光《ひかり》をはねかえして光《ひか》る大人《おとな》や子《こ》どもやいろいろなかたちをしたフロートがみんな流《なが》れていく。今《いま》そこで響《ひび》いているみんなの笑《わら》い声《ごえ》を、ぼくはなぜか遠《とお》くの世界《せかい》から聞《き》こえてくる音《おと》のように感《かん》じた。

お姉《ねえ》さんはテーブルに両腕《りょううで》をおいて、ぼんやりした顔《かお》をしてプールを眺《なが》めている。

「夏休《なつやす》みのうちに、海辺《うみべ》の街《まち》に行《い》きたいね」

彼女《かのじょ》は言《い》った。「海《うみ》が見《み》たいだろ、少年《しょうねん》？」

ぼくらは草原《そうげん》に集《あつ》まって、〈海《うみ》〉の観測《かんそく》を行《おこな》った。

ハマモトさんがノートにグラフを描《か》いているのを、ウチダ君《くん》が興味深《きょうみぶか》そうにのぞいていた。ハマモトさんの観測《かんそく》によると、〈海《うみ》〉は縮小期《しゅくしょうき》を迎《むか》えて、ふたたび小《ちい》さくなっていた。たまに表面《ひょうめん》に波《なみ》のようなものが動《うご》くだけで、プロミネンスなどの大《おお》きな現象《げんしょう》は起《お》こらなくなってきている。

ぼくはパラソルの下《した》でノートに図《ず》を描《か》き、スズキ君《くん》の時間旅行仮説《じかんりょこうかせつ》について説明《せつめい》してみた。でもそれはあまりにも大胆《だいたん》な仮説《かせつ》だった。ウチダ君《くん》もハマモトさんも首《くび》をかしげた。「もっと実験《じっけん》が必要《ひつよう》だと思《おも》う」とハマモトさんは言《い》い、ウチダ君《くん》も「そうだね」と言《い》った。彼《かれ》らは正《ただ》しいとぼくは思《おも》った。

「スズキ君《くん》にもういっぺん〈海《うみ》〉に入《はい》ってもらえばいいんじゃない？」

ハマモトさんがまじめな顔《かお》をして言《い》った。

「スズキ君《くん》はあんなにこわがってるのに、入《はい》ってくれるわけないよ」とウチダ君《くん》。

「たしかにこの仮説《かせつ》を証明《しょうめい》するのはたいへんむずかしい。もしプロミネンスが発生《はっせい》するのを待《ま》って、もう一《いち》度《ど》だれかが飛《と》んでくる〈海《うみ》〉に接触《せっしょく》したとしても、今度《こんど》はカンブリア紀《き》とかにいってしまうかもしれない。そうしたら二度《にど》と帰《かえ》ってこられないよ」

「探査船《たんさせん》を使《つか》う？」

「プロミネンスが発生《はっせい》したときに上手《じょうず》に探査船《たんさせん》を放《ほう》りこめるかしら？」

「むずかしいだろうね。しかも〈海《うみ》〉は縮小期《しゅくしょうき》に入《はい》っている」

午前中《ごぜんちゅう》をぼくらは〈海《うみ》〉の観測《かんそく》と議論《ぎろん》に使《つか》った。

十二時《じ》になったので、ぼくらは海辺《うみべ》でピクニックをするように、パラソルの下《した》で昼食《ちゅうしょく》を食《た》べた。ハマモトさんとぼくはサンドイッチを持《も》ってきたけれども、ウチダ君《くん》は魔法瓶《まほうびん》に入《い》れてもってきていたお湯《ゆ》を注《そそ》いで、カップラーメンを作《つく》った。「いいなあ」とハマモトさんが言《い》った。ウチダ君《くん》は得意《とくい》そうだった。草原《そうげん》でカップラーメンを食《た》べるのは、まるで本物《ほんもの》のキャンプのようですてきである。

お姉《ねえ》さんが研究《けんきゅう》に参加《さんか》するためにやってきたのは、ぼくらが昼食《ちゅうしょく》を食《た》べ終《お》わったころだった。ぼくがチェスをしている途中《とちゅう》で顔《かお》を上《あ》げると、彼女《かのじょ》はジャバウォックの森《もり》と草原《そうげん》の境目《さかいめ》に日傘《ひがさ》をもって立《た》っていた。彼《かの》女《じょ》はぼくを見《み》てニッと笑《わら》うと、日傘《ひがさ》をゆらしてみせて、草原《そうげん》を横切《よこぎ》ってきた。陽射《ひざ》しが強《つよ》いせいかもしれないけれど、お姉《ねえ》さんの顔《かお》は少《すこ》し白《しろ》っぽいようだった。

「暑《あつ》いねえ。研究《けんきゅう》は進《すす》んでる？」

「あんまり進《すす》んでいないんです」とぼくは言《い》った。「〈海《うみ》〉はあまり元気《げんき》がない」

「前《まえ》に見《み》たときよりも小《ちい》さくなってるみたい」

ハマモトさんがお姉《ねえ》さんにノートを見《み》せた。「今《いま》は縮小期《しゅくしょうき》なんです」と彼女《かのじょ》は言《い》った。お姉《ねえ》さんは「なるほど」とだけ言《い》って、双眼鏡《そうがんきょう》で〈海《うみ》〉を観察《かんさつ》している。

「あれは宇宙船《うちゅうせん》なのよ、じつは」

お姉《ねえ》さんは言《い》った。「私《わたし》はあれに乗《の》って地球《ちきゅう》に来《き》たのだ。諸君《しょくん》を支配《しはい》するために」

ぼくらはあんまり驚《おどろ》いたので、シンと静《しず》かになってしまった。

「ホントですか？」とウチダ君《くん》が言《い》った。

「ウソよ」

お姉《ねえ》さんはそういうウソをまじめな顔《かお》をして言《い》うのだから、困《こま》ってしまうのである。

「本当《ほんとう》は何《なん》だと思《おも》いますか？」とハマモトさんがたずねた。

「何《なん》だろうね。それはあなたたちが研究《けんきゅう》してることだからさ。私《わたし》はわかんないよ」

「ペンギンと〈海《うみ》〉の関係《かんけい》は？」

「わかんないなあ」

「ペンギンはなぜ〈海《うみ》〉をこわしてしまうんですか？」

「びっくりしたよね」

ハマモトさんはまるで尋問《じんもん》するみたいにお姉《ねえ》さんに質問《しつもん》をぶつけたけれど、お姉《ねえ》さんはにこにこ笑《わら》っているだけで、ほとんど何《なに》も答《こた》えられないのだった。ハマモトさんはいらいらしたみたいにボールペンをかんだ。

ぼくらはお姉《ねえ》さんにペンギンを出《だ》してもらう実験《じっけん》をすることにした。

お姉《ねえ》さんはぼくがリュックから出《だ》したコーラの缶《かん》をにぎり、パラソルの下《した》から出《で》ていった。

「諸君《しょくん》、よく見《み》ておきなさい」

ぼくらが息《いき》をつめて見守《みまも》る中《なか》、お姉《ねえ》さんは缶《かん》を放《ほう》り投《な》げ、缶《かん》はきちんとペンギンになって、ころころ草原《そうげん》をころがった。その現象《げんしょう》は何度《なんど》見《み》てもふしぎなものだ。ペンギンはあわてて起《お》き上《あ》がり、お姉《ねえ》さんのところへ歩《ある》いていく。彼女《かのじょ》が人差《ひとさ》し指《ゆび》をつきだしてぐるぐるまわすと、ペンギンはびっくりしたみたいに立《た》ち止《ど》まって、お姉《ねえ》さんの指《ゆび》の動《うご》きを目《め》で追《お》った。

「あのペンギン、目《め》がまわっちゃうね」

ハマモトさんが小《ちい》さな声《こえ》で言《い》った。

「かわいいやつ」とお姉《ねえ》さんはペンギンにしゃべりかけている。「まじめな顔《かお》しちゃって！」

お姉《ねえ》さんの指《ゆび》に飽《あ》きると、ペンギンはぼんやり空《そら》を見上《みあ》げた。

「暑《あつ》くないのかなあ」とハマモトさんが言《い》う。

「あのペンギンたちは平気《へいき》なんだ」とぼくは言《い》った。

ぼくはペンギンと〈海《うみ》〉の関係《かんけい》をしらべる実験方法《じっけんほうほう》を検討《けんとう》した。ペンギンを探査船《たんさせん》みたいに〈海《うみ》〉に送《おく》りこむことはできない。もし〈海《うみ》〉がそのせいでこわれてしまったら、ぼくらの研究《けんきゅう》は終《お》わってしまうだろう。逆《ぎゃく》に〈海《うみ》〉が探査船《たんさせん》を送《おく》りこんだときのようにペンギンを消《け》してしまったら、ペンギンがあまりにかわいそうだ。これはいわゆるジレンマという状態《じょうたい》であることをぼくは知《し》っている。

「〈海《うみ》〉に近《ちか》づけてみるだけならいいんじゃない？」

ハマモトさんが提案《ていあん》した。

そういうわけで、ぼくが代表《だいひょう》してペンギンを抱《だ》き、ぼくらは〈海《うみ》〉の近《ちか》くまで行《い》ってみた。

ペンギンを抱《だ》いて〈海《うみ》〉に近《ちか》づいていくと、〈海《うみ》〉の表面《ひょうめん》にテトラポッドみたいなかたちの構造物《こうぞうぶつ》が浮《う》かんできた。お姉《ねえ》さんが「お！」と言《い》った。テトラポッドは青《あお》くてかたいゼリーのようだった。ぼくがペンギンを抱《だ》いて〈海《うみ》〉のまわりを歩《ある》くと、テトラポッドは追《お》いかけるようにして、〈海《うみ》〉の表面《ひょうめん》を移動《いどう》する。

ぼくはさらに〈海《うみ》〉に近《ちか》づいてみた。

「あぶないって……」とウチダ君《くん》が後《うし》ろから言《い》った。

ペンギンはクチバシを〈海《うみ》〉のほうへ向《む》けて、おとなしくしている。テトラポッドがぶるぶると震《ふる》えだし、ぐにゃぐにゃにくずれて、〈海《うみ》〉の表面《ひょうめん》がすり鉢《ばち》みたいにぎゅううっとへこんでいく。そのへこみもぶるぶると震《ふる》えている。まるで〈海《うみ》〉がペンギンをこわがっているみたいなのだ。震《ふる》えがどんどんはげしくなっていって、表面《ひょうめん》がざわめき、バットぐらいの大《おお》きさの円錐《えんすい》がたくさん生《は》えだしてきた。

「やばいよ、やばいよ」とお姉《ねえ》さんが楽《たの》しそうに言《い》った。

そのとたん、円錐《えんすい》のうちの一本《いっぽん》が〈海《うみ》〉からぼくに向《む》かってのびてきた。みんな悲鳴《ひめい》をあげてばらばらに逃《に》げだした。走《はし》りながらふりかえると、〈海《うみ》〉の表面《ひょうめん》では何本《なんぼん》もの円錐《えんすい》がゆらゆらとゆれて、ぼくとペンギンをさがしているようなのだった。

ぼくらはパラソルの下《した》にもどって、〈海《うみ》〉を観測《かんそく》した。たくさん生《は》えていた円錐《えんすい》はだんだん小《ちい》さくなって、もとのとおりにおさまった。

それきり静《しず》かになった。

ぼくは草《くさ》に座《すわ》って、〈海《うみ》〉から円錐《えんすい》が生《は》えている様《よう》子《す》を絵《え》に描《か》いた。となりにハマモトさんも座《すわ》ってノートを広《ひろ》げている。お姉《ねえ》さんとウチダ君《くん》はペンギンと遊《あそ》んでいた。お姉《ねえ》さんが腰《こし》をかがめて手《て》のひらを打《う》ち合《あ》わせると、ペンギンは音《おと》のするほうへよちよち歩《ある》いていく。

「あの人《ひと》はもっと何《なに》かを知《し》っているんだわ」とハマモトさんがつぶやいた。ぼくが顔《かお》をあげると、彼女《かのじょ》は眉《まゆ》をひそめて、お姉《ねえ》さんのことを見《み》ていた。「ペンギンの秘密《ひみつ》も、〈海《うみ》〉の秘密《ひみつ》も、きっと知《し》ってる」

「お姉《ねえ》さんは知《し》らないんだよ。だからぼくらが研究《けんきゅう》しなくてはならないんだ」

「アオヤマ君《くん》はお姉《ねえ》さんと仲良《なかよ》しだから、冷静《れいせい》に考《かんが》えられないのね」

「そうじゃない」

ハマモトさんはぼくを見《み》た。「怒《おこ》った？」

「怒《おこ》っていない。ぼくは決《けっ》して怒《おこ》らない。二十四時間《じかん》冷静《れいせい》なのだ」

「そうじゃないときもあると思《おも》うよ」

「ハマモトさんはなぜそんなに疑《うたぐ》り深《ぶか》いんだろう」

ハマモトさんはノートをぱたんと閉《と》じて、またボールペンをかんでだまっている。

ウチダ君《くん》たちが「あそこ！」とさけんで、草原《そうげん》を横切《よこぎ》る小川《おがわ》の向《む》こうを指《ゆび》さした。草原《そうげん》と森《もり》の境目《さかいめ》にペンギンたちが現《あらわ》れて、まるで海《うみ》に飛《と》びこむ前《まえ》みたいに、体《からだ》をよせあってゆれていた。お姉《ねえ》さんのとなりにいるペンギンがフリッパーをぱたぱたゆらした。森《もり》のほうにいるペンギンたちが彼《かれ》に気《き》づいたかどうか、ぼくにはわからない。

そのときぼくは、お姉《ねえ》さんが少《すこ》しふらふらしていることに気《き》づいた。

土曜日《どようび》の夕暮《ゆうぐ》れ、ぼくは「海辺《うみべ》のカフェ」へ歩《ある》いていった。県境《けんざかい》の山々《やまやま》の向《む》こうに入道雲《にゅうどうぐも》が盛《も》り上《あ》がっていた。イチゴのシロップをかけたような色《いろ》をしていて、ぼくにはその雲《くも》が甘《あま》いデザートのように見《み》えた。ぼくは雲《くも》が水《みず》の粒子《りゅうし》の集《あつ》まりであることを知《し》っている。それなのに、いつも「おいしそうだなあ」と思《おも》って雲《くも》を見上《みあ》げてしまうのはなぜだろうか。ぼくがあんまり食《く》いしん坊《ぼう》であるせいだろうか。ぼくが甘《あま》さを想像《そうぞう》して歩《ある》いているうちに、雲《くも》はゆっくりかたちをかえて、全体的《ぜんたいてき》にずんぐりした。ぼくはお姉《ねえ》さんのおっぱいのことを想像《そうぞう》した。

「海辺《うみべ》のカフェ」の窓際《まどぎわ》の席《せき》からお姉《ねえ》さんが手《て》をふっていた。

カフェの中《なか》は涼《すず》しくて、空気《くうき》がすべすべしている。天井《てんじょう》からぶらさがっている銀色《ぎんいろ》のシロナガスクジラがエアコンの風《かぜ》に吹《ふ》かれてゆれていた。お姉《ねえ》さんはテーブルに頬杖《ほおづえ》をついて、むずかしい顔《かお》をしてノートに何《なに》かを書《か》いていた。数日会《すうじつあ》わないうちに、お姉《ねえ》さんはまたやせたようだった。

ぼくが向《む》かいに腰《こし》かけると、お姉《ねえ》さんはノートをとじてニッと笑《わら》った。

「なにを書《か》いているんですか？」

「秘密《ひみつ》の日記《にっき》」

「秘密の日記《にっき》？」

「だから見《み》せてあげないよ。日記《にっき》というものは、人《ひと》に見《み》せるものではないからね」

「お姉《ねえ》さんも自分《じぶん》を客観的《きゃっかんてき》に観察《かんさつ》しているのですか？」

「ムツカシイこと言《い》うね。『客観的《きゃっかんてき》に』だって」

「ぼくのことも書《か》いてありますか？」

「もちろん書《か》いてある」

お姉《ねえ》さんは笑《わら》った。「研究《けんきゅう》してるのよ」

「ぼくを研究《けんきゅう》しても何《なに》も発見《はっけん》することはないと思《おも》います」

「そんなことはない」

お姉《ねえ》さんと二人《ふたり》でチェスをするのは久《ひさ》しぶりである。チェス盤《ばん》をにらむお姉《ねえ》さんの顔《かお》は青白《あおじろ》くて、チェスをする指《ゆび》も細《ほそ》い。おっぱいさえ縮小《しゅくしょう》してしまったようだ。

「お姉《ねえ》さんはやせました」とぼくは言《い》った。

「ごはん食《た》べないからね」

「なぜ食《た》べないいんですか？」

「なぜだろう。食欲《しょくよく》がないいんだね」

ぼくとチェスをしながら、お姉《ねえ》さんは水《みず》ばかり飲《の》んだ。そんなに飲《の》むとお腹《なか》がたぷたぷになってしまうだろう。「水《みず》は生命《せいめい》の源《みなもと》」と彼女《かのじょ》は言《い》うけれど、海《うみ》の魚《さかな》たちも水《みず》だけで生《い》きているのではない。ぼくたち動物《どうぶつ》にはエネルギーが必要《ひつよう》である。バナナとかお肉《にく》とか親子丼《おやこどん》とか栄養《えいよう》のあるものを早《はや》く食《た》べるべきだとぼくは主張《しゅちょう》した。

ぼくがチェスで三回連続《かいれんぞく》で勝《か》つと、お姉《ねえ》さんは「やめた」と言《い》った。「君《きみ》はだれよりもチェスが強《つよ》い小学《しょうがく》生《せい》だ。私《わたし》なんて相手《あいて》になんないよ」

「お姉《ねえ》さんはごはんを食《た》べないから、頭《あたま》が働《はたら》かないいんです」

「だって食《た》べたくないんだもの」

「ぼくはすぐにお腹《なか》がすくけどな」

「君《きみ》はお腹《なか》もすくし、夜《よる》もすぐ寝《ね》る。いいことだ」

「お姉《ねえ》さんは眠《ねむ》れませんか？」

「あんまり眠《ねむ》れないなあ」

お姉《ねえ》さんは暗《くら》い窓《まど》の外《そと》を見《み》ている。窓《まど》に映《うつ》っているお姉《ねえ》さんはいっそうやせて見《み》える。

「お姉《ねえ》さんはもうペンギンを出《だ》したりしないほうがいいかもしれない」

「それじゃあ研究《けんきゅう》できないんじゃない？」

「でもお姉《ねえ》さんはペンギンを出《だ》すと元気《げんき》がなくなるから、ぼくは心配《しんぱい》です。それにお姉《ねえ》さんの能力《のうりょく》のことがバレたら、きっと政府《せいふ》の人《ひと》やテレビ局《きょく》が来《き》ます。大学《だいがく》の先生《せんせい》たちが来《き》て、お姉《ねえ》さんを実験台《じっけんだい》にするかもしれない。アメリカ航空宇宙局《こうくううちゅうきょく》の人《ひと》も来《く》るかもしれない。たいへんな騒《さわ》ぎになって、きっともうぼくとチェスをしたりもできなくなるでしょう。そうしたらお姉《ねえ》さんはさみしくありませんか？」

「そんなことにはならないよ。こんな話《はなし》、大人《おとな》が信《しん》じるもんですか」

「ぼくは油断《ゆだん》できないと思《おも》う」

「たとえばお父《とう》さんに話《はな》してごらんよ、きっと信《しん》じないだろうね」

「たしかに父《ちち》が信《しん》じるかどうか、ぼくにはわからない」

「ほらね」お姉《ねえ》さんはなんだか得意《とくい》そうに言《い》った。「それに万《まん》が一《いち》そんな大騒《おおさわ》ぎになりそうだったら、私《わたし》は実験台《じっけんだい》なんかにされる前《まえ》にプイッと消《き》えちゃうよ。それでいいんじゃない？」

それではよくないとぼくは思《おも》うものだ。

その夜《よる》、ぼくらは海辺《うみべ》の街《まち》へ行《い》く計画《けいかく》をねってすごした。お姉《ねえ》さんの食欲《しょくよく》が出《で》て、もう少《すこ》し元気《げんき》になったら、ぼくらはいっしょに出《で》かける。父《ちち》が毎日《まいにち》のっている電車《でんしゃ》に乗《の》って、それから二回乗《かいの》り換《か》えれば、お姉《ねえ》さんがかつて住《す》んでいた海辺《うみべ》の街《まち》まで行《い》けるそうだ。ぼくはお姉《ねえ》さんに教《おし》えてもらった線路《せんろ》の名前《なまえ》をノートに書《か》いた。父《ちち》の会社《かいしゃ》があるところよりもずっと遠《とお》くに行《い》く。ぼくらは三時間《じかん》ぐらい電車《でんしゃ》に乗《の》らねばならない。

「私《わたし》が住《す》んでいた家《いえ》のそばに教会《きょうかい》があるよ」

「この街《まち》の教会《きょうかい》みたいなところですか？」

「もっと立派《りっぱ》だな」

「お姉《ねえ》さんはそこにも通《かよ》いましたか？」

「通《かよ》わない。そのときはいつも外《そと》から見《み》てただけなのよ」

ぼくには神様《かみさま》がいるかどうかわからないので、お姉《ねえ》さんが教会《きょうかい》に通《かよ》うこともよくわからない。

「神様《かみさま》はいるんでしょうか？」

「どうだろう」とお姉《ねえ》さんは首《くび》をかしげた。「わからないな」

「教会《きょうかい》に通《かよ》っていてもわかりませんか？」

「神様《かみさま》はいるのかいないのか、お父《とう》さんに聞《き》いてごらん」

お姉《ねえ》さんはそんなことを言《い》う。

そのうちぼくはだんだん眠《ねむ》くなり、やがて父《ちち》が迎《むか》えにきた。父《ちち》はお姉《ねえ》さんがやせたことに気《き》づいて、「顔《かお》色《いろ》が悪《わる》い」と言《い》った。「お疲《つか》れのところをすみません」

「いいんです」

お姉《ねえ》さんは笑《わら》ってぼくに手《て》をふった。「おやすみ」

ぼくは父《ちち》といっしょに夜《よる》の住宅街《じゅうたくがい》を歩《ある》いて帰《かえ》った。夜《よる》になると大気《たいき》は涼《すず》しくなる。空《そら》には星《ほし》がたくさん出《で》ていた。もしジャバウォックの森《もり》の奥《おく》にある草原《そうげん》でキャンプをしたら、もっとたくさんの星《ほし》が見《み》えるにちがいない。天体望遠鏡《てんたいぼうえんきょう》があれば土星《どせい》の輪《わ》を見《み》ることもできるだろう。でも真夜中《まよなか》の森《もり》と、真《ま》っ暗《くら》な草原《そうげん》に浮《う》かんでる〈海《うみ》〉のことを考《かんが》えると、さすがのぼくもこわいような気《き》がした。夜《よる》の〈海《うみ》〉はどんなふうに見《み》えるだろう。銀色《ぎんいろ》に光《ひか》るだろうか。

「お姉《ねえ》さんは顔色《かおいろ》が悪《わる》かったね。それに、ずいぶんやせたようだ」

父《ちち》が心配《しんぱい》そうに言《い》った。

「食欲《しょくよく》がないんだって」

「お姉《ねえ》さんが疲《つか》れているときに遊《あそ》んでもらうのはよくないな」

「ぼくもそう思《おも》ったよ。だから今度《こんど》からは遠慮《えんりょ》することにしよう」

ぼくは父《ちち》にペンギンのことを話《はな》してみようかと思《おも》ったけれど、やっぱり父《ちち》に話《はなし》をする気持《きも》ちにはなれなかった。ぼくは父《ちち》に信《しん》じてほしいような気《き》もしたし、信《しん》じてほしくないような気《き》もした。

ぼくは風《かぜ》が窓《まど》にぶつかる音《おと》で目《め》を覚《さ》ました。六時半《じはん》だから太陽《たいよう》が出《で》ている時刻《じこく》なのに、まるで冬《ふゆ》の朝《あさ》のように暗《くら》かった。ブラインドの隙間《すきま》から見《み》える空《そら》は墨汁《ぼくじゅう》を落《お》としたみたいににごっていて、庭《にわ》にあるハナミズキの枝《えだ》が風《かぜ》に吹《ふ》かれてゆれていた。台風《たいふう》が来《き》たのだ。

ぼくがベッドに座《すわ》って空《そら》を観測《かんそく》していたら、母《はは》が一階《かい》で「いってらっしゃい」と言《い》う声《こえ》が聞《き》こえた。父《ちち》が会社《かいしゃ》に出《で》かけるところだった。ぼくが水滴《すいてき》の流《なが》れるガラス越《ご》しに外《そと》を見《み》ていると、バス停《てい》に向《む》かって歩《ある》いていく父《ちち》の背中《せなか》が見《み》えた。傘《かさ》が風《かぜ》でゆがんでいる。父《ちち》が吹《ふ》き飛《と》ばされないかと思《おも》ってぼくは心配《しんぱい》した。窓《まど》を少《すこ》し開《あ》けてみると、生《なま》ぬるくて湿《しめ》った風《かぜ》が吹《ふ》きこんできて、雨粒《あまつぶ》がぼくの顔《かお》にぶつかった。

ぼくは起《お》きだしていった。家《いえ》の廊下《ろうか》も階段《かいだん》も暗《くら》くて、家中《いえじゅう》から窓《まど》ガラスのゆれる音《おと》が聞《き》こえる。

一階《かい》のリビングルームでは母《はは》が朝《あさ》ごはんの準備《じゅんび》をしようとしていたので、ぼくは母《はは》に今日《きょう》の実験《じっけん》のことを説明《せつめい》した。ぼくはお姉《ねえ》さんの様子《ようす》を見《み》て、自分《じぶん》がごはんを食《た》べないとどういう状態《じょうたい》になるか実験《じっけん》してみようと考《かんが》えたのである。

「だからぼくは今日《きょう》はごはんを食《た》べないことにするよ」

「そんな実験《じっけん》にはお母《かあ》さんは反対《はんたい》ですよ」

「明日《あした》は二倍《ばい》食《た》べるから。一日《いちにち》だけなら大丈夫《だいじょうぶ》でしょう？」

「モグラは一日《いちにち》ごはんを食《た》べなかったら死《し》んでしまうの」

「ぼくはモグラではないもの」

母《はは》はしぶしぶうなずいた。

「オレンジジュースだけでも飲《の》みなさいね」

これは実験《じっけん》なのだから、お姉《ねえ》さんと同《おな》じ条件《じょうけん》にしなくてはならない。

「ぼくは水《みず》を飲《の》むことにするよ」

「あきれた！」と母《はは》はかなしそうに言《い》った。「勝手《かって》にしなさい！」

台風《たいふう》の雨《あめ》と風《かぜ》がはげしいので、その日《ひ》は家《いえ》の外《そと》に出《で》ることができなかった。ぼくは部屋《へや》の窓《まど》を小《ちい》さく開《あ》けて、ぼくが独自《どくじ》に開発《かいはつ》した風速計《ふうそくけい》で、吹《ふ》きこむ風《かぜ》の強《つよ》さを測定《そくてい》したりした。そういう実験《じっけん》をしていても、すぐにお腹《なか》のへり具合《ぐあい》が気《き》になる。ぼくはノートにお腹《なか》のへり具合《ぐあい》を客観的《きゃっかんてき》に記録《きろく》しようとしたけれども、どれぐらいお腹《なか》がへっているかということをどのように書《か》けばよいのかわからなかった。お姉《ねえ》さんのお腹《なか》のへり具合《ぐあい》とぼくのお腹《なか》のへり具合《ぐあい》を比較《ひかく》するにはどうすればよいだろうと考《かんが》えようとしても、頭《あたま》に浮《う》かんでくるのはお腹《なか》のことばかりだ。もし机《つくえ》の引《ひ》き出《だ》しにお菓子《かし》の備蓄《びちく》があったら、ぼくはすぐに食《た》べてしまっただろう。

ぼくは昼食《ちゅうしょく》も食《た》べなかった。

たいへんつらいところを通《とお》りすぎると、いったん楽《らく》になった。ぼくはレゴブロックでハマモトさんのようにたくさんの壁《かべ》を作《つく》ってみた。それからベッドに寝《ね》ころがって生物図鑑《せいぶつずかん》を読《よ》んでみたけれども、またお腹《なか》がへってきて、集中《しゅうちゅう》して本《ほん》を読《よ》むことができなくなった。ぼくは朝食《ちょうしょく》と昼食《ちゅうしょく》を食《た》べていない。そして夕食《ゆうしょく》も食《た》べないことを考《かんが》えると、泣《な》きたくなってしまった。

午後《ごご》になってぼくは一階《かい》におりて水《みず》を飲《の》んだ。

妹《いもうと》がガラス戸《ど》にはりついて庭《にわ》を見《み》つめていた。強《つよ》い風《かぜ》が吹《ふ》きつけてガラスをゆらすと、彼女《かのじょ》はびっくりしてはなれた。「ああびっくりした！」と言《い》った。

「窓《まど》がこわれるー」

「こわれないよ」とぼくが教《おし》えた。

ぼくは元気《げんき》がなかったので、リビングルームの床《ゆか》に寝《ね》ころんだ。妹《いもうと》がぼくのとなりに座《すわ》って、「お兄《にい》ちゃんはなんでごはんを食《た》べないの？」と言《い》った。「病気《びょうき》なの？」

「病気《びょうき》じゃないよ」

「でも元気《げんき》ないね」

母《はは》が「お昼寝《ひるね》しますか」と言《い》って、タオルケットを出《だ》してきた。ぼくらはタオルケットをお腹《なか》にまいて、リビングの床《ゆか》に寝《ね》ころんだ。妹《いもうと》は何《なに》かぐずぐず言《い》っていたけれども、やがて眠《ねむ》ってしまった。妹《いもうと》はお腹《なか》にタオルケットをまくと眠《ねむ》ってしまう仕組《しく》みになっているのだ。ぼくもたいていはすぐに眠《ねむ》るのだけれど、今日《きょう》はお腹《なか》がへっているせいでなかなか眠《ねむ》ることができなかった。

「今日《きょう》は晩《ばん》ごはんもいらないの？」と母《はは》が眠《ねむ》そうな声《こえ》で言《い》った。

「いらない」

「あきれた。お腹《なか》がすいたでしょう」

「でもぼくは実験《じっけん》をすると決《き》めたからがまんする」

強情《ごうじょう》ねえと母《はは》は言《い》って、寝息《ねいき》を立《た》て始《はじ》めた。

ぼくは台風《たいふう》が家全体《いえぜんたい》をがたがたさせる音《おと》を聞《き》きながら、天井《てんじょう》を見上《みあ》げていた。ぼくはたいへんかなしい気持《きも》ちになっていた。家《いえ》の中《なか》も外《そと》も薄暗《うすぐら》いし、何《なに》をする元気《げんき》も出《で》ない。お腹《なか》がへったあとの世界《せかい》というのはたいへんさみしい世界《せかい》であると思《おも》うものだ。

それでもぼくはうつらうつらしたらしい。

だれかがぼくの体《からだ》をゆらした。ぼくがなぜだかハッとして起《お》きると、家《いえ》の中《なか》はいっそう暗《くら》くなっていた。台風《たいふう》の風《かぜ》は弱《よわ》まっているけれども、まだ空《そら》は灰色《はいいろ》で、雨《あめ》がぱらぱら降《ふ》って庭《にわ》のポーチをぬらしている。母《はは》はいなくて、母《はは》の分《ぶん》のタオルケットが畳《たた》んでおいてあった。タオルケットを体《からだ》にまいた妹《いもうと》が、ぼくのとなりにぺたんと腰《こし》をおろして、不安《ふあん》そうな顔《かお》をしていた。

「どうしたの?」

ぼくが言《い》うと、妹《いもうと》は急《きゅう》にしくしく泣《な》きだした。

妹《いもうと》は泣《な》きながら「お母《かあ》さんが死《し》んじゃう」と言《い》うので、ぼくは本当《ほんとう》にびっくりした。寝《ね》ている間《あいだ》に母《はは》に何《なに》かたいへんなことが起《お》こったのかと思《おも》った。ぼくはあわてて立《た》ち上《あ》がって「お母《かあ》さんはどこ?」と聞《き》いたけれども、妹《いもうと》は首《くび》をふるだけなのだ。ぼくは妹《いもうと》のとなりに座《すわ》って、「どうしてお母《かあ》さんが死《し》んじゃうんだい?」とゆっくり聞《き》いてみた。そうすると、妹《いもうと》が「お母《かあ》さんが死《し》んじゃう」と言《い》ったのは、「いつの日《ひ》かお母《かあ》さんが死《し》んじゃう」ということであるということがわかった。妹《いもうと》は未来《みらい》のことを考《かんが》えて、こわがっているのだということがわかった。

「それはずっとずっと先《さき》のことだよ」とぼくは言《い》った。

「でも死《し》ぬんでしょう?」

妹《いもうと》はたいへんこだわるのだ。「お父《とう》さんもお兄《にい》ちゃんも死《し》ぬんでしょう?」

「それはそうだね」

「なんでそうなの?」

「なぜなら人類《じんるい》は生《い》き物《もの》だからね。生《い》き物《もの》はいつか死《し》ぬんだよ。犬《いぬ》も、ペンギンも、シロナガスクジラも」

「そんなのいや」

「そんなわがままを言《い》っても困《こま》ってしまうよ」

妹《いもうと》はタオルケットをかぶってぐずぐず泣《な》き続《つづ》けた。お昼寝《ひるね》からふと起《お》きたら、母《はは》がどこかに出《で》かけていて、台風《たいふう》で家《いえ》の中《なか》は暗《くら》いものだから、彼女《かのじょ》は一人《ひとり》ぼっちでいろいろな考《かんが》えごとをしたのだろう。

ぼくには妹《いもうと》が泣《な》いている理由《りゆう》がわかった。

ぼくがもっと何《なに》も知《し》らなくて、わがままで、あまえんぼうであった時代《じだい》、ぼくも妹《いもうと》と同《おな》じように大事《だいじ》な人《ひと》たちがじつはみんないつの日《ひ》か死《し》んでしまって会《あ》えなくなるのだという事実《じじつ》に気《き》づいて、本当《ほんとう》にびっくりしたことがあった。ぼくはもちろん生《い》き物《もの》がいつか死《し》ぬことは知《し》っていたけれども、そのことが本当《ほんとう》の本当《ほんとう》に自分《じぶん》に関係《かんけい》があるものだという気《き》がしなかったのだ。どんなに運《うん》がよくても、どんなにいやだと思《おも》っても、ぜったいにそれから逃《に》げられないのだという事実《じじつ》に気《き》づいたとき、真《ま》っ黒《くろ》の大《おお》きな壁《かべ》がぐいぐい迫《せま》ってくるような気《き》がした。

ぼくがそのおそろしい発見《はっけん》をしたのは夜中《よなか》だったので、ぼくは父《ちち》と母《はは》が寝《ね》ている部屋《へや》まで行《い》って、その発《はっ》見《けん》について説明《せつめい》しようとした。でも、それがあんまりおそろしい発見《はっけん》だったので、一言《ひとこと》もしゃべることができなかった。ぼくはそのことを口《くち》にすると何《なに》かたいへんなことが起《お》こるような気持《きも》ちにさえなったはずだ。

妹《いもうと》がしくしく泣《な》いているのを見《み》ても、ぼくはお腹《なか》がへりすぎて頭《あたま》は働《はたら》かなかったし、妹《いもうと》を元気《げんき》づけるようなことを言《い》ってあげることはできなかった。でも、たとえお腹《なか》がいっぱいであっても、何《なに》も言《い》えなかったかもしれない。「生《い》き物《もの》はいつか死《し》ぬ」ということをいくら説明《せつめい》しても、彼女《かのじょ》が納得《なっとく》しないということが、ぼくにはわかっていた。なぜならぼくも、あの夜《よる》にそんな説明《せつめい》では納得《なっとく》しなかったと思《おも》うからだ。

ぼくは泣《な》いている妹《いもうと》の頭《あたま》をなでた。

それぐらいしかできることがなかったのだ。

やがて母《はは》が帰《かえ》ってきた。母《はは》はちょっとだけご近所《きんじょ》に届《とど》け物《もの》に行《い》っていたのである。

母《はは》は「あれえ、どうしたの？」とにぎやかな声《こえ》で言《い》って、カーテンを引《ひ》いて部屋《へや》の電気《でんき》をつけた。ぼくと妹《いもうと》が味《あじ》わっていた不安《ふあん》な気持《きも》ちは、急《きゅう》に雪《ゆき》が溶《と》けるみたいに消《き》えていった。

ぼくは母《はは》に妹《いもうと》が泣《な》いていた理由《りゆう》を教《おし》えた。

母《はは》は「おやまあ、かわいそうに」と言《い》って、妹《いもうと》を抱《だ》きしめた。

その日《ひ》の夜《よる》、ぼくは夕食《ゆうしょく》の時間《じかん》になっても二階《かい》の自分《じぶん》の部屋《へや》にいた。

あまりにもお腹《なか》がへっていたのと、妹《いもうと》が泣《な》いたせいで、ぼくはかなしい気持《きも》ちになっていた。最後《さいご》にこんなにかなしい気持《きも》ちになったのはいつのことだったか、思《おも》い出《だ》せないぐらいにかなしかったのである。ぼくはこういうことはノートに記録《きろく》していなかったので、まったくわからない。このかなしいという気持《きも》ちも計測《けいそく》することができないということにぼくは気《き》づいた。自分《じぶん》がどれだけお腹《なか》をすかしているかということが計測《けいそく》できないように。

ぼくは力《ちから》が出《で》ないので布団《ふとん》にころがって窓《まど》の外《そと》を見《み》ていた。台風《たいふう》は通《とお》りすぎて、空《そら》の雲《くも》には切《き》れ目《め》が見《み》えていた。ぼくの鼻《はな》は敏感《びんかん》になっていて、夕食《ゆうしょく》のおいしそうな匂《にお》いが階段《かいだん》にまでただよってきているような気《き》がした。リビングルームのテーブルに食器《しょっき》をならべる音《おと》が聞《き》こえて、妹《いもうと》が「お兄《にい》ちゃんは？」という声《こえ》もした。そのとき、ぼくは、自分《じぶん》がどんなにか母《はは》の夕食《ゆうしょく》が好《す》きであるかということを発見《はっけん》した。

お姉《ねえ》さんはどれだけ苦《くる》しいだろうかと考《かんが》えた。そういうときにお姉《ねえ》さんが青白《あおじろ》い顔《かお》をして、あんなふうに元気《げんき》がないのも無理《むり》はないと思《おも》った。

ぼくはノートをとりだして、お姉《ねえ》さんについてのメモを整理《せいり》した。お腹《なか》がへっていくのを忘《わす》れようとして、ぼくはお姉《ねえ》さんが元気《げんき》であったときと、お姉《ねえ》さんが元気《げんき》でなかったときのことを、すべて思《おも》いだして、日付《ひづけ》をつけてノートに書《か》いた。そうやって一覧表《いちらんひょう》を作《つく》ると、彼女《かのじょ》は元気《げんき》になったり、元気《げんき》でなくなったりを、潜《せん》水艦《すいかん》が浮《う》かんだりもぐったりするみたいに繰《く》り返《かえ》している。ぼくはお姉《ねえ》さんが会《あ》えないぐらい元気《げんき》がないときを0、電話《でんわ》や伝言《でんごん》ができたときを1、会《あ》えたけれども元気《げんき》がなかったときを2、元気《げんき》だったときを3、ペンギンを出《だ》せたときを4、というふうに数値《すうち》を与《あた》え、横軸《よこじく》に時間《じかん》をとってグラフを描《か》いた。点《てん》をゆるやかに結《むす》ぶと、お姉《ねえ》さんの元気《げんき》さの波《なみ》ができた。

ぼくはお腹《なか》がへっているにもかかわらずそこまで研究《けんきゅう》できたことに満足《まんぞく》して、布団《ふとん》にもぐった。

次《つぎ》に目《め》を覚《さ》ましたのは真夜中《まよなか》だった。

もう次《つぎ》の日《ひ》になっていた。ぼくはちゃんと実験《じっけん》を一日《いちにち》やり通《とお》したのだ。とても朝《あさ》まで待《ま》てないと思《おも》ったので、ぼくは一階《かい》に下《お》りていった。母《はは》や妹《いもうと》はもう眠《ねむ》っていたけれども、リビングルームには明《あ》かりがついている。父《ちち》がお酒《さけ》を飲《の》みながらテレビを見《み》ているのだ。

ぼくの足音《あしおと》を聞《き》いて、父《ちち》はふりかえった。

「おや、起《お》きたね」と父《ちち》は言《い》った。「お腹《なか》がすいてるんだろう？」

「父《とう》さん、ぼくはエネルギーが完全《かんぜん》に切《き》れた」

「たいへんな実験《じっけん》をやったそうだね」

父《ちち》は「ちょっと待《ま》ちなさい」と言《い》って立《た》ち上《あ》がり、台所《だいどころ》へ行《い》った。そして母《はは》が用意《ようい》しておいてくれたサンドイッチを出《だ》してきて、ジャガイモやベーコンの入《はい》ったスープを鍋《なべ》であたためてくれた。湯気《ゆげ》の立《た》つスープがテーブルにおかれたとき、ぼくはまるでその匂《にお》いまでぜんぶ自分《じぶん》が食《た》べてしまうような気《き》がした。口《くち》に入《い》れたときはうれしくて涙《なみだ》がにじんだ。ジャガイモのごろごろ入《はい》っているスープも、チーズのサンドイッチも、ぼくがこれまでに食《た》べたどんな食《た》べ物《もの》よりもおいしかった。ぼくはスープをおかわりして、鍋《なべ》に残《のこ》っていたものをすべて食《た》べた。

「おいしいだろう？」

「おいしい」

「それで、実験《じっけん》の結果《けっか》はどうだった？　納得《なっとく》がいったか？」

「うん。ぼくは納得《なっとく》した」

台風《たいふう》が通《とお》りすぎてしまうと、また暑《あつ》い毎日《まいにち》がもどってきた。八月《がつ》も後半《こうはん》になった。

そのころ、街《まち》にふしぎな噂《うわさ》が流《なが》れているのを母《はは》が教《おし》えてくれた。郵便《ゆうびん》ポストや自動販売機《じどうはんばいき》が消《き》えてしまった話《はなし》。バス通《どお》りにならんでいる街灯《がいとう》のランプがいつの間《ま》にか消《き》えていたという話《はなし》。ほかにも、図鑑《ずかん》にのっていない大《おお》きな鳥《とり》が高圧鉄塔《こうあつてっとう》に何羽《なんわ》もとまっていたという話《はなし》もあったし、夕暮《ゆうぐ》れに給水塔《きゅうすいとう》の上《うえ》で猿《さる》みたいなケモノがおどっているような影《かげ》を見《み》たという話《はなし》もあった。夜《よる》、白《しろ》っぽい魚《さかな》のようなトカゲのようなへんな生《い》き物《もの》が集会所《しゅうかいじょ》の前《まえ》の路上《ろじょう》を歩《ある》いているのを見《み》たという話《はなし》もあった。

「ペンギンが出《で》てから、へんな事件《じけん》ばっかりねえ」

母《はは》はそんなことを言《い》った。

郵便《ゆうびん》ポストや自動販売機《じどうはんばいき》の消失《しょうしつ》は、だれかが盗《ぬす》んでいったのかもしれない。高圧鉄塔《こうあつてっとう》の鳥《とり》、給水塔《きゅうすいとう》の猿《さる》、路上《ろじょう》のトカゲみたいな生《い》き物《もの》は、だれかのペットが逃《に》げだしたのかもしれない。けれども、ぼくはそれらのふしぎな現象《げんしょう》がすべて、ぼくらの研究《けんきゅう》に関係《かんけい》しているのではないかと考《かんが》えた。父《ちち》が言《い》ったように、すべての問題《もんだい》が一つの問題《もんだい》であるとすれば。

ぼくはお姉《ねえ》さんに会《あ》いたかったけれども、彼女《かのじょ》は元気《げんき》がなくなってからどうしているのかわからなかった。

ぼくは一度《いちど》お姉《ねえ》さんのマンションまで行《い》ってみたことがある。インターホンを鳴《な》らしてもこたえはなかった。ぼくはお姉《ねえ》さんに何《なに》かごはんを食《た》べてほしかったので、オレンジジュースとやわらかい菓子《かし》パンが入《はい》った袋《ふくろ》を、ドアノブにぶらさげた。「ぼくです。アオヤマです」と書《か》いたノートの切《き》れ端《はし》を袋《ふくろ》に入《い》れておいた。

でもぼくは自分《じぶん》で作《つく》ったグラフによって、お姉《ねえ》さんはもうすぐ元気《げんき》になるはずだと予測《よそく》した。なぜならグラフは一定《いってい》の波《なみ》を描《えが》いているから、もうすぐ次《つぎ》の回復期《かいふくき》がくるとわかったからである。

そして、そのグラフがぼくを次《つぎ》の発見《はっけん》にみちびいたのだった。

ぼくらは観測《かんそく》ステーションに出《で》かけた。
ジャバウォックの森《もり》から草原《そうげん》へ出《で》たとき、ハマモトさんが「あれ？」と声《こえ》を上《あ》げた。なぜならば、縮小期《しゅくしょうき》に入《はい》っていたはずの〈海《うみ》〉がまた拡大期《かくだいき》に入《はい》って、ふくらみ始《はじ》めていたからだ。青《あお》い空《そら》から太陽《たいよう》の光《ひかり》がさして、〈海《うみ》〉はぴかぴか光《ひか》り、表面《ひょうめん》にはいくつも渦巻《うずま》きができていた。
その日《ひ》、ぼくはパラソルの下《した》に座《すわ》って、自分《じぶん》のノートを読《よ》み返《かえ》して索引《さくいん》をつけていた。ウチダ君《くん》は凧《たこ》をあげている。ぼくのとなりではハマモトさんがノートに〈海《うみ》〉の観測記録《かんそくきろく》をつけている。彼女《かのじょ》は蛍光《けいこう》ペンで〈海《うみ》〉の半径《はんけい》のグラフをきれいに描《か》き直《なお》しているところだった。

「ハマモトさんは上手《じょうず》だなあ」とぼくは言《い》った。

「上手《じょうず》でしょう？」とハマモトさんはにこにこした。

ぼくはハマモトさんにグラフを写《うつ》させてもらおうと思《おも》ってノートを取《と》りだした。そうしてノートをぱらぱらめくっているとき、ぼくは自分《じぶん》の描《か》いたお姉《ねえ》さんの元気《げんき》さを表《あらわ》したグラフを見《み》つけた。ぼくは空腹実験中《くうふくじっけんちゅう》だったものだから、ハマモトさんの〈海《うみ》〉のグラフよりもずっとぐなぐなしている。でもおおよそのかたちはたいへん似《に》ていた。

「これを見《み》て」

ぼくはノートを草《くさ》に置《お》いた。そうしてハマモトさんのノートをその下《した》にならべた。

二つのグラフは同《おな》じようなペースで波《なみ》を描《えが》いていた。〈海《うみ》〉が拡大期《かくだいき》になると、お姉《ねえ》さんは元気《げんき》になる。〈海《うみ》〉が縮小期《しゅくしょうき》に入《はい》ると、お姉《ねえ》さんは元気《げんき》でなくなるのだ。

ハマモトさんは目《め》を丸《まる》くしておどろいたあと、ちょっと冷静《れいせい》になった。

「でも、ちょっとずれてるわ。ぴったり同《おな》じにはなってない」

「〈海《うみ》〉の動《うご》きに数日遅《すうじつおく》れてお姉《ねえ》さんの体調《たいちょう》が動《うご》いている。このピークも、このピークも、両方《りょうほう》とも同《おな》じ間隔《かんかく》で来《き》ている。連動《れんどう》しているんだよ」

「アオヤマ君《くん》、すごい！」

ハマモトさんはさけんだ。「大発見《だいはっけん》！」

ぼくらがわあわあ言《い》っていると、ウチダ君《くん》があわてて走《はし》ってきた。そこでぼくが今《いま》の発見《はっけん》について説明《せつめい》すると、彼《かれ》も「大発見《だいはっけん》だね！」と言《い》って喜《よろこ》んだ。「でも、つまりどういうことなの？」

「お姉《ねえ》さんは〈海《うみ》〉と深《ふか》い関係《かんけい》があるということだ」

「つまり？」とウチダ君《くん》が言《い》う。

「つまり……」

ぼくは考《かんが》えこんだ。これはつまりどういうことなのだろうか。お姉《ねえ》さんはペンギンを作《つく》る。ペンギンは〈海《うみ》〉をこわす。そして〈海《うみ》〉の大《おお》きさとお姉《ねえ》さんの体調《たいちょう》は連動《れんどう》している。これはどういう関係《かんけい》なのだろうか。

「まだ発見《はっけん》をしただけで仮説《かせつ》は立《た》てられないよ。もっとお姉《ねえ》さんに協力《きょうりょく》してもらって、ちゃんと研究《けんきゅう》しないと。今《いま》はお姉《ねえ》さんの具合《ぐあい》が悪《わる》いからダメだけれど」

「あの人《ひと》には用心《ようじん》したほうがいいわ」

ハマモトさんがまじめな顔《かお》で言《い》った。「この発見《はっけん》もだまっておいたほうがいいと思《おも》うの」

「なぜだい？」

「もしあの人《ひと》が本当《ほんとう》に宇宙人《うちゅうじん》だったらどうするの？」

ウチダ君《くん》が不安《ふあん》そうな顔《かお》をした。「お姉《ねえ》さんはウソだって言《い》ったよ」

「あの人《ひと》は宇宙人《うちゅうじん》で、あの〈海《うみ》〉は宇宙船《うちゅうせん》だったらどうするの？　もし私《わたし》たちに秘密《ひみつ》を知《し》られたと思《おも》ったら、あの人《ひと》は私《わたし》たちを殺《ころ》してしまうかも……」

「ハマモトさんの意見《いけん》はおかしい」

ぼくは言《い》った。「それなら、ぼくたちがここまで研究《けんきゅう》するのを宇宙人《うちゅうじん》たちがだまって見《み》ているわけがないもの」

「私《わたし》たちが子《こ》どもだから油断《ゆだん》していたのかもしれない」

「ハマモトさんは疑《うたぐ》り深《ぶか》い」

「なぜアオヤマ君《くん》はあの人《ひと》を信《しん》じるの？　冷静《れいせい》になって」

「ぼくは冷静《れいせい》だ。ハマモトさんこそ論理的《ろんりてき》に考《かんが》えてほしい」

「アオヤマ君《くん》こそ論理的《ろんりてき》じゃないと思《おも》う」

ぼくとハマモトさんは言《い》い合《あ》って、ぎゅっとおたがいの顔《かお》をにらんだ。

ウチダ君《くん》が手《て》をふって「けんかはやめて」と言《い》った。「二人《ふたり》とも今《いま》は論理的《ろんりてき》じゃないと思《おも》うよ」

ハマモトさんはフンと鼻《はな》を鳴《な》らした。

「アオヤマ君《くん》はおっぱいが好《す》きだから、お姉《ねえ》さんのことが好《す》きなんでしょ？」

「ぼくはおっぱいが好《す》きであることを認《みと》める。でもお姉《ねえ》さんを好《す》きであることとはべつだ」

「でもお姉《ねえ》さんにはおっぱいが存在《そんざい》してる」

「おおいに存在《そんざい》しているね」

「もういい！」

ハマモトさんがさけんだので、ぼくとウチダ君《くん》はびっくりした。

もうぼくには何《なに》がなんだかわからなかった。そのあと、ハマモトさんは唇《くちびる》をかんでだまってしまい、話《はな》しかけても返事《へんじ》をしなくなった。まるで雪《ゆき》の女王《じょおう》みたいに冷《つめ》たい顔《かお》をしてパラソルの下《した》に座《すわ》り、レゴブロックで青《あお》い壁《かべ》をもくもくと作《つく》っている。パラソルの下《した》の居心地《いごこち》が悪《わる》くなってしまったので、ぼくとウチダ君《くん》は草原《そうげん》を歩《ある》いた。

パラソルから遠《とお》くはなれたところで、ウチダ君《くん》はふりかえった。

「ああびっくりした。ハマモトさんがあんなに怒《おこ》るなんて」

「謎《なぞ》だね」

「ハマモトさんは困《こま》った人《ひと》だね」とウチダ君《くん》が言《い》った。「でもハマモトさんが怒《おこ》った理由《りゆう》、ぼくにはなんとなくわかるような気《き》がするな」

「ウチダ君《くん》、わかるの?」

「でも言《い》わない。だって本当《ほんとう》かどうかわからないんだもの」

「教《おし》えてくれると、ぼくは助《たす》かるんだけどなあ」

そのとき、森《もり》の向《む》こうでキイキイギシギシという音《おと》が聞《き》こえた。苦《くる》しげな鳥《とり》の悲鳴《ひめい》のようなものも聞《き》こえた。

ウチダ君《くん》がぼくの腕《うで》をぎゅっとつかんだ。「なんだろう?」と言《い》った。音《おと》は草原《そうげん》の向《む》こうにある南側《みなみがわ》の森《もり》の奥《おく》から聞《き》こえていた。何《なに》か大《おお》きなものが木《き》にぶつかって、ざわざわと木《こ》の葉《は》がゆれていた。

暗《くら》い木立《こだち》を何《なに》か白《しろ》いものがすりぬけるのをぼくらは見《み》た。木《き》に邪魔《じゃま》されてよく見《み》えなかったけれども、大《おお》きさは犬《いぬ》ぐらいで体《からだ》はのっぺりとして白《しろ》く、ぬれたみたいに光《ひか》っていた。その手足《てあし》は人間《にんげん》みたいな手足《てあし》だった。あまりに不気味《ぶきみ》な光景《こうけい》だったので、ぼくらは身動《みうご》きがとれなかった。

その白《しろ》いものが木立《こだち》の奥《おく》の暗《くら》がりへ消《き》えたあと、また鳥《とり》の悲鳴《ひめい》のようなものが聞《き》こえた。

「なんだろ？　今《いま》の」とウチダ君《くん》が言《い》った。

「何《なに》かへんなことが起《お》こっている」

ぼくは言《い》った。

ぼくは重要《じゅうよう》な発見《はっけん》をノートに記録《きろく》する。
□〈海《うみ》〉が拡大《かくだい》すると、お姉《ねえ》さんは元気《げんき》になる。
□〈海《うみ》〉が縮小《しゅくしょう》すると、お姉《ねえ》さんは具合《ぐあい》が悪《わる》くなる。

エピソード4 ペンギン・ハイウェイ

プロジェクト・アマゾンの最終報告《さいしゅうほうこく》。

ぼくとウチダ君《くん》は川《かわ》の探検《たんけん》を進《すす》めることに決《き》めた。なぜならハマモトさんはご機嫌《きげん》がななめであるし、お姉《ねえ》さんも体調《たいちょう》をくずしていたからだ。一つの研究《けんきゅう》が停止《ていし》するとき、ぼくらはほかの研究《けんきゅう》を進《すす》めなくてはいけない。

前回《ぜんかい》の探検《たんけん》で、ぼくらは小学校《しょうがっこう》の裏《うら》にある空《あ》き地《ち》を流《なが》れている川《かわ》が、大学《だいがく》の裏《うら》から流《なが》れて来《き》ていることを明《あき》らかにした。だから、今回《こんかい》はその地点《ちてん》からさかのぼる計画《けいかく》を立《た》てた。

ぼくらは表通《おもてどお》りのバス停《てい》で待《ま》ち合《あ》わせをして大学行《だいがくい》きのバスにのった。市立図書館《しりつとしょかん》を通《とお》りすぎて、バスは国道《こくどう》を走《はし》る。窓《まど》から見《み》える田《た》んぼは稲《いね》がぐんぐん育《そだ》って、緑《みどり》の草原《そうげん》のようになっていた。青空《あおぞら》には羊《ひつじ》のような雲《くも》が浮《う》かんでいた。乳歯《にゅうし》がぬけかかってぶらぶらしていることをのぞけば、探検《たんけん》にふさわしい日《ひ》である。

バスにゆられながら、ぼくは「二人《ふたり》で探検《たんけん》するのは久《ひさ》しぶりだねえ」と言《い》った。

ウチダ君《くん》は「そうだねえ」と楽《たの》しそうに言《い》った。

国道沿《こくどうぞ》いの「大学前《だいがくまえ》」というバス停《てい》でおりたときは、暑《あつ》さで頭《あたま》がくらくらした。太陽《たいよう》の光《ひかり》が大学《だいがく》の門《もん》をぎらぎら照《て》らしていた。国道《こくどう》の向《む》かいにある林《はやし》からはセミの声《こえ》が規則正《きそくただ》しく響《ひび》いている。トラックが熱《あつ》い風《かぜ》を起《お》こして砂埃《すなぼこり》をまきあげていった。「空気《くうき》がよごれているね」とウチダ君《くん》が言《い》った。

ぼくらはシンとしている大学《だいがく》を歩《ある》いていった。ビルの間《あいだ》の通路《つうろ》をすりぬけていくと、迷路《めいろ》を歩《ある》いているようだ。カフェテリアは明《あ》かりが消《き》えていて、「閉店《へいてん》」の札《ふだ》がガラス扉《とびら》にぶらさがっていた。

大学《だいがく》の裏《うら》までぬけてしまうと、ぼくらは前回探検《ぜんかいたんけん》を終《お》えた地点《ちてん》にたどりついた。草《くさ》がたくさんのびて虫《むし》が飛《と》びまわっている。川《かわ》はフェンスにはさまれている。ぼくらは地面《じめん》にしゃがみこんで地図《ちず》を広《ひろ》げた。方位磁石《ほういじしゃく》で方角《ほうがく》を確認《かくにん》した。

川《かわ》は大学《だいがく》の敷地《しきち》の外側《そとがわ》をまわるようにして流《なが》れていた。そこには整地《せいち》された空《あ》き地《ち》が広《ひろ》がっていて、コンクリートで四方《しほう》をかためられた土《つち》がカラカラに乾《かわ》いていた。空《あ》き地《ち》ばかりではなくて、宇宙船《うちゅうせん》が着陸《ちゃくりく》したみたいなふしぎな建物《たてもの》もいくつかあった。

「ここは何《なに》かの研究所《けんきゅうじょ》だろうか？」

「未来《みらい》みたいだね」

でもぼくらはあんまり建物《たてもの》をしらべている時間《じかん》がない。

整地《せいち》されたところを抜《ぬ》けていくと、林《はやし》の間《あいだ》を抜《ぬ》けるアスファルト道路《どうろ》があって、水路《すいろ》はその道《みち》の右側《みぎがわ》を流《なが》れていた。その道路《どうろ》が林《はやし》をぬけていく感《かん》じに見覚《みおぼ》えがある。父《ちち》とドライブに出《で》かけたときに通《とお》った道《みち》だ。水《すい》路《ろ》の対岸《たいがん》には竹《たけ》がしげっていて、ひんやりした空気《くうき》が流《なが》れてきた。

その先《さき》はY字路《わいじろ》になっていた。左手《ひだりて》に続《つづ》く道《みち》は、ぼくと父《ちち》がドライブで探検《たんけん》した道《みち》である。右手《みぎて》に続《つづ》く道《みち》は、古《ふる》い町《まち》の中《なか》へ入《はい》っていく。水路《すいろ》もそちらへ流《なが》れていく。

「この間《あいだ》、父《とう》さんといっしょに車《くるま》でこっちの道《みち》に行《い》ったんだよ」

「この道《みち》はどこに行《い》くの？」

「正確《せいかく》に地図《ちず》を描《か》いたわけではないから、ちゃんとはわからないんだ。でもぼくらは坂道《さかみち》につくった街《まち》についたよ。そして喫茶店《きっさてん》でコーヒーを飲《の》んだ。父《とう》さんとぼくは車《くるま》で探検《たんけん》に行《い》ったときは必《かなら》ずコーヒーを飲《の》む」

「アオヤマ君《くん》はコーヒー飲《の》むの？　大人《おとな》みたいだね」

「でも家《いえ》では飲《の》まないんだ」

「ぼく、コーヒーゼリーは好《す》きだけども」

「ぼくも本当《ほんとう》はコーヒーゼリーのほうがおいしいと思《おも》う。でもなにごとも訓練《くんれん》だからね」

ぼくらは古《ふる》い家《いえ》の間《あいだ》をぬけていった。ぼくらの街《まち》にあるレゴブロックで作《つく》ったような家《いえ》ではない。大《おお》きな石垣《いしがき》があるし、古《ふる》い瓦屋根《かわらやね》がある。玄関《げんかん》の前《まえ》には畑《はたけ》を耕《たがや》す機械《きかい》が置《お》いてあることもある。あちこちに畑《はたけ》や田《た》んぼがあって、トンボがたくさん飛《と》び交《か》っていた。畑《はたけ》の中《なか》で働《はたら》いていたおばあさんが顔《かお》を上《あ》げ、タオルで汗《あせ》をぬぐっているのが見《み》えた。ちりんちりんと風鈴《ふうりん》の音《おと》が聞《き》こえてきた。祖父母《そふぼ》の家《いえ》に来《き》たみたいだ。

「ぼくらは遠《とお》くに来《き》たねえ」とウチダ君《くん》は言《い》った。

「すごく遠《とお》くに来《き》た感《かん》じがするね」

「アオヤマ君《くん》、この川《かわ》はやっぱり世界《せかい》の果《は》てから流《なが》れてくるような気《き》がする？」

「そうだね」

「もし本当《ほんとう》にそうだったとしたら、きっとおもしろい。ぼくもそう思《おも》うようになった」

その古《ふる》い町《まち》は、ぼくらの街《まち》よりも涼《すず》しいような気《き》がした。きっと田《た》んぼがたくさんあるせいだろう。

ぼくらはずいぶん歩《ある》いたので、小《ちい》さな神社《じんじゃ》の石段《いしだん》に毛布《もうふ》をしいて基地《きち》を作《つく》った。そして魔法瓶《まほうびん》から冷《つめ》たい麦茶《むぎちゃ》を注《そそ》いで飲《の》み、リュックから出《だ》した蒸《む》しパンを食《た》べた。

田《た》んぼのほうから吹《ふ》いてくる風《かぜ》がぼくらの汗《あせ》を乾《かわ》かした。

神社《じんじゃ》の石段《いしだん》のとなりには大《おお》きな古《ふる》いマツの木《き》が生《は》えていた。この神社《じんじゃ》はぼくらが生《う》まれるよりもずっと前《まえ》からあったのだろうし、そのマツもぼくらの生《う》まれるより前《まえ》から生《い》きているはずだ。
「木《き》は人間《にんげん》よりも長《なが》生《い》きだろうね」とぼくは言《い》った。
「そうだね」
「地球《ちきゅう》の歴史《れきし》に比《くら》べたら、人間《にんげん》はすぐに死《し》んじゃうね」

「本当《ほんとう》にそうだね」

そうしてぼくは、台風《たいふう》の日《ひ》に暗《くら》いリビングルームで妹《いもうと》が泣《な》いた日《ひ》のことを考《かんが》えた。あの日《ひ》はたいへん不《ふ》安《あん》な気持《きも》ちになったけれども、こうしてウチダ君《くん》といっしょに冷《つめ》たい石段《いしだん》に座《すわ》って、暑《あつ》い太陽《たいよう》の光《ひかり》を浴《あ》びていると、あまり不安《ふあん》にならない。

ぼくが妹《いもうと》が泣《な》いた日《ひ》の話《はなし》をすると、ウチダ君《くん》は「ぼくはわかるな」とつぶやいた。

「ウチダ君《くん》もそんなことを考《かんが》える？」

「ぼくはいつも考《かんが》えるよ。とくに夜《よる》になると」

「毎日《まいにち》？」

「毎日《まいにち》ね。ぼくは父《とう》さんや母《かあ》さんがいつか死《し》んでしまうということもこわいし、自分《じぶん》が死《し》んでしまうということもこわい。どうしてぼくらは死《し》んでしまうんだろう、だれがそんなふうに決《き》めたんだろうって思《おも》う」

「でも生《い》き物《もの》はみんな必《かなら》ず死《し》ぬよね。ウチダ君《くん》はそれはわかってるんだろ？」

「ぼくはわかっている。でもわかっていることと、安心《あんしん》することは、ぜんぜんちがうことなんだよ」

ウチダ君《くん》は慎重《しんちょう》にゆっくりしゃべった。「ぜんぜんちがうんだ」

「そうだろうね。ぼくもそんなふうに感《かん》じた」

「だからぼく、アオヤマ君《くん》の妹《いもうと》の気持《きも》ちがわかるな」

しばらくしてから、ウチダ君《くん》はリュックの中《なか》からノートを取《と》りだした。彼《かれ》がいつも草原《そうげん》の観測《かんそく》ステーションでメモを書《か》いていたノートだ。ウチダ君《くん》は哲学者《てつがくしゃ》みたいな顔《かお》をして、ノートをめくった。そして「ぼくはすごくふしぎなことを発見《はっけん》したんだよ」と言《い》った。

「ぼくはそれを聞《き》くことができる？　ぼくは
「上手《じょうず》に説明《せつめい》できるかな。ぼくは聞《き》きたい」へんなことを言《い》うかもしれないよ」

「それでもいいよ。ぼくは聞《き》きたい」

「アオヤマ君《くん》だから話《はな》すんだ。ハマモトさんたちには言《い》わないでね」

「わかったよ」

ウチダ君《くん》は発見《はっけん》をしたはずなのに、ちっとも得意《とくい》そうではなかった。まるでその発見《はっけん》について口《くち》にすることが、おそろしいことであるかのようだった。

「ぼくが研究《けんきゅう》してたのは、死《し》ぬっていうのはどんなことかということなんだ」

ウチダ君《くん》は話《はな》し始《はじ》めた。

「ぼくが死《し》んだあとの世界《せかい》のこと。ぼくが死《し》んで、そのあともみんなは生《い》きていて、でも生《い》きているみんなについてぼくはもう考《かんが》えることもできないってこと。それはどういうことなんだろうって考《かんが》えていた。ずっと考《かんが》えてきて、ぼくは気《き》づいたんだ。もしかすると、ぼくらはだれも死《し》なないんじゃないかなって」

ウチダ君《くん》は不安《ふあん》そうな目《め》でぼくを見《み》る。

ぼくはだまって聞《き》いていた。

「ほかの人《ひと》が死《し》ぬということと、ぼくが死《し》ぬということは、ぜんぜんちがう。それはもうぜったいにちがうんだ。ほかの人《ひと》が死《し》ぬとき、ぼくはまだ生《い》きていて、死《し》ぬということを外《そと》から見《み》ている。でもぼくが死《し》ぬときはそうじゃない。ぼくが死《し》んだあとの世界《せかい》はもう世界《せかい》じゃない。世界《せかい》はそこで終《お》わる」

「でもほかの人《ひと》にとっては世界《せかい》はまだあるよね？」

「それはほかの人《ひと》はぼくが死《し》んだことを外《そと》から見《み》てるから。ぼくとして見《み》てないから」

「たとえばウチダ君《くん》がここで急《きゅう》に死《し》んだとしたら、ウチダ君《くん》にとっては世界《せかい》は終《お》わるよ。でもぼくはまだここにいて、ぼくにとっての世界《せかい》はまだ終《お》わってないね」

「そうなんだけど……そうなんだけど……」

ウチダ君《くん》はたいへんもどかしそうだ。ぼくはよけいなことを言《い》うべきではなかったかもしれない。ぼくは彼《かれ》の言《い》いたいことを理解《りかい》しようと努力《どりょく》した。

ウチダ君《くん》は真《ま》っ赤《か》な顔《かお》に汗《あせ》をいっぱいかいている。彼《かれ》はしばらく考《かんが》えてから、ノートの新《あたら》しいページに線《せん》を引《ひ》き、Yの字《じ》に枝分《えだわ》かれさせた。一方《いっぽう》の先《さき》には「いきてる」と書《か》き、もう一方《いっぽう》の先《さき》には「しんでる」と書《か》いた。

「たとえばぼくがここで交通事故《こうつうじこ》にあうとする」

「それは大事故《だいじこ》？」

「大事故《だいじこ》なんだ。ぼくは死《し》ぬかもしれないし、死《し》なないかもしれない。それで、こっちの線《せん》はぼくが死《し》んだ世界《せかい》、こっちの線《せん》はぼくが生《い》きている世界《せかい》」

「じゃあ、ぼくらは今《いま》こっちの世界《せかい》にいることになるね」

「ぼくは生《い》きているうちにいろんな事件《じけん》に出会《であ》って、死《し》ぬかもしれないし、死《し》なないかもしれない。どんなときでも、どちらかだよね？　そのたびに世界《せかい》はこうやって枝分《えだわ》かれする。それで、ぼくは、自分《じぶん》というものは、必《かなら》ず、こっちのぼくが生《い》きてる世界《せかい》にいると思《おも》うんだよ」

「でも、もう一方《いっぽう》の世界《せかい》にいる君《きみ》は死《し》んでるんだろう？　こっちの世界《せかい》にぼくがいたとすると、ウチダ君《くん》は死《し》んじゃったと思《おも》っているはずだよ」

「アオヤマ君《くん》の世界《せかい》では、そうなんだ。でもこっちの世界《せかい》では、ぼくは必《かなら》ず生《い》きている。枝分《えだわ》かれがくるたびに、ぼくはこっちの生《い》きるほうへ、生《い》きるほうへ進《すす》んでいくんだ」

「なぜ断言《だんげん》できるの？」

「このことを考《かんが》えるぼく自身《じしん》は、必《かなら》ず生《い》きているから。ぼくが死《し》んでしまったほうの世界《せかい》では、こういうことを考《かんが》えられない。もう世界《せかい》は終《お》わっているんだから」

「でも……」

「アオヤマ君《くん》の世界《せかい》では、ぼくは死《し》ぬかもしれない。でもそれはアオヤマ君《くん》がぼくが死《し》んだのを外《そと》から見《み》るからなんだ。ぼくがぼくを見《み》ているわけじゃない。ぼくはこっちの世界《せかい》にいる。……分《わ》かる？」

ウチダ君《くん》は不安《ふあん》そうにぼくの目《め》をのぞきこんだ。

ぼくはなんとなく彼《かれ》の言《い》いたいことがわかってきたような気《き》がした。

「つまり、たとえぼくがウチダ君《くん》が死《し》ぬのを見《み》たとしても、それが本当《ほんとう》にウチダ君本人《くんほんにん》にとって死《し》ぬということなのか、ぼくにはわからないということだね？　それは証明《しょうめい》できない」

「そうなんだ！　そうなんだ！」

ぼくは腕組《うでぐ》みをして考《かんが》えこんだ。たいへんふしぎな気《き》がした。ぼくは本当《ほんとう》に、これまでにそんなことを考《かんが》えてみたこともなかったのだ。

「それはウチダ君《くん》だけではなくて、ぼくにもあてはまることだね」

「ぼくらはだれも死《し》なないんじゃないかって、ぼくが言《い》ったのはそういう意味《いみ》だよ」

「これはたいへんすごい仮説《かせつ》だ」

「ぼくも思《おも》いついたときにはびっくりした。でもアオヤマ君《くん》に上手《じょうず》に説明《せつめい》できる自信《じしん》がなかったから、ずうっと一人《ひとり》で研究《けんきゅう》してたんだね。でも、これは仮説《かせつ》だけどね」

「立派《りっぱ》な研究《けんきゅう》だなあ」

ウチダ君《くん》はまるで重《おも》い荷物《にもつ》をおろしたみたいに、うれしそうに笑《わら》った。

ぼくらはそこからさらに歩《ある》いて、古《ふる》い町《まち》をぬけた。

行《ゆ》く手《て》には、また国道《こくどう》が現《あらわ》れた。川《かわ》は暗渠《あんきょ》になって国道《こくどう》の下《した》をくぐる。その先《さき》はうっそうとした森《もり》だった。

ぼくらは森《もり》の入《い》り口《ぐち》で地図《ちず》を広《ひろ》げ、ここまでたどった川《かわ》の流《なが》れを描《か》きこんだ。川《かわ》は国道《こくどう》に面《めん》した大学《だいがく》をぐっと囲《かこ》むようにして曲線《きょくせん》を描《えが》く。目《め》の前《まえ》の森《もり》は、おそらく国道《こくどう》とぼくらの街《まち》の間《あいだ》を南北《なんぼく》にのびている森《もり》で、ぼくらはまだ探検《たんけん》したことがないはずだった。

「まだ日《ひ》が暮《く》れるまでは時間《じかん》がある。行《い》けるだけ行《い》ってみよう」

ぼくらは虫《むし》よけスプレーをして、森《もり》に入《はい》った。

川《かわ》の両側《りょうがわ》は下草《したくさ》の生《お》いしげった斜面《しゃめん》だった。暗《くら》くてじめじめした谷間《たにま》の底《そこ》をすりぬけるようにして、川《かわ》は続《つづ》いていく。四方八方《しほうはっぽう》からセミの声《こえ》が聞《き》こえてきて、ぼくらを押《お》しつぶしそうだった。

あんまり森《もり》が深《ふか》いようだったら引《ひ》き返《かえ》そうと思《おも》っていたのだけれど、ぼくらはすぐに森《もり》の向《む》こう側《がわ》へ突《つ》き抜《ぬ》けた。そこは広々《ひろびろ》とした草原《そうげん》だった。草原《そうげん》の向《む》こうにはまた森《もり》が見《み》えている。ぼくらから見《み》て左手《ひだりて》には草《そう》原《げん》と住宅地《じゅうたくち》をへだてる長《なが》いフェンスが続《つづ》いていて、向《む》こうにはレゴブロックで作《つく》ったような小《ちい》さな家《いえ》が行儀《ぎょうぎ》よくならぶ。おそらくとなりの住宅地《じゅうたくち》だろう。そしてぼくらから見《み》て右手《みぎて》にはプレハブみたいな高《たか》い壁《かべ》が続《つづ》いている。★1万里《ばんり》の長城《ちょうじょう》のようだなあとぼくは考《かんが》えた。その壁《かべ》はフェンスみたいに気楽《きらく》に乗《の》り越《こ》えられそうもなかった。

ぼくらは川《かわ》をたどって草原《そうげん》をまっすぐ歩《ある》いていく。

ウチダ君《くん》は長《なが》い草《くさ》をちぎってふりまわした。「水源《すいげん》はあの森《もり》の中《なか》かな？」

「わからない」

「水源《すいげん》はどんなのだろうね？」

「これはあくまでぼくが想像《そうぞう》したことだけれども、カンブリア紀《き》の海《うみ》みたいに大《おお》きな池《いけ》があってね、透明《とうめい》の水《みず》がいっぱいたまっている。そしてふしぎな生《い》き物《もの》たちがいるんだ。池《いけ》のそばには池《いけ》を観測《かんそく》するための小《ちい》さな研究所《けんきゅうじょ》がある。あくまでぼくの想像《そうぞう》だけれどもね」

「そうだったらおもしろいね」

★1 古代《こだい》の中国《ちゅうごく》で、外敵《がいてき》から国《くに》を守《まも》るために築《きず》かれた長《なが》い壁《かべ》のこと。その全長《ぜんちょう》は1000キロメートル以上《いじょう》にも及《およ》ぶ。

ぼくらはすぐに草原《そうげん》を突《つ》っ切《き》ってしまった。川《かわ》は森《もり》の奥《おく》から流《なが》れてくる。その森《もり》を歩《ある》きながら、ぼくは何度《なんど》も方位磁石《ほういじしゃく》で方角《ほうがく》を確認《かくにん》し、地図《ちず》を見《み》た。そして川《かわ》がどこから流《なが》れてくるのか推測《すいそく》しようとした。川《かわ》はゆるやかに右《みぎ》に曲《ま》がっていく。

「へんだなあ」とぼくはつぶやいた。「この森《もり》はジャバウォックの森《もり》とつながっている。この川《かわ》はジャバウォックの森《もり》から流《なが》れてくるみたいなんだ。ぼくらはどんどんあの草原《そうげん》のほうへ戻《もど》っていくみたいだ」

ぼくが歩《ある》きながら見上《みあ》げると、木々《きぎ》の葉《は》の隙間《すきま》から太陽《たいよう》の光《ひかり》がちらちらともれている。その光《ひかり》はだんだん赤《あか》っぽくなって、夕方《ゆうがた》が近《ちか》づいているのがわかった。

ぼくが方位磁石《ほういじしゃく》をのぞいていると、ウチダ君《くん》が「ペンギン！」と言《い》った。

向《む》こうの川《かわ》べりに、一羽《わ》のペンギンが立《た》っていた。あたりにはほかのペンギンはいなかった。一羽《わ》だけでいるペンギンは、まるでバスターミナルにある自動販売機《じどうはんばいき》みたいにさみしいようなところがある。そして自《じ》動販売機《どうはんばいき》と同《おな》じように平然《へいぜん》としている。ペンギンはまっすぐ前《まえ》を見《み》ているだけで、ぼくらが近《ちか》づいていっても動《うご》かなかった。何《なに》か考《かんが》えごとに夢中《むちゅう》になっているみたいだった。

「よしよし」

ぼくらは声《こえ》をかけて、ペンギンの前《まえ》を通《とお》りすぎた。

しばらく歩《ある》いてふりかえると、まだペンギンは同《おな》じかっこうのまま、川《かわ》のとなりに立《た》ってボンヤリしていた。

そのとき、ぼくらはペンギンの前《まえ》を流《なが》れている川《かわ》から、白《しろ》くてぶよぶよした生《い》き物《もの》が這《は》いだしてくるのを見《み》た。その生《い》き物《もの》は太《ふと》った人間《にんげん》の大人《おとな》ぐらいある。シロナガスクジラを小《ちい》さくしたようなかたちをしているけれども、背中《せなか》にはコウモリみたいな小《ちい》さな翼《つばさ》がある。そして、まるで人間《にんげん》のものを短《みじか》くしたみたいな手足《てあし》を使《つか》って、よちよちと四《よ》つん這《ば》いで歩《ある》くのだ。ぼくは図書館《としょかん》で生物図鑑《せいぶつずかん》を丸一日《まるいちにち》ぜんぶめくってみたことがあるけれども、そんなぼくでさえ一度《いちど》も見《み》たことがない生《い》き物《もの》である。

ウチダ君《くん》がびっくりしてぼくの服《ふく》をつかむ。

次《つぎ》の瞬間《しゅんかん》、そのシロナガスクジラもどきがペンギンにおそいかかった。ボンヤリしていたペンギンがキウッと悲鳴《ひめい》をあげる。シロナガスクジラもどきはあんぐりと口《くち》をあけて、ペンギンを丸呑《まるの》みにしてしまった。そうするとヘリウムをつめたみたいにそいつの体《からだ》がむっくりふくらむ。かすかに開《あ》いた口《くち》から風《かぜ》が吹《ふ》きだし、森《もり》の木々《きぎ》と下草《したくさ》をざわざわさせた。そしてその生《い》き物《もの》はゲフとへんな音《おと》を立《た》てて、ずる

ずると川《かわ》へもどっていったのだ。

「ウチダ君《くん》、今《いま》のを見《み》たかい？」

ぼくは言《い》った。「あのへんな生《い》き物《もの》はなんだろう？　ペンギンを呑《の》みこんでしまった」

「あんな生《い》き物《もの》、見《み》たことないよ」

ペンギンが消《け》されてしまうのを見《み》たぼくらは、たいへん不安《ふあん》な気持《きも》ちになった。

その場所《ばしょ》にいると、さっきのへんな生《い》き物《もの》がまた川《かわ》から這《は》いだしてくるように思《おも》ったので、ぼくらは足早《あしばや》に歩《ある》いた。そうして森《もり》をぬけながら、ぼくは街《まち》に広《ひろ》まっている噂《うわさ》を思《おも》いだしていた。高圧鉄塔《こうあつてっとう》にとまっていたという大《おお》きな鳥《とり》。給水塔《きゅうすいとう》の上《うえ》にいた猿《さる》みたいなケモノ。集会所《しゅうかいじょ》の前《まえ》の路上《ろじょう》を歩《ある》いていたトカゲのような生《い》き物《もの》。

木立《こだち》の向《む》こうに明《あか》るい光《ひかり》が見《み》えた。

「もうすぐ森《もり》をぬけるよ」とウチダ君《くん》が明《あか》るい声《こえ》で言《い》った。「水源《すいげん》かも！」

ぼくらは木《き》の幹《みき》を楽器《がっき》のようにたたきながら、光《ひかり》のほうへ走《はし》った。そして暗《くら》い森《もり》から飛《と》びだすと急《きゅう》に青《あお》い空《そら》がぼくらの頭上《ずじょう》に広《ひろ》がって、南国《なんごく》みたいな太陽《たいよう》の光《ひかり》が射《さ》した。熱《あつ》い風《かぜ》が吹《ふ》いて、ぼくらの目《め》の前《まえ》に広《ひろ》がる草原《そうげん》を海《うみ》のように波打《なみう》たせていた。ぼくはいつの間《ま》にかセミの声《こえ》がぱたりとやんでいることに気《き》づいた。風《かぜ》の音以外《おといがい》には何《なん》の物音《ものおと》も聞《き》こえない。

「アオヤマ君《くん》。ここはぼくらが知《し》ってる場所《ばしょ》だよ」

「これはおかしいぞ」とぼくはつぶやいた。

ぼくらがたどってきた川《かわ》は草原《そうげん》の中《なか》を左手《ひだりて》にゆるやかに曲《ま》がって流《なが》れていた。川《かわ》の向《む》こうの草原《そうげん》には〈海《うみ》〉が浮《う》かんでいた。たいへん大《おお》きくふくらみ、表面《ひょうめん》にあたった太陽《たいよう》の光《ひかり》を草原《そうげん》いっぱいに散乱《さんらん》させていた。〈海《うみ》〉が反射《はんしゃ》するゆらゆらした光《ひかり》の網《あみ》の中《なか》を歩《ある》いていくとき、ぼくらはまるでカンブリア紀《き》の海《うみ》の浅瀬《あさせ》にしずんでいるみたいだった。

ぼくは草原《そうげん》に座《すわ》って地図《ちず》を広《ひろ》げた。

「スズキ君《くん》は小学校《しょうがっこう》の裏《うら》から川《かわ》の下流《かりゅう》に向《む》かって探検《たんけん》したと言《い》っていたね。そしてこの草原《そうげん》に着《つ》いた。ぼくらの観測《かんそく》ステーションを彼《かれ》らが襲撃《しゅうげき》した日《ひ》のことだよ」

「ここに描《か》いてある青《あお》い線《せん》だね」とウチダ君《くん》は地図《ちず》を指《ゆび》さす。

「その一方《いっぽう》で、ぼくらはスズキ君《くん》たちと同《おな》じ地点《ちてん》から、川《かわ》の上流《じょうりゅう》に向《む》かって探検《たんけん》した。そうして市立図書館《しりつとしょかん》の裏《うら》や大学《だいがく》のほうをまわって、けっきょく同《おな》じこの草原《そうげん》にたどりついた。つまりこの川《かわ》は下流《かりゅう》に下《くだ》っても、上流《じょうりゅう》にさかのぼっても、この草原《そうげん》に到着《とうちゃく》することになる。こんなことはあり得《え》ないとぼくは考《かんが》える」

それは本当《ほんとう》にたいへんな謎《なぞ》だった。

ぼくとウチダ君《くん》はだまって立《た》ち上《あ》がり、草原《そうげん》を歩《ある》いていった。

観測《かんそく》ステーションのパラソルが近《ちか》づいてきた。ハマモトさんがイスに座《すわ》っているのが見《み》えた。彼女《かのじょ》はぼくらの姿《すがた》に気《き》づくと、双眼鏡《そうがんきょう》をのぞいた。そして手《て》を挙《あ》げた。「おーい」と呼《よ》ぶ声《こえ》が聞《き》こえた。

ぼくらも手《て》をふりかえした。

「ハマモトさんは証拠《しょうこ》がないと言《い》うだろうね。それか、科学的《かがくてき》におかしいとか」

「ぼくらは〈海《うみ》〉が光《ひかり》を曲《ま》げる現象《げんしょう》を観測《かんそく》した。この草原《そうげん》の上空《じょうくう》で雲《くも》がへんなかたちになる現象《げんしょう》も観測《かんそく》した。そして、スズキ君《くん》が〈海《うみ》〉に接触《せっしょく》することで時間旅行《じかんりょこう》を経験《けいけん》したという仮説《かせつ》も立《た》てた。〈海《うみ》〉のまわりでは時空《じくう》がぼくらの常識《じょうしき》とはちがうふうになっている。だから、ぼくらが探検《たんけん》した川《かわ》が同《おな》じ場所《ばしょ》を循環《じゅんかん》しているという事実《じじつ》も、ここに〈海《うみ》〉があることが原因《げんいん》ではないだろうか？」

「新《あたら》しい仮説《かせつ》だね」

「ぼくの仮説《かせつ》によれば、ここは存在《そんざい》してはいけない草原《そうげん》だ。なぜなら、あんなふうに光《ひかり》が曲《ま》がることも、時《じ》間《かん》を飛《と》び越《こ》えることも、川《かわ》が循環《じゅんかん》することも、ぼくらの世界《せかい》の法則《ほうそく》に反《はん》しているから」

「この〈海《うみ》〉は何《なん》なの？　アオヤマ君《くん》はもうわかってるの？」

ぼくはふりかえって、草原《そうげん》の向《む》こうにそびえている〈海《うみ》〉を見上《みあ》げた。

ぼくは丘《おか》にある喫茶店《きっさてん》で父《ちち》の語《かた》った言葉《ことば》を思《おも》いだしていた。

世界《せかい》の果《は》ては折《お》りたたまれて、世界《せかい》の内側《うちがわ》にもぐりこんでいる。

ぼくはノートを入念《にゅうねん》に見返《みかえ》す必要《ひつよう》があるだろう。

プロジェクト・アマゾンは終了《しゅうりょう》し、〈海《うみ》〉の研究《けんきゅう》と一つになった。

これまでの発見《はっけん》から、〈海《うみ》〉の研究《けんきゅう》はペンギン・ハイウェイ研究《けんきゅう》と同《おな》じであることが明《あき》らかになっている。

そしてペンギンたちを研究《けんきゅう》することは、お姉《ねえ》さんを研究《けんきゅう》することである。

すべては一つの問題《もんだい》なのだ。

お姉《ねえ》さんから電話《でんわ》がかかってきた。

「やあ少年《しょうねん》。元気《げんき》になったよ」

「お姉《ねえ》さんはきっと元気《げんき》になっているとわかっていました」

「なんで？」

「ぼくはお姉《ねえ》さんの研究家《けんきゅうか》だからです。世界《せかい》で一番《いちばん》くわしい」

お姉《ねえ》さんは電話《でんわ》の向《む》こうでくすくす笑《わら》った。

「研究《けんきゅう》は一休《ひとやす》みして、そろそろ海《うみ》に行《い》こうか？　夏休《なつやす》みが終《お》わっちゃうわよ」

「はい」

そうして、ぼくらは海辺《うみべ》の街《まち》へ行《い》く約束《やくそく》をした。

約束《やくそく》の日《ひ》の朝《あさ》、ぼくはふだんよりも早起《はやお》きをした。ただでさえぼくはたいへん早起《はやお》きだから、その日《ひ》にぼくが起《お》きたときには太陽《たいよう》さえのぼっていなかった。ぼくは窓《まど》を開《ひら》いて朝《あさ》の空気《くうき》を吸《す》いこんだ。ガラスみたいな紺色《こんいろ》の空《そら》を観察《かんさつ》して、今日《きょう》は初《はじ》めて海《うみ》に出《で》かけるのにふさわしい天気《てんき》になるだろうとぼくは考《かんが》えた。窓辺《まどべ》で朝《あさ》を待《ま》っていると、すぐに太陽《たいよう》がのぼって、空《そら》は暗《くら》い紺色《こんいろ》から透明《とうめい》の水色《みずいろ》に変《か》わっていった。

ぼくは海辺《うみべ》の街《まち》の朝《あさ》のことを想像《そうぞう》した。お姉《ねえ》さんの生《う》まれた家《いえ》は海《うみ》が見晴《みは》らせる高台《たかだい》にあって、蔦《つた》のからまった古《ふる》い家《いえ》なのだそうだ。そこにはお姉《ねえ》さんのお父《とう》さんとお母《かあ》さんが二人《ふたり》で暮《く》らしていて、いつも潮《しお》の匂《にお》いのする風《かぜ》が吹《ふ》いていて、となりの坂道《さかみち》をのぼった先《さき》には古《ふる》い教会《きょうかい》がある。

待《ま》ち合《あ》わせ場所《ばしょ》のバスターミナルへ出《で》かけていくと、お姉《ねえ》さんが大《おお》きな白《しろ》い帽子《ぼうし》をかぶって、バスの時刻《じこく》表《ひょう》を見《み》ていた。「久《ひさ》しぶりだね」とお姉《ねえ》さんは笑《わら》った。彼女《かのじょ》が元気《げんき》であることをぼくはうれしく思《おも》うものだ。

「オレンジジュースと菓子《かし》パン、ありがとうね」と彼女《かのじょ》は言《い》った。

「栄養《えいよう》とりましたか？」

「とった」

「ぼくもお姉《ねえ》さんみたいにごはんを食《た》べない実験《じっけん》をしました」

「あきれた。なんでそんなことするの？」

「苦《くる》しい実験《じっけん》でした。もう二度《にど》としないでおこうと思《おも》います」

「そりゃそうだよ」

彼女《かのじょ》はぼくの荷物《にもつ》を指《ゆび》さして笑《わら》った。「すごい荷物《にもつ》ね。冒険旅行《ぼうけんりょこう》にでも行《い》くつもり？」

「ぼくはいろいろなことに備《そな》える。備《そな》えあれば憂《うれ》いなしなんです」

バスターミナルから市《し》バスに乗《の》って、ぼくらは駅《えき》に向《む》かった。

もしぼくらの街《まち》に計画通《けいかくどお》りに新《あたら》しい鉄道《てつどう》がやってきたら、こんなふうにバスに乗《の》って遠《とお》まわりをしなくても、そのままお姉《ねえ》さんの生《う》まれた海辺《うみべ》の街《まち》に行《い》けるようになる。早《はや》くその日《ひ》がくればいいとぼくは思《おも》う。でも新《あたら》しい鉄道《てつどう》がぼくらの街《まち》にやってくるまでには、まだ何年《なんねん》もかかる。ひょっとするとぼくが大人《おとな》になるまでかかるかもしれない。ぼくはとてもそれまで待《ま》っていることはできない。

お姉《ねえ》さんと二人《ふたり》きりで遠《とお》くへ出《で》かけるのは初《はじ》めてのことだったので、ぼくはいささか緊張《きんちょう》した。

「人生《じんせい》で初《はじ》めての海《うみ》ね？」

「記念《きねん》すべき日《ひ》です」

「君《きみ》を海《うみ》に連《つ》れて行《い》ってくれる親切《しんせつ》な人《ひと》はだれか述《の》べよ」

「それはお姉《ねえ》さんです。ぼくは感謝《かんしゃ》します」

お姉《ねえ》さんはバスにゆられながら、海辺《うみべ》の街《まち》の話《はなし》をしてくれた。その街《まち》は山《やま》の斜面《しゃめん》に作《つく》られているので、雨《あめ》が降《ふ》ると家《いえ》の前《まえ》の路地《ろじ》を雨水《あまみず》が滝《たき》のように流《なが》れたとか、隣町《となりまち》の学校《がっこう》から電車《でんしゃ》で帰《かえ》ってくるときには暗《くら》い山《やま》の斜面《しゃめん》に街《まち》の灯《ひ》がたくさん散《ち》らばっているのが宝石《ほうせき》みたいに見《み》えたとか。

駅《えき》につくと、ぼくはお姉《ねえ》さんに教《おし》えてもらって、行《い》き先《さき》の駅《えき》までの切符《きっぷ》を買《か》った。路線図《ろせんず》の隅《すみ》のほうまで探《さが》さなければ見《み》つからない遠《とお》い駅《えき》だった。ぼくらはホームのベンチに腰《こし》かけて電車《でんしゃ》を待《ま》った。

「明日《あした》から父《ちち》がフランスに行《い》きます」

「おやまあ、遠《とお》いところに行《い》くのね」

「父《ちち》は会社《かいしゃ》の用事《ようじ》でフランスの大《おお》きな研究所《けんきゅうじょ》に行《い》く。ぼくは外国《がいこく》に行《い》ったことがない。お姉《ねえ》さんはありますか？」

「私《わたし》もないよ。でもフランスはいいね。お父《とう》さんの出張《しゅっちょう》は長《なが》いの？」

「三週間《しゅうかん》です」

「じゃあ、君《きみ》がしっかり家《いえ》を守《まも》らないといけないな」

「ぼくはしっかりしますよ。戸締《とじ》まりもきちんとする。明日《あした》は父《ちち》が早《はや》く出発《しゅっぱつ》するから、ぼくは早起《はやお》きしなくてはいけない」

やがて電車《でんしゃ》が来《き》て、ぼくらは乗《の》りこんだ。

窓《まど》の外《そと》を駅前《えきまえ》のビルや住宅地《じゅうたくち》や田《た》んぼの風景《ふうけい》が流《なが》れていった。空《そら》は海《うみ》みたいに青《あお》い。なぜ海《うみ》も青《あお》く、空《そら》も青《あお》いのだろうかという疑問《ぎもん》が浮《う》かんだ。ぼくはノートをとりだしてメモをした。

そのまま電車《でんしゃ》に乗《の》って県境《けんざかい》のトンネルをぬけていけば、ぼくらは海辺《うみべ》の街《まち》へ行《い》けるはずだった。でも次《つぎ》の駅《えき》を通《とお》りすぎたあたりから、急《きゅう》にお姉《ねえ》さんの元気《げんき》がなくなってしまったのだ。彼女《かのじょ》はぼくの体《からだ》にもたれるようにして、苦《くる》しそうに息《いき》をした。ぼくがびっくりして見上《みあ》げると、お姉《ねえ》さんは目《め》をつむって、額《ひたい》にはぷつぷつと汗《あせ》が浮《う》かんでいる。彼女《かのじょ》の頬《ほお》はペンギンのお腹《なか》のように白《しろ》い。

「具合《ぐあい》が悪《わる》いですか？」

「ちょっとだけ、めまいがする」

お姉《ねえ》さんは目《め》をつむって、みけんにシワをよせた。

お姉《ねえ》さんが苦《くる》しそうに息《いき》をはく音《おと》を聞《き》いているうちに、ぼくはいつかこんなふうに電車《でんしゃ》に乗《の》っていて、途《と》中《ちゅう》の駅《えき》でおりたことがあることを思《おも》いだした。そのまま電車《でんしゃ》に乗《の》っていくと悪《わる》いことが起《お》きるような気《き》がした。

「今日《きょう》は海《うみ》へ行《い》くのはやめましょう」

お姉《ねえ》さんは不満《ふまん》そうだった。「どうして？　ちょっと休憩《きゅうけい》すれば……」

「無理《むり》をするのはよくない。今日《きょう》はやめるべきとぼくは考《かん》えます」

県境《けんざかい》のトンネルに入《はい》る手前《てまえ》の駅《えき》で、ぼくはお姉《ねえ》さんの手《て》を引《ひ》いて電車《でんしゃ》をおりた。がらんとしたホームの向《む》かい側《がわ》には、反対方向《はんたいほうこう》へ戻《もど》る電車《でんしゃ》が止《と》まっていた。「帰《かえ》ることないよ」とお姉《ねえ》さんは言《い》ったけれども、ぼくは彼女《かのじょ》をそのままひっぱってその電車《でんしゃ》に乗《の》りこんだ。

そうしてぼくらは今《いま》まで見《み》ていた風景《ふうけい》が逆《ぎゃく》に流《なが》れるのを眺《なが》めながら、帰《かえ》っていった。

ぼくらの街《まち》の駅《えき》で電車《でんしゃ》を降《お》り、バスに乗《の》って帰《かえ》る間《あいだ》、お姉《ねえ》さんはあまりしゃべらなかった。ぼくも寡黙《かもく》だった。

バスターミナルにもどってきたのは十一時頃《じごろ》だった。

バスが駅《えき》に向《む》かってUターンしてしまうと、バスターミナルはがらんとした。お姉《ねえ》さんは待合室《まちあいしつ》のベンチに腰《こし》かけて休《やす》んだ。ぼくは彼女《かのじょ》のとなりに座《すわ》って魔法瓶《まほうびん》の紅茶《こうちゃ》を飲《の》んだ。ぼくが冷《つめ》たい紅茶《こうちゃ》をすすめても、お姉《ねえ》さんは飲《の》まない。こんなに調子《ちょうし》の悪《わる》いお姉《ねえ》さんを見《み》るのは初《はじ》めてのことだった。待合室《まちあいしつ》の中《なか》はたいへん暑《あつ》くて、水《みず》みたいな汗《あせ》がどんどん流《なが》れた。

やがてお姉《ねえ》さんは立《た》ち上《あ》がった。足《あし》がふらふらしていたので、彼女《かのじょ》はぼくの肩《かた》をつかんだ。ぼくは彼女《かのじょ》が倒《たお》れないように踏《ふ》ん張《ば》った。「今朝《けさ》までは元気《げんき》だったのに」と彼女《かのじょ》は言《い》った。「海《うみ》へ行《い》けなくてごめん」

「いいんです」

「紳士《しんし》だな。だけど、子《こ》どもはもっとわがままを言《い》うもんだよ」

「ぼくは子《こ》どもではないのです」

「子《こ》どものくせにさ」とお姉《ねえ》さんはかすかに笑《わら》った。「明日《あした》、もう一度《いちど》行《い》こう」

「ぼくはもう少《すこ》し先《さき》でもいいんです」

お姉《ねえ》さんは自動販売機《じどうはんばいき》で買《か》った冷《つめ》たいコーラの缶《かん》を額《ひたい》に当《あ》てた。そうして、草原《そうげん》に立《た》っていたペンギンたちのようにぼうぜんとして、青《あお》い空《そら》を見上《みあ》げていた。

「夏休《なつやす》みが終《お》わってしまうね」

「どんなに楽《たの》しくても、必《かなら》ず終《お》わるのだなあと思《おも》います」
★2「真理《しんり》だね」
お姉《ねえ》さんはそんなことを言《い》って、よろよろと歩《ある》きだした。

ぼくはあわてて彼女《かのじょ》のそばへ行《い》って支《ささ》えた。

フライパンみたいに熱《あつ》くなっているアスファルトに、ぼくらの真《ま》っ黒《くろ》な影《かげ》ができた。

ターミナルの真《ま》ん中《なか》まで来《き》たとき、ぼくの肩《かた》につかまって歩《ある》いていたお姉《ねえ》さんが、ふいにしゃがみこんでしまった。ぼくもいっしょにしゃがんで彼女《かのじょ》の背中《せなか》をさすった。アスファルトは熱《あつ》いのに、お姉《ねえ》さんの体《からだ》は冷《つめ》たかった。まるで氷《こおり》みたいだ。それなのに彼女《かのじょ》の白《しろ》くてすべすべした額《ひたい》には汗《あせ》の粒《つぶ》が浮《う》かんでいた。

彼女《かのじょ》はうつむいたまま、苦《くる》しそうにうめく。

お姉《ねえ》さんの額《ひたい》から落《お》ちた汗《あせ》の粒《つぶ》が、アスファルトの上《うえ》で光《ひか》った。その汗《あせ》の粒《つぶ》は、まるでガラス玉《だま》のようにアスファルトの表面《ひょうめん》に盛《も》り上《あ》がっていた。見《み》ていると、その汗《あせ》の粒《つぶ》がゆっくりと動《うご》きだす。でもそれはぼく

★2 いつどんなときにも変《か》わることのない、正《ただ》しい物事《ものごと》のあり方《かた》。

の錯覚《さっかく》で、実際《じっさい》は汗《あせ》の粒《つぶ》をのせているアスファルトが動《うご》いていたのだった。

ぼくはお姉《ねえ》さんの背中《せなか》に手《て》をおいたまま、あたりを見《み》まわした。

ぼくらを中心《ちゅうしん》にして、バスターミナルのアスファルトがやわらかい粘土《ねんど》のように流《なが》れて、渦《うず》を作《つく》っていた。音《おと》はまったくしない。流《なが》れの速度《そくど》によってバウムクーヘンの断面《だんめん》みたいにいくつもの層《そう》ができている。そのうち、それらの層《そう》が波《なみ》を打《う》つように上下《じょうげ》にうねり始《はじ》めた。やわらかくなめらかに動《うご》くアスファルトはぬれたようにきらきらして、ぼくはキャラメル工場《こうじょう》みたいだと思《おも》った。

溶《と》けたようになったアスファルトの波《なみ》の間《あいだ》から、いろいろなかたちのものがのぞいた。それは人間《にんげん》の手《て》や足《あし》のようなものであったり、ぱくぱくと動《うご》く魚《さかな》のエラのようなものだったり、複雑《ふくざつ》に枝分《えだわ》かれしたツノや、大《おお》きな翼《つばさ》だった。それらがくっついたりはなれたりしながら、アスファルトの表面《ひょうめん》に浮《う》かんでは消《き》える。何《なに》かが地面《じめん》の下《した》から出《で》てこようとしているのだけれどそのかたちが決《き》まらない、というような感《かん》じがした。

アスファルトが盛《も》り上《あ》がり、小《ちい》さなクジラの背中《せなか》のようなものが見《み》えた。それらが何頭《なんとう》も現《あらわ》れて、ぼくとお姉《ねえ》さんのまわりをぐるぐるまわる。その背中《せなか》からはツノが生《は》えたり、翼《つばさ》が生《は》えたり、手足《てあし》が生《は》えたりしている。

お姉《ねえ》さんが苦《くる》しそうに「ジャバウォック」とつぶやいた。

ぼくは何《なに》をすることもできずに、その不気味《ぶきみ》な現象《げんしょう》を観察《かんさつ》していた。

どれぐらい時間《じかん》がたったのかわからないけれども、だんだんその現象《げんしょう》はおさまっていき、アスファルトはもとのかたちに戻《もど》った。さっきまで起《お》こっていた現象《げんしょう》の痕跡《こんせき》はほとんど残《のこ》らなかった。

「どうしたんだろう、私《わたし》」

お姉《ねえ》さんがつぶやいた。両手《りょうて》で顔《かお》をおおうようにした。

「へんなことばっかり。真夜中《まよなか》になると、私《わたし》の家《いえ》から生《い》き物《もの》が森《もり》へ出《で》ていく。ぬれていて、ぺたぺた四《よ》つん這《ば》いになって歩《ある》くの。気味《きみ》の悪《わる》いやつよ」

「ジャバウォック？」

「わからない。いつも私《わたし》は眠《ねむ》ってるから。出《で》ていった気配《けはい》だけわかるの」

「お姉《ねえ》さんはジャバウォックを作《つく》っている」

「自分《じぶん》で知《し》らないうちにね。これはどういうことだろう、少年《しょうねん》？」

ぼくには何《なに》も言《い》えなかった。

父《ちち》がフランスに旅立《たびだ》つ朝《あさ》は、たいへん濃《こ》い霧《きり》が街《まち》をつつんでいた。

ぼくは父《ちち》を見送《みおく》るためにいっしょにバスターミナルまで歩《ある》いていった。父《ちち》はショッピングセンターで買《か》った新品《しんぴん》の旅行《りょこう》カバンを持《も》っている。妹《いもうと》がまだ眠《ねむ》っているので、母《はは》は家《いえ》に残《のこ》っていた。

霧《きり》が父《ちち》とぼくの体《からだ》を湿《しめ》らせて、朝《あさ》の空気《くうき》は秋《あき》のように冷《つめ》たかった。バス通《どお》りに出《で》て歩《ある》いていくと、アスファルトの道《みち》の果《は》ては霧《きり》の中《なか》に消《き》えている。ぼくらの街《まち》の街路樹《がいろじゅ》も、家《いえ》も、草《くさ》の伸《の》びた空《あ》き地《ち》も、自動販売機《じどうはんばいき》も、すべてが霧《きり》にしずんでいた。そこに太陽《たいよう》の光《ひかり》がさして、あたりがぼうっと金色《きんいろ》に輝《かがや》いていた。彼方《かなた》が霧《きり》につつまれた広《ひろ》い空《あ》き地《ち》の前《まえ》に立《た》つと、まるでアフリカの朝《あさ》のように見《み》えるのだった。

「フランスまでどれぐらいかかるの？」

「十時間以上《じかんいじょう》、飛行機《ひこうき》に乗《の》らなくてはいけない」

「ぼくもいつかフランスに行《い》こう」

「おみやげは何《なに》がいいかな？」

「ぼくはノートがほしいよ。ハマモトさんがもっているみたいな外国《がいこく》のノート」

「それじゃあノートを買《か》ってこよう」

ぼくらは霧《きり》の中《なか》を歩《ある》いていく。父《ちち》は大《おお》きな旅行《りょこう》カバンをもってずんずん歩《ある》く。旅行《りょこう》カバンは、ぼく一人《ひとり》ではもてないぐらい重《おも》い。父《ちち》はたいへん力持《ちからも》ちである。

「研究《けんきゅう》はうまくいっているか？」

ぼくは考《かんが》えた。「いろいろな問題《もんだい》が一つであることはわかってきた」

「父《とう》さんは三週間帰《しゅうかんかえ》って来《こ》ない。だから聞《き》きたいことは今《いま》聞《き》いておきなさい」

「ぼくは何《なに》を聞《き》くべきかわからない」

「おや、弱気《よわき》になってるな」

「ぼくはそれらがつながっていることはわかるんだけれども、どういうふうな仕組《しく》みでつながっているのかはわからないんだ。たいへん複雑《ふくざつ》なものだから仮説《かせつ》が立《た》たない」

「大《おお》きな紙《かみ》に関係《かんけい》のあることをぜんぶメモしなさい。ふしぎに思《おも》うことや、発見《はっけん》した小《ちい》さなことをね。大事《だいじ》なことは、紙《かみ》は一枚《まい》にすること。それから、できるだけ小《ちい》さな字《じ》で書《か》くこと」

「どうして小《ちい》さな字《じ》で書《か》くの？」

「大事《だいじ》なことがぜんぶ一目《ひとめ》で見《み》られるようにだよ。そのようにして何度《なんど》も何度《なんど》も眺《なが》める。どのメモとどのメモに関係《かんけい》があるのか、いろいろな組《く》み合《あ》わせを頭《あたま》の中《なか》で考《かんが》える。ずっと考《かんが》える。ごはんを食《た》べるときも、歩《ある》いているときも。書《か》いたメモが頭《あたま》の中《なか》でいつも自由《じゆう》に飛《と》びまわるようになる。そうしたら、毎日《まいにち》よく眠《ねむ》る」

「そうすればわかる？」

「あるときいろいろなものが突然《とつぜん》つながるときがくるよ。一つのメモがもう一つのメモにつながって、そこにまたべつのメモが吸《す》いよせられてくる。そして、エウレカだ[★3]」

「それでもわからないときは？」

「そういうときは、わかるまで遊《あそ》んでいればいいさ。遊《あそ》ぶほうがいいときもあるんだよ」

「じゃあ、ぼくはやってみよう」

父《ちち》とぼくはバスターミナルについた。

霧《きり》の中《なか》のバスターミナルはたいへんさみしい。バス停《てい》も待合室《まちあいしつ》も霧《きり》の中《なか》でぼやけている。バスターミナルの向《む》こうの木立《こだち》は半分《はんぶん》ぐらい濃《こ》い霧《きり》の海《うみ》にしずんでしまっていた。アスファルト道路《どうろ》も霧《きり》にしずんで、ぼくは本当《ほんとう》にバスがやってくるのか心配《しんぱい》になったほどである。

父《ちち》とぼくがバスを待《ま》っていると、霧《きり》の向《む》こうから人影《ひとかげ》がこちらへ歩《ある》いてきた。散歩《さんぽ》するようなのんきな足《あし》どりだった。「お姉《ねえ》さんだ」とぼくはびっくりして言《い》った。

「おはようございます」と彼女《かのじょ》は言《い》った。

「おはようございます。散歩《さんぽ》ですか？」と父《ちち》は言《い》った。

「散歩《さんぽ》ついでにお見送《みおく》りです。昨日《きのう》、アオヤマ君《くん》がお父《とう》さんがフランスに行《い》くと言《い》っていたから。アオヤマ君《くん》、しっかり留守番《るすばん》しないとね」

「ぼくはしっかりするよ」

父《ちち》はお姉《ねえ》さんの顔《かお》を見《み》て、「顔色《かおいろ》がよくなりましたね」と言《い》った。「先日《せんじつ》カフェでお会《あ》いしたときはずいぶん具合《ぐあい》が悪《わる》そうだったので心配《しんぱい》していました」

★3 「見《み》つけた」とか「わかった！」という意味《いみ》。古代《こだい》ギリシャの数学者《すうがくしゃ》・アルキメデスの言葉《ことば》だと言《い》われている。

「昨日《きのう》もアオヤマ君《くん》と海《うみ》に行《い》く約束《やくそく》したのに、途中《とちゅう》で疲《つか》れてしまって」

「息子《むすこ》が無理《むり》を言《い》うようだったら……」

「ぼくは無理《むり》は言《い》わない」

「息子《むすこ》は研究熱心《けんきゅうねっしん》すぎるところが欠点《けってん》でしてね」

「私《わたし》は平気《へいき》ですけど。お父《とう》さん、心配《しんぱい》になることありません？」

「もちろんいつも心配《しんぱい》していますよ。しかし、もうそんなことはあたりまえになってしまって、心配《しんぱい》らしい心配《しんぱい》とも言《い》えないな。そういえば、息子《むすこ》は今《いま》、手強《てごわ》い問題《もんだい》をかかえているそうです」

「知《し》ってます」

「でも、世界《せかい》には解決《かいけつ》しないほうがいい問題《もんだい》もある」

「そうかしら？」

「もし息子《むすこ》が取《と》り組《く》んでいるのがそういう問題《もんだい》であったら、息子《むすこ》はたいへん傷《きず》つくことになる。私《わたし》が心配《しんぱい》するのはそれだけですよ」

父《ちち》はそんなふうに謎《なぞ》めいたことを言《い》った。

エンジンの音《おと》がして、お姉《ねえ》さんが振《ふ》り向《む》いた。

霧《きり》にしずんだ道路《どうろ》の向《む》こうから、大《おお》きなシャトルバスがゆっくり走《はし》ってきた。ぼくらの街《まち》の果《は》てにあるバス停《てい》に、空港《くうこう》へ行《い》くバスが走《はし》ってくることをぼくはふしぎに思《おも》った。いつの日《ひ》かこんなふうにバスに乗《の》って、宇宙《うちゅう》へ出発《しゅっぱつ》する日《ひ》がくるとしたらすてきなことだと考《かんが》えた。

運転手《うんてんしゅ》さんがおりてきて、父《ちち》の旅行《りょこう》カバンをバスの下《した》のトランクに入《い》れた。

「行《い》ってくるよ」と父《ちち》は言《い》って、ぼくの頭《あたま》に大《おお》きな手《て》をおいた。

「行《い》ってらっしゃい」とぼくは言《い》った。

シャトルバスが走《はし》っていったあと、ぼくとお姉《ねえ》さんは霧《きり》の中《なか》を歩《ある》いていった。「街《まち》がぜんぶ世界《せかい》の果《は》てみたいだねえ」と彼女《かのじょ》は言《い》った。ぐらぐらする乳歯《にゅうし》をぼくがいじっていると、お姉《ねえ》さんは「ぬいてあげようか」と笑《わら》った。

「けっこうです。ぼくは自分《じぶん》でぬくんだ」

ぼくらがかつて同《おな》じやりとりをしたことはノートにちゃんと書《か》いてある。ペンギンたちが初《はじ》めて街《まち》に現《あらわ》れて、ぼくがペンギン・ハイウェイ研究《けんきゅう》に着手《ちゃくしゅ》した五月《がつ》のことだった。あれから百十三日《にち》が経過《けいか》した。たいへんいろいろなことがあったので、ぼくは百十三日分《にちぶん》以上《いじょう》成長《せいちょう》したような気《き》がするのだった。

「少年《しょうねん》、謎《なぞ》はまだ解《と》けないか？」

「まだもう少《すこ》しかかります」

「待《ま》ってるからね」

ぼくの家《いえ》の前《まえ》でぼくらは別《わか》れた。

お姉《ねえ》さんはすいすいと霧《きり》にしずんだ住宅地《じゅうたくち》を歩《ある》いていった。ぼくは乳歯《にゅうし》をひっぱりながら、彼女《かのじょ》が歩《ある》いていくのを見《み》ていた。お姉《ねえ》さんが霧《きり》の向《む》こうで何《なに》か言《い》ったので、ぼくはあわてて「何《なん》ですか？」とさけんだのだけれども、彼女《かのじょ》はそのまま歩《ある》いていってしまった。お姉《ねえ》さんが何《なん》と言《い》ったのかわからない。

ぼくは濃《こ》い霧《きり》につつまれたまま立《た》ち、乳歯《にゅうし》をひっぱった。ふいにぽろりと取《と》れて、口《くち》の中《なか》に血《ち》の味《あじ》が広《ひろ》がった。

ぼくは手《て》のひらに乳歯《にゅうし》をのせて観察《かんさつ》したあと、家《いえ》に戻《もど》った。

夏休《なつやす》みが終《お》わった新学期早々《しんがっきそうそう》、ぼくらの学校《がっこう》は大騒《おおさわ》ぎになった。

なぜかというと、スズキ君《くん》たちがだれも見《み》たことがないふしぎな生《い》き物《もの》をつかまえて、学校《がっこう》にもってきたからだ。ほかのクラスの子《こ》たちが見《み》せて見《み》せてとやってきたし、ほかの上級生《じょうきゅうせい》も下級生《かきゅうせい》も入《い》れかわり立《た》ちかわり見物《けんぶつ》に来《き》た。先生《せんせい》たちでさえ見物《けんぶつ》に来《き》たぐらいである。

先生《せんせい》たちは慎重《しんちょう》にその生《い》き物《もの》を点検《てんけん》したけれど、その生《い》き物《もの》はどこからどう見《み》ても本物《ほんもの》に見《み》えたそうだ。

「すごい発見《はっけん》だ」と言《い》う先生《せんせい》もあったし、気味悪《きみわる》がって逃《に》げてしまう先生《せんせい》もあった。

スズキ君帝国皇帝《くんていこくこうてい》がどれほどいばったことか。

スズキ君《くん》たちはその生《い》き物《もの》をいれた水槽《すいそう》を教室《きょうしつ》の一番後《いちばんうし》ろに置《お》いて、やってくる子《こ》たちに見《み》せてやっていた。大勢《おおぜい》の子《こ》たちが水槽《すいそう》を取《と》り囲《かこ》むみたいにして輪《わ》になった。スズキ君《くん》は「生《い》き物《もの》が驚《おどろ》くから」と言《い》って、水槽《すいそう》に布《ぬの》をかけてちょっとずつしか見《み》せない。そうして、市営《しえい》グラウンドでその生《い》き物《もの》がのその動《うご》いているのをつかまえた場面《ばめん》を得意《とくい》そうに説明《せつめい》するのである。

ぼくらも見《み》せてもらおうと思《おも》ってならんでいたのだけれど、ぼくの順番《じゅんばん》がくるとスズキ君《くん》は水槽《すいそう》を素早《すばや》く隠《かく》してしまって、「おまえはダメ」と言《い》った。「これは俺《おれ》たちの研究《けんきゅう》だからな」

ハマモトさんが「みんな見《み》てるじゃない」と言《い》った。「なぜ私《わたし》たちだけダメなの？」

「おまえら、自分《じぶん》らの研究《けんきゅう》のこと教《おし》えてくれなかったろ？　だからさ」

スズキ君《くん》の主張《しゅちょう》にはある点《てん》で理屈《りくつ》が通《とお》っているということをぼくは認《みと》めた。

あんまり大騒《おおさわ》ぎになったので、スズキ君《くん》の水槽《すいそう》は先生《せんせい》たちが職員室《しょくいんしつ》に運《はこ》んだ。水槽《すいそう》がぼくらの教室《きょうしつ》になくなったあとに見物《けんぶつ》に来《き》た子《こ》どもたちはガッカリして帰《かえ》って行《い》った。スズキ君《くん》は自慢話《じまんばなし》ができないものだから不満《ふまん》そうだったけれども、先生《せんせい》が「あとでこの発見《はっけん》について研究者《けんきゅうしゃ》の人《ひと》たちに協力《きょうりょく》してもらいます」ということを言《い》うと、誇《ほこ》りを取《と》り戻《もど》して大《おお》いばりだった。

「先生《せんせい》たちがこの生《い》き物《もの》はえらい研究者《けんきゅうしゃ》の人《ひと》に調査《ちょうさ》してもらったほうがいいって言《い》ってたよ」とウチダ君《くん》が教《おし》えてくれた。「もし新種《しんしゅ》だったら学会《がっかい》に発表《はっぴょう》することになるだろうって」

その生《い》き物《もの》を見《み》た子《こ》たちから話《はなし》を聞《き》いて、ぼくはノートに想像図《そうぞうず》を描《か》いてみた。大《おお》きさは猫《ねこ》ぐらい。かたちはクジラみたいで、皮膚《ひふ》はぬれてつやつやしている。へんな手足《てあし》が生《は》えている。まるで人間《にんげん》の手足《てあし》を短《みじか》くしたみたいなものらしい。背中《せなか》にはコウモリみたいなかたちの翼《つばさ》がある。ずいぶん小《ちい》さいけれども、それはぼくとウチダ君《くん》が森《もり》の中《なか》で目撃《もくげき》した、ペンギンを呑《の》みこんでしまった生《い》き物《もの》とそっくりだった。

ハマモトさんがぼくのノートをのぞきこんだ。「この生《い》き物《もの》はあの人《ひと》が作《つく》ったものだと思《おも》う？」とささやいた。

「これはジャバウォックだ」

ぼくはつぶやいた。「お姉《ねえ》さんが作《つく》った」

スズキ君《くん》たちがふしぎな生《い》き物《もの》をつかまえたというニュースは、あっという間《ま》にぼくらの街《まち》に広《ひろ》がったようだ。ぼくが学校《がっこう》から帰《かえ》るころには母《はは》でさえ知《し》っていた。

「スズキ君《くん》たちがめずらしい生《い》き物《もの》を発見《はっけん》したそうね」と母《はは》はおやつを食《た》べながら言《い》った。

「そうなんだ。今日学校《きょうがっこう》にもってきて、たいへんな騒《さわ》ぎだったよ」

「どんな生《い》き物《もの》なの?」

ぼくはノートに描《か》いた想像図《そうぞうず》を見《み》せて母《はは》に説明《せつめい》した。母《はは》は顔《かお》をしかめた。「いやだ。なんだか気味《きみ》の悪《わる》い生《い》き物《もの》なのね。こないだ集会所《しゅうかいじょ》の前《まえ》でうろうろしてたって言《い》うのも、これなのかしら」

「わからない」

「ペンギンもそうだけれど、ペットを捨《す》てる人《ひと》は本当《ほんとう》に困《こま》ったものね」

母《はは》はそのふしぎな生《い》き物《もの》が図鑑《ずかん》にのっていない未知《みち》の生《い》き物《もの》であるとは思《おも》っていないようだった。母《はは》は生《せい》物図鑑《ぶつずかん》を隅《すみ》から隅《すみ》まで読《よ》んだりしないからである。

その日《ひ》、ぼくは胸《むね》がざわざわするような感《かん》じがして落《お》ち着《つ》かなかった。ぼくはたいてい冷静《れいせい》なので、これはめずらしいことだ。そうするとハマモトさんから電話《でんわ》がかかってきて、観測《かんそく》ステーションに出《で》かけることになった。ぼくはウチダ君《くん》にも電話《でんわ》をかけた。

ぼくらは給水塔《きゅうすいとう》の丘《おか》で落《お》ち合《あ》って、ジャバウォックの森《もり》をぬけた。

森《もり》から草原《そうげん》に出《で》たところで、ぼくらはあんまりびっくりして足《あし》を止《と》めてしまった。〈海《うみ》〉は信《しん》じられないぐらい膨張していて、草原の半分が〈海〉になっていると言ってもよかった。このままのペースで大きくなり続《つづ》けたら、数日《すうじつ》もしないうちに、ぼくらの観測《かんそく》ステーションは〈海《うみ》〉に飲《の》みこまれてしまうだろう。

ぼくらは緊急会議《きんきゅうかいぎ》を開《ひら》いた。

「〈海《うみ》〉の拡大期《かくだいき》が続《つづ》いてる」

ハマモトさんがノートを見《み》ながら言《い》う。「どうしてこんなに急《きゅう》に大《おお》きくなったんだろ」

「ペンギンたちがいないからだと思《おも》う。最近《さいきん》、草原《そうげん》でペンギンを見《み》ないよね？」

「そういえばそう」

「あのジャバウォックがペンギンを食《た》べちゃうからだよ」

ウチダ君《くん》が言《い》った。「あのいやなやつ」

「アオヤマ君《くん》たちが見《み》た生《い》き物《もの》は、本当《ほんとう》にスズキ君《くん》たちが見《み》つけた生《い》き物《もの》と同《おな》じだったの？」

「大《おお》きさはちがうけれど、同《おな》じジャバウォックだとぼくは考《かんが》える」

「あの発見《はっけん》、スズキ君《くん》たちが騒《さわ》ぎを大《おお》きくしてる。それに〈海《うみ》〉もこんなに大《おお》きくなってる。きっと大人《おとな》たちが来《き》て、この研究《けんきゅう》のこともバレてしまうと思《おも》う」

「そもそも今《いま》まで秘密《ひみつ》がばれなかったのは、運《うん》がよかったからだ。〈海《うみ》〉の研究《けんきゅう》を他《ほか》の人《ひと》にゆずることをぼくらは覚悟《かくご》しなくてはいけない。かなしいことだけれど、その場合《ばあい》はぼくらの実験《じっけん》データを提供《ていきょう》する。そうして大《おお》きな研究《けんきゅう》プロジェクトは進《すす》むものなんだ」

「聞《き》いてもらえると思《おも》う？」

「わからない。ふしぎすぎるからね」

「すべての研究《けんきゅう》は一つだとアオヤマ君《くん》は言《い》ったでしょ？」

「ぼくはそう主張《しゅちょう》した」

「そうしたら、あの人《ひと》のことも話《はな》さなくてはいけなくなるよ。〈海《うみ》〉をこわしてしまうのはペンギンたちだし、ペンギンたちを作《つく》るのはあの人《ひと》なんだもの。アオヤマ君《くん》はそれでいいの？」

ぼくは何《なに》も言《い》えなかった。

ぼくらはどうすればよいのだろう。

そのとき、ハマモトさんはこわい顔《かお》をして森《もり》のほうをふりかえった。暗《くら》い木立《こだち》の奥《おく》をジッとにらんでいる。

「スズキ君《くん》たちじゃない？」と彼女《かのじょ》は鋭《するど》い声《こえ》で言《い》った。

「何《なに》も見《み》えないよ」とウチダ君《くん》が言《い》う。

ぼくは「気《き》にしすぎだよ」と言《い》ったけれども、確信《かくしん》があったわけではないのだ。スズキ君《くん》たちがあの生《い》き物《もの》をつかまえたお手柄《てがら》で得意《とくい》になって、もっとふしぎな〈海《うみ》〉のことまで研究《けんきゅう》しようとする可能性《かのうせい》は高《たか》いのだから。

ぼくらは研究《けんきゅう》の行《ゆ》く末《すえ》を心配《しんぱい》しながら、森《もり》をあとにした。

翌日《よくじつ》になると騒《さわ》ぎはもっと大《おお》きくなった。

スズキ君《くん》たちがつかまえた生《い》き物《もの》は職員室《しょくいんしつ》の奥《おく》に厳重《げんじゅう》に保管《ほかん》されていて、生徒《せいと》たちはだれも見《み》せてもらえなかった。スズキ君《くん》たちだけが特別待遇《とくべつたいぐう》で職員室《しょくいんしつ》に出入《でい》りしている。放課後《ほうかご》には大学《だいがく》の先生《せんせい》がやってきてスズキ君《くん》たちに話《はなし》を聞《き》いたし、テレビ局《きょく》の取材《しゅざい》が来《く》るという噂《うわさ》もあった。

大学《だいがく》の先生《せんせい》と面会《めんかい》したあと、職員室《しょくいんしつ》からもどってきたスズキ君《くん》はみんなに囲《かこ》まれた。「何《なに》を聞《き》かれたの？」と質問《しつもん》されても、スズキ君《くん》はニンマリ笑《わら》うだけだ。「これは重要機密《じゅうようきみつ》だからなー」と言《い》っている。「べらべらしゃべると社会問題《しゃかいもんだい》になるからさ」

帰《かえ》りしな、ぼくらは廊下《ろうか》でスズキ君《くん》をつかまえた。

「スズキ君《くん》、君《きみ》は大学《だいがく》の先生《せんせい》に何《なに》をしゃべったんだい？」

「重要機密《じゅうようきみつ》だから言《い》えないな」

ハマモトさんはスズキ君《くん》の腕《うで》をソッとつかんだ。

「私《わたし》たちの研究《けんきゅう》のこと、しゃべってないよね？」

スズキ君《くん》は平気《へいき》そうな顔《かお》をしていたけれども、ハマモトさんが大《おお》きな目《め》で彼《かれ》の目《め》をのぞきこむと、目《め》をそらして口《くち》ごもった。「俺《おれ》たちの発見《はっけん》だけだよ。それだけだよ」

スズキ君《くん》はハマモトさんの手《て》をふりほどいて、まるで逃《に》げるみたいに廊下《ろうか》を走《はし》っていった。

「いやな予感《よかん》」

ハマモトさんはつぶやいた。

テレビ局《きょく》や新聞《しんぶん》の取材《しゅざい》をする人《ひと》たちが本当《ほんとう》にぼくらの街《まち》にやってきて、スズキ君《くん》たちはそのへんな生《い》き物《もの》

といっしょに写真《しゃしん》を撮《と》られたり、インタビューに答《こた》えたりしていた。春《はる》に発生《はっせい》したペンギン事件《じけん》のこともふたたび話題《わだい》になった。「ふしぎな生《い》き物《もの》の出現《しゅつげん》する街《まち》」として、ぼくらの街《まち》は急《きゅう》に脚光《きゃっこう》★4を浴《あ》びるようになった。

昼休《ひるやす》みに先生《せんせい》がテレビをつけると、インタビューされているスズキ君《くん》たちの映像《えいぞう》が映《うつ》った。ぼくはそのときに初《はじ》めてスズキ君《くん》たちがつかまえた生《い》き物《もの》を見《み》た。ぼくらが森《もり》で目撃《もくげき》した個体《こたい》に比《くら》べるとずいぶんずんぐりした小《ちい》さなやつで、かわいいところもある。ジャバウォックの子《こ》どもなのかもしれない。ジャバウォックは水槽《すいそう》の中《なか》で小《ちい》さく四《よ》つん這《ば》いになったまま、ジッとしているのだった。

放課後《ほうかご》、先生《せんせい》が前《まえ》に立《た》って説明《せつめい》をした。

「今日《きょう》から市営《しえい》グラウンドの向《む》こうにある森《もり》で、大学《だいがく》の調査隊《ちょうさたい》が調査《ちょうさ》をするそうです。市営《しえい》グラウンドが基《き》地《ち》になりますから、しばらく使《つか》えなくなります。邪魔《じゃま》にならないように気《き》をつけましょう」

ぼくは手《て》を挙《あ》げた。「先生《せんせい》、その調査隊《ちょうさたい》は何《なん》のために森《もり》に入《はい》るのですか？」

「生態学《せいたいがく》と気象学《きしょうがく》の調査《ちょうさ》だそうですよ。アオヤマ君《くん》は興味《きょうみ》がありそうね」

「それはスズキ君《くん》たちが見《み》つけた生《い》き物《もの》と関係《かんけい》がありますか？」

「先生《せんせい》にはよくわからないけれど、たぶんそうじゃないかしら」

「調査《ちょうさ》が終《お》わったら、森《もり》に入《はい》れるようになりますか？」

「あの森《もり》はもともと立《た》ち入《い》り禁止《きんし》のはずです」

先生《せんせい》はこわい声《こえ》で言《い》った。「調査隊《ちょうさたい》の調査《ちょうさ》が終《お》わっても、入《はい》ってはいけません」

★4 みんなの注目《ちゅうもく》を集《あつ》めること。舞台《ぶたい》で照明《しょうめい》に照《て》らされること。

ハマモトさんが青《あお》い顔《かお》をしてこちらを見《み》た。

ぼくらのイヤな予感《よかん》は的中《てきちゅう》したのだ。

学校《がっこう》が終《お》わってから、ハマモトさんとウチダ君《くん》とぼくは、急《いそ》いで学校《がっこう》を出《で》た。家《いえ》にいったん帰《かえ》るのはもどかしいので、そのまま給水塔《きゅうすいとう》のある丘《おか》に向《む》かって歩《ある》いていった。

「〈海《うみ》〉は見《み》つかってしまったと思《おも》う？」とハマモトさんが言《い》った。

「確実《かくじつ》に見《み》つかっているとぼくは考《かんが》える。なぜなら、ただの生《い》き物《もの》の調査《ちょうさ》だったら、こんなに急《いそ》いで調査隊《ちょうさたい》がやってくるわけがないもの。きっと彼《かれ》らは〈海《うみ》〉を発見《はっけん》したんだ。そうして『これはへんてこすぎて危険《きけん》かもしれない』と判断《はんだん》した。だからすぐに行動《こうどう》に出《で》たんだ」

ぼくらは不安《ふあん》な気持《きも》ちで給水塔《きゅうすいとう》のある丘《おか》に向《む》かって歩《ある》いていった。森《もり》に近《ちか》づいていくほど、街《まち》はざわざわしているように感《かん》じる。道端《みちばた》で立《た》ち話《ばなし》をしているおばさんたちもいる。

やがてぼくらは給水塔《きゅうすいとう》の丘《おか》についたけれども、丘《おか》をのぼるコンクリートの階段《かいだん》の下《した》に、黄色《きいろ》いロープがはられていて、「調査中《ちょうさちゅう》」「立《た》ち入《い》り禁止《きんし》」と書《か》かれたプレートがさがっていた。そのロープを越《こ》えて入《はい》っていこうとすると、階段《かいだん》の上《うえ》から若《わか》くて眼鏡《めがね》をかけた男《おとこ》の人《ひと》が駆《か》け下《お》りてきて、「ダメダメ」ときびしい声《こえ》で言《い》った。

「ぼくら、この森《もり》に用事《ようじ》があるんです」

「調査中《ちょうさちゅう》だから部外者《ぶがいしゃ》は入《はい》れないんだよ」

その人《ひと》が階段《かいだん》の上《うえ》で見張《みは》っているので、ぼくらは森《もり》に入《はい》ることができなかった。

ほかのルートで森《もり》に入《はい》ることができないかと考《かんが》え、ぼくらは給水塔《きゅうすいとう》のある丘《おか》をまわって住宅地《じゅうたくち》をぬけ、市《し》営《えい》グラウンドのほうへ歩《ある》いていった。グラウンドの近《ちか》くはいっそうものものしい雰囲気《ふんいき》だ。駐車場《ちゅうしゃじょう》には白《しろ》いテントがいくつもはられていて、むずかしい顔《かお》をした人《ひと》たちがモニタをにらんだり、計測器《けいそくき》をいじったり、小《ちい》さなホワイトボードに図《ず》を描《か》きながら何《なに》かを相談《そうだん》していたりする。発電機《はつでんき》がうなる音《おと》が聞《き》こえていた。

駐車場《ちゅうしゃじょう》をのぞきこんでいたハマモトさんが、ふいに「お父《とう》さん！」と呼《よ》んだ。

ハマモトさんがテントのほうへ歩《ある》いていくので、ぼくとウチダ君《くん》もついていった。ハマモト先生《せんせい》はほかの人《ひと》たちとモニタをにらんでいたけれども、ハマモトさんが歩《ある》いてくるのを見《み》てのっそり立《た》ち上《あ》がった。クマみたいな顔《かお》をごりごりかいた。右耳《みぎみみ》にボールペンをはさんで、左手《ひだりて》にはしわくちゃになった方眼《ほうがん》ノートをもっている。

「こんなところで何《なに》をしている？」

「お父《とう》さん、これは何《なん》の研究《けんきゅう》なの？」

「非常《ひじょう》に奇妙《きみょう》な現象《げんしょう》が森《もり》の奥《おく》で観測《かんそく》されている。私《わたし》も★5急遽参加《きゅうきょさんか》することになった」

「それはどんな現象《げんしょう》ですか？」

ぼくがたずねると、先生《せんせい》はむずかしい顔《かお》をした。「それはまだ言《い》えない。調査中《ちょうさちゅう》だからね」

「私《わたし》たち、森《もり》に入《はい》りたいの」

「安全《あんぜん》かどうか調査《ちょうさ》が終《お》わるまではダメだ。さあ、他《ほか》の人《ひと》の迷惑《めいわく》になるから、早《はや》く帰《かえ》りなさい」

ハマモトさんはなおも先生《せんせい》に食《く》い下《さ》がろうとしていたけれども、ぼくとウチダ君《くん》は彼女《かのじょ》の手《て》をひっぱった。

★5 急《きゅう》にものごとが起《お》きること。

ここでいくら先生《せんせい》に話《はなし》をしても森《もり》の中《なか》に入《い》れてもらえるとは思《おも》わないし、怪《あや》しまれてはやっかいなことになるからだ。ハマモトさんは頰《ほお》をふくらまして、歩《ある》き去《さ》ろうとした。

そのとき彼女《かのじょ》は、駐車場《ちゅうしゃじょう》の奥《おく》のテントにスズキ君《くん》たちがいるのを見《み》つけた。

「なぜスズキ君《くん》たちがいるの？」

ハマモト先生《せんせい》は「スズキ君《くん》たちには調査《ちょうさ》に協力《きょうりょく》してもらっている」と言《い》った。「彼《かれ》らから森《もり》の奥《おく》で起《お》こっている現象《げんしょう》について連絡《れんらく》があってね。それで今回《こんかい》の緊急調査《きんきゅうちょうさ》が決《き》まったのだ。森《もり》の中《なか》のことは彼《かれ》らがよく知《し》っているから、いろいろと話《はなし》を聞《き》く必要《ひつよう》がある」

そのとたん、ハマモトさんはぼくとウチダ君《くん》の手《て》をふりほどいた。栗色《くりいろ》の髪《かみ》をサッと払《はら》って、まるでロケットみたいな勢《いきお》いで彼女《かのじょ》は駆《か》けだす。ハマモト先生《せんせい》は「待《ま》ちなさい！」とつかまえようとしたけれども、冬《とう》眠明《みんあ》けのクマみたいにゆっくりした動《うご》きなので、彼女《かのじょ》はらくらくと先生《せんせい》の手《て》をすりぬけてしまった。

「つかまえてくれ！」

先生《せんせい》の声《こえ》で、調査隊《ちょうさたい》の人《ひと》たちがハマモトさんをつかまえようとした。彼女《かのじょ》はひらりひらりとその人《ひと》たちをかわしながら、あっという間《ま》にスズキ君《くん》たちのところへ走《はし》っていった。

スズキ君《くん》たちがびっくりして立《た》ち上《あ》がっている。

ハマモトさんは手《て》をふりあげて、スズキ君《くん》の頰《ほお》を平手打《ひらてう》ちした。大《おお》きな風船《ふうせん》が破裂《はれつ》したみたいな音《おと》がした。スズキ君《くん》が自分《じぶん》をかばおうともしなかったのは、あまりにびっくりしたからだと思《おも》う。ぼくもスズキ君《くん》と同《おな》じ立場《たちば》だったら、きっと同《おな》じようにぼうぜんとしただろう。となりにいる調査隊《ちょうさたい》の人《ひと》やコバヤシ君《くん》たちもみんなびっくりしていた。彼女《かのじょ》が「一生《いっしょう》ゆるさないから！」と駐車場全体《ちゅうしゃじょうぜんたい》に響《ひび》くような声《こえ》でさけぶと、まるで今《いま》にも泣《な》きだしそうにスズキ君《くん》の顔《かお》がゆがんだ。

「なんだよ」とスズキ君《くん》はうめいた。「なんだよう」

追《お》いついたハマモト先生《せんせい》に無理矢理《むりやり》ひっぱっていかれる間《あいだ》も、彼女《かのじょ》は「ゆるさない！」と繰《く》り返《かえ》した。

これまでの人生《じんせい》で、あんなに怒《おこ》っている女《おんな》の子《こ》をぼくは見《み》たことがない。

市営《しえい》グラウンドから追《お》いだされたあと、ぼくの家《いえ》で緊急会議《きんきゅうかいぎ》を開《ひら》いた。

ハマモトさんは壁《かべ》にもたれて青《あお》いレゴブロックの壁《かべ》をもくもくと作《つく》っている。お父《とう》さんに叱《しか》られて追《お》い返《かえ》されたことに腹《はら》を立《た》てているのだ。母《はは》が用意《ようい》してくれた甘《あま》いお菓子《かし》も彼女《かのじょ》の機嫌《きげん》を直《なお》してくれない。

すでに〈海《うみ》〉は調査隊《ちょうさたい》によって発見《はっけん》されている可能性《かのうせい》が高《たか》いとぼくは考《かんが》えていた。ハマモト先生《せんせい》が言《い》った「奇妙《きみょう》な現象《げんしょう》」とは〈海《うみ》〉のことだろう。調査隊《ちょうさたい》は最新式《さいしんしき》の観測器械《かんそくきかい》を用《もち》いて〈海《うみ》〉の研究《けんきゅう》を開始《かいし》するだろう。その研究《けんきゅう》に参加《さんか》できないことをぼくは残念《ざんねん》に思《おも》うものだ。

「アオヤマ君《くん》はどうするつもり？」とウチダ君《くん》が言《い》った。

「ぼくらは〈海《うみ》〉について研究《けんきゅう》を続《つづ》けてきた。ぼくらの重要《じゅうよう》な発見《はっけん》は調査隊《ちょうさたい》に渡《わた》すべきだとぼくは思《おも》う。でもぼくらの研究《けんきゅう》の中心《ちゅうしん》にはお姉《ねえ》さんがいる。お姉《ねえ》さんのことを研究者《けんきゅうしゃ》の人《ひと》たちに言《い》うことはできない。ぼくはジレンマという状態《じょうたい》にあるんだ」

「ジレンマかあ」

ぼくはハマモトさんの顔《かお》を見《み》た。彼女《かのじょ》は青《あお》い壁作《かべづく》りに夢中《むちゅう》になっている。

「ぼくらは研究《けんきゅう》を停止《ていし》すべきだと思《おも》う。そして研究《けんきゅう》のことはすべて忘《わす》れる。研究《けんきゅう》の成果《せいか》を記録《きろく》したノートもだれにも見《み》せない。〈海《うみ》〉とペンギンの関係《かんけい》も、ペンギンとお姉《ねえ》さんとの関係《かんけい》も、ぼくらは明《あき》らかにしてきたことをすべて忘《わす》れる」

「アオヤマ君《くん》はそれでいいの？」とハマモトさんが言《い》った。

「ぼくはたくさんの研究《けんきゅう》をかかえている。だからほかの研究《けんきゅう》をする」

「私《わたし》は〈海《うみ》〉の観測《かんそく》を続《つづ》けるべきだと思《おも》う」

「でも森《もり》は★6封鎖《ふうさ》されているよ」

「探検地図《たんけんちず》を見《み》せて」

ぼくは地図《ちず》を取《と》りだして床《ゆか》に広《ひろ》げた。ハマモトさんは地図《ちず》の上《うえ》に身《み》をのりだし、真剣《しんけん》な目《め》をして見入《みい》っている。彼女《かのじょ》はプロジェクト・アマゾンでぼくとウチダ君《くん》が最後《さいご》にたどったルートを指《ゆび》でなぞった。

「ジャバウォックの森《もり》へ行《い》くルートはいくつもある。給水塔《きゅうすいとう》の丘《おか》を越《こ》えて行《い》けないなら、反対側《はんたいがわ》から森《もり》をぬけていけばいいと思《おも》う。アオヤマ君《くん》たちが歩《ある》いたこのルートは国道沿《こくどうぞ》いから森《もり》に入《はい》るから、調査隊《ちょうさたい》の人《ひと》たちも封鎖《ふうさ》していないと思《おも》う」

ぼくはうなずいた。「なるほど。調査隊《ちょうさたい》の人《ひと》たちも森《もり》ぜんぶを封鎖《ふうさ》はできないからね」

ハマモトさんは大《おお》きく息《いき》を吸《す》って立《た》ち上《あ》がった。

★6 自由《じゆう》に出入《でい》りできないようにすること。

「行《い》きましょ！」

「今《いま》から？」

「私《わたし》は怒《おこ》っているの。この研究《けんきゅう》は私《わたし》たちの研究《けんきゅう》なんだから」

ぼくらはあわてて用意《ようい》をした。少《すこ》し時間《じかん》が遅《おそ》くなっているので、万《まん》が一《いち》森《もり》の中《なか》で日《ひ》が暮《く》れてしまったときのために、ぼくは階段下《かいだんした》の物入《ものい》れから大《おお》きな懐中電灯《かいちゅうでんとう》を出《だ》してリュックに入《い》れた。

そしてぼくらは家《いえ》を出《で》た。

プロジェクト・アマゾンのとき、ぼくらは川《かわ》の流《なが》れに沿《そ》って歩《ある》いたため、大学《だいがく》の敷地《しきち》や古《ふる》い町《まち》を通《とお》りぬけなければならなかった。これは地図上《ちずじょう》ではずいぶん遠《とお》まわりになっている。バスターミナルの端《はし》から草《くさ》に埋《う》もれた遊歩道《ゆうほどう》を歩《ある》いていけば、国道《こくどう》まではすぐにぬけることができるし、そこから国道沿《こくどうぞ》いに歩《ある》いていけば、ぼくとウチダ君《くん》が森《もり》に入《はい》った地点《ちてん》までは遠《とお》くない。

ぼくらは国道《こくどう》に出《で》て、トラックがびゅんびゅん通《とお》って砂埃《すなぼこり》の立《た》つアスファルト道路《どうろ》を歩《ある》いた。となりにはうっそうとした森《もり》が続《つづ》いているので薄暗《うすぐら》い。歩道《ほどう》が狭《せま》いものだから、トラックの起《お》こす風《かぜ》がぼくらを吹《ふ》き倒《たお》しそうになる。トラックが通《とお》るたびにハマモトさんは耳《みみ》をふさいでいた。車《くるま》が通《とお》らないときは森《もり》の中《なか》からツクツクボウシの声《こえ》が聞《き》こえてきた。川《かわ》が暗渠《あんきょ》になって国道《こくどう》をくぐっている地点《ちてん》まで来《き》たら、ぼくらは川《かわ》に沿《そ》って森《もり》に入《はい》った。

森《もり》の中《なか》はもう夕暮《ゆうぐ》れみたいに暗《くら》くて、じめじめしていた。草《くさ》の生《お》いしげった谷間《たにま》を流《なが》れる川《かわ》の音《おと》がたいへん大《おお》きく聞《き》こえる。森《もり》をぬけて草原《そうげん》に出《で》ると、トンボがたくさん飛《と》びまわっていた。東《ひがし》の空《そら》はだんだん紺色《こんいろ》に変《か》わってきていて、西《にし》の空《そら》はオレンジ色《いろ》になっている。草原《そうげん》の左手《ひだりて》に見《み》えているとなりの住宅地《じゅうたくち》の家《いえ》の窓《まど》からは明《あ》かりがもれている。草原《そうげん》の向《む》こうにあるジャバウォックの森《もり》は、真《ま》っ黒《くろ》の巨大《きょだい》な生《い》き物《もの》がうずくまっているみたいに見《み》えるのだ。

ぼくらは懐中電灯《かいちゅうでんとう》をつけて、暗《くら》くなってくる森《もり》をぬけた。

そしてハマモトさんの計画通《けいかくどお》り、ぼくらは調査隊《ちょうさたい》の包囲網《ほういもう》★7を突破《とっぱ》して、草原《そうげん》にたどりついた。森《もり》から草原《そうげん》に出《で》たとき、ぼくらは三人《にん》ともびっくりして立《た》ち止《ど》まった。

草原《そうげん》いっぱいに〈海《うみ》〉が広《ひろ》がっていた。その大《おお》きさがどれぐらいなのか、測定《そくてい》するのもむずかしい。〈海《うみ》〉の下半球《したはんきゅう》は草原《そうげん》にめりこんだかたちになっていて、いわば巨大《きょだい》な水《みず》のおっぱいが草原《そうげん》においてあるみたいである。周囲《しゅうい》をめぐりながら見上《みあ》げると、ドーム状《じょう》の〈海《うみ》〉のてっぺんは夕陽《ゆうひ》を浴《あ》びて、そこだけが真《ま》っ赤《か》になっている。

ハマモトさんが〈海《うみ》〉を見上《みあ》げながら、「拡大期《かくだいき》が続《つづ》いてる。これまでで最大《さいだい》」と確認《かくにん》するように言《い》う。

「このまま拡大《かくだい》を続《つづ》けたら、ぼくらの街《まち》まで〈海《うみ》〉が来《く》る」

そのときウチダ君《くん》がぼくの腕《うで》をつかんだ。

「アオヤマ君《くん》、何《なに》かいる」

ふりかえると、草原《そうげん》の向《む》こう、ぼくらが観測《かんそく》ステーションを設置《せっち》したあたりを中心《ちゅうしん》にして、真《ま》っ黒《くろ》な影《かげ》があちこちに見《み》えた。なめらかな体《からだ》をくねらせるようにして四《よ》つん這《ば》いになっていることがわかる。その影《かげ》たちは何《なに》かのオブジェみたいに固《かた》まって動《うご》かなかった。ぼくは小《ちい》さな声《こえ》で「ハマモトさん！」とささやいた。

★7 なにかを捕《つか》まえたり、動《うご》きを封《ふう》じたりするために、まわりをとりかこむこと。

ぼくらは姿勢《しせい》を低《ひく》くして草《くさ》に隠《かく》れた。「調査隊《ちょうさたい》？　ペンギン？」とハマモトさんがつぶやいた。

「どちらでもない。あれはジャバウォックだ」

「スズキ君《くん》たちがつかまえたやつ？　大《おお》きいわ」

「たくさんいるね」

ぼくらはそこでしばらく息《いき》を殺《ころ》していたけれども、ジャバウォックたちはまったく動《うご》かないのだ。ぼくらがそろそろと移動《いどう》しようと思《おも》ったとき、草原《そうげん》と森《もり》の境目《さかいめ》で何《なに》かが動《うご》くのが見《み》えた。よちよちよちよちと歩《ある》いてくるのはペンギンだった。まわりには仲間《なかま》の姿《すがた》も見《み》えなかった。ペンギンはフリッパーをぱたぱたさせながらあわてたように草原《そうげん》を横切《よこぎ》ってきて、ぼくらの目《め》の前《まえ》で立《た》ち止《ど》まった。疲《つか》れてしまったみたいだ。

すると、さっきペンギンが出《で》てきた森《もり》の木立《こだち》の隙間《すきま》から、ぬるりと何頭《なんとう》ものジャバウォックがすべりだしてきた。ジャバウォックの歩《ある》き方《かた》はへんてこである。シロナガスクジラみたいな胴体《どうたい》に不自然《ふしぜん》なふうに人間《にんげん》のような手足《てあし》がくっついているので、無理《むり》してぎくしゃく歩《ある》いているように見《み》える。ハマモトさんが「気持《きも》ち悪《わる》い」と言《い》った。

「ペンギンがあぶないぞ」

ジャバウォックの群《む》れは草原《そうげん》の上《うえ》をすべってペンギンに迫《せま》っていった。ペンギンは疲《つか》れているので、自分《じぶん》の背後《はいご》から怪物《かいぶつ》たちが近《ちか》づいていることに気《き》づかないようだった。

ふいにウチダ君《くん》が走《はし》りだした。

あまりに突然《とつぜん》のことだったので、ぼくもハマモトさんも草《くさ》むらから動《うご》けない。

ウチダ君《くん》は草原《そうげん》を走《はし》っていき、ペンギンを抱《だ》きかかえた。そのとたん、森《もり》から出《で》てきたジャバウォックたちが速度《そくど》を上《あ》げて、ウチダ君目指《くんめざ》して草原《そうげん》を走《はし》りだした。ウチダ君《くん》はペンギンをかかえたまま、ジャバウォックたちと逆《ぎゃく》の方向《ほうこう》へ走《はし》りだした。

ぼくとハマモトさんも走《はし》りだし、ウチダ君《くん》を追《お》いかけた。

観測《かんそく》ステーションのまわりを占拠《せんきょ》していたジャバウォックたちがこちらに気《き》づくのが見《み》えた。今《いま》までまったく動《うご》かなかった真《ま》っ黒《くろ》な影《かげ》たちがこちらを振《ふ》り向《む》き、同《おな》じように四《よ》つん這《ば》いになって走《はし》ってくる。ぼくとハマモトさんが追《お》いつく前《まえ》に、ウチダ君《くん》は横《よこ》から走《はし》ってきたジャバウォックに体当《たいあ》たりされた。投《な》げだされたペンギンがころころと草原《そうげん》をころがる。ぼくはあわててペンギンを助《たす》けようとしたけれども、ジャバウォックに先《さき》を越《こ》された。

ペンギンはあっという間《ま》にジャバウォックにぱくりと飲《の》みこまれてしまったのだ。ジャバウォックの胴体《どうたい》がヘリウムを入《い》れたみたいにぽっこりとふくらんだ。その口《くち》からもれ出《だ》した風《かぜ》が草原《そうげん》の草《くさ》をゆらした。

ウチダ君《くん》が「ああ！」とさけんだ。「食《た》べたな！」

ウチダ君《くん》はジャバウォックに体当《たいあ》たりしていく。そこへさらにジャバウォックがくる。ウチダ君《くん》にのしかかっているジャバウォックにぼくは突撃《とつげき》した。

そのとき、ハマモトさんが懐中電灯《かいちゅうでんとう》をつけて、ジャバウォックたちを照《て》らした。そのとたん、赤《あか》ちゃんの泣《な》き声《ごえ》のようなつぶやきがあちこちから聞《き》こえた。ジャバウォックたちはハマモトさんの懐中電灯《かいちゅうでんとう》の明《あ》かりを避《さ》けるようにして草原《そうげん》をあちこち逃《に》げ惑《まど》うのだ。

「光《ひかり》がきらいなんだわ！　こっち！」

ハマモトさんが観測《かんそく》ステーションのほうを指《ゆび》さしてさけんだ。ぼくはウチダ君《くん》の腕《うで》をつかみ、ハマモトさんの立《た》っているほうへ走《はし》った。

観測《かんそく》ステーションで、ハマモトさんはノートを開《ひら》き、〈海《うみ》〉の大《おお》きさを素早《すばや》く測定《そくてい》した。

すぐ目《め》と鼻《はな》の先《さき》まで〈海《うみ》〉が迫《せま》っていて、あと少《すこ》し〈海《うみ》〉が拡大《かくだい》すれば、ぼくらの観測《かんそく》ステーションは飲《の》みこまれてしまうだろう。〈海《うみ》〉はまるで鉄《てつ》でできているように、冷《つめ》たく銀色《ぎんいろ》に光《ひか》っていた。そして、ぼくらと〈海《うみ》〉の間《あいだ》には、十数頭《じゅうすうとう》のジャバウォックが四《よ》つん這《ば》いになって立《た》っている。彼《かれ》らはもうぼくらのことを忘《わす》れてしまったようだ。まるで遠《とお》くを見《み》るように顔《かお》を上《あ》げて、影絵《かげえ》のように動《うご》かなかった。その姿《すがた》を見《み》ているうちに、ぼくは草原《そうげん》に立《た》って空《そら》を見上《みあ》げていたペンギンたちを思《おも》い浮《う》かべた。ペンギンも、ジャバウォックも、まるでべつの惑星《わくせい》からやってきた宇宙生命体《うちゅうせいめいたい》が、地球上《ちきゅうじょう》で途方《とほう》にくれているように見《み》えたのだ。

「ジャバウォックたちは何《なん》なのだろう？」

ぼくはつぶやいた。

そのとき、どこかで大人《おとな》たちがさけぶ声《こえ》が聞《き》こえた。ぼくらの背後《はいご》にある森《もり》から強烈《きょうれつ》な照明《しょうめい》がさしこみ、〈海《うみ》〉の表面《ひょうめん》をサーチライトみたいに照《て》らした。ジャバウォックたちがあわてて逃《に》げだした。森《もり》のほうをふりかえったぼくらをライトの真《ま》っ白《しろ》な光《ひかり》がつつんだ。何《なに》も見《み》えなかった。

「子《こ》どもたちがいたぞ！」という調査隊《ちょうさたい》の声《こえ》が聞《き》こえた。

こうして、ぼくらの〈海《うみ》〉研究《けんきゅう》は終《お》わった。

市営《しえい》グラウンドの基地《きち》まで連《つ》れて行《い》かれたとき、そこにいるすべての大人《おとな》たちがこわい顔《かお》をしていた。テントの白熱灯《はくねつとう》に照《て》らされたハマモト先生《せんせい》は、いっそうこわかった。ハマモト先生《せんせい》は、ぼくらの小学校《しょうがっこう》の先生《せんせい》のように長《なが》いお説教《せっきょう》はしなかった。ただぼくらに「どうやって森《もり》に入《はい》った？」と聞《き》いた。ぼくらが森《もり》の反対《はんたい》側《がわ》から入《はい》ったことを正直《しょうじき》に話《はな》すと、先生《せんせい》はうなずいた。「二度《にど》と入《はい》ってはいけない。わかったね？」

「でも……」とハマモトさんが言《い》いかけたとたん、先生《せんせい》は雷鳴《らいめい》みたいに大《おお》きな声《こえ》でさけんだ。

「二度《にど》と入《はい》ってはいけない！」

ぼくらは三人《にん》ともイスから跳《と》び上《あ》がったほどだ。

さすがのハマモトさんも何《なに》も言《い》えなかった。

ぼくはそれでもハマモト先生《せんせい》に〈海《うみ》〉の危険性《きけんせい》についてだけは伝《つた》えておこうと考《かんが》えた。〈海《うみ》〉の内部《ないぶ》に入《はい》った探査船《たんさせん》が消失《しょうしつ》してしまったことを説明《せつめい》しようとしたけれども、先生《せんせい》はその時間《じかん》を与《あた》えてくれなかった。

「アオヤマ君《くん》、それは君《きみ》の心配《しんぱい》することではない」と先生《せんせい》は言《い》った。

ぼくらはそのままテントの下《した》で待《ま》たされた。ハマモトさんはうつむいたまま、一言《ひとこと》もしゃべらなかった。ウチダ君《くん》は泣《な》いていた。調査隊《ちょうさたい》の人《ひと》が来《き》て、ウチダ君《くん》にハンカチをくれた。

やがてそれぞれの親《おや》が来《き》て、ぼくらは家《いえ》に連《つ》れ戻《もど》されてしまった。

翌日《よくじつ》の朝《あさ》、ぼくは学校《がっこう》に行《い》こうとしたのだけれど、体《からだ》がぐったりして動《うご》かなかった。まるで自分《じぶん》のものでないみたいに重《おも》いのだ。ぼくが起《お》きてこないのを心配《しんぱい》した母《はは》がやってきて、ぼくの額《ひたい》に手《て》を当《あ》てた。

「熱《ねつ》がある」と母《はは》は言《い》った。「昨日《きのう》あぶないことをしたバツね。今日《きょう》はお休《やす》みしなさい」

「ぼくは忙《いそが》しいんだがなあ」

「何《なに》言《い》ってるの」

母《はは》はリンゴの入《はい》ったヨーグルトとコーンスープをくれた。

その日《ひ》、ぼくはベッドの上《うえ》ですごした。妹《いもうと》が学校《がっこう》に出《で》かけてしまったあと、母《はは》が洗濯機《せんたくき》をまわしたり、掃除機《そうじき》をかけたりする音《おと》が聞《き》こえてきた。ブラインドからは明《あか》るい光《ひかり》がもれている。ぼくはたいへん多忙《たぼう》であるから、こんなふうに明《あか》るくなっているのにベッドで寝《ね》ていることはめったにない。ふしぎな感《かん》じがした。

ぼくは父《ちち》が旅立《たびだ》つ前《まえ》にアドバイスしてくれたことを思《おも》いだし、一枚《まい》の紙《かみ》を枕元《まくらもと》において、これまでのノートにある研究《けんきゅう》の成果《せいか》を要約《ようやく》★8してメモを書《か》いた。

□お姉《ねえ》さんはペンギンを作《つく》る。
□ペンギンたちはペンギン・エネルギーで生《い》きている。
□ペンギンたちは電車《でんしゃ》に乗《の》せると蒸発《じょうはつ》する。
□お姉《ねえ》さんは元気《げんき》になるとペンギンを作《つく》りたくなる。
□お姉《ねえ》さんはペンギンを作《つく》りすぎると元気《げんき》がなくなる。
□お姉《ねえ》さんはジャバウォックを作《つく》ると元気《げんき》になる。
□ペンギンたちは〈海《うみ》〉をこわしてしまう。

★8 文章《ぶんしょう》などの内容《ないよう》をかんたんにまとめること。まとめたもの。

□ジャバウォックはペンギンを消《け》してしまう。
□〈海《うみ》〉とお姉《ねえ》さんの体調《たいちょう》は連動《れんどう》している。
□〈海《うみ》〉は時空《じくう》をゆがめている。

ぼくはベッドに腹《はら》ばいになってそのリストをずっとにらんでいた。ぼくはそのリストを繰《く》り返《かえ》し読《よ》んで、頭《あたま》の中《なか》をそれらのメモがぐるぐる飛《と》びまわるまで考《かんが》えた。これらのメモにはどういう関係《かんけい》があるのだろう。どうすればぼうまくすべてが結《むす》びつくだろう。なかなかエウレカはこなかった。

お昼前《ひるまえ》に母《はは》がやってきて、「こら!」と言《い》った。「おとなしく寝《ね》ていないと治《なお》らないでしょう」

そして母《はは》はぼくのノートと紙《かみ》を持《も》っていってしまった。

ぼくは鋼鉄《こうてつ》みたいにがんじょうな小学生《しょうがくせい》である。ぼくが最後《さいご》に熱《ねつ》を出《だ》したのは、その前《まえ》の年《とし》の十二月《がつ》のことである。ぼくはそのときの苦《くる》しさをノートにも書《か》いておいたけれども、あらためて苦《くる》しさにびっくりした。つい昨日《きのう》まで元気《げんき》に動《うご》きまわっていた自分《じぶん》が、もう今《いま》はぐったりして動《うご》くのもいやになってしまっている。自分《じぶん》の体《からだ》の中《なか》で何《なに》が起《お》こっているのかわからないのは不安《ふあん》なことだ。

昼食《ちゅうしょく》には母《はは》がうどんを作《つく》ってくれて、ぼくの部屋《へや》でいっしょに食《た》べた。母《はは》といっしょに玉子《たまご》の入《はい》ったうどんを食《た》べていると、ぼくは小学《しょうがく》四年生《ねんせい》であるにもかかわらず、まだノートの書《か》き方《かた》も本《ほん》の読《よ》み方《かた》も知《し》らなかった赤《あか》ん坊《ぼう》の頃《ころ》に戻《もど》ってしまったような気《き》がした。

母《はは》が買《か》い物《もの》に出《で》かけたあと、ぼくは机《つくえ》からポケットに入《はい》る携帯用《けいたいよう》の小《ちい》さなノートとボールペンを出《だ》した。母《はは》に見《み》つからないように枕《まくら》の下《した》にかくした。それでようやくぼくは落《お》ち着《つ》くことができた。ノートがそばにないとぼくは落《お》ち着《つ》かないということを母《はは》は知《し》らない。

ぼくはブラインドから入《はい》ってくる光《ひかり》で明《あか》るくなった天井《てんじょう》を見《み》つめながら、ハマモトさんやウチダ君《くん》やスズキ君《くん》はどうしているだろうと考《かんが》えた。調査隊《ちょうさたい》は〈海《うみ》〉について調査《ちょうさ》を進《すす》めているだろうか。家《いえ》の外《そと》ではきっといろいろなことが起《お》こっているにちがいないのに、ぼくだけはそこから遠《とお》くはなれてベッドに寝《ね》ている。家《いえ》の中《なか》はまるで入道雲《にゅうどうぐも》の上《うえ》のように静《しず》かだ。そしてぼくはお姉《ねえ》さんのことが心配《しんぱい》だった。お姉《ねえ》さんは油断《ゆだん》しているところがあるから、調査隊《ちょうさたい》につかまらないように、ぼくが助《たす》けてあげなくてはいけないと思《おも》った。

そのうち、ぼくはうつらうつらした。

最初《さいしょ》のうち、ものすごく長《なが》い登《のぼ》り棒《ぼう》をずっとすべりおりていく短《みじか》い夢《ゆめ》を何度《なんど》も見《み》た。ぼくはその棒《ぼう》が宇宙《うちゅう》エレベーターであるとなぜだか思《おも》いこんでいるのだ。

そして気《き》がつくとぼくは宇宙飛行士《うちゅうひこうし》なのだった。

ぼくが乗《の》ってきた宇宙船《うちゅうせん》は丘《おか》の上《うえ》にある給水《きゅうすい》タンクそっくりで、ぐるぐると回転《かいてん》して船内《せんない》に重力《じゅうりょく》を生《う》みだしている。乗組員《のりくみいん》はぼくだけである。ぼくは一人《ひとり》で遠《とお》くからやってきて、ふしぎな星《ほし》に到着《とうちゃく》する。

大《おお》きなおっぱいのように盛《も》り上《あ》がった緑《みどり》の丘《おか》のとなりに給水《きゅうすい》タンク型《がた》宇宙船《うちゅうせん》を着陸《ちゃくりく》させて、ぼくは未知《みち》の惑星《わくせい》の探検《たんけん》に出《で》かけた。空《そら》は地球《ちきゅう》の夏《なつ》のように青《あお》いし、入道雲《にゅうどうぐも》が見《み》えている。そしておっぱいのような丘《おか》の裾《すそ》からは、方眼《ほうがん》ノートのようにコンクリートのブロックで区切《くぎ》られた空《あ》き地《ち》が地平線《ちへいせん》まで続《つづ》いているのだ。

高圧鉄塔《こうあつてっとう》が一列《いちれつ》になって続《つづ》いていたので、ぼくは電線《でんせん》を伝《つた》って歩《ある》いていった。

空《あ》き地《ち》にはところどころに自動販売機《じどうはんばいき》がおいてあって、そのまわりにペンギンがいた。この惑星《わくせい》に生息《せいそく》している生《い》き物《もの》はペンギンだけのようだった。彼《かれ》らにとってぼくは空《そら》から急《きゅう》にやってきた宇宙人《うちゅうじん》である。ぼくが「やあ」と声《こえ》をかけてもペンギンたちはちっともおどろかなかった。空《あ》き地《ち》の真《ま》ん中《なか》で青《あお》い空《そら》を見上《みあ》げたり、お腹《なか》を下《した》にして寝《ね》ころんでいた。

ぼくは遠《とお》くまで歩《ある》いた。整地《せいち》された空《あ》き地《ち》がだんだんまばらになって、草原《そうげん》が増《ふ》えてきた。やがてぼくはがらんとした海辺《うみべ》に出《で》た。高圧鉄塔《こうあつてっとう》の行列《ぎょうれつ》はそこで終《お》わっていた。空《そら》は青《あお》いのに、海《うみ》はたいへん冷《つめ》たい色《いろ》をしている。水平線《すいへいせん》の彼方《かなた》にはショッピングセンターの明《あ》かりがつらなっている。

だれもいない砂浜《すなはま》を歩《ある》いていくと、大《おお》きなシロナガスクジラが打《う》ち上《あ》げられていた。生《い》きているのか、死《し》んでいるのか、わからない。ぼくが見上《みあ》げていると、「ごきげんよう」とシロナガスクジラが言《い》った。苦《くる》しそうではなかった。むしろのんきな声《こえ》だった。どこかで聞《き》いた声《こえ》であるような気《き》がした。

ぼくはそのシロナガスクジラがジャバウォックであることがわかっていた。

ぼくは砂浜《すなはま》に腰《こし》をおろして海《うみ》を眺《なが》めていた。

そうすると、「おかえりなさい」とやわらかい声《こえ》がして、お姉《ねえ》さんがぼくのとなりに座《すわ》った。

「なぜお姉《ねえ》さんがここにいるんですか？」

「昔《むかし》からいるよ。だってここは地球《ちきゅう》だもの」

「ぼくはずいぶん遠《とお》くまでいった気《き》がしたんだけどなあ」

「本当《ほんとう》の本当《ほんとう》に遠《とお》くまでいくと、もといた場所《ばしょ》に帰《かえ》るものなのよ」

お姉《ねえ》さんは目《め》の前《まえ》の海《うみ》を指《ゆび》さした。

「カンブリア紀《き》の海《うみ》だよ、少年《しょうねん》」

「カンブリア紀《き》はずうっと昔《むかし》だと思《おも》っていました」

「ずうっと昔《むかし》までいくと、もといた場所《ばしょ》に帰《かえ》るものなの」

砂浜《すなはま》をペンギンたちがよちよちと歩《ある》いてきた。彼《かれ》らは立《た》ち止《ど》まり、水平線《すいへいせん》の彼方《かなた》を見《み》て動《うご》かなくなった。

シロナガスクジラが何《なに》かぶつぶつ言《い》っている。

「ジャバウォック、何《なに》を言《い》ってるの？」

「神様《かみさま》も失敗《しっぱい》することがありましょう」

シロナガスクジラが言《い》った。「そうでありましょう」

「そんなことはゆるさないわよ」

「ペンギンたちはだれもがそう述《の》べるのであります」

「私《わたし》はペンギンじゃないですからね」

「海《うみ》が来《く》る！　海《うみ》が来《く》る！」

シロナガスクジラは謎《なぞ》めいたことを言《い》った。

いつの間《ま》にか海《うみ》の向《む》こうが暗《くら》くなっていた。ショッピングセンターの明《あ》かりは見《み》えなくなって、黒《くろ》い雲《くも》がもくもくとわいている。そして水平線《すいへいせん》の上《うえ》を紫色《むらさきいろ》の稲妻《いなずま》がまるで花火《はなび》のようにちりちりと走《はし》った。ぼくは雷《かみなり》がこわいはずだけれども、そのときはなぜだか平気《へいき》だった。

ぼくはふと、ここが地球《ちきゅう》であるとしたら、何《なに》もかもが消《き》えてしまったのだと思《おも》った。ぼくの父《ちち》も母《はは》も妹《いもうと》も、ハマモトさんやウチダ君《くん》も、スズキ君《くん》たちも、「海辺《うみべ》のカフェ」も、歯科医院《しかいいん》も、小学校《しょうがっこう》も。ぼくが遠《とお》くへ旅《たび》をしている間《あいだ》に、みんな消《き》えてしまったのだ。取《と》り返《かえ》しのつかないことをした気持《きも》ちになった。ぼくは決《けっ》して泣《な》かない小学生《しょうがくせい》であるにもかかわらず涙《なみだ》が出《で》てきた。

「なぜ泣《な》いているの、少年《しょうねん》」

「わかりません」

「……ごめんね」

「お姉《ねえ》さんは悪《わる》くありません」

お姉《ねえ》さんが謝《あやま》るたびに、ぼくはいっそうさみしい気持《きも》ちになるのだった。

「かわいそうに。苦《くる》しいのねえ」

どこかで声《こえ》が聞《き》こえて、冷《つめ》たい手《て》がぼくの額《ひたい》に当《あ》てられた。たいへん気持《きも》ちがよい。目《め》を開《あ》けると、お姉《ねえ》さんがベッドのとなりにおいたイスに腰《こし》かけて、ぼくの顔《かお》をのぞきこんでいた。彼女《かのじょ》は頬《ほお》もおっぱいもふっくらしていて、元気《げんき》そうだった。部屋《へや》の中《なか》は薄暗《うすぐら》く、ぼくには今《いま》が何時《なんじ》であるのかわからない。頭《あたま》がぼんやりしていた。ぼくの目尻《めじり》には涙《なみだ》が浮《う》かんでいて、お姉《ねえ》さんの顔《かお》がぼんやりして見《み》えた。

「私《わたし》は元気《げんき》なのに君《きみ》が倒《たお》れてる。めずらしいね」

「ぼくは発熱《はつねつ》しているところです」

「そんなことは知《し》ってます」

「ぼくは夢《ゆめ》を見《み》ていた。お姉《ねえ》さんが出《で》てきた」

お姉《ねえ》さんは微笑《ほほえ》んで、ぼくの頭《あたま》を軽《かる》くたたいた。

「ぼくはお姉《ねえ》さんに連絡《れんらく》しようと思《おも》っていたんです。大学《だいがく》の調査隊《ちょうさたい》が森《もり》に入《はい》りました」

「知《し》ってる」

「だからペンギンを作《つく》ったりしてはいけません。見《み》つかったらたいへんだから」

「そうだね。君《きみ》が元気《げんき》になるまでがまんする。君《きみ》はいつごろ元気《げんき》になるかな？」

「ぼくは強《つよ》いですから、すぐに元気《げんき》になる」

「栄養《えいよう》をとるんだね。人間《にんげん》にはエネルギーが必要《ひつよう》なのよ」

「お姉《ねえ》さんも栄養《えいよう》をとってください」

お姉《ねえ》さんは少《すこ》し考《かんが》えこんでから、「少年《しょうねん》」とささやいた。「君《きみ》はごはんを食《た》べない実験《じっけん》をしたでしょ

う？　あれを私《わたし》もしてみたんだ」

「お姉《ねえ》さんはそんな実験《じっけん》をしてはいけません。おっぱいが小《ちい》さくなるから」

お姉《ねえ》さんはくすくす笑《わら》った。「私《わたし》だってたまには実験《じっけん》するのよ」

「苦《くる》しかったですか？」

「苦《くる》しくなかったよ。今日《きょう》まで何《なに》も食《た》べてないのさ」

そのとき、ぼくの頭《あたま》は熱《ねつ》のせいでうまく働《はたら》かなかった。

「ペンギン・エネルギーよ」とお姉《ねえ》さんは言《い》った。

「それはペンギンのためのエネルギーです。人間《にんげん》のためのエネルギーではない」

お姉《ねえ》さんはぼくの目《め》を見《み》つめた。

「私《わたし》は人間《にんげん》ではないのよ」

「お姉《ねえ》さんは人間《にんげん》ではない？」

「私《わたし》はペンギンたちを作《つく》ったけれど、私《わたし》を作《つく》ったのはだれかしら？」

「ぼくは頭《あたま》がよく働《はたら》かない。発熱《はつねつ》しているからです」

「ごめんね」

お姉《ねえ》さんはベッドにかがみこんで、冷《つめ》たい額《ひたい》をぼくの額《ひたい》に押《お》し当《あ》てた。お姉《ねえ》さんはなぜそんなに謝《あやま》るのだろう。夢《ゆめ》の中《なか》で流《なが》した涙《なみだ》が目尻《めじり》からこぼれだして、ぼくの顔《かお》を伝《つた》った。

「泣《な》くな、少年《しょうねん》」と彼女《かのじょ》は言《い》った。

「泣《な》いていません」とぼくは言《い》った。

朝《あさ》、ぼくはベッドの中《なか》で目《め》を覚《さ》まし、ブラインドの隙間《すきま》からのぞいている空《そら》を見《み》ていた。小《ちい》さな雲《くも》が散《ち》らばっていた。窓《まど》を開《あ》けると秋《あき》みたいに涼《すず》しい風《かぜ》が部屋《へや》に吹《ふ》きこんできた。熱《ねつ》はすっかり下《さ》がっていて、ぼくの頭《あたま》は雨降《あめふ》りのあとの青空《あおぞら》みたいにさっぱりしていた。

ぼくは一階《かい》のリビングルームで朝食《ちょうしょく》を食《た》べた。食欲《しょくよく》はたいへんある。ぼくは元気《げんき》になったのだ。

ぼくが眠《ねむ》っている間《あいだ》に、フランスの父《ちち》から国際電話《こくさいでんわ》があったそうだ。ぼくが熱《ねつ》を出《だ》して寝《ね》こんでいることを聞《き》くと父《ちち》は心配《しんぱい》していたから次《つぎ》に電話《でんわ》がかかってきたときには話《はな》してあげなさい、と母《はは》は言《い》った。

「ぼくが寝《ね》ているとき、だれかがお見舞《みま》いに来《き》た？」

「歯科医院《しかいいん》のお姉《ねえ》さんが来《き》てくださったわね。憶《おぼ》えてる？」

「ぼくは憶《おぼ》えているよ。でも夢《ゆめ》だったかと思《おも》った」

空気《くうき》のひんやりした朝《あさ》の住宅地《じゅうたくち》を学校《がっこう》に向《む》かって歩《ある》いているとき、ぼくはなぜか急《きゅう》にかなしい気持《きも》ちになってきた。なぜそんな気持《きも》ちになるのか、最初《さいしょ》のうちはわからなかった。かなしくなる理由《りゆう》を考《かんが》えているうちに、まるで夢《ゆめ》のようだったお姉《ねえ》さんとの会話《かいわ》のかけらが頭《あたま》に浮《う》かんできた。

ぼくはポケットから携帯用《けいたいよう》のノートを取《と》りだした。ぼくはノートをとるようにじゅうぶん訓練《くんれん》してきたから、たとえ頭《あたま》がボンヤリしているときでもノートを書《か》いている可能性《かのうせい》があるからだ。読《よ》みにくい字《じ》ではあったけれども、小《ちい》さな方眼《ほうがん》ノートにメモが残《のこ》っているのをぼくは読《よ》んだ。別惑星《べつわくせい》を探検《たんけん》する夢《ゆめ》のこと、そしてお姉《ねえ》さんが言《い》ったこと。ぼくは歩《ある》きながら、それらのメモを入念《にゅうねん》に読《よ》んだ。

歯科医院《しかいいん》を通《とお》りすぎて、ペンギンたちが初《はじ》めて出現《しゅつげん》した空《あ》き地《ち》の前《まえ》にさしかかったところだった。冷《つめ》たい風《かぜ》が吹《ふ》いて、ペンギンたちのいない空《あ》き地《ち》の草《くさ》をざわざわさせた。そのとき、まったく突然《とつぜん》に、ぼくが今読《いまよ》み返《かえ》したメモと、これまでに書《か》いてきたメモの断片《だんぺん》が、すべて頭《あたま》に飛《と》びこんできて、まるでレゴブロックできれいな青《あお》い壁《かべ》を作《つく》るように、カチカチと組《く》み合《あ》わさった。ぼくはとくに何《なに》をしようともしなかった。ただそれらが一瞬《いっしゅん》にして組《く》み合《あ》わさっていくのを見守《みまも》っていただけなのだ。

気《き》がつくと、もうその青《あお》い壁《かべ》は完成《かんせい》していた。

ぼくは思《おも》わず空《あ》き地《ち》の前《まえ》に立《た》ち止《ど》まっていた。頭《あたま》の奥《おく》がしびれたようなふしぎな感《かん》じがして、ほかのことは何《なに》も考《かんが》えられなくなった。先《さき》を歩《ある》いていた妹《いもうと》がふりかえった。「お兄《にい》ちゃんってば！」と彼女《かのじょ》が呼《よ》んだけれども、ぼくは返事《へんじ》をしなかった。彼女《かのじょ》はそのままほかの子《こ》たちといっしょに歩《ある》いていってしまった。

ぼくは一人《ひとり》で空《あ》き地《ち》のとなりに立《た》っていた。

そして「エウレカ」とつぶやいた。

朝《あさ》のエウレカがぼくの頭《あたま》をいっぱいにしていて、その日《ひ》はほとんど上《うわ》の空《そら》だった。ノートを広《ひろ》げて仮説《かせつ》を立《た》てるのに忙《いそが》しかった。ハマモトさんは〈海《うみ》〉の研究《けんきゅう》について話《はな》したいようだったけれども、ぼくがあいま

いな返事《へんじ》ばかりしているので、へんな顔《かお》をして席《せき》に戻《もど》ってしまった。

「アオヤマ君《くん》、なんだかへんだね」とウチダ君《くん》が言《い》った。

「そうかな？」

「ちっとも話《はな》さないし。ボーッとしている。まだ熱《ねつ》があるのかもしれないね」

「そうかもしれない」

ぼくは授業中《じゅぎょうちゅう》も窓《まど》の外《そと》を見《み》て、空《そら》に浮《う》かぶ雲《くも》を観察《かんさつ》しながら、お姉《ねえ》さんのことばかり考《かんが》えていた。

その日《ひ》、スズキ君《くん》はたいへん静《しず》かにしていた。これまで彼《かれ》は新種《しんしゅ》の生《い》き物《もの》を発見《はっけん》したことを休《やす》み時間《じかん》のたびに自慢《じまん》していたけれど、今日《きょう》はそのことは一言《ひとこと》も口《くち》にしないのだ。彼《かれ》はちらちらとハマモトさんを見《み》ているみたいだったけれど、ハマモトさんはスズキ君《くん》のほうを見《み》ようとしなかった。

放課後《ほうかご》に彼《かれ》がぼくの机《つくえ》までやってきた。

「ハマモトに一生《いっしょう》ゆるさないって言《い》われたんだけど……」と彼《かれ》は言《い》った。「俺《おれ》、べつにあんなにたくさんしゃべるつもりはなかったんだぜ」

「でも君《きみ》はしゃべってしまったんだろう？」

「だって、いろいろ聞《き》かれるしさ。まるで俺《おれ》らがウソついてるみたいに言《い》う人《ひと》もいたからくやしいし。いろんなことしゃべってるうちに、ぜんぶしゃべっちゃってたんだよ。おまえらの研究《けんきゅう》のことまでしゃべるつもりは……」

「研究《けんきゅう》って何《なん》のこと？」

「おまえらの研究《けんきゅう》だよ。あの森《もり》の中《なか》のへんてこなやつの」

「ぼくらは何《なに》も知《し》らない。ぼくらはそんな研究《けんきゅう》はしていない」

「ウソつくなよ」とスズキ君《くん》は困《こま》った顔《かお》をした。「なんでそんなこと言《い》うんだよ」

「スズキ君《くん》。ぼくらはもう何《なに》もかも忘《わす》れることにした。ぼくらの研究《けんきゅう》は終《お》わったんだ。あとは調査隊《ちょうさたい》がきちんと研究《けんきゅう》してくれるからね」

「おまえ、怒《おこ》ってるのか？」

「ぼくは決《けっ》して怒《おこ》らないんだよ。でもハマモトさんは必《かなら》ずしもそうではない」

「俺《おれ》のせいかな？」

「スズキ君《くん》には気《き》の毒《どく》だけれど、スズキ君《くん》のせいだね」

「頼《たの》むよ、ハマモトに言《い》ってくれよ。俺《おれ》はそんなつもりじゃなかったってさ」

スズキ君《くん》がそんなことを言《い》ってぼくの机《つくえ》にかじりついていたとき、天井《てんじょう》のそばにあるスピーカーがプップツと鳴《な》って、校内放送《こうないほうそう》が流《なが》れた。校長先生《こうちょうせんせい》の声《こえ》だった。

「みなさん、ご近所《きんじょ》で事故《じこ》があったため、先生《せんせい》たちの指示《しじ》があるまで校外《こうがい》へ出《で》ないでください。学校《がっこう》の中《なか》は安全《あんぜん》です。繰《く》り返《かえ》します。先生《せんせい》たちの指示《しじ》があるまで、校外《こうがい》へ出《で》ないでください。学校《がっこう》の中《なか》は安全《あんぜん》です」

そうして放送《ほうそう》は終《お》わった。

スズキ君《くん》がけげんな顔《かお》をして、「事故《じこ》ってなんだ？」とつぶやいた。校内放送《こうないほうそう》の間《あいだ》はしんとしていた教室《きょうしつ》の中《なか》が、しだいにざわざわしてきた。

「みんな席《せき》につきなさい」と先生《せんせい》が言《い》った。「静《しず》かに」

となりのクラスの先生《せんせい》がやってきて、ぼくのクラスの先生《せんせい》と教室《きょうしつ》の入《い》り口《ぐち》で話《はなし》をしている。先生《せんせい》たちは心《しん》配《ぱい》そうな顔《かお》をしている。ぼくは先生《せんせい》たちの唇《くちびる》の動《うご》きをじっと観察《かんさつ》してみたけれど、何《なに》を言《い》っているのかわからない。そして先生《せんせい》たちから目《め》をはなして、教室《きょうしつ》の中《なか》を見渡《みわた》すと、ハマモトさんと目《め》が合《あ》った。彼女《かのじょ》はぼくのほうを見《み》て、青《あお》い顔《かお》をしている。ぼくが首《くび》をかしげてみせると、彼女《かのじょ》は立《た》ち上《あ》がり、先生《せんせい》たちのところに歩《ある》いていった。教室《きょうしつ》のざわめきが小《ちい》さくなって、みんなが息《いき》をのんでいる。

ハマモトさんと先生《せんせい》たちが話《はなし》をしている。先生《せんせい》たちは困《こま》った顔《かお》をしていた。

スズキ君《くん》がハマモトさんの様子《ようす》を見《み》ている。ウチダ君《くん》がぼくのほうを見《み》て、「ナニ？」と唇《くちびる》を動《うご》かした。

ぼくは「ワカラナイ」と答《こた》えた。

席《せき》に戻《もど》ったハマモトさんの顔色《かおいろ》はますます悪《わる》くなっていた。両手《りょうて》で顔《かお》をはさむようにしてうつむいている。

ぼくは立《た》ち上《あ》がってハマモトさんのところへ行《い》った。「どうしたの？」と小声《こごえ》でたずねた。

「わからない。でも調査隊《ちょうさたい》で事故《じこ》があった。五人《にん》が行方不明《ゆくえふめい》だって」

「行方不明《ゆくえふめい》？」

「私《わたし》のお父《とう》さんも行方不明《ゆくえふめい》」

「なぜわかるの？　先生《せんせい》たちが言《い》ったのかい？」

「先生《せんせい》たちは言《い》わない。でも顔《かお》を見《み》ればわかる」

「〈海《うみ》〉だろうか？」

「ほかに何《なに》があるの？」

ハマモトさんは顔《かお》を上《あ》げた。大《おお》きくてうるんだ目《め》がぼくを見《み》ていた。「ね、本当《ほんとう》は〈海《うみ》〉の研究《けんきゅう》をあきらめてないんでしょ？　どうすればいい？　アオヤマ君《くん》はどこまでわかっているの？」

ぼくは少《すこ》し考《かんが》えた。

「ぼくにわかるのは、自分《じぶん》たちが何《なに》を実行《じっこう》すればいいか、ということだけだよ」

「それを実行《じっこう》してくれる？」

先生《せんせい》が「アオヤマ君《くん》、席《せき》にもどりなさい」と言《い》った。

ぼくは先生《せんせい》の方《ほう》をふりかえって手《て》を挙《あ》げた。

「先生《せんせい》。ハマモトさんが気分《きぶん》が悪《わる》いようなので、保健室《ほけんしつ》に連《つ》れて行《い》っていいですか？」

保健室《ほけんしつ》の先生《せんせい》に声《こえ》が聞《き》こえないようにぼくらは小声《こごえ》で相談《そうだん》をした。

「とにかく学校《がっこう》の外《そと》に出《で》なくてはいけない」

「外《そと》に出《で》てどうするの？」

「この問題《もんだい》を解決《かいけつ》するにはお姉《ねえ》さんの力《ちから》を借《か》りるしかない。君《きみ》のお父《とう》さんを助《たす》けられるかどうかは、ぼくにはわからない。でもそれ以外《いがい》には方法《ほうほう》がない」

そのとき保健室《ほけんしつ》のドアが開《ひら》く音《おと》がした。生徒《せいと》が先生《せんせい》としゃべっている声《こえ》が聞《き》こえた。ぼくとハマモトさんはカーテンの向《む》こう側《がわ》の声《こえ》に耳《みみ》を澄《す》ました。やがてカーテンの隙間《すきま》からウチダ君《くん》が顔《かお》を出《だ》した。「どこかに行《い》くなら、ぼくもいっしょに行《い》くよ」と彼《かれ》は言《い》った。

ぼくらは保健室《ほけんしつ》の先生《せんせい》がトイレに行《い》っている間《あいだ》に、保健室《ほけんしつ》をぬけだした。がらんとした廊下《ろうか》を少《すこ》し走《はし》れば、すぐに下《げ》駄箱《たばこ》がある。ぼくらはクツを履《は》き、クツ箱《ばこ》に隠《かく》れながら校門《こうもん》の方《ほう》をうかがった。

ガラス戸《ど》の外《そと》には先生《せんせい》たちがうろうろしているのが見《み》えた。また、校門《こうもん》からは避難《ひなん》してきた街《まち》の人《ひと》たちが入《はい》ってくるのが見《み》えた。みんな体育館《たいいくかん》の方《ほう》へ行《い》くようだ。みんな不安《ふあん》そうな顔《かお》をしていた。あの人《ひと》たちの中《なか》に、ぼくの母《はは》もいるかもしれなかった。ぼくらは先生《せんせい》たちのスキをついて校門《こうもん》から出《で》ようと思《おも》っていたのだけれど、こんなに人《ひと》がいるようでは、校門《こうもん》から外《そと》に出《で》ることはできない。

そこにスズキ君《くん》とコバヤシ君《くん》とナガサキ君《くん》が走《はし》ってきた。

「おまえら、何《なに》してんの？」とスズキ君《くん》が言《い》った。

「関係《かんけい》ない」とハマモトさんが言《い》った。「あなたたち、どうやってぬけだしてきたの？」

「学校《がっこう》から出《で》るんだったら手伝《てつだ》うぜ」とスズキ君《くん》が言《い》ったので、ぼくらはおどろいて彼《かれ》の顔《かお》を見《み》た。「事故《じこ》って、あの森《もり》のことに関係《かんけい》あるんだろ？」と彼《かれ》は言《い》った。

「スズキ君《くん》にも推理力《すいりりょく》というものがあるんだね」

「バカにするなよ」

「でも校門《こうもん》に人《ひと》がたくさんいるから出《で》られないの」

「ウサギ小屋《ごや》のほうに回《まわ》って、塀《へい》を越《こ》えればいいよ。でもこれで、ゆるしてくれる？」

「それはわからないわ」

ハマモトさんは言《い》った。

ぼくらはスズキ君《くん》に連《つ》れられて、中庭《なかにわ》を抜《ぬ》けた。校長先生《こうちょうせんせい》があわてたのか、ピンポンパンと校内放送《こうないほうそう》を知《し》らせる音《おと》だけが二回《かい》だけ鳴《な》って、あとは校内《こうない》はひっそりとしている。

スズキ君《くん》によると、彼《かれ》らはウサギ小屋《ごや》の裏《うら》にある塀《へい》から外《そと》へ何度《なんど》も出《で》ているそうだ。そこは土《つち》が盛《も》られたようになっていて、上手《じょうず》に跳《と》べば塀《へい》のてっぺんに手《て》が届《とど》くからだ。ふつうに校門《こうもん》から出《で》られるときに塀《へい》を越《こ》える必要《ひつよう》はないのだけれど、そういう知識《ちしき》も思《おも》いがけず役《やく》に立《た》つものなのだなあとぼくは感心《かんしん》した。

ぼくらはウサギ小屋《ごや》の裏《うら》にまわった。

スズキ君《くん》が最初《さいしょ》にのぼってお手本《てほん》を見《み》せてくれた。彼《かれ》は塀《へい》の上《うえ》にまたがって「急《いそ》げ」とささやいた。

ウチダ君《くん》は軽《かる》く助走《じょそう》をつけて塀《へい》に飛《と》びついてのぼった。

ハマモトさんは上手《じょうず》にのぼれなかった。「コバヤシ、土台《どだい》になれ」とスズキ君《くん》が言《い》うと、コバヤシ君《くん》はしぶしぶ地面《じめん》に四《よ》つん這《ば》いになった。ハマモトさんは「ごめんね」と言《い》ってコバヤシ君《くん》の上《うえ》に乗《の》った。それでも塀《へい》にやっと手《て》がかけられるだけで、体《からだ》を持《も》ち上《あ》げることができなかった。ぼくは彼女《かのじょ》のおしりを押《お》した。

「おしり！　おしりさわってる！」とハマモトさんがさけんだ。

「やむを得《え》ないよ」

「静《しず》かにしろよ、見《み》つかる！」

スズキ君《くん》の言《い》った通《とお》りだった。ハマモトさんがようやくのぼり切《き》ったあたりで、先生《せんせい》たちの声《こえ》が聞《き》こえた。スズキ君《くん》とウチダ君《くん》とハマモトさんは素早《すばや》く塀《へい》の向《む》こうに飛《と》び降《お》りる。ぼくはあわてて塀《へい》に飛《と》びついた。ぼくがつかまらずにすんだのは、コバヤシ君《くん》とナガサキ君《くん》が先生《せんせい》たちにむしゃぶりついて止《と》めてくれたからである。

塀《へい》の向《む》こうで先生《せんせい》たちが「こら！」と怒《おこ》っている声《こえ》が聞《き》こえた。「戻《もど》りなさい！」

ぼくらは住宅地《じゅうたくち》の狭《せま》い道《みち》を急《いそ》いで走《はし》っていった。

「けっきょくどうするわけ？」とあえぎながらスズキ君《くん》が言《い》った。彼《かれ》は少《すこ》し太《ふと》っているので、あまり走《はし》るのは得意《とくい》でない。

「歯科医院《しかいいん》のお姉《ねえ》さんに会《あ》うんだ」とぼくは言《い》った。

「お姉《ねえ》さんも避難《ひなん》してんじゃないか？」

「お姉《ねえ》さんはそういうことはしない」

もしお姉《ねえ》さんが自分自身《じぶんじしん》の正体《しょうたい》に気《き》づいているのだとしたら、きっと落《お》ち着《つ》いて座《すわ》っているだろうとぼくは考《かんが》えていた。

幸《さいわ》いなことに、ぼくらは避難《ひなん》してくる人《ひと》には行《い》き合《あ》わずに進《すす》むことができた。おじいちゃんが一人《ひとり》だけ歩《ある》いていたけれども、とくに問題《もんだい》はなかった。ぼくがおじいちゃんに「避難勧告《ひなんかんこく》が出《で》ているようですから、小学校《しょうがっこう》に行《い》ってください」と言《い》うと、おじいちゃんは「そうかいな」と頭《あたま》を下《さ》げた。「ありがとうな」

細《ほそ》い路地《ろじ》を用心深《ようじんぶか》く抜《ぬ》けて表通《おもてどお》りに顔《かお》を出《だ》すと、二車線《しゃせん》の道路《どうろ》には車《くるま》が一台《いちだい》も走《はし》っていなくてひっそりとしていた。まるでぼくらが小学校《しょうがっこう》にいる間《あいだ》に世界《せかい》が終《お》わってしまったようなのだ。

そして、見《み》たこともないほどたくさんの消防自動車《しょうぼうじどうしゃ》が通《とお》りに沿《そ》って一列《いちれつ》にならび、ぼくらの街《まち》を分断《ぶんだん》していた。こんなにたくさんの消防自動車《しょうぼうじどうしゃ》がどこから来《き》たのだろうか。ひっそりした住宅地《じゅうたくち》の道路《どうろ》に大《おお》きい消防《しょうぼう》自動車《じどうしゃ》や小《ちい》さい消防自動車《しょうぼうじどうしゃ》がまるで模型《もけい》みたいに行儀《ぎょうぎ》よくならび、真《ま》っ赤《か》に光《ひか》っている。紺色《こんいろ》の制服《せいふく》を着《き》たおじさんたちが消防自動車《しょうぼうじどうしゃ》のとなりに立《た》っていた。消防自動車《しょうぼうじどうしゃ》からはなれたところに救急車《きゅうきゅうしゃ》も二台《だい》とまっていて、パトカーも見《み》えた。あまりにも静《しず》かなので、何《なに》か危険《きけん》があるふうには見《み》えない。でも給水塔《きゅうすいとう》のある丘《おか》の森《もり》には銀色《ぎんいろ》に輝《かがや》く巨大《きょだい》なドームのようなものが生《う》まれていて、森《もり》からは何《なに》かがこすれるようなふしぎな音《おと》が遠《とお》く聞《き》こえてきた。

「すげえ」とスズキ君《くん》が言《い》った。

たしかにそれはわくわくする光景《こうけい》でもあったのだ。

「街《まち》が封鎖《ふうさ》されてるね」とぼくは言《い》った。「ここを抜《ぬ》けないと歯科医院《しかいいん》まで行《い》けない」

「そーっと行《い》きましょ」

そこに集《あつ》まっている人《ひと》たちはみんな給水塔《きゅうすいとう》のある丘《おか》の方角《ほうがく》に気《き》をとられていたので、ぼくらはまるでビー玉《だま》がカーペットの上《うえ》をころがるみたいに静《しず》かに、表通《おもてどお》りを渡《わた》った。そのまま文房具店《ぶんぼうぐてん》とクリーニング店《てん》の間《あいだ》にある路地《ろじ》をぬけて、住宅地《じゅうたくち》に入《はい》った。

あとは歯科医院《しかいいん》まで走《はし》って行《い》けばいいと思《おも》ったところで、ぼくらは見回《みまわ》りをしていたらしい制服《せいふく》を着《き》た消《しょう》防士《ぼうし》さんたち三人《にん》に見《み》つかってしまった。

「君《きみ》たち、何《なに》をしているの？」

一人《ひとり》が優《やさ》しい声《こえ》で言《い》った。「避難勧告《ひなんかんこく》が出《で》ているから……」

「よーい、ドン！」

スズキ君《くん》がさけんだ。

彼《かれ》の合図《あいず》をきっかけにして、ぼくらは一斉《いっせい》に走《はし》りだした。消防士《しょうぼうし》のおじさんたちは両手《りょうて》を広《ひろ》げて通《とお》せんぼうをしようとしたが、ぼくらはばらばらに走《はし》りだしたので、全員《ぜんいん》をつかまえるのは無理《むり》だった。ウチダ君《くん》とハマモトさんがつかまるのを横目《よこめ》に、ぼくは消防士《しょうぼうし》さんの間《あいだ》をすり抜《ぬ》けた。

ぼくの目《め》の前《まえ》をスズキ君《くん》が走《はし》っている。

「ハマモトさんたちがつかまった！」とぼくがさけぶと、スズキ君《くん》は走《はし》りながら振《ふ》り向《む》いた。そのときぼくは肩《かた》を後《うし》ろからつかまれた。「こら！」という怒《おこ》った声《こえ》がした。

そのときスズキ君《くん》が猛然《もうぜん》と引《ひ》き返《かえ》してきて、ぼくを

つかまえているおじさんの腰《こし》にしがみついた。

おかげでぼくはおじさんの手《て》を逃《のが》れることができた。

「走《はし》れ！　走《はし》れ！」

スズキ君《くん》の声《こえ》を背中《せなか》に聞《き》きながら、ぼくはこれまでの人生《じんせい》で走《はし》ったことがないぐらいの速度《そくど》で走《はし》った。あまりにも速《はや》かったので、その速度《そくど》を記録《きろく》に残《のこ》しておけなかったことを残念《ざんねん》に思《おも》う。

そうしてぼくはだれも歩《ある》いていない並木道《なみきみち》を走《はし》っていった。

「海辺《うみべ》のカフェ」の前《まえ》を通《とお》りかかったとき、ぼくはお姉《ねえ》さんが窓辺《まどべ》の席《せき》に腰《こし》かけているのを見《み》た。彼女《かのじょ》はテーブルに肘《ひじ》をついて、うつらうつらしていた。「海辺《うみべ》のカフェ」は明《あ》かりが消《き》えて、お客《きゃく》は一人《ひとり》もいない。ヤマグチさんの姿《すがた》もなかった。みんな避難《ひなん》してしまったのだろう。

ぼくがカフェの中《なか》に入《はい》って向《む》かいに腰《こし》かけると、彼女《かのじょ》はパチンと目《め》を開《あ》けた。ぼくがそこにいることなんて当然《とうぜん》だというみたいに落《お》ち着《つ》いていた。ぼくはお姉《ねえ》さんに会《あ》えてうれしく思《おも》った。

「こんにちは」とぼくは言《い》った。

「こんにちは」

お姉《ねえ》さんはあくびをした。「元気《げんき》になった？」

「元気《げんき》になりました。ぼくは、お姉《ねえ》さんは歯科医院《しかいいん》にいると思《おも》っていました」

「避難勧告《ひなんかんこく》が出《で》たでしょう？　今日《きょう》は歯科医院《しかいいん》はおやすみよ。でも避難《ひなん》するなんてバカらしいし、もしかしたら君《きみ》が来《く》るかもしれないと思《おも》って、ここで待《ま》ってた」

「ぼくが来《く》るとわかってたんですか？」

「君《きみ》の考《かんが》えることなんか、ぜんぶわかるさ」

そのときお姉《ねえ》さんが窓《まど》の外《そと》を見《み》て、「アッ」と言《い》った。消防士《しょうぼうし》のおじさんたちが追《お》いかけてきたらしい。

ぼくとお姉《ねえ》さんは消防士《しょうぼうし》のおじさんたちが通《とお》りすぎるまでかくれていた。

テーブルの下《した》で、お姉《ねえ》さんはぼくの額《ひたい》に自分《じぶん》の額《ひたい》をくっつけるようにして笑《わら》った。

「それで少年《しょうねん》、謎《なぞ》は解《と》けたわけね？」

ぼくはうなずいた。

ぼくはテーブルの下《した》で方眼《ほうがん》ノートを見返《みかえ》して、その仮説《かせつ》を整理《せいり》した。

「お姉《ねえ》さんは人間《にんげん》ではない」とぼくは言《い》った。

「うん、私《わたし》は人間《にんげん》ではない」

「お姉《ねえ》さんにそのことを教《おし》えてもらって、ぼくはアオヤマ仮説《かせつ》を立《た》てました。お姉《ねえ》さんが人間《にんげん》でなくてペンギンに近《ちか》い存在《そんざい》だとすると、お姉《ねえ》さんの『ごはんを食《た》べない実験《じっけん》』も理解《りかい》できるし、お姉《ねえ》さんが電車《でんしゃ》に乗《の》るとペンギンと同《おな》じように体調《たいちょう》をくずしてしまったことも説明《せつめい》できる。お姉《ねえ》さんはペンギン・エネルギーで生《い》きている」

「ペンギン・エネルギーはどこから来《き》てるの？」

「ぼくはお姉《ねえ》さんの体調《たいちょう》と〈海《うみ》〉について、グラフを比較《ひかく》したことがあります。お姉《ねえ》さんの体調《たいちょう》は、〈海《うみ》〉の直径《ちょっけい》と連動《れんどう》していました。〈海《うみ》〉が大《おお》きくなり始《はじ》めると、お姉《ねえ》さんは元気《げんき》になってくる。逆《ぎゃく》に〈海《うみ》〉が小《ちい》さくなってくると、お姉《ねえ》さんの元気《げんき》はなくなるのです。お姉《ねえ》さんもペンギンたちも、〈海《うみ》〉から目《め》に見えないかたちで放射《ほうしゃ》されるエネルギーで生《い》きている。〈海《うみ》〉が大《おお》きくなれば、エネルギーの量《りょう》も大《おお》きくなるから、お姉《ねえ》さんは元気《げんき》になる。そうすると、お姉《ねえ》さんやペンギンが電車《でんしゃ》に乗《の》ったときに苦《くる》しくなってしまった理由《りゆう》が説明《せつめい》できる。なぜなら、電車《でんしゃ》にのって一定以上《いっていいじょう》の距離《きょり》をはなれると、〈海《うみ》〉からのエネルギーが届《とど》かなくなるからです」

「いや、それはおかしいぞ」

お姉《ねえ》さんは手《て》を挙《あ》げた。「ペンギンは〈海《うみ》〉をこわすんでしょう？　行動《こうどう》が矛盾《むじゅん》してない？」

「たしかにペンギンは〈海《うみ》〉をこわして小《ちい》さくしてしまいます。だからお姉《ねえ》さんがペンギンを作《つく》るほど、〈海《うみ》〉はこわれて縮小《しゅくしょう》し、放射《ほうしゃ》されるペンギン・エネルギーは少《すく》なくなり、お姉《ねえ》さんは元気《げんき》がなくなってしまうんです。そのかわり、ペンギンたちにはジャバウォックという天敵《てんてき》がいます。ジャバウォックたちがペンギンを食《た》べれば、ペンギンの数《かず》は少《すく》なくなり、〈海《うみ》〉はふたたび拡大《かくだい》を始《はじ》める。そしてお姉《ねえ》さんは元気《げんき》になる」

「食物連鎖《しょくもつれんさ》みたいだね」

「これをぼくはペンギン・システムと名付《なづ》けました。ペンギンたちとジャバウォックは対立《たいりつ》していて、〈海《うみ》〉はその間《あいだ》でバランスをとっているみたいに見《み》える。じゃあ、〈海《うみ》〉というのは何《なん》なのだろうか、ということをぼくはずっと考《かんが》えてきた。ぼくらはこれまで〈海《うみ》〉のふしぎな性質《せいしつ》をいくつも発見《はっけん》しました。特定《とくてい》の光《ひかり》だけを曲《ま》げたり、時間旅行《じかんりょこう》を実現《じつげん》したり、空《そら》に浮《う》かんでいる雲《くも》のかたちを変《か》えたりする。ぼくらはプロジェクト・アマゾンで川《かわ》を探検《たんけん》していたけれど、その川《かわ》は〈海《うみ》〉の浮《う》かぶ草原《そうげん》を通《とお》って、同《おな》じところを永遠《えいえん》に流《なが》れる川《かわ》でした。そんなことは物理的《ぶつりてき》にあり得《え》ないことだけれども、〈海《うみ》〉がそれを可能《かのう》にしてしまうんです」

「物理的《ぶつりてき》にあり得《え》ないなら、あり得《え》ないでしょう」

「ぼくらの世界《せかい》ではあり得《え》ない。だからぼくはずっと〈海《うみ》〉というのは信《しん》じられないぐらいヘンテコなものだと思《おも》っていました。でも、そもそも〈海《うみ》〉というものは、ぼくらの世界《せかい》に存在《そんざい》してはいけないものなんだというふうに考《かんが》えてみた。ぼくらは〈海《うみ》〉をずっと物体《ぶったい》だと思《おも》っていました。でも〈海《うみ》〉は穴《あな》だったとしたら？　ぼくらの世界《せかい》のやぶけたところ、神様《かみさま》が作《つく》るのに失敗《しっぱい》したところ、その穴《あな》がぼくらには〈海《うみ》〉のように見《み》えるのだったとしたら？」

「ちょっとむずかしいぞ」

「ペンギンたちが〈海《うみ》〉をこわすという表現《ひょうげん》は正確《せいかく》ではないんです。〈海《うみ》〉のほうがこわれている。ペンギンたちはそれを修理《しゅうり》している。ペンギンたちの行動《こうどう》が矛盾《むじゅん》しているように思《おも》えるのは、彼《かれ》らが〈海《うみ》〉というこわれた箇所《かしょ》を修理《しゅうり》するために存在《そんざい》しているということが、ぼくらにはわからないからです」

お姉《ねえ》さんは手《て》を挙《あ》げて、しばらく考《かんが》えていた。

「それじゃ、私《わたし》がペンギンたちを作《つく》るのは、世界《せかい》の穴《あな》をふさぐため？」と言《い》った。

「ぼくはそう考《かんが》えます」

「私《わたし》は最近《さいきん》、ペンギンを作《つく》っていないよ」

「お姉《ねえ》さんは夜《よる》になるとジャバウォックを作《つく》る。森《もり》にはたくさんのジャバウォックがいました。スズキ君《くん》がつかまえて、大騒《おおさわ》ぎになったのもジャバウォックです。ぼくがお姉《ねえ》さんにアドバイスしたんです。ペンギン以外《いがい》のものを作《つく》ってみたほうが元気《げんき》になるって。つまりお姉《ねえ》さんがペンギン以外《いがい》のものを作《つく》ると、それはジャバウォックになり、ペンギンたちを食《た》べてしまう。〈海《うみ》〉は大《おお》きくなり、お姉《ねえ》さんは元気《げんき》になる。だからお姉《ねえ》さんは苦《くる》しさから逃《のが》れるために、ジャバウォックたちを作《つく》った。そのかわり、ぼくらの世界《せかい》のこわれた部分《ぶぶん》は大《おお》きくなっていく。ちょうど今《いま》みたいに」

ぼくとお姉《ねえ》さんは窓《まど》の外《そと》を見《み》た。

ジャバウォックの森《もり》のある方角《ほうがく》で、空《そら》に浮《う》かぶ雲《くも》がロウトのようなかたちになっているのが見《み》える。森《もり》の中《なか》から〈海《うみ》〉が盛《も》り上《あ》がっているのが見《み》えていた。〈海《うみ》〉は森《もり》を飲《の》みこんでいく。

「すごいね。よく考《かんが》えた」

お姉《ねえ》さんはそう言《い》った。

彼女《かのじょ》は両手《りょうて》を腰《こし》に当《あ》てて、窓《まど》の外《そと》を眺《なが》めていた。その顔《かお》はつやつやしていた。ぼくは仮説《かせつ》を立《た》てたけれども、お姉《ねえ》さんが人間《にんげん》ではないなんて本当《ほんとう》には信《しん》じられなかった。仮説《かせつ》を立《た》てるということは、信《しん》じるということとはちがうのだった。

お姉《ねえ》さんは窓《まど》の外《そと》を見《み》たまま、「行《い》こうか、少年《しょうねん》」と言《い》った。

ぼくとお姉《ねえ》さんは「海辺《うみべ》のカフェ」を出《で》て、ひっそりとした住宅地《じゅうたくち》をぬけていった。一度《いちど》、監視《かんし》している車《くるま》に見《み》つかって拡声器《かくせいき》で呼《よ》ばれたけれど、あとは上手《じょうず》に隠《かく》れて進《すす》んだ。夏《なつ》まつりをやった公園《こうえん》から森《もり》のほうを見《み》ると、巨大《きょだい》なドームのような〈海《うみ》〉がのぞき、本物《ほんもの》の海《うみ》のようにうねりながら光《ひか》っていた。

「森《もり》がほとんど飲《の》みこまれてるね」

お姉《ねえ》さんが言《い》った。

「調査隊《ちょうさたい》はあの〈海《うみ》〉の中《なか》にいるはずです」

「〈海《うみ》〉に入《はい》ったらどうなるかね」

「わかりません。探査船《たんさせん》は帰《かえ》ってきませんでした」

「ペンギンたちがいれば大丈夫《だいじょうぶ》かな？」

住宅地《じゅうたくち》をぬけていく間《あいだ》に、お姉《ねえ》さんが通《とお》るそばから次々《つぎつぎ》にペンギンが生《う》まれた。アスファルトが焼《や》いたモチのようにふくらんでペンギンが生《う》まれ、街灯《がいとう》の電球《でんきゅう》がペンギンになって降《ふ》ってきた。自動販売機《じどうはんばいき》からペンギンが現《あらわ》れ、空《あ》き地《ち》にころがっていたジュースの空《あ》き缶《かん》やバイクの残骸《ざんがい》まで、あらゆるものがペンギンになってしまう。そしてお姉《ねえ》さんが口笛《くちぶえ》を吹《ふ》きながら手《て》を挙《あ》げると、生《う》まれたばかりのペンギンたちは英国紳士《えいこくしんし》みたいに背筋《せすじ》をのばして、押《お》し合《あ》いへし合《あ》いしながら追《お》いかけてくる。

市営《しえい》グラウンドの駐車場《ちゅうしゃじょう》までたどりついたとき、ぼくらの背後《はいご》にはペンギンたちの大群《たいぐん》が続《つづ》いていた。お姉《ねえ》さんが駐車場《ちゅうしゃじょう》の手前《てまえ》で立《た》ち止《ど》まると、おたがいにぶつかりあいながら停止《ていし》した。

お姉《ねえ》さんは駐車場《ちゅうしゃじょう》をのぞきこんだ。

「だれもいないね」

「みんな逃《に》げてしまったんだと思《おも》います」

森《もり》が鳴《な》るすごい音《おと》が響《ひび》いていた。木《き》の幹《みき》がさけるような音《おと》と、たくさんの葉《は》がざわめく音《おと》だ。

市営《しえい》グラウンドの裏《うら》に迫《せま》っている森《もり》の木立《こだち》の向《む》こうに、ふくれあがった〈海《うみ》〉が迫《せま》っていた。森《もり》から聞《き》こえてくるのは、〈海《うみ》〉にふれている木々《きぎ》がゆれる音《おと》らしい。ぼくは目《め》を細《ほそ》めて観察《かんさつ》してみたけれど、〈海《うみ》〉の内部《ないぶ》がどうなっているのか、よくわからない。森《もり》の奥《おく》が明《あか》るい海《うみ》の色《いろ》に輝《かがや》いて見《み》えるだけだ。

調査隊《ちょうさたい》の基地《きち》はすでに無人《むじん》になっていた。ならんでいるテントはそのままで、機材《きざい》も置《お》き去《ざ》りになっている。調査隊《ちょうさたい》にどんなことが起《お》こったのかよくわからないけれど、ともかくハマモト先生《せんせい》たちの事故《じこ》が起《お》こって、みんなあわてて退却《たいきゃく》したのだろう。

お姉《ねえ》さんとぼくとペンギンたちは駐車場《ちゅうしゃじょう》に入《はい》っていった。

駐車場《ちゅうしゃじょう》におかれているあらゆる機材《きざい》が一斉《いっせい》にふくらんではじけ、それらはすべてペンギンになり、四方八方《しほうはっ》へよちよち歩《ある》きだした。その現象《げんしょう》はお姉《ねえ》さんが駐車場《ちゅうしゃじょう》を横切《よこぎ》っていく間《あいだ》ずっと続《つづ》いて、そこに住宅地《じゅうたくち》から流《なが》れこんできたペンギンたちも加《くわ》わったから、駐車場《ちゅうしゃじょう》はまるで越冬《えっとう》するペンギンたちで埋《う》め尽《つ》くされた南極《なんきょく》の海岸《かいがん》みたいな風景《ふうけい》になった。お姉《ねえ》さんが口笛《くちぶえ》を吹《ふ》くと、ペンギンたちは森《もり》に向《む》かって動《うご》きだす。

「お姉《ねえ》さんはペンギン・サーカス団《だん》の団長《だんちょう》になれます」

「それはすてきだな。そうすればよかった」

調査隊《ちょうさたい》の基地《きち》をぬけた先《さき》には、森《もり》と駐車場《ちゅうしゃじょう》をへだてる高《たか》いフェンスが続《つづ》いていた。調査隊《ちょうさたい》はそのフェンスの端《はし》にあるカギのついた扉《とびら》から出入《でい》りしていたようだったけれども、ぼくらにそんな必要《ひつよう》はなかった。

森《もり》を目指《めざ》すペンギンたちがフェンスに激突《げきとつ》して、ぐいぐいと押《お》し始《はじ》めた。お姉《ねえ》さんがフェンスを乗《の》り越《こ》えていくので、ぼくもいっしょに乗《の》り越《こ》える。フェンスをまたいだかっこうで駐車場《ちゅうしゃじょう》をふりかえったお姉《ねえ》さんは「うひゃ！」とさけんだ。

「ペンギンたちが押《お》し寄《よ》せてくるぞ！」

ぼくらがフェンスの向《む》こうに飛《と》び降《お》りて木立《こだち》の奥《おく》へ足《あし》を踏《ふ》み入《い》れると、背後《はいご》でフェンスを押《お》し倒《たお》すものすごい音《おと》がして、ペンギンたちがキウキウ言《い》いながらなだれこんできた。ぼくとお姉《ねえ》さんはその勢《いきお》いにおされるようにして、木立《こだち》の奥《おく》へ奥《おく》へと進《すす》んでいくしかなかった。

「たいへんだ、少年《しょうねん》！〈海《うみ》〉はもう、そこだ！」

お姉《ねえ》さんがさけんだときには、ぼくらのすぐ目《め》の前《まえ》に〈海《うみ》〉が迫《せま》っていた。森《もり》と〈海《うみ》〉の境界《きょうかい》は青緑色《あおみどりいろ》に輝《かがや》きながら渦巻《うずま》く水《みず》の壁《かべ》だった。向《む》こう側《がわ》からはほんのり明《あ》かりがもれていて、森《もり》の中《なか》を明《あか》るくしている。水《みず》の壁《かべ》からドッジボールぐらいの大《おお》きさの水《みず》の球《たま》が噴《ふ》き出《だ》してきて木立《こだち》の間《あいだ》をころがると、すぐにペンギンたちがむらがって、それらを分解《ぶんかい》してしまった。

木立《こだち》の隙間《すきま》から、何頭《なんとう》ものジャバウォックたちが出《で》てくるのが見《み》えた。彼《かれ》らのシロナガスクジラみたいな顔《かお》はのっぺりしていて、ものすごい数《かず》のペンギンたちを見《み》ても、ちっともびっくりしたふうには見《み》えない。

彼《かれ》らは大《おお》きな口《くち》を開《あ》けてペンギンたちを呑《の》みこんでいくけれど、あまりにもペンギンの数《かず》が多《おお》くて、とても間《ま》に合《あ》わなかった。あっという間《ま》にジャバウォックたちも黒《くろ》い津波《つなみ》みたいなペンギンたちの群《む》れに押《お》し流《なが》されてしまった。

先《さき》を行《い》くペンギンたちが、一羽《いちわ》、また一羽《いちわ》と、水《みず》の壁《かべ》に飛《と》びこんだ。彼《かれ》らは飛《と》びこむなり、光《ひか》る水《みず》の中《なか》でラセンを描《えが》くようにくるりと回転《かいてん》して、そのままロケットのように空《そら》に向《む》かって飛《と》んでいき、見《み》えなくなった。

ペンギンたちと〈海《うみ》〉にはさまれて、ぼくとお姉《ねえ》さんは逃《に》げ場《ば》がなくなった。

お姉《ねえ》さんがふいにぼくを引《ひ》き寄《よ》せて、抱《だ》きしめた。次《つぎ》の瞬間《しゅんかん》にはペンギンたちの大群《たいぐん》がぼくらを押《お》し上《あ》げるようにして〈海《うみ》〉になだれこんだ。

〈海《うみ》〉の内部空間《ないぶくうかん》はふしぎなやわらかい光《ひかり》に満《み》ちていた。カンブリア紀《き》の海《うみ》の浅瀬《あさせ》は、こんなふうに明《あか》るいだろうとぼくは思《おも》った。ギュッと目《め》をつぶったお姉《ねえ》さんの顔《かお》が、ぼくの顔《かお》にくっついている。お姉《ねえ》さんの顔《かお》は冷《つめ》たいようであたたかい。ぼくらといっしょに〈海《うみ》〉に飲《の》みこまれた何《なん》十羽《わ》ものペンギンたちが、まるで宇宙《うちゅう》ロケットのように白《しろ》い泡《あわ》の尾《お》をひいて、たがいに交差《こうさ》しながら、空《そら》へのぼっていくのが見《み》えた。

気《き》がつくと、ぼくとお姉《ねえ》さんはゆらゆらと水面《すいめん》をただよいながら、青《あお》い空《そら》を眺《なが》めていた。

飛行機雲《ひこうきぐも》が一本《いっぽん》、空《そら》を横切《よこぎ》っている。

お姉《ねえ》さんが起《お》き上《あ》がって、「ここが〈海《うみ》〉の中《なか》？」とつぶやいた。ぼくも起《お》き上《あ》がってあたりを見回《みまわ》した。あたりには見渡《みわた》すかぎり明《あか》るい海《うみ》が広《ひろ》がっている。下《した》を見《み》ると、ぼくらはペンギンたちが作《つく》る巨大《きょだい》な黒《くろ》いビート板《ばん》みたいなものに乗《の》っていることがわかった。ときどき大《おお》きな波《なみ》のうねりがやってきて、ぼくらはペンギンたちといっしょにふわりとそのうねりを乗《の》り越《こ》える。我《われ》らがペンギン号《ごう》はたいへんすばらしい船《ふね》だった。

水平線上《すいへいせんじょう》にはまるで夏《なつ》のような入道雲《にゅうどうぐも》がそびえていたけれども、その雲《くも》はフィルムを早回《はやまわ》しにしたように、次々《つぎつぎ》とかたちを変《か》えていく。だれかが綿菓子《わたがし》のかたちを変《か》えて遊《あそ》んでいるようである。かと思《おも》えば、反対《はんたい》の方角《ほうがく》を見《み》ると水平線《すいへいせん》の上《うえ》だけが夜《よる》のように暗《くら》くて、紫色《むらさきいろ》の稲妻《いなずま》が走《はし》っていた。

「どうやら我々《われわれ》は生《い》きているようです」

「調査隊《ちょうさたい》はどこにいるんだろうね？」

お姉《ねえ》さんはつぶやいた。「ペンギンたちよ、連《つ》れて行《い》っておくれ」

ぼくらはゆっくりと海《うみ》を進《すす》んでいく。

そのふしぎな海《うみ》には、いろいろな島《しま》が散《ち》らばっていた。まるで地球《ちきゅう》がみんな水浸《みずびた》しになって、ほんのわずかに残《のこ》ったものだけが浮《う》かんでいるような印象《いんしょう》だった。

ぼくらが最初《さいしょ》に近《ちか》づいたのは、大《おお》きなショッピングセンターだった。半分以上《はんぶんいじょう》が水《みず》にしずんでいた。すっかりシダ植物《しょくぶつ》におおわれて廃墟《はいきょ》のようになっているけれども、それはぼくらの街《まち》にあるショッピングセンターだ。ショッピングセンターにはだれも人間《にんげん》はいなくて、まるで難破《なんぱ》した船《ふね》のようでもある。屋上《おくじょう》には大《おお》きな鳥《とり》の大群《たいぐん》がとまっていて、海《うみ》の上《うえ》を通《とお》りすぎていくぼくらをじっと見張《みは》っていた。

「いかにも世界《せかい》の果《は》てみたいなところだね」とお姉《ねえ》さんは言《い》った。

「ぼくは世界《せかい》の果《は》てに初《はじ》めて足《あし》を踏《ふ》み入《い》れたのかもしれない。人類代表《じんるいだいひょう》ということになります」

「ちっちゃな代表《だいひょう》だな」

「この一歩《いっぽ》は小《ちい》さな一歩《いっぽ》ですが、人類《じんるい》にとっては大《おお》きな一歩《いっぽ》であります」

ショッピングセンターには上陸《じょうりく》するところがなかったので、ぼくらはさらに進《すす》んでいった。

ぼくらは高圧鉄塔《こうあつてっとう》がいくつも海面《かいめん》に突《つ》きだしているところを通《とお》り、サバンナみたいな草原《そうげん》におおわれている島《しま》の上《うえ》をシマウマたちが走《はし》っているのも見《み》た。はるか彼方《かなた》の水平線上《すいへいせんじょう》に、天《てん》までのびた一本《いっぽん》の線《せん》が見《み》えていて、ぼくはそれが宇宙《うちゅう》エレベーターではないかと考《かんが》えたりした。

「あそこ、見《み》てごらん」

お姉《ねえ》さんが立《た》ち上《あ》がって指《ゆび》さした。

その島《しま》には家《いえ》がいくつか建《た》っていた。ぼくらの住宅地《じゅうたくち》にあるような小《ちい》さなかわいい家《いえ》である。その島《しま》はコンクリートで方眼《ほうがん》に区切《くぎ》られていて、そのうちの二つだけに家《いえ》が建《た》っていた。ぼくとお姉《ねえ》さんは上陸《じょうりく》して、しばらく島《しま》を歩《ある》きまわってみた。大半《たいはん》は草《くさ》の生《は》えた空《あ》き地《ち》だった。自動販売機《じどうはんばいき》がぽつんと一つだけ置《お》いてある。歩《ある》きまわっているうちに、ぼくの家族《かぞく》がぼくらの街《まち》に引《ひ》っ越《こ》してきたばかりの頃《ころ》のことを思《おも》いだした。まるでそのときのぼくらの街《まち》のミニチュアが作《つく》られているようだったのだ。

「へんな島《しま》ですね」とぼくは言《い》った。

お姉《ねえ》さんは自動販売機《じどうはんばいき》にもたれて空《そら》を見《み》ながら、「謎《なぞ》だな」と言《い》った。

その島《しま》からあまり遠《とお》くないところに、もっと大《おお》きな島《しま》か、大陸《たいりく》があった。ぼくらが上陸《じょうりく》するよりも前《まえ》に、たくさんのペンギンたちがその砂浜《すなはま》に集《あつ》まっているのが見《み》えた。打《う》ち寄《よ》せる波打《なみう》ち際《ぎわ》でぽかんとしているペンギンもいれば、よちよちと砂浜《すなはま》を歩《ある》いていくペンギンもある。

ぼくとお姉《ねえ》さんが砂浜《すなはま》に上陸《じょうりく》してみると、ペンギンたちの行列《ぎょうれつ》が砂浜《すなはま》をずっと続《つづ》いていた。そのペンギン・ハイウェイの先《さき》には砂浜《すなはま》から唐突《とうとつ》に街《まち》が始《はじ》まっていた。坂道《さかみち》のような急斜面《きゅうしゃめん》に作《つく》られた街《まち》だ。

「あそこに海辺《うみべ》の街《まち》がある」

お姉《ねえ》さんが言《い》った。「あれだよ」

ぼくらはペンギン・ハイウェイをたどるようにして、砂浜《すなはま》を歩《ある》いていく。波《なみ》の音《おと》がしていた。歩《ある》きながらお姉《ねえ》さんが海《うみ》の向《む》こうを指《ゆび》さした。「見《み》てごらん」

海《うみ》の向《む》こうでふしぎな現象《げんしょう》が起《お》こっていた。

海《うみ》のその一角《いっかく》だけがはげしく泡立《あわだ》っていた。風船《ふうせん》のような丸《まる》いものが海面《かいめん》に浮《う》かび上《あ》がってきては、はじけたり融合《ゆうごう》したりしている。ぼくらの立《た》っている砂浜《すなはま》から風船《ふうせん》ぐらいに見《み》えるのだから、本当《ほんとう》はお姉《ねえ》さんよりも大《おお》きい泡《あわ》にちがいない。やがて泡《あわ》の隙間《すきま》から、シロナガスクジラの頭《あたま》が現《あらわ》れた。海面下《かいめんか》から浮《う》かび上《あ》がってきたのではない。海《うみ》の表面《ひょうめん》でシロナガスクジラが作《つく》られていくのだ。体《からだ》は海水《かいすい》でできているから、空《そら》の青《あお》が透《す》けて見《み》えている。巨大《きょだい》な透明《とうめい》のクジラが体《からだ》をひねるようにして海面《かいめん》から宙《ちゅう》に跳《と》ぶ。ふたたび海《うみ》にもぐる。それを繰《く》り返《かえ》しているうちに、だんだんクジラの体《からだ》がくずれていって、首《くび》が細長《ほそなが》くなってきた。首長竜《くびながりゅう》みたいだなあと思《おも》って見《み》ていると、今度《こんど》は大《おお》きな翼《つばさ》が生《は》えてきて、首《くび》と頭《あたま》は溶《と》けるように小《ちい》さくなったりする。あるいは体《からだ》から一角獣《いっかくじゅう》の角《つの》みたいなものがたくさん突《つ》きだしたり、ゾウのように長《なが》い鼻《はな》が波間《なみま》に見《み》え隠《かく》れしたりする。

その壮大《そうだい》な現象《げんしょう》はいつまでも続《つづ》いた。

繰《く》り返《かえ》し、繰《く》り返《かえ》し、いろいろなものを作《つく》って、気《き》に入《い》るかたちを探《さが》しているみたいである。そして気《き》に入《い》らなければあっけなくこわしてしまう。ぼくらの目《め》には見《み》えない大《おお》きな子《こ》どもが、レゴブロックで遊《あそ》んでいるようだ。どんどん変《か》わっていくかたちをいつまでも見《み》つめてしまうほど面白《おもしろ》かった。

「神様《かみさま》が実験《じっけん》してるみたいだな」

お姉《ねえ》さんはそんなことを言《い》った。

やがて砂浜《すなはま》が尽《つ》きるところに来《き》て、そこから先《さき》は海辺《うみべ》の街《まち》だった。海《うみ》から山《やま》に向《む》かう斜面《しゃめん》にたくさんの外《がい》国風《こくふう》の家《いえ》がならんでいて、まるで迷路《めいろ》みたいな坂道《さかみち》がたくさん走《はし》っていた。住《す》んでいる人《ひと》の気配《けはい》はなかった。細《ほそ》い路地《ろじ》にペンギンたちが行儀《ぎょうぎ》よくならんでいるだけだった。建物《たてもの》のトンネルになったようなところや、街《がい》路樹《ろじゅ》のとなりにベンチが置《お》かれている路地《ろじ》をぼくらは歩《ある》いていった。高台《たかだい》の上《うえ》のほうにある白《しろ》い壁《かべ》の家《いえ》の窓《まど》が開《ひら》いて、カーテンがゆれているのが見《み》えた。今《いま》にもだれかが窓《まど》から身《み》をのりだして、海《うみ》に向《む》かって両手《りょうて》を広《ひろ》げそうだった。

「もし私《わたし》が人間《にんげん》でないとして、海辺《うみべ》の街《まち》の記憶《きおく》はなんだろう？」

お姉《ねえ》さんは路地《ろじ》を歩《ある》きながら言《い》った。「私《わたし》だってお父《とう》さんやお母《かあ》さんのことを憶《おぼ》えているし、自分《じぶん》が今《いま》まで生《い》きてきた思《おも》い出《で》があるよ。それもぜんぶ作《つく》りもの？」

「ぼくにはわかりません」

「でも、とりあえず我々《われわれ》は海辺《うみべ》の街《まち》に来《き》ているね」

ぼくらはゆっくり坂道《さかみち》をのぼっていく。ふりかえると、ぼくらのあとを追《お》いかけるようにして、ペンギンたちが路地《ろじ》をいっぱいに埋《う》め尽《つ》くすようにして、いっしょうけんめいのぼってきていた。

「ペンギンたちは〈海《うみ》〉をこわすのを待《ま》ってくれているんでしょうか？」

「ねえ、もし、この〈海《うみ》〉が消《き》えて、世界《せかい》が完全《かんぜん》に修理《しゅうり》されたら、私《わたし》はどうなるんだろう」

「ぼくにはわかりません」

「……本当《ほんとう》はわかってるんでしょ？」

「ぼくの仮説《かせつ》が正《ただ》しければ、ペンギンたちは消《き》えるでしょう」

「私《わたし》は？」

ぼくは言葉《ことば》につまってしまった。

「それが君《きみ》の答《こた》えか、少年《しょうねん》？」とお姉《ねえ》さんは優《やさ》しい声《こえ》で言《い》った。

「これはまだぼくの仮説《かせつ》です」

「君《きみ》が間違《まちが》っている可能性《かのうせい》もあるわけか」

「おおいにあります」

ぼくらの行《ゆ》く手《て》にある高台《たかだい》で黒《くろ》い煙《けむり》が上《あ》がっているのが見《み》えた。

ぼくらが坂道《さかみち》を上《あ》がっていくと、階段《かいだん》の途中《とちゅう》に、大学生《だいがくせい》ぐらいのお兄《にい》さんが座《すわ》っていた。調査隊《ちょうさたい》の基地《きち》で叱《しか》られてウチダ君《くん》が泣《な》いているときに、ハンカチをくれた人《ひと》だった。彼《かれ》は坂道《さかみち》をのぼってくるお姉《ねえ》さんとぼくの姿《すがた》を見《み》て、しばらくは口《くち》がきけないぐらい驚《おどろ》いていたようだった。そして彼《かれ》はふりかえり、「先生《せんせい》！先生《せんせい》！」とさけんだ。

教会《きょうかい》の前《まえ》は小《ちい》さな石畳《いしだたみ》の広場《ひろば》のようになっていて、〈海《うみ》〉に飲《の》みこまれた調査隊《ちょうさたい》はみんなそこに集《あつ》まっていた。帰《かえ》る方法《ほうほう》が分《わ》からないから、無人島《むじんとう》に流《なが》れ着《つ》いたロビンソン・クルーソーみたいに、そこでたき火《び》をしていたのだ。やがてハマモト先生《せんせい》が走《はし》ってきて、しばらく黙《だま》ってぼくを見《み》つめていた。先生《せんせい》は本当《ほんとう》に困《こま》った顔《かお》をしていて、ひげもじゃの大《おお》きな小学生《しょうがくせい》みたいだった。

「アオヤマ君《くん》」とハマモト先生《せんせい》が言《い》った。「君《きみ》はどうしてここにいる?」

ぼくはおじぎをして、「我々《われわれ》はみなさんを救助《きゅうじょ》するためにやってきました」と言《い》った。

ペンギンたちはぼくたちの背後《はいご》から次々《つぎつぎ》に押《お》し寄《よ》せてきていて、狭《せま》い斜面《しゃめん》のあらゆるところに入《はい》りこんだ。そして自分《じぶん》のいるべき場所《ばしょ》を見《み》つけると、そこで直立不動《ちょくりつふどう》になって空《そら》を見上《みあ》げた。

「そろそろ帰《かえ》るときかな?」

お姉《ねえ》さんが言《い》って、ペンギンのように空《そら》を見上《みあ》げた。

「〈海《うみ》〉を少《すこ》しだけ残《のこ》すことはできますか?」

「なぜ?」

「少《すこ》しだけ残《のこ》っていれば、ペンギン・エネルギーが残《のこ》る。お姉《ねえ》さんは元気《げんき》でいられます」

「そんなにうまくいくかな」

お姉《ねえ》さんは高台《たかだい》の路地《ろじ》にある塀《へい》の上《うえ》に飛《と》び乗《の》って、海辺《うみべ》の街《まち》を見下《みお》ろした。海辺《うみべ》の街《まち》は集《あつ》まってきたペンギンたちに埋《う》め尽《つ》くされていた。すべてのペンギンは息《いき》をのんでお姉《ねえ》さんの合図《あいず》を待《ま》っているみたいだ。

「それではおうちに帰《かえ》りましょう」

お姉《ねえ》さんはそう言《い》って、カンブリア紀《き》みたいな青《あお》い空《そら》に手《て》を挙《あ》げた。

集《あつ》まっていたペンギンたちの間《あいだ》に波《なみ》のようにざわめきが伝《つた》わった。空《そら》を見上《みあ》げていたペンギンたちは順々《じゅんじゅん》に、青《あお》い空《そら》に向《む》かって飛《と》び立《た》ち始《はじ》めた。一瞬《いっしゅん》、あたりが暗《くら》くなるほどの数《かず》だった。それらのペンギンたちは四方八方《しほうはっぽう》へ飛《と》んでいき、彼《かれ》らの飛《と》ぶそばから空《そら》には飛行機雲《ひこうきぐも》のような軌跡《きせき》がついて、その軌跡《きせき》を中心《ちゅうしん》にして青《あお》い空《そら》が割《さ》けていくのをぼくらは見《み》た。

こうして〈海《うみ》〉は崩壊《ほうかい》した。

空《そら》の裂《さ》け目《め》がいくつも集《あつ》まって大《おお》きな裂《さ》け目《め》になり、それが巨大《きょだい》なムチをふるうみたいにぼくらに振《ふ》り下《お》ろされてきたかと思《おも》うと、次《つぎ》の瞬間《しゅんかん》にはぼくらは市営《しえい》グラウンドの駐車場《ちゅうしゃじょう》に立《た》っていた。ぼくらの背後《はいご》では〈海《うみ》〉が崩《くず》れ落《お》ちて、いろいろな大《おお》きさの〈海《うみ》〉の断片《だんぺん》がごろごろと住宅街《じゅうたくがい》に流《なが》れだす。

ぼくらと調査隊《ちょうさたい》の人《ひと》たちはグラウンドのスタンドの上《うえ》に逃《に》げて、それらの〈海《うみ》〉の残骸《ざんがい》に巻《ま》きこまれないようにした。調査隊《ちょうさたい》の人《ひと》たちはまだ自分《じぶん》たちが何《なに》を見《み》ているのか、よくわからないようだった。

ぼくらの目《め》の前《まえ》で崩壊《ほうかい》した〈海《うみ》〉が森《もり》から流《なが》れだし、まるで津波《つなみ》のように住宅地《じゅうたくち》に流《なが》れていく。音《おと》はしなかった。〈海《うみ》〉の波《なみ》の上《うえ》をペンギンたちがすいすいと泳《およ》ぎまわっているのが見《み》えた。流《なが》れだした〈海《うみ》〉の表《ひょう》面《めん》に、いくつもの小《ちい》さな虹《にじ》が生《う》まれては消《き》えている。波《なみ》がちぎれて、グラウンドに球体《きゅうたい》の〈海《うみ》〉がころがっていくと、ペンギンたちがそれらを分解《ぶんかい》してしまった。

「ペンギンたちは何《なに》をしているのかね」

ハマモト先生《せんせい》が言《い》った。

「ぼくにはわかりません」とぼくは言《い》った。

「この水《みず》のような物質《ぶっしつ》は何《なん》だろう。アオヤマ君《くん》、君《きみ》は何《なに》が起《お》こっているのかわかっているんじゃないのか？」

「ぼくはわかっているかもしれません。でもこれはぼくの大事《だいじ》な研究《けんきゅう》なんです。ぼくはこの研究《けんきゅう》の秘密《ひみつ》をだれにも教《おし》えないのです」

ハマモト先生《せんせい》はこわい顔《かお》をしてぼくを見《み》つめた。ぼくも先生《せんせい》を見返《みかえ》した。

先生《せんせい》はそのままだまってしまった。

スタンドから森《もり》の方《ほう》を見上《みあ》げていると、木立《こだち》の向《む》こうにのぞいている給水塔《きゅうすいとう》のてっぺんに、ジャバウォックたちがよろよろと集《あつ》まってきているのが見《み》えた。給水塔《きゅうすいとう》を登《のぼ》りきったジャバウォックたちは固《かた》まったように動《うご》かなくなり、そして順々《じゅんじゅん》に水風船《みずふうせん》がはじけるように消《き》えていくのだった。

やがて〈海《うみ》〉が完全《かんぜん》に崩壊《ほうかい》してしまうと、ぼくらの街《まち》に押《お》し寄《よ》せていた津波《つなみ》の勢《いきお》いもおさまってきた。

「そろそろ行《い》こうよ」

お姉《ねえ》さんがそう言《い》って、ぼくに手《て》をのばした。ぼくは彼女《かのじょ》と手《て》をつないで、スタンドをおりていった。調《ちょう》査隊《さたい》の人《ひと》たちはスタンドの上《うえ》から動《うご》けないまま、ぼくらを見送《みおく》っている。ハマモト先生《せんせい》が一歩《いっぽ》進《すす》んで、「君《きみ》たち！」と大《おお》きな声《こえ》で言《い》った。「危険《きけん》だ。我々《われわれ》といっしょにいなさい」

「先生《せんせい》、ごきげんよう。さよなら」とお姉《ねえ》さんは言《い》った。

「危険《きけん》だと言《い》っているじゃないか」

「でも先生《せんせい》。私《わたし》たちには大事《だいじ》な用事《ようじ》があるのよ」

ぼくとお姉《ねえ》さんは調査隊《ちょうさたい》の人《ひと》たちに手《て》をふってスタンドを下《お》り、市営《しえい》グラウンドから外《そと》へ出《で》て行《い》った。

街《まち》のあちこちに崩壊《ほうかい》して流《なが》れだした〈海《うみ》〉の残骸《ざんがい》がころがっていて、それをぼくらの後《あと》からついてくるペンギンたちが少《すこ》しずつこわしていった。

街《まち》にはだれもいなくて、ペンギンたちの鳴《な》き声《ごえ》だけがさみしく聞《き》こえた。ぼくらは世界《せかい》の果《は》てから帰《かえ》ってきたのに、まるでこちら側《がわ》も世界《せかい》の果《は》てであるようだった。住宅地《じゅうたくち》を歩《ある》きながらふりかえると、ジャバウォックの森《もり》にそびえていた巨大《きょだい》な〈海《うみ》〉のドームは、まったく見《み》えなくなっていた。

そのかわりに崩《くず》れた〈海《うみ》〉は住宅地《じゅうたくち》を自由《じゆう》に走《はし》って、ぼくらが「海辺《うみべ》のカフェ」にたどりついたときには、歯科医院《しかいいん》のとなりの空《あ》き地《ち》まで迫《せま》っていた。お姉《ねえ》さんが波打《なみう》ち際《ぎわ》に立《た》って〈海《うみ》〉を蹴飛《けと》ばすと、それはビー玉《だま》のような小《ちい》さなまるい玉《たま》になって、空中《くうちゅう》を舞《ま》った。そうしてあっけなく消《き》えてしまうのだった。

ぼくらはだれもいない「海辺《うみべ》のカフェ」に入《はい》った。

お姉《ねえ》さんはカウンターの中《なか》に入《はい》って、コーヒーを入《い》れた。「飲《の》めるんだっけ？」と彼女《かのじょ》に聞《き》かれたので、ぼくは「はい」と答《こた》えた。ぼくらは窓辺《まどべ》のいつもの席《せき》に座《すわ》って、湯気《ゆげ》のたつコーヒーカップを持《も》った。体《からだ》がぬれているので、今《いま》になってぼくは寒《さむ》さを感《かん》じ、コーヒーのあたたかさがうれしかった。

「砂糖《さとう》を入《い》れる？」

「入《い》れません」

「無理《むり》しちゃって」

ぼくらはコーヒーを飲《の》みながら、窓《まど》の外《そと》を眺《なが》めた。

「海辺《うみべ》のカフェ」まで迫《せま》っていた〈海《うみ》〉はだんだんと引《ひ》いていく。あちこちにかかっていたくっきりとした虹《にじ》も、見《み》えなくなってしまった。

歯科医院《しかいいん》のとなりの空《あ》き地《ち》にペンギンたちが集《あつ》まってきた。最初《さいしょ》のうちは数羽《すうわ》だけだったけれども、人気《ひとけ》のない住宅地《じゅうたくち》のあちこちから、流《なが》れこむようにしてひっきりなしにペンギンたちがやってきた。とても数《かぞ》え切《き》れない。南極《なんきょく》に住《す》んでいるペンギンがみんなで引《ひ》っ越《こ》してきたのではないかと思《おも》うほど、とてつもない数《かず》なのだ。ペンギンたちはよちよちいっしょうけんめい歩《ある》いてきて、空《あ》き地《ち》を埋《う》め尽《つ》くしているペンギンの群《む》れに加《くわ》わると、まるでホッとしたみたいに動《うご》きを止《と》める。

ペンギンたちはみんなで空《そら》を見上《みあ》げて、何《なに》かを待《ま》っているように見《み》えた。

ぼくとお姉《ねえ》さんはチェス盤《ばん》をテーブルにおいた。

しかし、チェスをしたわけではない。

「少年《しょうねん》、〈海《うみ》〉は完全《かんぜん》にこわれたみたいだね」

「ものすごい数《かず》のペンギンです」

お姉《ねえ》さんはおだやかな優《やさ》しい顔《かお》をして、窓《まど》の外《そと》のペンギンたちを見《み》つめていた。

空《あ》き地《ち》からはみだすぐらいたくさんいたペンギンたちが、空《そら》を見上《みあ》げたまま、徐々《じょじょ》に消《き》え始《はじ》めた。小《ちい》さな竜巻《たつまき》がいくつも起《お》こって、「海辺《うみべ》のカフェ」の窓《まど》ガラスをゆらした。ペンギンたちは騒《さわ》がない。ただそのまま消《き》えていくだけなのだ。

お姉《ねえ》さんは頬杖《ほおづえ》をついてぼくを見《み》た。

「私《わたし》も、私《わたし》の思《おも》い出《で》も、みんな作《つく》りものだったなんて」

「お姉《ねえ》さんは納得《なっとく》しますか？」

「納得《なっとく》できんね」

「ぼくも納得《なっとく》できないと思《おも》います」

「アオヤマ君《くん》、私《わたし》はなぜ生《う》まれてきたのだろう？」

「わかりません」

「君《きみ》は自分《じぶん》がなぜ生《う》まれてきたのか知《し》ってる？」

「ぼくはウチダ君《くん》と、ときどきそういう話《はなし》をします。でもそれはぼくらにはむずかしい。そういうことを考《かんが》えていると頭《あたま》がつーんとするってウチダ君《くん》は言《い》います」

「そうか、じゃあ、しょうがないね」

「でも自分《じぶん》がなぜ生《う》まれてきたか、いつかわかるかもしれない」

「わかったら教《おし》えてくれる？」

「教《おし》えます」

お姉《ねえ》さんは立《た》ち上《あ》がり、ぼくのとなりに腰《こし》かけた。彼女《かのじょ》は両腕《りょううで》でぼくをつつんで抱《だ》きしめた。ぼくが丘《おか》のようだと思《おも》ったおっぱいがたいへんやわらかくてあたたかかった。お姉《ねえ》さんの、海《うみ》の風《かぜ》のようにあたたかくて湿《しめ》った息《いき》がぼくの耳《みみ》にあたってくすぐったかった。そんなにもあたたかくて湿《しめ》っているのに、お姉《ねえ》さんはぼくらの世界《せかい》の生《い》き物《もの》ではないということが、ぼくにはどうしても納得《なっとく》がいかなかった。

「私《わたし》は人類《じんるい》じゃないんだってさ」

「信《しん》じられません」

「そういえば君《きみ》は人類代表《じんるいだいひょう》だったな」

「そうです。いずれ本当《ほんとう》に人類代表《じんるいだいひょう》になるんだ。ぼくは宇宙《うちゅう》にも行《い》く」

「それだけえらくなったら、私《わたし》の謎《なぞ》も解《と》けるだろうな。そうしたら私《わたし》を見《み》つけて、会《あ》いにおいでよ」

「ぼくは会《あ》いに行《い》きます」

ぼくはかつてお姉《ねえ》さんの寝顔《ねがお》を見《み》つめながら、なぜお姉《ねえ》さんの顔《かお》はこういうふうにできあがったのだろうと考《かんが》えたことがあった。それならば、なぜぼくはここにいるのだろう。なぜここにいるぼくだけが、ここにいるお姉《ねえ》さんだけを特別《とくべつ》な人《ひと》に思《おも》うのだろう。なぜお姉《ねえ》さんの顔《かお》や、頬杖《ほおづえ》のつき方《かた》や、光《ひか》る髪《かみ》や、ため息《いき》を何度《なんど》も見《み》てしまうのだろう。ぼくは、太古《たいこ》の海《うみ》で生命《せいめい》が生《う》まれて、気《き》の遠《とお》くなるような時間《じかん》をかけて人類《じんるい》が現《あらわ》れ、そしてぼくが生《う》まれたことを知《し》っている。ぼくが男《おとこ》であるから、ぼくの細胞《さいぼう》の中《なか》の遺伝子《いでんし》がお姉《ねえ》さんを好《す》きにならせるということも知《し》っている。でもぼくは仮説《かせつ》を立《た》てたいのでもないし、理論《りろん》を作《つく》りたいのでもない。ぼくが知《し》りたいのはそういうことではなかった。そういうことではなかったということだけが、ぼくに本当《ほんとう》にわかっている唯一《ゆいいつ》のことなのだ。

「それじゃあ、そろそろサヨナラね」

お姉《ねえ》さんはぼくから離《はな》れて立《た》ち上《あ》がり、歩《ある》きだした。

ぼくも立《た》ち上《あ》がろうとしたけれど、お姉《ねえ》さんは「海辺《うみべ》のカフェ」の入《い》り口《ぐち》でふりかえって、「君《きみ》はここにいなさい」と言《い》った。「危《あぶ》ないかもしれないから」

お姉《ねえ》さんはイスに座《すわ》っているぼくを見《み》て、ニッと笑《わら》った。

「泣《な》くな、少年《しょうねん》」

「ぼくは泣《な》かないのです」

そしてお姉《ねえ》さんは「海辺《うみべ》のカフェ」の外《そと》へ出《で》ていった。

空《そら》は明《あか》るく晴《は》れ上《あ》がっていて、風《かぜ》が吹《ふ》き始《はじ》めていた。風《かぜ》にゆれるお姉《ねえ》さんの髪《かみ》が光《ひか》った。彼女《かのじょ》はのんびり道路《どうろ》をわたって、歯科医院《しかいいん》のとなりの空《あ》き地《ち》に入《はい》っていく。ぼくらの街《まち》に初《はじ》めてペンギンたちが現《あらわ》れて、そしてペンギンたちが消《き》えた空《あ》き地《ち》だ。「海辺《うみべ》のカフェ」の中《なか》はしんとしていたけれど、ぼくは彼女《かのじょ》が草《くさ》を踏《ふ》んで歩《ある》く音《おと》を想像《そうぞう》することができたし、彼女《かのじょ》の髪《かみ》をゆらす風《かぜ》の感触《かんしょく》も想像《そうぞう》することができた。

お姉《ねえ》さんはふわふわと散歩《さんぽ》するような足取《あしど》りだった。

そして彼女《かのじょ》は空《あ》き地《ち》のまん中《なか》に立《た》ち、こちらを向《む》いて手《て》をふった。次《つぎ》の瞬間《しゅんかん》に大《おお》きな風《かぜ》が起《お》こり、「海辺《うみべ》のカフェ」の窓《まど》ガラスが大《おお》きな音《おと》を立《た》てた。風《かぜ》はそのままぼくらの街《まち》を渡《わた》っていき、おっぱいのように盛《も》り上《あ》がったいくつもの丘《おか》の緑《みどり》をゆらし、滝《たき》が落《お》ちるような音《おと》を響《ひび》かせたにちがいないとぼくは思《おも》う。

その風《かぜ》がやんだとき、もう空《あ》き地《ち》にはお姉《ねえ》さんの姿《すがた》はなかった。

ぼくは一人《ひとり》でしばらく座《すわ》っていた。

そのとき、窓辺《まどべ》の席《せき》に一人《ひとり》で座《すわ》っていたときの気持《きも》ちを、ぼくはノートに記録《きろく》したけれども、それを今《いま》になって読《よ》み返《かえ》してみても、そのときの気持《きも》ちを記録《きろく》しているようには思《おも》えない。ぼくは正確《せいかく》に再現《さいげん》することができない。そんな気持《きも》ちを感《かん》じたのは、ぼくの人生《じんせい》に一度《いちど》しかないのである。人生《じんせい》に一度《いちど》しかないような

ことをノートに記録《きろく》するのは、たいへんむずかしいことだということをぼくは学《まな》んだ。

しばらくしてから、ぼくは「海辺《うみべ》のカフェ」を出《で》た。

だれもいない住宅地《じゅうたくち》に、あたたかい陽射《ひざ》しが降《ふ》り注《そそ》いでいた。

街《まち》の音《おと》に耳《みみ》を澄《す》ましてみたけれども、不穏《ふおん》な音《おと》は何《なに》も聞《き》こえてこなかった。ひんやりした風《かぜ》が吹《ふ》いて、空《あ》き地《ち》の草《くさ》をゆらす音《おと》が聞《き》こえるだけだった。丘《おか》にそびえる給水塔《きゅうすいとう》も、道《みち》ばたの自動販売機《じどうはんばいき》も、がらんとしたアスファルト道路《どうろ》も、森《もり》の向《む》こうにそびえている高圧《こうあつ》鉄塔《てっとう》も、すべてはそのままだった。

ぼくがケヤキ並木《なみき》の道《みち》を歩《ある》いていくと、向《む》こうに消《しょう》防自動車《ぼうじどうしゃ》の赤《あか》い行列《ぎょうれつ》が見《み》え、大勢《おおぜい》の人《ひと》が集《あつ》まっているのが見《み》えてきた。救急車《きゅうきゅうしゃ》のランプが光《ひか》っている。毛布《もうふ》をかぶった調査隊《ちょうさたい》の人《ひと》たちと、それを取《と》り囲《かこ》む消防士《しょうぼうし》の人《ひと》たち。まるでクマみたいに大《おお》きなハマモト先生《せんせい》がしゃがみこんで、何《なに》かを抱《だ》きしめている。その何《なに》かは先生《せんせい》にくらべてあんまり小《ちい》さかったので、最初《さいしょ》のうち、ぼくは先生《せんせい》が一人《ひとり》でうずくまっているのかと思《おも》ったほどだ。

消防士《しょうぼうし》の人《ひと》たちが、道《みち》を歩《ある》いているぼくに気《き》づいた。

ふいに向《む》こうで慌《あわ》ただしく何《なに》かを叫《さけ》ぶ声《こえ》が聞《き》こえ、彼《かれ》らはぼくを助《たす》けるために駆《か》けだそうとした。そのとき先生《せんせい》の腕《うで》の中《なか》からハマモトさんが飛《と》びだして、だれよりも早《はや》く、ぼくのところへ駆《か》けてきた。そうして彼《かの》女《じょ》がぼくに抱《だ》きついたとき、ぼくは彼女《かのじょ》が泣《な》いていることと、彼女《かのじょ》の体《からだ》が本当《ほんとう》に人形《にんぎょう》みたいに小《ちい》さくて細《ほそ》いことを知《し》った。

ぼくらはしばらくそのままジッとしていた。

ハマモトさんがため息《いき》をつくみたいな小《ちい》さな声《こえ》で言《い》った。「あの人《ひと》は？」

「お姉《ねえ》さんは行《い》ってしまったよ」

ハマモトさんは大《おお》きな目《め》でぼくの顔《かお》をまじまじと見《み》た。

「アオヤマ君《くん》、泣《な》いてるの？」

「ぼくは泣《な》かないことにしているんだ」

お姉《ねえ》さんに言《い》ったとおり、ぼくは泣《な》かなかった。

フランスから帰国《きこく》したとき、父《ちち》はぼくらの街《まち》が新聞《しんぶん》やテレビで紹介《しょうかい》されているのを見《み》て驚《おどろ》いた。

ぼくらの街《まち》で発生《はっせい》した現象《げんしょう》はあまりにもふしぎだったので、日本中《にほんじゅう》のえらい人《ひと》たちが説明《せつめい》してみせようと腕《うで》まくりしているようだった。ある人《ひと》は地震説《じしんせつ》を唱《とな》え、またある人《ひと》は竜巻説《たつまきせつ》を唱《とな》えた。べつのある人《ひと》はそれらの説《せつ》を組《く》み合《あ》わせて、そこへさらに「粘性《ねんせい》の雲《くも》」説《せつ》をくっつけた。そこにまたべつの人《ひと》が「集団幻覚《しゅうだんげんかく》」説《せつ》を出《だ》す。そんな具合《ぐあい》で、いろいろな人《ひと》たちが仮説《かせつ》を立《た》てているうちに、むずかしくなりすぎて、みんな忘《わす》れていった。当然《とうぜん》のことだけれども、アオヤマ仮説《かせつ》を唱《とな》えた人《ひと》はいない。

やがて上空《じょうくう》を飛《と》びまわるヘリコプターや、テレビ局《きょく》の車《くるま》も途絶《とだ》え、街《まち》は静《しず》かになった。

ぼくはこれまで通《どお》りに小学生《しょうがくせい》としての毎日《まいにち》に戻《もど》った。取《と》り組《く》むべき研究《けんきゅう》はあいかわらずたくさんあって、ぼくは多忙《たぼう》だった。

ハマモト先生《せんせい》は〈海《うみ》〉の中《なか》でのできごとについて、公式《こうしき》に何《なに》も語《かた》らなかったし、ハマモトさんにも何《なに》も言《い》わなかったそうだ。

あの事件《じけん》についてしゃべる人《ひと》は少《すく》なくなった。スズキ君《くん》たちがつかまえた生《い》き物《もの》も消《き》えてしまい、一瞬《いっしゅん》だけぼくらの街《まち》にあふれ出《で》てきた〈海《うみ》〉の痕跡《こんせき》もなく、すべては消《き》えてしまった。だれもがまるで夢《ゆめ》を見《み》たような気分《きぶん》で、まじめに話《はなし》をする気持《きも》ちになれなかったのだろう。そしてぼくら自身《じしん》も、〈海《うみ》〉やお姉《ねえ》さんやペンギンたちについて話《はなし》をすることを避《さ》けているみたいだった。

ある日《ひ》、ぼくがウチダ君《くん》といっしょに市立図書館《しりつとしょかん》で磁石《じしゃく》の研究《けんきゅう》をしていると、ハマモトさんがいつの間《ま》にかとなりのソファに座《すわ》っていた。ぼくらはしばらく磁石《じしゃく》について話《はなし》をした。

やがてハマモトさんが「アオヤマ君《くん》、〈海《うみ》〉って何《なん》だったと思《おも》う？」と言《い》った。たいへん思《おも》い切《き》って言《い》った、というふうに感《かん》じた。ウチダ君《くん》がぼくのことをじっと見《み》つめていた。

「ぼくは今《いま》でも考《かんが》えている」

「仮説《かせつ》は立《た》てた？」

「どうだろうか。ぼくは自分《じぶん》が立《た》てた仮説《かせつ》が好《す》きではないんだ」

「教《おし》えてくれない？」

「この研究《けんきゅう》はとても長《なが》い時間《じかん》がかかる。まだまだこれからだと思《おも》う」

「そうなのね。わかった」

ハマモトさんはこくんと頷《うなず》いた。

「アオヤマ君《くん》なら、きっとわかるだろうね」とウチダ君《くん》が言《い》った。「ぼくはそう思《おも》うな」

平日《へいじつ》には、ぼくは学校《がっこう》に通《かよ》い、ハマモトさんとチェスをしたり、ウチダ君《くん》と遊《あそ》んだりする。スズキ君《くん》がぼくらに意地悪《いじわる》をすることがなくなったのはうれしい。ぼくらはときどきスズキ君《くん》といっしょにゲームをすることさえあるのだ。休日《きゅうじつ》になると、ぼくは図書館《としょかん》に出《で》かけたり、ウチダ君《くん》やハマモトさんと街《まち》を探検《たんけん》する。相対性理論《そうたいせいりろん》や生命《せいめい》の起源《きげん》について議論《ぎろん》する。歯科医院《しかいいん》にも通《かよ》うし、「海辺《うみべ》のカフェ」にも出《で》かける。

だいたいそんな感《かん》じだけれども、変《か》わったことがいくつかある。

ぼくらはいくらがんばっても、ジャバウォックの森《もり》の奥《おく》にあった草原《そうげん》にたどりつけなくなった。もともと存在《そんざい》してはいけなかった草原《そうげん》は、〈海《うみ》〉の消失《しょうしつ》とともにぼくらの世界《せかい》から消《き》えてしまった。また、プロジェクト・アマゾンでぼくらが探検《たんけん》していた円環《えんかん》となった川《かわ》は一部《いちぶ》が消《き》え、一部《いちぶ》は干上《ひあ》がり、もう川《かわ》ではなくなってしまった。

そして、ぼくはお姉《ねえ》さんに会《あ》うことができなくなった。歯科医院《しかいいん》に出《で》かけるときも、「海辺《うみべ》のカフェ」に出《で》かけるときも、そこにお姉《ねえ》さんの姿《すがた》はないのだった。

秋《あき》が深《ふか》まったある日《ひ》、ぼくは父《ちち》といっしょにドライブに出《で》かけた。

ぼくらはたいへん遠《とお》くまで出《で》かけた。綿《わた》をのばしたみたいな薄《うす》い雲《くも》が散《ち》らばった空《そら》の下《した》を、ぼくらの自動《じどう》車《しゃ》は走《はし》っていった。なだらかな丘《おか》をいくつも越《こ》えて、ぼくらは遠《とお》くの街《まち》に到着《とうちゃく》する。父《ちち》でさえ知《し》らない小《ちい》さな鉄道《てつどう》の駅《えき》にある喫茶店《きっさてん》で、ぼくらはコーヒーを飲《の》んだ。

父《ちち》がフランスから帰国《きこく》して以来《いらい》、その日《ひ》まで父《ちち》とぼくは一度《いちど》もお姉《ねえ》さんのことを話《はな》さなかった。

「さみしくなったね」と父《ちち》は言《い》った。

「そうだね」

「お姉《ねえ》さんから何《なに》か聞《き》いたかい？」

「ぼくらはサヨナラをしたよ」

「そうか。しかし急《きゅう》なことだったね」

ぼくと父《ちち》はしばらくだまってコーヒーを飲《の》んだ。

「父《とう》さんは世界《せかい》には解決《かいけつ》しないほうがいい問題《もんだい》もあると言《い》ったね。ぼくの取《と》り組《く》んでいるのがそういう問題《もんだい》だったら、ぼくは傷《きず》つくことになると」

「父《とう》さんはそう言《い》った」

「それがぼくにはわかるような気《き》もする。でも解決《かいけつ》しないわけにはいかなかったよ」

「父《とう》さんが言《い》ったのは、解決《かいけつ》しないほうが本人《ほんにん》にとって幸《しあわ》せという意味《いみ》だよ。しかしまわりがそれをゆるさないときもある。おまえが言《い》うのはそういうことだね？」

「なぜお姉《ねえ》さんは行《い》ってしまわないといけなかったのだろう」

「それをおまえは★9理不尽《りふじん》なことだと思《おも》うかい？」

「理不尽《りふじん》なことだと思《おも》う」

父《ちち》はテーブルにコーヒーカップを置《お》き、窓《まど》の外《そと》を見《み》て考《かんが》えていた。テーブルには父《ちち》のノートと、ぼくのノートが置《お》かれている。それらは父《ちち》がフランスで買《か》ってきた新《あたら》しいノートだ。二冊《さつ》のノートの表紙《ひょうし》は光《ひか》っている。

「そこにも世界《せかい》の果《は》てがあるね」と父《ちち》は言《い》った。

「どこ？」

「おまえが理不尽《りふじん》だと思《おも》うことさ。おまえにはどうにもできないのだから」

「ぼくは世界《せかい》の果《は》てに興味《きょうみ》があるよ。でもたいへんやっかいだね」

「それでも、みんな世界《せかい》の果《は》てを見《み》なくてはならない」

「なぜ見《み》るの？」

★9 理屈《りくつ》が通《とお》らず、納得《なっとく》ができないこと。

「なぜだろうね」

ぼくは考《かんが》えこんだ。父《ちち》はたいへんむずかしいことを言《い》う。そういう謎《なぞ》めいたところは、父《ちち》とお姉《ねえ》さんは似《に》ているように思《おも》う。

「世界《せかい》の果《は》てを見《み》るのはかなしいことでもあるね」

「もちろんそうだよ。だから人《ひと》は泣《な》く」

「小学校《しょうがっこう》に入《はい》ったときから、ぼくはもうずっと泣《な》かない」

「それはおまえの思《おも》う通《とお》りにすればいいよ」

「ぼくは思《おも》う通《とお》りにするよ」

ぼくはコーヒーを飲《の》んだ。ぼくは砂糖《さとう》を入《い》れなかったので、コーヒーはたいへん苦《にが》かった。そしてあまりおいしくはなかったのだけれども、ぼくの体《からだ》はあたたかくなった。お腹《なか》の底《そこ》にコーヒーが入《はい》っていくたびに、ぼくは元気《げんき》になるようでもあるし、いっそうかなしくなるようでもある。

「父《とう》さん、ぼくはお姉《ねえ》さんがたいへん好《す》きだったんだね」とぼくは言《い》った。

「知《し》っていたとも」と父《ちち》は言《い》った。

ぼくが住《す》んでいるのは、郊外《こうがい》の街《まち》である。丘《おか》がなだらかに続《つづ》いて、小《ちい》さな家《いえ》がたくさんある。駅《えき》から遠《とお》ざかるにつれて街《まち》は新《あたら》しくなり、レゴブロックで作《つく》ったようなかわいくて明《あか》るい色《いろ》の家《いえ》が多《おお》くなる。天気《てんき》の良《よ》

い日《ひ》は、街全体《まちぜんたい》がぴかぴかして、甘《あま》いお菓子《かし》の詰《つ》め合《あ》わせのようなのだ。ぼくらの街《まち》にはショッピングセンターがあり、高圧鉄塔《こうあつてっとう》があり、歯科医院《しかいいん》があり、「海辺《うみべ》のカフェ」があり、丘《おか》の上《うえ》には宇宙船《うちゅうせん》みたいな給水《きゅうすい》タンクがあり、サバンナのような空《あ》き地《ち》があり、そしてぼくらが通《かよ》う小学校《しょうがっこう》があり、ぼくらの住《す》んでいる家《いえ》がある。

ぼくはたいへん早起《はやお》きをして、まだ夜《よる》が明《あ》けたばかりの街《まち》を一人《ひとり》で探検《たんけん》する。そういうとき、ぼくらの街《まち》はがらんとしていて、ぼくは今《いま》にも世界《せかい》の果《は》てに到着《とうちゃく》できそうに感《かん》じる。

ぼくは世界《せかい》の果《は》てに向《む》かって、たいへん速《はや》く走《はし》るだろう。みんなびっくりして、とても追《お》いつけないぐらいの速《はや》さで走《はし》るつもりだ。世界《せかい》の果《は》てに通《つう》じている道《みち》はペンギン・ハイウェイである。その道《みち》をたどっていけば、もう一度《いちど》お姉《ねえ》さんに会《あ》うことができるとぼくは信《しん》じるものだ。これは仮説《かせつ》ではない。個人的《こじんてき》な信念《しんねん》である。

今日計算《きょうけいさん》してみたら、ぼくが大人《おとな》になるまでに三千と七百四十八日《にち》ある。一日一日《いちにちいちにち》、ぼくは世界《せかい》について学《まな》んで、昨日《きのう》の自分《じぶん》を上《うわ》まわる。どれだけえらくなるか見当《けんとう》もつかない。ぼくはきっと、夜《よる》になっても眠《ねむ》くならず、白《しろ》い永久歯《えいきゅうし》をそなえた、立派《りっぱ》な大人《おとな》になるだろう。背《せ》も高《たか》くなるだろうし、筋肉《きんにく》もじゅうぶんつくだろう。そうなれば、結婚《けっこん》してほしいと言《い》ってくる女《おんな》の人《ひと》もたくさんいるかもしれない。けれどもぼくはもう相手《あいて》を決《き》めてしまったので、結婚《けっこん》してあげるわけにはいかないのである。

ぼくはお姉《ねえ》さんといっしょに夜《よ》ふかしもできるだろうし、眠《ねむ》ってしまった彼女《かのじょ》をおんぶしてあげることもできるだろう。ぼくはたいへんえらくなっているから、彼女《かのじょ》は感心《かんしん》することしきりかもしれない。「すごいね」とほめてくれるかもしれない。でも、「ふうん」と言《い》ってくれるだけでも、ぼくはかまわない。

もう一度《いちど》、「ふうん」というお姉《ねえ》さんの声《こえ》が聞《き》きたいとぼくは思《おも》うものだ。

ぼくらは今度《こんど》こそ電車《でんしゃ》に乗《の》って海辺《うみべ》の街《まち》に行《い》くだろう。
電車《でんしゃ》の中《なか》で、ぼくはお姉《ねえ》さんにいろいろなことを教《おし》えてあげるつもりである。ぼくはどのようにしてペンギン・ハイウェイを走《はし》ったか。ぼくがこれからの人生《じんせい》で冒険《ぼうけん》する場所《ばしょ》や、ぼくが出会《であ》う人《ひと》たちのこと、ぼくがこの目《め》で見《み》るすべてのこと、ぼくが自分《じぶん》で考《かんが》えるすべてのこと。つまりぼくがふたたびお姉《ねえ》さんに会《あ》うまでに、どれぐらい大人《おとな》になったかということ。
そして、ぼくがどれだけお姉《ねえ》さんを大好《だいす》きだったかということ。
どれだけ、もう一度会《いちどあ》いたかったかということ。

この本は二〇一二年十一月に刊行された『ペンギン・ハイウェイ』（角川文庫）をもとに、漢字にふりがなをふり、一部を書きかえて、よみやすくしたものです。

累計《るいけい》150万部《まんぶ》の名作《めいさく》がつばさ文庫《ぶんこ》に！
夜《よる》は短《みじか》し歩《ある》けよ乙女《おとめ》
森見登美彦《もりみとみひこ》・作
ぶーた・絵
クラブの後輩《こうはい》の女《おんな》の子《こ》を「黒髪《くろかみ》の乙女《おとめ》」とよんで、ひそかに片思《かたおも》いしてる「先輩《せんぱい》」。なんとかお近《ちか》づきになろうと、「なるべく彼女《かのじょ》の目《め》にとまる」ナカメ作戦《さくせん》として、毎日《まいにち》、乙女《おとめ》が行《い》きそうな場所《ばしょ》をウロウロしてみるけど…行《い》く先々《さきざき》でヘンテコな人《ひと》たちがひきおこす事件《じけん》にまきこまれ、ぜんぜん前《まえ》にすすめない！　この恋《こい》、いったいどうなるの⁉
天然《てんねん》すぎる乙女《おとめ》と空《から》まわりしまくりな先輩《せんぱい》の
予測不能《よそくふのう》の初恋《はつこい》ファンタジー！
角川つばさ文庫

森見登美彦／作
1979年、奈良県生まれ。京都大学農学部卒、同大学院修士課程修了。2003年『太陽の塔』で日本ファンタジーノベル大賞を受賞しデビュー。07年『夜は短し歩けよ乙女』で山本周五郎賞を受賞。同作品は、本屋大賞２位にも選ばれる。10年『ペンギン・ハイウェイ』で日本SF大賞を受賞。14年『聖なる怠け者の冒険』で京都本大賞を受賞。

ぶーた／絵
東京都在住の漫画家、イラストレーター。漫画家としての主な作品に「ハルチカ」シリーズ（カドカワコミックス・エース）、イラストを手がけた作品に『夜は短し歩けよ乙女』（角川つばさ文庫）、「うらない☆うららちゃん」シリーズ（ポプラ物語館）、『俺と彼女の青春論争』（角川スニーカー文庫）、『二度めの夏、二度と会えない君』、「七星のスバル」シリーズ（ともに小学館ガガガ文庫）などがある。

角川《かどかわ》つばさ文庫《ぶんこ》

ペンギン・ハイウェイ

作《さく》　森見登美彦《もりみとみひこ》
絵《え》　ぶーた

2018年６月15日　初版発行
2019年８月５日　７版発行

発行者　郡司 聡
発　行　株式会社KADOKAWA
〒102-8177　東京都千代田区富士見 2-13-3
電話　0570-002-301（ナビダイヤル）
印　刷　株式会社KADOKAWA
製　本　株式会社KADOKAWA
装　丁　ムシカゴグラフィクス

ISBN978-4-04-631798-8　C8293　　N.D.C.913　366p　18cm

読者のみなさまからのお便りをお待ちしています。下のあて先まで送ってね。
いただいたお便りは、編集部から著者へおわたしいたします。

〒102-8078　東京都千代田区富士見 1-8-19　角川つばさ文庫編集部